零日攻擊 ZERO DAY

原創劇本書

作者
鄭心媚
蘇奕瑄
羅景壬
曾令毅
渡邊將人
阿潑
許世輝
丁啟文
鄭婉玭
黃鵬仁
林志儒

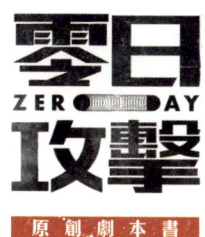

推薦序／曹興誠　　　　　　　　　　　　　　　　　　　　4

輯一　製作思考
起心動念：「怕再不做，台灣會變成香港」／鄭心媚　　7
給下一輪世界和平的備忘錄／羅景壬　　　　　　　　11
媒體即戰場／蘇奕瑄　　　　　　　　　　　　　　　17

輯二　專家導讀
透過歷史看見真實的臺灣，凝聚相同的國家認同／曾令毅　20
一齣為台灣有事施打「預防針」的影視作品：　　　　　26
民主主義與自由正是台灣的軟實力／渡邊將人
「台灣有事」的十種劇本／阿潑　　　　　　　　　　30

輯三　定稿劇本
第1集　　戰爭或和平　　　　　　　　　　　　　　35
第2集　　蛇仔　　　　　　　　　　　　　　　　　73
第3集　　On Air　　　　　　　　　　　　　　　127
第4集　　Mind Fuck　　　　　　　　　　　　　171
第5集　　兩岸密屍　　　　　　　　　　　　　　209
第6集　　金紙　　　　　　　　　　　　　　　　255
第7集　　海倫仙渡師　　　　　　　　　　　　　275
第8集　　反分裂家庭　　　　　　　　　　　　　309
第9集　　突圍　　　　　　　　　　　　　　　　369
第10集　 破膽行動　　　　　　　　　　　　　　415

foreword　　　　　　　　　　　　　　　　　　　　　　曹興誠

推薦序

　　2023 年 5 月 24 日，林錦昌、鄭心媚和我第一次見面。
　　他們說要拍電影，問我要不要投資。
　　我雖然愛看電影，可是對拍片一無所知。
　　聽說 2009 年，郭台銘投資拍了一部電影，叫《白銀帝國》。投資 3 億多台幣，票房收入不到 3 千萬。觀眾可能還包括不少鴻海的員工。
　　郭台銘投資電影虧了不少「白銀」，有人說是我害的。
　　話說 2004 年有一天，我和郭台銘在香港與一些朋友餐敘；席間聊到當年一月港星梅艷芳過世出殯，上千她的影、歌迷夾道哭送。
　　我跟郭說，哪天我們走了，除了家裡人，一般民眾不會為我們哭送。
　　梅艷芳有人哭送，是因為她演電影或唱歌能夠感動人，被感動的人感激她，所以不捨。而我和郭做的都是冷冰冰的電子零組件，感動不了人，所以沒人會感激我們。
　　我跟郭說，我們要演電影感動人，可能要等下輩子；不過如果投資拍電影去感動人，說不定這輩子有機會。
　　後來郭台銘投資拍了《白銀帝國》。有人說是受了我的影響，我不敢去向他求證。
　　有了郭台銘的「前車之鑑」，投資拍電影，對我而言，應該要戒慎恐懼；但我還是答應投了 2 千萬，為什麼呢？
　　一來是林、鄭告訴我，她們會募資兩億多，可是需要我來做原始投資人，開個頭。這叫成人之美，是我樂意做的事。
　　二是我對《零日攻擊》的題材有興趣。
　　中共在 2018 年修改其憲法，公然偽造文書，說「台灣是中華人民共和國不可分割的領土」；以後就一再恐嚇台灣，說「統一一定要完成，絕不放棄武力」。
　　「武力統一」就是侵略，就是殺人放火、打家劫舍。這種言行還出現在高度文明的今天，讓世人不齒。中共政權也和俄國、北韓、伊朗一樣，被視為世界安全的威脅。
　　近代民主之父，英國的約翰‧洛克（John Locke），在 1689 年發表了《政府論》，

他說：「每個個人的生命、財產和自由，是天賦的人權，不得剝奪。政府的職責就是保障天賦人權。因此政府的權力應該來自人民的同意和授權；政府如果不能保障人權，就應該被推翻。」

約翰・洛克的《政府論》發展到現代，已經在1948年被聯合國列入《世界人權宣言》。

人權宣言的重點，就是「主權在民，人民自決」。用白話來說，就是「台灣的主權屬於台灣人，台灣政府只能由台灣人授權成立，其他非台灣人無權來統治台灣」。

所以今天中共想以武力來侵略台灣，剝奪台灣人的生命、財產和自由，是反人類、反文明的暴行。

美國人不會允許中共武力犯台，不僅因為這是犯罪行為，而且因為此舉會侵犯美國的核心利益。

麥克阿瑟將軍在1950年就曾指出，台灣是西太平洋不沉的航空母艦，如果被中共吞併，將嚴重侵害美國的國家安全。

此外，美國也不承認中共擁有台灣的主權。最近美國國務院和參眾兩院，都聲明，聯合國第2758號決議，不涉及台灣；明白駁斥了中共的主張，說聯合國這個決議案並沒有把台灣主權劃給中國。

美國不同意，中共就不敢武力犯台。這個道理很簡單。

中共聲稱台灣是「中共國」的「領土」；可笑的是，十幾億的中共國人沒人擁有一分一寸的「領土」。所有中共國土地都是共產黨的「地盤」。共產黨高官藉著貪汙地租，搜刮百姓，個個富得冒油；天文數字的贓款都存在歐美。中共如果攻打台灣，這些贓款立刻會遭到凍結或沒收，讓中共高官和他們送到美歐的家屬，立刻由天堂墜入地獄。

因此習近平如果真的要對台灣動武，他立刻會被黨內權貴推翻。中共高官都是狡詐的流氓地痞，你可以確定，他們不是傻瓜。

所以中共對台灣的武力恐嚇，只是虛張聲勢。他們真正的計畫，是在台灣內部進行「木馬屠城」。

中共多年來，用滲透、收買、詐騙、迷惑等等方式，在台灣各行各業都培養出了大量的同路人。不僅國民黨，連民進黨內部都已經被大量滲透。

這些中共同路人如何在內部製造衝突、對立、恐慌？如何破壞、弱化台灣的國防、民防和心防？是《零日攻擊》探討的主題。

經過兩年多的不懈努力，《零日攻擊》影片終於在台灣推出上映。如果大家看完能受到震撼，產生警覺，我們這些投資人、所有編、導、演和劇組工作人員，都會欣慰、感激。

當然計畫永遠趕不上變化。從去年五月延續到今年八月的「大罷免」運動，沒有列入電影情節。但我們看過《零日攻擊》以後，應該可以更清楚了解，國民黨立委在

立法院毀憲亂政，是「木馬屠城」的一次高峰進擊。

這次大罷免雖然沒有達到預期的成果，但卻大大激活了台灣社會對中共滲透的免疫力。我也希望《零日攻擊》引發的社會警惕，能加強台灣的國防和民防。

再過幾天，中共就要舉行 9 月 3 日大閱兵。其藉口是紀念中國人民抗日戰爭勝利 80 週年。今天網上流傳一個用簡體字寫出的笑話：

「课堂上，老师要求小明用'竟然'造句。

小明：一个 1949 年成立的国家，竟然成了 1945 年的战胜国；这国在国庆 76 周年之时，竟然阅兵庆祝胜利 80 周年！」

這個笑話一針見血地指出，中共就是一個欺世盜名的邪惡政權。

東德共產政權曾經在 1989 年 10 月 7 日舉辦大閱兵。但隔月的 11 月 9 日，柏林圍牆即被推倒，1990 年 10 月 3 日，東德被西德合併。

東德政府垮台的一個主要原因，是債台高築，經濟難以為繼。這和今天中共的情勢完全一樣。

經濟已經山窮水盡，還要窮兵黷武，不顧人民死活，終於造成了許多東歐共產政權的瓦解。中共也一定會步上東德垮台的後塵，被掃進歷史的垃圾堆。

讓我們拭目以待。

曹興誠，著名企業家、聯華電子創辦人。

輯一　製作思考　　　　　　　　　　　　　　　　　　　　　鄭心媚

起心動念：「怕再不做，台灣會變成香港」

　　其實，想拍《零日攻擊》，一開始的動機非常單純，只是覺得，在台灣說故事、寫劇本，為什麼會受限這麼多？老是要想著這個能進中國市場嗎？那個中國會生氣嗎？那個在編劇室裡不存在的中國，是個擁有結界力量的無形鬼魅，不時地會跳出來，緊扣著我們的腦袋，糾纏著我們奔馳的想像與訴說故事的慾望。

　　我應該是那個走進鬧鬼黑暗房間裡，日文所說的「天邪鬼」吧！那麼多的恐懼跟擔憂，限制我們的創作自由，看不見的紅線，踩一踩，會發生什麼事呢？不試試看，怎麼會知道。

　　於是，懷著「創作自由」的浪漫想像，一腳踩進所有人覺得的禁區。本來想著想像力的魔戒在手，慢慢地走，總有一天可以到達自由地仙境。但現實世界，惡魔張著爪牙，不斷地侵襲而來。2019 年，發生了香港反送中事件；2022 年俄烏戰爭爆發；同年裴洛西訪台，中共揚言要把她的專機打下來⋯⋯。這些都讓我感到焦慮與擔憂，我心中自由的魔戒光環，正在這些威權侵略與壓制中，逐漸消逝。我慢慢感受到，已經沒有緩步邁向彼岸的時刻，如果再不去講這個故事，也許，就再也沒有機會說了。「香港已經失去了拍電影的自由與想像，台灣還有，而且這份自由，得來不易，我們不能放棄。」

　　台海危機從來不是新聞標題裡的概念，而是壓在每個台灣人胸口的壓力──那種已經活在戰爭的陰影中，卻逃避去談，因為，面對大國的壓制與侵略，我們是如此無奈與無力。談了又能如何呢？台灣人只想保有現在的生活方式不要被改變，這個願望看似卑微，卻也無限遠大，在國際局勢如此巨變的狀況下，這個小小的東亞島嶼，能不能承載對自由的向望，航向未來？

　　曾經是媒體記者的我，留下了許多記者圈的朋友，有次一位擔任媒體高層的朋友告訴我，他雖然主掌整個新聞部，卻有個大陸新聞中心的單位，他完全碰不得，那個中心產出什麼樣的新聞，得聽命於中國官方的指令。那個指令，甚至包含了：「六四是個暴民動亂活動，沒有死人⋯⋯。」那張站天安門前，阻擋著坦克車的照片，清晰

地在我腦海中浮現出來。這個世界，正在以扭曲的方式，重新建構真相。所謂的紅色滲透、認知戰，在那瞬間，不再僅僅是紙上的理論，而是生活裡的危機。於是，我開始以「紅色滲透」為主題發想故事，完成了講述媒體、政治遭遇灰色地帶戰爭的政治驚悚劇本《紅手指》，最後卻因為種種人為因素，不了了之。但內心，我仍有一股想要為自由而寫、為這個時代的台灣危機而寫的慾望，並有了必須要站出來，自己擔任製作人，才能保護這樣敏感題材作品的覺悟。於是，2022 年底，我先有了一個粗略地故事大綱，開始一通通電話、簡訊，尋找願意一起為這件事努裡的導演群，在預設一切都會很困難的狀況下，意外地，我居然在表明沒有任何資源下，兩週內找齊了八個導演。有了同行的夥伴，我們一邊持續往下開發故事，一邊開始籌組團隊、找投資。我們共同的願景，就是要把這個劇做出來。證明台灣是自由的，擁有自由創作的空間，能夠把恐懼指出來，把焦慮化為創作的養分，開出逼視自我那痛苦而美麗的花朵。

後來，我才知道，當時跟我一起工作的導演們，沒有人相信，這一切會成功，即使如此，大家還是抱著，試試看也無妨，那就一起往下走走看吧的心情，大家一起經歷了一場場地興論轟炸，卻也在一片荒蕪地廢墟中，堅強綻放著。

構想與募資的煎熬：從資金困境中透出的光

一開始，募資極度艱難。資金方肯定題材的深度與價值，但一聽到「台海戰爭」就退縮。好幾次談到關鍵時刻，潛在投資人都說「太敏感了、太危險」。直到我們遇到了企業家曹興誠，他聽了我們的企劃後，幾番來回，在終於相信我們團隊的決心後，曹董答應投資。記得，簽下投資合約的那一刻，他笑著說：「只要做出來就好了。」有了曹董的加入，等於打開了一扇天堂之門，後續我們依照計畫，打造了 17 分鐘的前導片、簽下幾位國際演員、搭建核心團隊──這一切成了越來越多人全心投入的基礎。

然後就是文化部和國發基金的加入：文化部「匯聚台流文化黑潮計畫」補助約 7,100 萬新台幣，國發基金投資約 4,170 萬，使整體前期到整季的預算攀升至約 2.3 億元。有人因此批評我們拿大筆政府補助拍「武統片」，還說我們是政府的政策宣傳影片，這些都是無謂的攻擊與臆測。在台灣內部的紛擾，跟中國的壓力下，要能成就這樣一部戲，是非常困難的。所有參與的人，都冒了或多或少的職涯風險加入，播映後，眾多的網軍、政治人物的追殺與攻擊，就是我們當初所預期到會面臨的強風吹拂。當初審查我們補助與投資的文化部與文策院，也跟我們一樣勇敢，堅守著專業與自由的信仰，沒有讓我們在「政治風險」的考量下，排除我們的申請，讓這一部集結了台灣眾多崇尚自由民主影視工作者的創作，得以順利完成。

我們是一部劇作、自主創作，不是政府宣傳。我們準備完整劇本、拍好前導片，甚至找齊了所有的投資方，才送審，比其他同期的申請案件，都做了更充足的準備，

這是可以公評的。我相信，我們端出的成果，不只是藝術創作，也是社會討論的刺激劑，不該被汙名化。

敲定形式與命名：用「詩選劇」寫台海焦慮

《零日攻擊》不是傳統的長篇大段敘事，而是採「詩選劇」形式，總共十集。每集彷彿一首小詩，從不同面向、時空、角色，拼貼出戰前夕的恐慌、掙扎與人性裂縫。每位導演執導一集，讓風格多元、觀點多面向，也讓題材更貼近人性情感。

劇名借了資安的「zeroday attack」（零日攻擊），包含漏洞還未修補的寓意，一切威脅悄然啟動；象徵劇中社會危機突如其來、不可逆轉。這個隱喻，也是一記嘗試給予觀眾的警鐘：戰爭不只是砲火隆隆、兵火短接，現代戰爭，更是可能在日常生活中，人性縫隙地穿透，在威脅、利誘、威嚇、恐懼下，動搖我們的意志、分化我們的信仰與認同，摧毀我們的良善價值。

拍攝困境：創作者意志的考驗

《零日攻擊》在十集上，都選擇了不同的場景，包括台北總統府、賓館、凱道，到高雄科工館、捷運、糖廠、小琉球、以及燒王船祭典，我們在不同場景間記錄那戰爭迫近的生活，讓劇情更貼近人心，也更加具象。

選角也是一件不容易的事。好比 Janet 飾演台灣女總統，我們花了快一年，最後才敲定。當時我苦於這個重要角色該由誰擔綱，看見電視上甫當選的副總統蕭美琴，我想到了同樣具有美國背景的 Janet，由她來飾演總統，更能代表台灣的海島性格、群族的包容與多樣性。也安排了 Jamet 做田野調查、訪談女性政治人物，讓語氣、思維帶出角色的專業與衝突；後來高橋一生和水川麻美加入演出，更令本劇注入跨國視野與戲劇張力；杜汶澤大膽演出共諜網紅，角色矛盾卻又相當真實，像極了我們日常中見過的某些人，這些都是一次次充滿挑戰與信任的合作。

從編劇角度談創作理念：探討極端情境下的人性抉擇

作為編劇統籌，我始終在想：在極端戰爭情境下，我們要怎麼談人性？怎麼逃離刻板印象？所以每集我們都讓角色在不完美中掙扎，有政治人物的理性分歧、有學生的恐懼，有媒體的操控，有宗教、家庭的煎熬……這一系列故事想呈現的是：在危機逼近時，人的選擇，往往出於恐懼、出於天性，也出於對親近的人與土地家園的愛。

而戲劇不該淪為、被視為宣傳工具，尤其在民主自由國家，把戲劇創作當成宣傳，

只是政治人物自以為是的威權想像。一如《指定倖存者》的精神：戲劇應被視為一種「情境模擬」，讓社會能想像危機、理解選擇，而不是煽動恐懼。就像是《紙牌屋》、《黑鏡》的影像語言，我希望《零日攻擊》既有戲劇上的驚悚、張力，也飽含深邃的政治思考。

首映與國際回響：「讓國際看到，台灣一直生活在戰爭威脅下」

「這份創作，不只是台灣的，也關乎全球民主如何在危機中堅持。」在《零日攻擊》受邀在哥本哈根民主高峰會上，我這樣告訴來自世界各地的政要、媒體人。我希望《零日攻擊》能讓國際看到台灣 70 幾年來，沒有一刻不在戰爭的威脅下生活。這部戲，能站上國際舞台，代表的不僅僅是文化輸出，更是開啟台灣危機意識的對話，這個對話契機，不只是在台灣內部，也是面向全世界的。

後來《零日攻擊》在台北、日本東京接連上映，一些批評與討論逐漸熱絡起來：有人說這是「引戰神劇」、有人質疑它太偏激，但也有媒體讚它「多面向呈現混合戰爭本質」，「對台灣社會深入理解，也替大國衝突拉出人性弧線」。這樣的劇，不管評價如何，能夠打開自由創作的窗、對話的門，就是一件很好的事。

《零日攻擊》從一個敏感到可能被封口的構想，走到今天在國內外的銀幕上亮起，是一段漫長而孤獨的路。有人質疑、有人退場、有人勸我「別鬧了」，但也有人伸手拉我、願意和我一起扛起這個題材的重量。

拍片的過程像是在戰場與工地之間奔走──要擋下現實的子彈，也要築起故事的骨架。資金卡關、演員臨時婉拒、場景談不攏……種種過程中的挑戰，沒有停下來與退卻的餘地，因為有這麼多的人在支持著；這樣多熾熱的心在這裡燃燒著，在我們還有自由，還有選擇的時候，我們就要努力發出自己的聲音，直到聲嘶力竭為止。

這部劇不是預言，是一面鏡子。它映照的不是戰爭，而是我們在危機逼近時，會變成什麼樣的人──會恐懼、會動搖，但也可能，會用力去守住心底最後的一塊土地。

《零日攻擊》是一封寫給台灣，也寫給世界的自由之信。希望當觀眾看完後，不只是被劇情震動，更會在心裡問自己：如果那一天真的來了，我會怎麼做？

鄭心媚，從新聞編輯室到職業編劇，始終捕捉著台灣政治與文化現實的脈動。作為金鐘獎得主與前新聞記者，以擅長描繪東亞民主、媒體與身分認同的張力而聞名。主要作品有：《零日攻擊》、《商魂》、《鏡子森林》、《國際橋牌社》、《奇蹟的女兒》、《燦爛時光》等。

輯一　製作思考　　　　　　　　　　　　　　　　　　　羅景壬

給下一輪世界和平的備忘錄

初衷：情緒勒索

　　如果問我為什麼參與《零日攻擊》，我會答「情緒勒索」。自 2022 年俄烏戰爭爆發，全世界也將關注焦點轉向台灣海峽，認為我們的家園所在，最可能爆發下一場戰爭。

　　從那年起，我開始天天運動，也立刻去把一千度的近視給雷射了。是的，是戰爭威脅迅速迫近的態勢，帶給我強烈的情緒勒索，而不是製作人鄭心媚。事實上，當心媚在 2022 年耶誕節前夕聯繫我，告訴我有好幾位導演計劃一起投入這件事的時候，我得到極大的寬慰：原來我並不孤單。

　　2022 年 12 月 17 日，我回覆心媚（坦白說，那時我甚至不認識她）的第一則訊息：

　　「很難描述心中沉重的振奮，大致就是：我有高度熱情，非常願意參與；卻又感到哀傷，因為我的巨大動機來自我們的國家確實處於這種境地。」

　　我對台灣社會的觀察是，面對戰爭威脅，我們同時擁有許多積極準備的民眾，也有許多民眾不以為意。這本來沒什麼，畢竟我們是民主國家；然而不能不追問的是：一旦戰事爆發，兩種人能否迅速團結？

　　對我而言，戲劇即寓言。戲劇總是無法呈現真相，但都在寄寓我們如何面對真實世界的挑戰。敘述台海戰爭故事的《零日攻擊》自然也是一則寓言，它供應觀眾寓意，啟發我們面對侵略威脅的醒悟。

　　必須強調的是，「寓言」並不是「預言」，《零日攻擊》無意、也不可能預知未來。

　　戲劇做為串流平台上的商品，它也是一門生意：當台海成為世界矚目焦點，而我們又是一個可以自由創作的國家，我很難想像我們不把握機會，與全世界分享來自台灣的第一視角。

拍攝前導片的首要任務，是將各集編導意欲探討的、還沒拍出來的每個抽象題材，預先進行一次整合創作，做為詩選劇集的登場宣告。2023年12月拍攝期間，我們不可思議地獲得國軍全力協助；除此之外，大量群眾演員每每立即進入狀況，將各自對戰爭的想像具象呈現，也令人意外與震撼。事實證明，台灣人遠比想像的更了解我們的處境，我們的危機，我們共同的心之所繫。

世界仍處於鉅變。新軸心國成形、區域緊張、全球通膨、錯假訊息……，沒有一件事我們能置身事外。《零日攻擊》前導片尾字幕是「給下一輪世界和平的備忘錄」，但願我們都有足夠的智慧與勇氣，在那裡完好歡愉地相聚。

2023年11月14日 18:34

2023年11月，《零日攻擊》前導片開拍前一日，我在劇組的工作群組發送出一則訊息。這本來只是一則非常內部的、私人情誼的、互相打氣的書寫，不過今日來看，未嘗不是一篇可供客觀記錄的日記：

「明天起，我們就要一起拍攝《零日攻擊》了。我想向所有組員表達我的感謝。

『中國侵略台灣』，是一個非常特別的題材，卻也是一個再普遍不過的焦慮。身為享有民主與自由的台灣人，我相信各位夥伴一定各有立場、各有看法，但無論我們之間有多大的不同，我們都無法否認，『中國侵略台灣』就像房間裡的大象，它已經在那裡，我們也都知道它在那裡，我們所有人都焦慮，但我們誰也沒有能力獨自把牠趕出去。於是，我們只能在更顯侷促的空間，繼續工作，繼續生活，繼續假裝這頭大象不存在。

這次的影片，給予我們這群人一次機會，試著帶領台灣人，第一次，直視我們房間裡的這頭大象。

由於台灣是民主自由的，所以台灣人總是鬆散的、各說各話的、吵吵鬧鬧的。這是承平台灣的美好優點，但面臨威脅時，卻也成為台灣最重大的危機。我既沒有能力、也不應該擅自改變這種台灣風景，但正是因為這樣，我心中浮現一個特殊的期待：

雖然劇組的工作樣貌，外人不能窺見，也未必影響產出的影片品質，但我認真期待，在接下來共事的這段日子，我們所有人都要維持團結。

什麼是團結呢？就是遇到任何問題，所有人都能各抒己見，彼此尊重，分工合作，一起耐心找出方法，尋求共識。平靜，沉著，和諧。

我的理由一方面很簡單，一方面也很複雜。簡單的是：如果連我們劇組都無法團結，我們有什麼資格，認為我們能引領台灣人團結？

複雜的是，我想分享一件令我感到震驚與反思的消息：由於我同時在籌拍C影集，上週偶然遇到在戲劇圈工作的以前的學生。他勇敢告訴我，在屬於他的年輕戲劇圈內，我們被普遍視作一個『工作節奏很快、壓力很大、讓人緊張的老團隊』，也就

是說，很多年輕人或許想、但終究不敢跟我們合作。

多年以來，我一直以為自己是個『好脾氣導演』，甚至沾沾自喜。現在我才知道，我是多麼自我感覺良好。

好吧，我要說的，其實是世代差異。我們的製作團隊涵蓋從二十出頭到近六十歲的成員；從價值觀到手作工法，我們之間必然存在各種差異。我首先想到自己：我行之有年的工作方式，是否完全必要？是否完全合理？無論錯誤或正確，時代的變化，我總要面對。

所以我希望在這次的工作中，所有人都能竭力拉近我們之間的世代差異：花更多時間傾聽，以更多耐心，遵照共同的判斷去執行。因為世代差異是另一個分裂我們的重要元素，它已經展現在現今台灣社會的各個層面；如果我們真心想要尋求團結，請不要放過這次機會，我們從自身做起，一起找出可以跨越世代、團結和諧的工作方式。

我們終究要面對自己的房間裡的另一頭大象。

謝謝各位的耐心。我們十四個小時後見。」

「聯合利劍—2024B」

2024年10月14日，我們整天都忙碌於第八集拍攝前製，與此同時，中國正在進行一場大規模環台軍演。

誰是區域和平的破壞者？誰在努力維持自由民主的生活方式？所謂「自由民主的生活方式」，甚至包括有一群人，正在以商業模式，浩浩蕩蕩地製作一部有關中國擴張主義侵略、藉以向世界示警的戲劇作品。

答案是很鮮明的。

如果我們都承認，剛看完一部恐怖片，半夜起床上廁所會感到毛毛的，那麼我們就應該能夠理解，零日攻擊如果帶來某些焦慮，也只是一種典型的戲劇效果。

〔80年代，冷戰時期的美國電影《浩劫後》（*The Day After*）、影集《美國淪亡記》（*Amerika*），都曾經把小時候的我嚇到夜難成眠，然而，對於無力理解世界局勢的青少年的我，那絕對是一種成長。〕

關鍵問題始終在於：誰企圖把恐怖電影轉化成真實行動？獨裁國家此刻正在如何串聯、挑戰世界秩序？這是所有熱愛民主自由的國家都必須正視的問題。

至於「內賊」、中國在台協力者的樣貌：對我來說，未必是影片中刻板印象的黑道或罪犯。事實上，在國族遭受威脅、災難逐漸具象的情感驅動下，即使黑社會也可能幡然醒悟，成為另一種愛國者，這是烏克蘭向我們印證過的事。

然而現在的台灣，內賊的樣貌呼之欲出，普遍存在於政治圈、媒體圈、宗教圈……我們反而難以直接指涉與描繪。

國境之內，這是比環台軍演更難控管的風險。所幸我們還有戲劇。

寫於外媒採訪前

我相信,每個台灣人心裡都有一部自己的零日攻擊。只是我們先把它拍出來了,所以每個人都能很快地和自己心中的那一部相互對照,也因此,各種關注,無論讚美或批評,都將很快出現。

這是一部戲劇作品,透過戲劇,我們敘事,寄託寓意。理論上,人們應該從這個角度看待它。

然而此刻,許多台灣人又很難僅以戲劇視之,這很合理,因為中國的軍事威脅確實迫近。

我留意到,有些人認為影片太高估中國侵犯台灣的軍事力,太低估台灣的軍事力、政府維持社會運作的能力、社會內裡的反抗意志與凝聚力。這些意見當然是精準的。但我更願意這樣思考:我們必須在戲劇裡這樣做,因為這樣才有戲劇性——即便我們都知道紅色滲透／灰色作戰的樣貌,選擇呈現最壞的情況(例如讓台灣政府進入幾近失能狀態),正是為了凸顯紅色滲透／灰色作戰的威力——但我們終究是拍戲的人,我們要的,就是戲劇性。

台灣海峽兩側,真實的戰爭／競爭是現在進行式。如果在此時此刻,零日攻擊合情合理的、照單全收的呈現雙方所有優缺點、台灣的地理優勢與戰力、中國窘迫的政經困境、美日的介入……,這會使影片成為一場兵推、宣傳、教條片,那很乏味。

我們希望零日攻擊能增加戲劇性、可看性,甚至實現電視影集的娛樂性,並且在這條路徑上,成為更鮮明、更廣為流傳的寓言故事,寄予寓意,透過戲劇,啟發台灣人。

事實上,如果你仔細觀察,即使《零日攻擊》正片尚未問世,但前導片的「警世寓意」已然發酵:由於本片意欲凸顯紅色滲透／灰色作戰,刻意弱化了政府及民間的抗壓性、凝聚力,某些意見特別能顯影評論者的潛在思緒——認為前導片太過悲觀的,顯然是瞭解時勢的愛國知識份子;抨擊前導片是「抗中神劇大內宣」的,則明顯另有所圖。

這正好證明了,台灣就是遭受紅色滲透／灰色作戰最嚴重的國家。以近兩年各種颱風風災為例:十幾年前,台灣的網路社群對災區有普遍的同情心,而且化為行動、參與救災、出錢出力;十幾年後則不同,即使防災的軟硬體早已明顯進步,但台灣人們卻開始互相攻擊——這種前所未見的分裂,顯然離不開惡意的分化。

做為與中國緊鄰的國家,語言非常相似,經濟、文化高度流通的兩國關係,為台灣人帶來特有且深刻的壓力。例如許多影視從業人員的合約,往往被要求不得涉及政治議題。

這種壓力來源不僅限於中國企業,事實上,國際品牌在大東亞的商業廣告代言

人,也時常受到這種合約限制。這是國際品牌的自我審查,要求台灣人不得做出政治表態,以維護品牌自身在區域的商業利益。

然而,只要越少人能談論台海局勢,房間裡的這隻大象就會越大。

所幸,影視作品是一種團隊作業、一種工業,也是一門需要市場的生意。本劇的存在,意味著「願意抵抗中國侵略」的資金／影視人才／市場,全部存在。台灣人民面對中國侵略,顯然有所準備:不僅僅軍火武器、演習備戰,台灣人甚至足以製作影集,向世界輸出來自台海的第一視角,也在戲劇之外,展現了台灣人抵抗侵略的決心,與旺盛的生命力。

以一個輕鬆例子做結:長期受到恐龍威脅的國家,分成兩種:一種是有能力拍攝恐龍災難片來警惕、娛樂自己的國家,另一種則沒有能力這麼做。

台灣是前者。

導演筆記:中年危機

某天你發現,自己已在下坡路上,那些最高最美最遼闊的景色,往後篤定不復可見;那些刻骨銘心奮力登峰的記憶,就算最認真傾聽的年輕人也一臉茫然。

曾經在蘇州、成都或上海的日子,妻子支持你的每個決定,任勞任怨,聰明有擔當,性感甜美,甚至年輕。體感上,睪固酮分泌源源不絕,你縱情馳騁征戰,硬是把異鄉踏成家鄉。

漂亮的財報,兒子誕生,更漂亮的財報,漂亮的國際學校制服。

可是那是你所有的青春,你的體力智力、汗水眼淚、你的好運氣和最痛的挫折,你的愛情,毫無保留地投注在那個比家鄉還熟悉的異鄉了。掏心掏肺之後,你把它們順利變成錢,然而錢並沒有變成你想要的樣子。

曾經是鄧小平貓論的信徒,你的征途無往不利,戰利品一字排開,甚是壯觀。你擁抱所有白貓黑貓,赫然想起貓咪報恩叼回老鼠,腹腔滑脫出小小一粒腎臟。

驚人的財報,妻兒提早回台灣,不對勁的財報,國際學校制服一直掛在洗衣間。

下坡風景是齒危髮禿,記不清剛結束的會議結論;五十肩癒後多年,背脊某處發癢已確定這輩子搔不到。坐困人稱美麗島,資產全數卡在上海,可謂靈肉分離。

想起自己走下坡,就提醒自己並不是只有自己走下坡,你有眼界,知道整個世界都在向下崩塌。

崩塌的世界一片荒蕪,眼前只剩下你的記憶。當記憶以青春可人之姿悄悄走向你,性感卻無辜,神秘卻善解人意。

猶如外遇。你感受殘存的睪固酮:重點不在「睪固酮」,而是「殘存」。

兩首配樂：給下一輪世界和平的備忘錄

德弗札克歌劇《露莎卡》（*Rusalka*, 1899）有著類似童話《美人魚》的情節：水精靈露莎卡愛上王子，為了踏上陸地，她必須失去說話的能力，失去永生的生命，最後終究在一連串背叛中死去。

這讓我聯想到，某種誘惑確實足以剝奪我們的言論自由、行動自由，我們的尊嚴，我們的生命。

Die Gedanken sind frei 是一首歷史悠久的德國民謠，歌詞概念甚至早於中世紀。2013 年，享譽世界的德國德勒斯登十字童聲合唱團在中國巡迴演出，基於中國的審查機制，樂團擔憂遭受刁難，在原訂表演曲目中主動刪除這首歌，結果導致德國國內的激烈抨擊，德國音樂委員會甚至嚴厲批評「屈服威權，向中國下跪」。

《露莎卡》與德國民謠 Die Gedanken sind frei 在〈反分裂家庭〉中，是兩首主要配樂。「Die Gedanken sind frei」的意思是：思想是自由的。

絕大多數的作者，無論小說家、音樂家、詩人、畫家、舞者，乃至於戲劇家、導演，創作的初衷和目的，始終是人性：身而為人，我們同樣追求安全的、自主的、自由的、尊嚴的生活，然而每個人追求理想生活的過程，總會遭遇各種挫折與挑戰，人們如何應對？人性就在這裡展現。

我們的貪婪、恐懼、無知、謊言、躁進，我們的知識、憐憫、勇氣、忠誠和愛，都是人性，都是創作者的終極關懷。

身而為人，我們同樣追求安全的、自主的、自由的、尊嚴的生活。即使有人選擇維持現狀、拒絕改變，也有人選擇突破困境、挺身守護，事實上你可以說，這代表所有人同樣在意：冀望自己與後代，能夠永遠生活在自由與尊嚴的和平世界。

這是我們的使命。

羅景壬，金獎廣告導演，臺北藝術大學戲劇研究所。1996 年起從事劇場／電視節目企劃、編導等工作。執導包括台灣、中國兩地的商業廣告片超過 1500 部。

輯一　製作思考　　　　　　　　　　　　　　　　　　　　　　　　蘇奕瑄

媒體即戰場

　　2022 年底，我剛完成第一部電影《青春並不溫柔》。那是一部以文化美術系罷課 34 天的歷史事件為靈感，以美術系學生為了爭取「創作自由」而罷課的背景下，所改編的故事。

　　後來就在這時，心媚找上我，她告訴我，她有一個企劃想做，是一系列關於「紅色滲透」的影集，當時的企劃名稱還叫《突圍》。我心裡第一個念頭是：這題材太重要了，一定要有人拍。但即使台灣是華人世界最開放的民主國家，理應擁有最多的創作自由，可是現實是，每個影像創作者心裡都有一個「小警總」，因為台灣市場小、而影視所牽扯的資金及為龐大，台灣影視圈為了生存，只能大量倚靠中國市場，影像作品中常會抹去我們的國族、國家，真空我們社會的環境，以通過中國市場的審查。

　　但我剛拍過一部關於「創作自由」的電影，如果在這裡退縮，那麼我自己深信的價值就會變得毫無意義了，於是我幾乎是沒有懷疑就加入了。

　　然而台灣影視圈裡，許多案子往往停在開發階段就不了了之，更何況這樣敏感、直接觸碰兩岸和台海局勢的題材，從要找演員、要找資金、要找到能支撐整個製作的環境，對當時什麼都沒有的我們來說根本無法想像，也沒有任何前例可循。當時說真的，一切看起來都太不可能了，但我們沒有人覺得要因為這不可能而停下，後來想想，或許正因為我們還天真，才會傻傻地敢堅持著，那份天真背後，是對最純粹創作自由的渴望，也是我身為台灣人一種近乎本能的反抗。

媒體的戰場

　　心媚一開始規劃時，列出了各種滲透的面向：政治、軍事、媒體、網紅、宮廟、黑道……等等。當時我第一個挑的就是「媒體」。

　　我對媒體一直有某種難以割捨的關注。2006 年，我看過學生拍的紀錄片《腳尾

米》，用兩則假新聞諷刺台灣媒體的亂象。那時候我第一次意識到「媒體」這件事的重要性。後來經歷旺中事件，社會開始討論新聞壟斷；再到太陽花運動後，年輕人發起的轉台行動；如今，媒體更進化成隨身的「資訊推播」。每個人也是一個小眾媒體了，可以帶風向、製造仇恨、混淆認知。

媒體即是戰場，這件事已經是個真切的事實。

電視台時代追逐的是收視率，網路時代追逐的則是流量。而資訊的力量也在翻倍進化。以前我們會說「眼見為憑」，但在 AI 技術的輔助下，眼見是否還真能為憑？我們究竟能相信什麼？

這些問題，正是〈On Air〉的核心動力。2023 年開始，我和團隊做了大量田野調查：各種國安、兵推、資安的課程；與電視台主播的訪談；對新聞生態的觀察。這些經驗一點一滴進入劇本，也形成了第三集〈On air〉的樣貌。

紅色滲透的十五年

〈On Air〉這一集的故事，其實最初有更複雜的設定。夏宇珊在 2008 年赴中國交換時，認識了藤原偉。那一年，兩岸關係正值所謂的「和平紅利」時期，許多台灣學生和青年懷著期待赴中交換、工作，之後的陸客來台、兩岸直航和 ECFA，看起來繁榮無比，2008 年同時也是中國民族主義強勢崛起、準備在北京奧運前向全世界展示「歌舞昇平」形象的時刻，但也因為這樣，維穩的力道無所不在。

原始的設定裡，藤原偉的室友來自拉薩。那年西藏爆發騷亂，北京有許多藏族學生聲援故鄉，抗議中國政府的鎮壓。藤原偉因為和室友交情深，被公安連帶帶走。這件事成了他和宇珊分離的原因。多年後，隨著台海局勢的再度緊張，兩人再次重逢。

從經濟交流開始，中國逐步擴大對台灣的影響：媒體收購、基層組織滲透、資金流入，接著是網路水軍與社群演算法的操弄。從「買台灣」到「洗台灣」，從「經濟紅利」到「資訊戰、晶片戰、AI 認知戰」，短短 15 年，台灣社會的空氣完全改變。

故事中的另一個例子是洪凱事件。里華因為晶圓廠握有解放軍機密，在前一波的美中貿易戰後想要撤出中國，中方為了防止機密外洩而軟禁洪凱，藉此讓機密不外流，雖然在劇中僅快速交代，但我也期望有更多的觀眾在看完之後會產生好奇，但我仍希望觀眾在看完後，能因此對「資訊戰」、「認知戰」、「晶片戰爭」產生好奇，去理解台灣的處境和關心所身處的世界。

我一直相信，政治從來無法與個人的生命斷然切割，每一個人的生活方式與未來，都與政治息息相關。影集裡的這些故事，說到底都是「個人生命如何在大時代中被牽動」的寫照。

影像記錄時代

我大學時讀的其實是微生物系，與電影完全無關。直到大學期間接觸了金馬影

展,看到來自世界各地的電影。後來赴法國學電影,在法國的四年間,我透過來自世界各地的電影,看見了另一個世界。我能藉由電影裡的故事去認識中東的戰爭、非洲的族群仇恨、歐洲小國的政治現實。電影對我而言,不只是藝術或娛樂,而是一種認識世界的方式。

因此,我相信影像作品不只是娛樂。它也能記錄時代,就像現在的人透過舊影像回望過去的時代,我也希望未來的人們能透過《零日攻擊》,看到這個時代的台灣。

2025 年,影集拍完並上映,一路上仍然遭遇許多顛顛簸簸的困難,但回頭看,我仍然覺得不可思議,若不是當時的天真,或許我們早已放棄。

我希望在十年、二十年,甚至百年後,不管台灣會變成什麼模樣,後世的人們還能透過《零日攻擊》,看見在這個時代台灣人的樣貌,有一群台灣人,曾經為自由反抗和奮戰過,不管是在創作上,或是在街頭上。

蘇奕瑄,大學畢業後進入巴黎法國自由電影學院學習電影導演實務,作品兼具人文關懷與影像敘事張力。以《公視人生劇展—青苔》獲得第 53 屆金鐘獎電視電影獎。其他代表作品:《失物招領》、《家族無共識》、《返校》、《青春並不溫柔》等。

輯二　專家導讀　　　　　　　　　　　　　　　　　　　　　曾令毅

透過歷史看見真實的台灣，凝聚相同的國家認同

理解戰爭歷史的社會意義

「戰爭」是人類歷史進程中一直存在的事實，過往許多民族與國家，甚至領土、主權及資源，都是藉由戰爭而建立。可以說很長的一段時間，戰爭對勝利者來說，往往是值得被記錄下來的凱歌，也是國家歷史建構的重要部分。但近代二十世紀以降，由於兩次世界大戰所導致的大規模死傷，以及毀滅性的核生化武器的出現，人類才真正開始意識到戰爭所帶來的危害，並正視維護和平的重要性。而人們對戰爭的觀念與態度，也逐漸有了本質上的轉變。現今，大多數的民主國家記述並紀念戰爭，部分是為了反省戰爭，避免重蹈覆轍，即使世界各角落、區域的戰爭與衝突仍無可避免地發生，而且正進行著。然而，反省戰爭所帶來的傷害、理解戰爭歷史，一旦戰爭發生時必須有所準備，仍然是現代民主國家在面對可能的威脅時，須建立的國民危機意識。

尤其是威脅我們的共產政權，正運用過去對戰爭的歷史與故事，建構似是而非、讓人無法分辨的假訊息與謠言，並藉由歷史詮釋的短影音、新媒體，甚至是歷史網紅的影響力與散播，讓我們逐漸脫離土地認同，陷入「兩岸一家親」的認同錯亂，進而「親中疑美」，削弱我們與民主同盟之間的互信，以及保衛自己家園的決心。

那麼，對於我們那小小多山的國家台灣，該如何記述並紀念與這塊土地相關的戰爭故事與軍事動員經驗，而這些過往對現今的我們又有何種意義呢？

作為一名歷史學者，必須堅定地強調，台灣歷史應以我們所居住地土地歷史為論述核心，並藉由台灣近代歷史上的涉外戰爭，來理解台灣在區域穩定與地緣戰略位置的重要性。同時透過多元檔案及公私文獻的蒐集與持續公開，來建立更詳實且言之有

據的史實，及以台灣本位為出發點的史觀。最後藉由歷史來獲取可用之經驗，並將其運用於現今社會的實質需求。

因此，重構台灣的歷史敘述，按照越來越公開的史料證據，公正的詮釋，應是目前十分緊要之事，也是訓練國民杜絕對岸錯假訊息，及釐清扭曲的歷史敘述等資訊戰的重點反制之道。過去那種為了國家神話與民族自信而創造的（國共）黨國史觀之歷史論述，應該可以讓它成為過去式！

筆者以兩則台灣本位為核心的史觀，介紹 1940 年代台灣對於「開戰」與「終戰」兩大歷史事件的歷史論述。

以台灣為主體的戰爭論述：太平洋戰爭認識論

一提到「太平洋戰爭」，我們大概都會想到 1941 年 12 月 8 日，由日本海軍大將山本五十六領軍的海軍聯合艦隊偷襲珍珠港事件。其主要原因是 1930 年代末期日本在中國戰事及中南半島的軍事行動等問題，致使美國因本身的國家利益與戰略考量，開始對日本進行各項戰爭資源的嚴格禁運與限制（主要是石油），而日本方面也評估日美之間終須一戰，為搶得戰爭先機、鞏固國防外圈，於是計劃率先打擊美國駐夏威夷珍珠港的太平洋艦隊。因此開啟了「太平洋戰爭」的序幕。

這樣的歷史知識（常識）大概是從學校教育、歷史課本、相關書刊、新聞媒體、電影或探索頻道及國家地理雜誌之類的地方取得對「太平洋戰爭」的理解，而這樣的理解，其實主要源自最後的戰勝大國——美國——在戰後所形塑的歷史認識。

但對於我們生長的台灣來說，由於政權交替之緣故，原本的「敵國」變成了台灣人的「祖國」，也因為戰前中華民國與美國在二次世界大戰同盟，以及戰後政權仍需美國救命來維繫。因此，戰後台灣對於「太平洋戰爭」的認識也無可避免地與美國同調，並逐漸形成一種認識論或知識體系。戰後的日本也因為戰敗的原因，在 GHQ 的佔領與反戰教育的影響下，對於「太平洋戰爭」的認識也跟台灣一樣，無可避免地走向與美國同調，尤其是 1945 年底 GHQ 還曾透過法規禁用大東亞戰爭，並將其改成「太平洋戰爭」。

但事實上，若家中還有受過日本教育的長輩，他們一定會告訴你戰前台灣沒有「太平洋戰爭」這個名詞，而 12 月 8 日的戰爭是「大東亞戰爭」的一部分。首先，就地理上來說，「太平洋」大概是東亞島鍊以東，即台灣東部以東的廣大海域都可稱為太平洋。那麼「大東亞」呢？大東亞的區域大概是戰前的日本列島以西，包括朝鮮半島、中華民國、滿洲國、蒙古、台灣、中南半島、印尼、馬來西亞、印度等國家。在地理上，兩個名詞所指涉的地域其實是相左的。

因此，「太平洋戰爭」可說是日本為了戰爭資源的取得而發動的軍事行動。但夏威夷的珍珠港是海軍軍港，並沒有石油，難道打趴美國太平洋艦隊，取得太平洋地區

的制海權，就可得到石油了？這其中有沒有我們不知道的事？

其實就美國的立場或認識來說，「太平洋戰爭」中的偷襲珍珠港，因為直接攻擊到美國領土，同時打趴美國海軍主力，就歷史記憶與傷痛來說，其影響不在話下，因此對美國來說，「太平洋」就是最重要的戰區，也是所有詮釋及故事的來源地。但事實上，在1941年12月8日同一天，日本陸海軍在太平洋海域及東南亞布下三股軍力，目的是為了「同步」以趨近零時差的閃電戰方式，同時打擊美國在太平洋的海軍主力（夏威夷）、美國在東亞駐軍（菲律賓），以及英國駐紮在新加坡的皇家遠東艦隊。其中，攻擊菲律賓的部隊主要由台灣出發，攻擊馬來西亞及新加坡部隊的則從台灣、廣東、海南島、法領印度支那（越南）集結（主要骨幹是台灣的部隊）。即使是偷襲珍珠港的聯合艦隊，也有部分隸屬於停泊高雄的軍艦。也就是說，所謂的「太平洋戰爭」與台灣密切相關。若以當時的語境來說，台灣處於日本帝國的南端，是南進的重要基地，因此在獲取戰爭資源的戰爭上，台灣自然扮演著重要角色。

再舉一例，若看過相關電影或影集，一定會對一個場景印象深刻，那個場景就是山本五十六在艦橋一直看著手錶，等著通信官傳來「虎、虎、虎」的攻擊命令。說山本在等待大本營的攻擊命令也沒錯，但更精確地說，山本正在等待的，其實是大本營傳來的另兩股軍力的攻擊時間，以此來進行不同時區的同步攻擊。也就是說，其實山本的艦隊是為了打趴美國海軍主力，讓美國海軍短時間無法反擊，為另外兩股軍力爭取更多向南推進的時間，以獲得更多的戰爭資源，其中最重要的是荷領印尼的油田。因此相對來說，取得太平洋的制海權不如獲取戰爭資源來得重要。

為什麼我們只知道「太平洋戰爭」珍珠港這一段，卻不知道與台灣密切相關的另兩股軍力？其原因除了前面提到美國戰後的「霸詮」之外，另一個主要原因是戰後國民黨對歷史教育的扭曲。戰後國民黨統治台灣，若告訴戰後嬰兒潮世代，「日本發動『太平洋戰爭』一共有三股軍力，大部分都與台灣相關，也都是從台灣集結出發的。」那麼一切就會變得很麻煩。因為當局可能還需要解釋，為什麼1945年以前小朋友的父母是「我們中國人的敵人，是日本人的走狗」？在這種情況下，抹去另外兩股從台灣出發的日本軍力，似乎比較省事。

然而，我們都要記著戰爭發生之際，台灣不但沒有缺席，也不是配角，而是要角中的要角。因此，唯有重新思考歷史名詞產生的過程，以及認識體系的形成，才能瞭解台灣在地緣政治和戰略位置上的重要性，並在歷史上真正地「看見台灣」。

日本被誰打敗、向誰投降？中國接收、台灣「光復」？

1945年8月6日和9日，美國分別在廣島、長崎投下兩顆原子彈，日本昭和天皇於8月15日「玉音放送」宣布無條件投降。中華民國也因身為同盟國的一員而成為第二次世界大戰戰勝國。同時，中華民國政府也宣稱八年對日抗戰勝利，日本向中

華民國投降。這大概是戰後台灣民眾乃至現今不少學生對戰後「對日抗戰勝利」的大致論述，也就是日本被中華民國打敗了，我們是戰勝國。但事實上，戰後以降的教科書有意刪減了許多重要的細節，以致歷史因黨國的需要而呈現「虛構化」的陳述。

首先，究竟中華民國有沒有打敗日本？先不論中華民國以空間換取時間「辛苦牽制」日軍的拖延策略，如果是真正的勝利者，照一般常理應該會在第一時間知道對手投降的消息。

時任國民政府軍事會委員長蔣介石在 8 月 15 日的日記寫道：「八時許，忽聞求精中學美軍總部一陣歡呼聲，繼之以爆竹聲。余聞孝鎮如此嘈雜究何事？彼答曰聽說什麼敵人投降了。余命再探，則正式報告各方消息不斷報來，乃知日本政府除其天皇尊嚴保持以外，其餘皆照中美英柏林公報條件投降。」

戰後奉命前往台灣接收，並擔任高雄要塞司令部的彭孟緝中將也曾在回憶錄中提到：「當勝利突然來得臨時，還沒有時間整頓補充，就負起了來台受降的任務。」

其實這些軍政高層的一手記錄與回憶，道盡了國民政府對「勝利」來得過於突然的真實反應。追根究柢，其實是中華民國政府沒想過勝利會來得如此迅速。主要原因在於日本並非由中華民國直接打敗，而是被美國的兩顆原子彈所打敗。更有意思的是，這也說明了中國共產黨根本不在「抗戰勝利」的資訊序列，一定程度上也證明中共一再宣稱主導「對日抗戰」的虛實。

因此，1945 年 9 月 2 日日本在美國密蘇里艦上所簽署的降書，主要是針對美國等九個國家的代表簽訂，並非只針對中華民國政府。同樣地，依照盟軍發出的第一號命令，1945 年 10 月盟軍中國戰區代表前往佔領及接收台灣。與此同時，第一號命令也規定盟軍中國戰區代表接收越南北部，從越南北部接收的例子，可知所謂的接收並無接收主權的意味，而比較偏向佔領的意味，就像是中國東北三省在戰後主要由蘇聯接收一樣，而蘇聯對東三省為軍事佔領，並無統治權。因此，一樣的動作用於接收台灣，嚴格上來說並無「光復」的事實。（中華民國從未統治過台灣，何來「光復」？）進一步來說，如果中華民國並未「光復」台灣，而是 1945 年後實質軍事接收及佔領，那麼中共就難以因取代國民黨統治的中華民國政權，而主張台灣為中華人民共和國不可分割的一部分。換言之，中共主張釣魚台、台灣、東沙、南沙為固有疆域的邏輯，完全是因其 1949 年消滅的中華民國曾於 1945 年「光復」台灣及周邊島嶼。

另一個證據是，同年 10 月 10 日中華民國軍隊在臺北公會堂大禮堂舉辦雙十節的照片。有意思的是，為何慶祝中華民國國慶要懸掛盟軍四國國旗？這說明了即使是實施軍事接收與佔領台灣的國府軍隊想自行舉辦雙十節，仍必須尊重其他盟國而懸掛四國國旗，不能咨意僅懸掛中國國旗（因為中華民國在台灣並無主權）。

15 天後，10 月 25 日在臺北公會堂舉行的受降典禮有盟軍代表出席，會場也懸掛盟軍四國國旗。而駐台日軍最高司令官安藤利吉是向盟軍代表遞送「受領證」，而非單方面地向中華民國遞送「降書」。由此可知「台灣光復」的虛實。

1953年4月，美國駐台大使藍欽與蔣介石有一段頗有意思的對話紀錄，特別是此時《中日和約》已簽署完畢，日本正式放棄其在台灣的權利，也許由此可以推測幾點意義，一是蔣介石也許瞭解當然台灣主權仍屬「未定」，若法理上站得住腳，蔣介石為何先於1949年1月電覆陳誠時表示：「在對日和會未成以前（台灣）不過為我國一託管地之性質。」然後在1953年再向藍欽表達：「台灣託管事，為中國人十年以來所擔心者（後略）。」這不就說明國民黨所宣稱的1943年「開羅宣言」之無效？同時也說明1945年10月25日的「光復」是軍事接收與佔領，並非主權的移交。而當時美國國務卿杜勒斯正在推動聯合國託管台灣政策，雙方也為台灣的地位問題有許多歧見，直到1954年中共發動「九三砲戰」，才改變美國的想法，並在該年11月簽定計劃已久的《中美共同防禦條約》。

　　其後，美國為了後續與台灣站在同一陣線，而逐漸模糊掉台灣地位的問題。不過，台灣地位的問題，並非台美兩國發表聲明就可改變這個事實，雙方對此也都瞭解，所以只能在其後繼續將這個問題模糊或拖延。

凝聚認同，加強心防，為守護家園而戰

　　以上兩個例子充分說明，在過去檔案文獻未被充分公開的情況之下，歷史敘述可因國家需求而被詮釋，或塑造成當權者想要的模樣，尤其是作為外來政權統治的法統與立論基礎時，歷史更像是「任人打扮的小姑娘」。而國家的認同有很大成分是從歷史教育而來，如果過去的教育讓國民的歷史認知超脫事實，甚至在廣義的國家認同上與敵人類同，那麼我們就很難建立相同的認同，也就容易被敵人分化，難以齊心對抗可見的威脅。國家認同可說是防堵投降主義最後一道防線，也是目前台灣最為重要的未解課題。

　　二十世紀以降，台灣被動地捲入許多大小戰爭，即使1945年第二次世界大戰早已結束，也許「終戰」對我們來說只是個名詞，但對於長期處於「戰爭威脅」的台灣來說，隨即因國共戰爭方興未艾，而使得戰爭一直未能遠離，不論是實際發生的古寧頭戰役、八二三砲戰、東山島戰役、台海空戰、飛彈危機等，或是體制上的戒嚴體制、動員戡亂體制等，直到現在中共的文攻武嚇、共機繞台，以及資訊戰與認知作戰之威脅。

　　政府除了在加強軍民間的國防力量，及透過地緣政治籌碼與科技供應鏈，來拉攏民主國家陣線同盟協助外，也應該認知到我們一直都面臨戰爭的威脅，「和平」是建立在憂患意識與自立自強之上，而非委曲求全的投降主義。唯有加強國防意識、武裝自己，才能守護得來不易的民主，抵抗威權與保衛家園。

　　國防力量除了可見的「武裝」，最重要的還有「心防」。只有對自己的國家、對居住的土地歷史有正確的認識，不因敵我認知困惑而潰散，才能對守護的家園有正確

的認同，將力量凝聚到最大。尤其是國軍在「正常化」、國家化的過程中，應從軍事院校教育和教材及軍事博物館中，全面檢討建軍理念及國防概念的敘述，使其知曉歷史的多面性與複雜性，並非過往的單一敘事，才不會陷入「為誰而戰、為何而戰」的困惑；將歷史知識與國防教育相互結合，使軍民團結一心、認同台灣，成為一股抵抗對岸認知作戰、錯假訊息的重要思想戰略與堅實力量。

曾令毅，國立臺灣師範大學歷史學系博士、淡江大學歷史系兼任副教授。

輯二　專家導讀　　　　　　　　　　　　　　　　　　渡邊將人

一齣為台灣有事施打「預防針」的影視作品
：民主主義與自由正是台灣的軟實力

　　對日本而言，「台灣有事」不是別人家的事，而是現實的危機。《零日攻擊》利用政治對立、社會差距、經濟活動、科學技術，製造分裂離間、進行認知作戰等情節，比起一些血淋淋的戰爭場景還要來得真實。令日本的觀眾朋友感到訝異的是，原來這部作品不是一部戰爭片，而是一部劇情片。對於筆者這樣的外國人而言，《零日攻擊》這部作品所描繪的下列三種「台灣社會的特質」，更覺有趣。

　　第一是國民黨與民進黨的性格，完全不同於美國或世界各國的兩大政黨。
　　同樣是政治兩極化的社會，在美國，兩黨之間的不同，取決於該黨在中央政府裡所扮演的角色，共和黨（保守派）與民主黨（自由派）分別被定義為「小政府」與「大政府」。然而，在台灣，兩黨之間的不同，卻好像是取決於國家成立、身分認同等立場。《零日攻擊》這部作品中出現的虛構政黨，是以國民黨與民進黨作為原型改編而成。台灣觀眾可以立刻看出哪邊其實是在刻畫哪個政黨，但是對外國觀眾而言，可說是霧裡看花。此外，劇中現任總統講著一口流利的台語，究竟是為了表達什麼樣的涵義？對此，外國觀眾其實是一頭霧水。因此，筆者認為，日本朋友若要觀看這部作品，必須對台灣有一定的基礎知識，才能進入劇中世界，而且要仔細反覆多看幾次，才能透過這部作品知道台灣的情況。二十世紀「第三波民主化」當中，像台灣這樣，威權主義時代的執政黨還能存活下來，這種案例十分罕見。至於民進黨，則是從民主化運動誕生的政黨。兩黨的不對稱性相當獨特。

　　台灣的政黨因為爭論的軸心不同，所以不能輕易地直接與日本的政黨做比較。日本的左派最大的特徵是，根據日本憲法第九條而主張一種獨特的和平主義。若有政黨主張「為了防禦中國入侵，必須做好軍備」，這種想法多半有可能會被日本的左派人士視為右派思想。然而，台灣的民進黨支持同性婚姻、反對核能發電、推派女性總統候選人參選，在社會政策方面是屬於自由主義。這幾點與美國的民主黨十分相近。而在日本，親中與反中，則是區分左派與右派的重要指標。然而，這樣的分類不能直

接套用到台灣的政黨台灣的政黨。因此，看了這部戲劇的日本觀眾，可能會有所誤解，以為劇中訴求和平的遊行隊伍是屬於日本國內的「和平主義者」（左派人士）。而劇中也有一些年輕人受僱使用暴力攻擊遊行隊伍中的民眾，導演想要透過這些場面表達什麼樣的複雜涵義，對外國觀眾而言，可說是理解台灣政治時的一道魔王題。

第二是台灣與中國之間的深刻連結，以及與之完全相反的「台灣身分認同」之根深柢固。

無需贅言，台灣不僅與中國的語言相通，長年以來，居住在對岸的親族或赴對岸發展的台商也是人數眾多。而這部劇集的主題之一，是探討當「台灣有事」真正發生的時候，應該選擇逃離台灣，還是留在台灣。與香港一樣，能夠馬上逃到國外的人，也僅限於有相當積蓄及相當人脈的部分人士。逃不掉的人就只能留在原地繼續過活。不過，令日本觀眾感到詫異的是，台灣竟然有一些想要逃到「敵方」中國的台灣人。

目前各國對於台灣有兩種先入為主的觀念，而且這兩種觀念是兩極化的。一種是誤以為台灣與中華人民共和國一樣，另一種是把台灣視為一個名為「TAIWAN」的獨立國家。目前很多日本人是屬於後者。因此，許多第一次到台灣來的日本觀光客親眼目睹「中華航空」或是年號使用「中華民國」，多半會覺得不可思議。他們不清楚「中華民國」的前後脈絡，同樣的，這也意味著他們有必要瞭解白色恐怖以及台灣如何邁向民主化的那段歷史。

《零日攻擊》真實描繪了台灣社會的本土文化，例如劇中人們相當重視寺廟舉行的法會、誠心拜拜，這些鏡頭格外吸引外國觀眾的眼球。主角們對話時常常夾雜台語，有時還出現廣東話、客家話、越南話等。到了競選期間，年輕的候選人也會使用台語為自己宣傳。今天在台灣，大多數人對於自己的身分認同，都認為自己是「台灣人」。其中令觀眾感動的是，劇中有一對親子及一對夫妻，無論出生在何處，都把台灣當作自己的故鄉愛著。本劇主題曲是由曹雅雯演唱的台語歌曲〈風聲人影〉，歌詞是出自本劇監製林錦昌之手，歌曲勾起人們的鄉愁。對於到過台灣，尤其是到過南部的日本人，只要聽到這首歌的旋律，或許就會想起旅行期間的美好回憶、以及當地居民的友善笑容。

第三是移民的國外網絡，與台灣人在國際交流上的程度之深。

本劇中，一位擁有台灣與美國雙重國籍的台灣人出馬競選總統。要成為候選人，就必須放棄美國國籍。然而在日本，雙重國籍原本就是一件在法律上不被認可的事，因此日本觀眾看到這裡，一定會覺得這個角色的人物設定十分不可思議。因為就連「日系美國人」（日本人的後代、美國日僑），只要還保有美國國籍，就無法取得日本國籍，在日本也就沒有投票權。在《零日攻擊》劇中，除了虛構的角色如台美雙重國籍的台北市長一家人之外，還有許多華裔人士、台美混血兒等各種跨越國境的人物

演出。他們可能是捍衛台灣的英雄，也可能是危害台灣的間諜。而在現實生活中，擁有複數的國籍、說著複數語言的台裔及華人，往往可能是銜接世界與台灣並守護民主主義的明燈，抑或可能是從台灣內部製造威脅的危險存在。

順道一提，筆者與「台灣」的緣分也始於美國。1999年筆者完成碩士論文後，曾在華盛頓的聯邦國會工作過一段時間。當時筆者擔任的眾多工作當中，有一項任務就是應對來訪的台灣外交官及台裔當地媒體的「lobbying」。2000年，筆者在紐約民主黨希拉蕊·柯林頓聯邦參議員選舉總部，負責向華裔選民宣傳拉票。當時筆者常拜訪被稱為「Little Taipei」的紐約皇后區法拉盛（Flushing）。在那裡，筆者親眼目睹藍營與綠營把兩黨之間複雜的對立帶進美國，他們對於實施基本國勢調查時應該使用「Taiwanese」或「Chinese」爭論不休。

在對比中國天安門事件民主化運動的失敗，與台灣邁向民主化的成功時，常被問到的問題之一，就是究竟是否「支援民主化的國外網絡」的存在。天安門的遊行全然是中國國內的活動，並未接受國際的支援，在孤立無援的情況下單獨展開。而台灣則是在民主化的過程中，有來自旅美台人（包括逃亡者、移民、留學生）的支援。美國的議員十分重視自己選區裡的台裔選民。雖然台灣與美國沒有邦交，卻能影響美國政治，其主要原因之一就是這些當地的台裔美國人的存在。

因此，這部作品的關鍵人物就是從美國回台、想要競選台灣總統的台北市長。對日本觀眾而言，或許很難想像，但卻有一種令人深感興趣的真實性。現實中，台灣已誕生一位從美國回台、台美混血的副總統。從以前到現在，台灣人在留學期間都會在國外建立良好的人脈。日本與台灣的深厚情誼也是如此。演員高橋一生在劇中飾演一位留學生，在留學期間與劇中另一位關鍵人物——台灣記者墜入情網。

透過這部劇集可以感受到，從政治上的分裂、經濟差距、網紅社會等縫隙不知不覺滲入的認知作戰之恐怖，同時也能感受到台灣的民主主義之強韌性。

第一種強韌性，就是擁有執政能力的兩大政黨之間，保有健全的、可輪替的緊張關係。

在強韌的民主主義中，從內政到外交，有統治能力且可輪替的複數政黨是不可或缺的。早稻田大學名譽教授若林正丈先生曾經提到，「民主化」與「台灣化」不能劃上等號。台灣的「民主化」，已顯現出一種成熟與策略性，並不是單純對國民黨的反撲。換句話說，民進黨對於台灣的民主化功不可沒，但並不完全是一場推翻國民黨獨裁政權的「革命」，而是先有國民黨內部的「改革」，解除戒嚴令之後，台灣的民主化才逐漸啟動。直到台灣真正民主化之後，國民黨也仍舊能以一黨之姿存留下來，成為健全的兩大政黨之一，並向下扎根。這意味著台灣具有自我改革的柔軟性。

這部劇集並不像是「挺民進黨」的作品，而是以超黨派的觀點製作而成。劇中，台北市長想跳脫上一輩的舊黨政爭，探索新型態的政治。或許這投射出現實生活中，

台灣選民希望理想的第三政黨出現的心境，但也可能顯示出希望國民黨能夠蛻變的期待。此外，這部作品也讓觀眾感受到，為了保護台灣，民進黨與國民黨必須攜手合作。這部作品最有嶄新創意的地方，就是把劇集中的第一英雄設定在藍營的新世代。

第二種強韌性，是媒體與新聞記者能夠自由地對公權力進行批判。民主主義的前提條件中，最重要的就是新聞業的自律與成熟。

本劇的關鍵在於電視報導。令人感興趣的是，台灣在1990年代是電視界的全盛時期，在時間上與民主化完全重疊。黎明時期的台灣電視新聞，受到美國的新聞報導方式影響，加上不必再擔憂政府干預言論，從壓力中解放後，陸續引進了各種美式新聞節目製作的點子。TVBS《2100全民開講》等call-in節目就是很好的例子。為了鬥垮政黨輪替後的民進黨，這份能量不僅促使了藍色新聞媒體趨向成熟，也鍛鍊了民進黨政權的政治家們。雖然台灣的政論節目並非中立，而且往往帶有色彩，但如果黨派色彩明確區分，便能鍛鍊觀眾們的政治媒體素養。

在這個網紅主導資訊的時代，既有的媒體新聞從業人員所承擔的責任更是重大。本劇也描繪在商業主義與新聞倫理之間進退兩難的困境。劇中一位女性主持人努力想傳達來自中國看不見的侵略的秘密消息，這段情節或許在現實生活中會讓全世界的新聞從業人員緊盯螢幕。

筆者曾經在《臺灣的民主：一場經由媒體、選舉、美國三方協力擠壓抬升的造山運動》（日文版於2024年由中央公論新社出版，中文版預定於2026年由遠流出版社出版）自著中提到，政府實行任何政策都需要人民對政府的信賴，在「台灣有事」的情形下更是如此。在台灣，政治是由人民實際變革的，這份共同經驗將成為很重要的後盾。而這也是日本缺乏的經驗。民主化的成功，這份共同記憶，正在慢慢醞釀出台灣人民對政府的高度信賴。正因為如此，即使有天災或疫情，短時間內權力都集中在政府手中，絕不會那麼容易回到極權主義。

能夠創作出這種具政治性的虛擬作品，並且有拍攝出這部劇集的自由，這正是台灣的民主主義的最大魅力。也就是說，《零日攻擊》能在全世界播映，代表台灣能夠將軟實力推向國際。香港曾是自由之地，本劇透過「強哥」這個淪為壞人的香港角色作為象徵來描繪。因此，在台灣能夠享受自由，其價值如此之大。最後，我想從日本大聲呼喊：「台灣的民主主義，直到永遠！」

渡邊將人，芝加哥大學碩士、早稻田大學博士、日本慶應義塾大學教授。

輯二　專家導讀　　　　　　　　　　　　　　　　　　　　　　　　　　　　阿潑

「台灣有事」的十種劇本

　　作為自小定期接受防空演習，且經歷過1996年台海危機的台灣人，「中共犯台」對我來說，就像是定期接種疫苗，透過病毒攻擊身體，讓免疫系統得以工作；畢竟，你不知道究竟何時會發生（染病），卻得提防它發生，又或者它可能已經發生（確診），但因為疫苗作用或其他因素，你對病菌已然攻擊身體毫無知覺。又或者，你會過度焦慮，口罩不離口，酒精隨時有。

　　生活還是要過，焦慮的，仍是少數人。當《經濟學人》昭示「台灣是全世界最危險的地方」，而外媒輪番訴說台灣的戰爭準備時，對絕大多數台灣人而言，宛如他方敘事——畢竟，從上個世紀開始，無論政權如何轉換，台灣人世世代代都在面對各種戰爭的威脅。但也因為如此，有人會疲乏麻木、毫不在乎，有人則承襲上一代的戰爭記憶與恐懼，畏懼戰爭渴望恐懼，當然，也有少數人對局勢敏感，或具有風險意識。誠實地說，2022年夏天之前，我是屬於第一種人。

　　2022年8月，美國眾議院議長裴洛西訪台，她前腳一離開，中共大規模軍演後腳就跟著來。儘管部分台灣人感到憂慮，但也有些台灣人跑去海邊看熱鬧，絕大多數的人都跟我一樣，如常過著自己的日子。

　　雖說如常，但於我並不真的平常。當時，我確診COVID19，依據中華民國政府規定，我必須居家隔離，不得與人接近。因此，中共軍演對我產生的效果，和過往有些不同，防疫如戰，有一天，我看著天花板想著：「如果這不是軍演，如果導彈真的落下來，我是該逃，還是不該逃？」我的房間只有一瓶水、一包餅乾還有一袋清冠一號，明顯無法面對戰爭狀態，但離開居家隔離，身帶病毒的我，會製造另一種威脅。

　　這是我出生以來，第一次對「戰爭」有了風險意識的思考。不過，真正令我有「戰爭逼近」之感的，是便利商店和高鐵站電子廣告看板遭人駭入，改成羞辱裴洛西的字

句。儘管這只是帶著恫嚇意味的網路攻擊事件，在體感上比不上軍事演習來得有威脅性，但反而讓我感到「敵人破壞」是如此近身而容易，才開始緊張了起來。

由此可知，時至今日，戰爭故事無需搬出坦克飛彈，恐懼的引示也未必要血肉模糊，當戰爭論述隨時局變化且推進，以戰爭為題的創作，便不該落入傳統窠臼，也應有時代的精神。因此，2025年夏天推出的《零日攻擊》，在各種角度上看，都是當代的產物，具有時代意義——至少對我來說，彷彿整整三年前那看得見與看不見的威脅，都被具象為戲劇，以故事的形式統合到了我眼前。

根據媒體報導，《零日攻擊》的製作緣起，也是2022年，背景卻是俄烏戰爭。影集製片兼總編劇鄭心媚接受BBC採訪時表示，看著俄羅斯透過認知戰一步一步滲透烏克蘭，而後實質入侵，讓她內心產生急迫感。她說，類似的戰爭早就在台灣開打了，只是「沒有煙硝」，因此，多數台灣人還不願直面議題。

「戰爭在台灣好像是房間內的一頭大象，他明明就在這裡，但大家一直覺得這個議題很敏感，不想去談。但不去談不代表它就會不見⋯⋯而且事實上，我們以為戰爭還沒有發生，可是其實戰爭早就已經發生了。」

「戰爭早就已經開始了」，既是《零日攻擊》的台詞，也是創作核心。作為台灣第一部以台海戰爭為題的劇集，《零日攻擊》藉由中國解放軍對台灣行使軍事行動的假想，探討新形態戰爭——混合戰（Hybrid Warfare）於台灣發生的樣態與可能。

早在鄭心媚萌生製作《零日攻擊》之意前，日本前陸將渡部悅和便對日本媒體提及，「台灣有事」（有緊急狀況）是一種「混合戰」，這場戰爭並非中國與台灣的正規軍正面對戰，而是為了讓事態升高，特意模糊軍事和非軍事的界線以改變現狀的手法。他認為中國已對台灣發動這種戰爭，對此，他也發想了八種劇本：軍事成分最薄的一種就是以民主選舉的方式扶植親中政權，其他依序為：發動駭客攻擊引起騷動、內亂、攻擊離島地區、進行海空封鎖、展開短期激烈戰、飛彈攻擊，最後是登陸戰。

而《零日攻擊》的「戰爭內容」，正也是在這八種劇本中交雜：有選舉、有駭客、既攻擊離島地區，也行海空封鎖，更有動亂的製造。第一集，就是「選舉」，故事即由「投票」開始展開：投票日那天，投票所發生爆炸案，雖然影響投票率，但最終由以「和平、反戰」為訴求的民主黨候選人王明芳擊敗代表自由黨的現任總統宋崇仁獲勝。

支持王明芳的民主黨黨主席與資深黨員，受到中共收買，意圖將年輕的女性候選人推上檯面，好進行背後操控。他們脅迫這位「小女孩」接受一國兩制、簽下和平協議的要求。此時，台灣正在新舊政權交替的空檔，先是大膽島士兵被解放軍綁架，再是中共以援救墜機的運八為由，包圍台海。在這緊張的情勢下，王明芳陷入掙扎，只能宣布脫黨，後與宋崇仁共組聯合政府。

在這一集中，王明芳簡直是大國勢力的拉扯下，必須尋找出路的「台灣」象徵：不願面對戰爭，卻也沒有選擇。「不論戰爭或和平，都是被中共逼著選擇，但這會讓

我們失去自由民主。」這位總統當選人在記者會上表示，自己不是非得在戰爭或和平（投降）中做選擇不可，她希望能找到一條不流血的路，一條保護台灣民主自由的路。

但《零日攻擊》並不是一套告訴你「單一主角怎麼找路」的勵志戲劇。劇名取自資訊安全術語「零日攻擊」，指的是軍事行動發起前，透過一連串的攻擊，徹底癱瘓台灣的防禦能力與社會運作，而這部作品的意圖，就是透過戲劇將抽象的國安議題具象化，引導觀眾反思：在真正的「零日」到來之前，我們會遭遇什麼？

《零日攻擊》是以獨立單元劇形式發揮的作品。如同英國劇集《黑鏡》為探討新技術利用的副作用，將每一集的背景設置在架空的現實或近未來，並透過黑暗和諷刺的語氣來表現劇情，《零日攻擊》則將故事設定在戰爭可能發生的特定情境下，由創作者透過多組角色、多條敘事線、多個情境的發想與相互補充，如同一起面對混和式威脅的「社會兵推」那般，以寫實、科幻、黑色幽默等樣貌，來回應「台海有事」的假想。

每個單元劇的故事、形式雖然不同，但我認為，所有故事創作的本質與核心精神，貫穿其中，如人性，如選擇——事情發生時，個人所做的選擇，小至自己的人生，大至國家社會，都會受到影響。而「投票」作為全劇的「破題」，便是這個核心命題的展現。

首集的集名〈戰爭或和平〉便是最好的例子，其預示了全劇故事走向皆受人物的「選擇」左右，而故事人物也都必須為自己的決定負責。

除此之外，〈戰爭或和平〉也作為背景之用，透過情勢的推進及政治運作的理路，建立《零日攻擊》的世界觀和時間軸，為之後的集數奠定敘事座標，也讓這些故事無須解釋背景，更有聚縮在個體性格與編導創意空間的餘裕，並開展出兼具小品與多樣類型劇的獨立單元劇特色。

像是第二集〈蛇仔〉宛如人生劇場的敘事節奏，展現眼界淺短的青年如何一步步走入歧途犯下錯誤，第六集的〈金紙〉以偽紀錄片形式，凸顯戰火來臨前，兩岸婚配的台商掙扎，而第七集〈海倫仙渡師〉則以科幻形式，另類詮釋鄉下選舉的荒謬情事。而這種多維度的呈現，避免了單一視角可能帶來的片面性。

其他集絕大多數都扣著資訊戰與滲透的議題發揮：無論是呈現遭到滲透的媒體、踏入陷阱的網紅、藏有資安漏洞的科技產品，都彰顯了資訊被操控、輿論遭混淆，而公共信任因此受到破壞的可能性，此外，無論描繪中共代理人如何公開透過媒體向大眾洗腦、私下操縱青少年或威脅利誘體制內的人，或是發動煽動示威與暴動，以製造內部瓦解與恐慌，這些結合傳統軍事、網路戰、心理戰與社會操作的故事，不僅體現當代混合戰的多面向特性，也讓觀眾在觀劇過程中，認知到台灣社會被迫面對敵軍的入侵威脅外，也有內部裂解與認知操控的存在，提升政治思辨的厚度。

須強調的是，獨立單元劇的敘事手法有其優點與缺點，優點在於它成功地呈現了社會的多元性與層次感，也因編導與形式不同，使得《零日攻擊》的觀看過程，充滿

不可預期的樂趣；缺點則是十個故事的風格與節奏不盡相同，讓觀看體驗顯得有些破碎，對於某些觀眾來說，缺乏一致的主軸貫穿前後，可能令他們每集都需要重新適應節奏或找到焦距，而無所適從。然而，這種嘗試本身就值得肯定，它為台灣影視創作提供一種新的可能，證明了複雜的社會議題，可以透過多重敘事來呈現。

在我看來，每一集都有特定人物、特定線索的箝入和布局，或許在全劇終之後，觀眾回想或重新品茗，可以發現另一個綜觀全局的樂趣：像是全劇鋪排從順序政治人物到市斗小民，從媒體科技到人物親情，從大局到個人，再從個人到大局之間互相扣合，卻又各自獨立。劇情的發展往往靠的是角色們那一念之間的決定。

例如，在第九集〈突圍〉中，那些被中共代理人吸收的公務員，都是為了家人走上險路，而那些冒險逃獄的重刑犯，則是為了金錢和自由，只是面對舉著五星旗的民兵毫無道理的武裝火力時，為了求生，他們邊說：「我有得選嗎？」邊冒著生命危險反擊：「台灣人不是這麼好欺負的。」生死交關，每個選擇都是真心的。

既然是以戰爭為主題，那麼，就有敵我之分，「敵我辨識」也成為《零日攻擊》重要的核心概念。但「敵人」並不直接指向「軍事侵略方」或中國解放軍，而是一種與自己信任的價值、與己方背離、意味著錯誤的那方。於是，「敵人」就像鬼神一樣，在其他各集以不同形式具現。

第一集中，總統當選人王明芳搭車行經凱達格蘭大道，看到示威抗議的群眾遭到暴力攻擊，搖頭說：「我們真的分不清楚，到底誰才是真正的敵人。」這個一閃而過的鏡頭，到了第二集的最後，成了普通市民蛇仔「犯罪」的現場，而蛇仔對付的「敵人」，其實是他因做錯決定、走錯路徑而讓自己不斷遠離的理想生活。

「敵人」如此多樣──對於戰爭時只能留在台灣不能逃的人來說，在他們心理上，「逃去中國的」可能就是背叛者、是敵人；而就算是中配的兒子，挺身解決國家的難題，就不會是這塊土地的敵人。無論是「賄選買票背離民主」、「製造假新聞混淆視聽」或是「煽動輿論分化群眾」，每一集角色們都得在辨識敵我、信與不信、堅持與背叛之中，做出選擇，找到解決問題或是拆解危機的那條路。

而王明芳的那句「我們真的分不清楚，到底誰才是真正的敵人」，到了最後一集以國軍為主角之時，再次迴盪──主角吳子運（小吳）堅信的師長、國防部的長官誘他誤認同事有問題，事實上，長官才是出賣情報的間諜，當小吳不知道該相信誰時，長官提出質問：「誰才是你真正的敵人？」對這個長官來說，美國才是敵人，而中國是「血濃於水」的家人，他認為和平止戰的方式，就是製造流血衝突，「讓台灣人看到戰爭的可怕。」

最終，小吳做出的選擇，是自己真正的家人──即在前線守衛國土的親弟弟，此時，他分清楚自己「真正的敵人」，是他過去一直信任的長官。而伴隨小吳選擇而響起的，是第一集出現的準總統王明芳的語音：「我們不是在戰爭跟屈辱之間做出選擇，而是確保我們的生活方式不會被剝奪。」

《零日攻擊》要訴說的，不是戰爭，而是每個平凡如你我的「生活」，因此，每一集的角色都在過日子，都是為了生活，而做選擇。一如先人跨越黑水溝、爭取民主自由那般。所以，最後落定的台詞是：

　　「沒有選擇就沒有我們，沒有自由就沒有台灣。」

　　儘管《零日攻擊》有著剛硬的主題外裝，讓人誤以為是陽性敘事或是國家教義的宣揚，但若靜心觀賞到最後，你會發現，這部劇集如同世間所有的故事一樣，皆是命運的選擇題，也都是人性的反映而已。

阿潑，文字工作者

episode **1**

第一集

戰爭或和平

編劇　鄭心媚
從新聞編輯室到職業編劇,始終捕捉著台灣政治與文化現實的脈動。作為金鐘獎得主與前新聞記者,以擅長描繪東亞民主、媒體與身分認同的張力而聞名。主要作品有:《零日攻擊》、《商魂》、《鏡子森林》、《國際橋牌社》、《奇蹟的女兒》、《燦爛時光》等。

導演　洪伯豪
2010 年獲得新聞局補助拍攝短片《畢業旅行》、入圍金馬獎最佳創作短片;2017 年以電視電影《我親愛的父親》入選金馬影展。

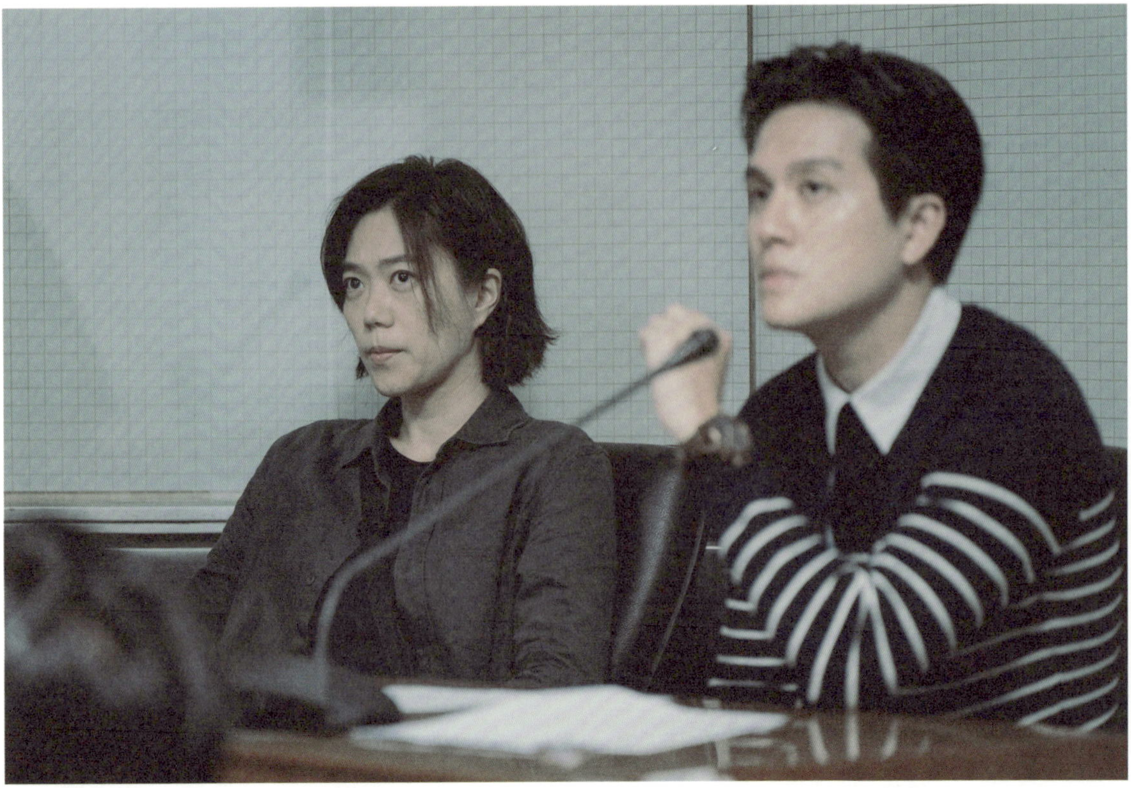

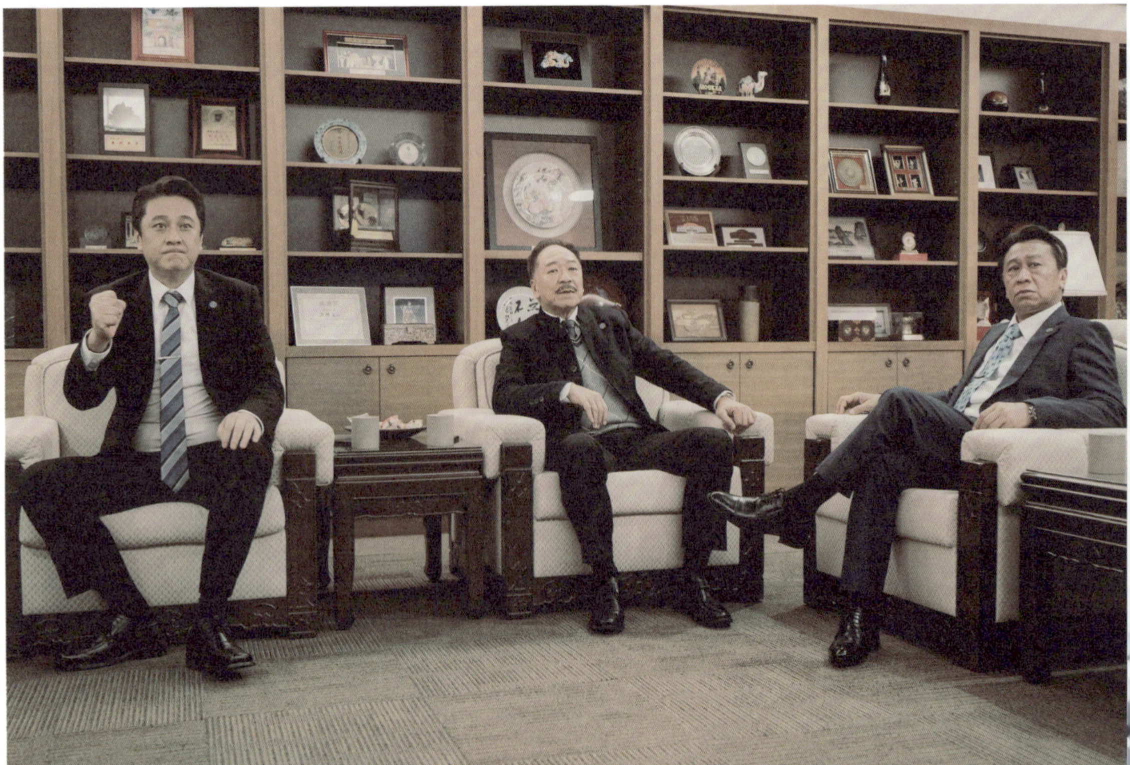

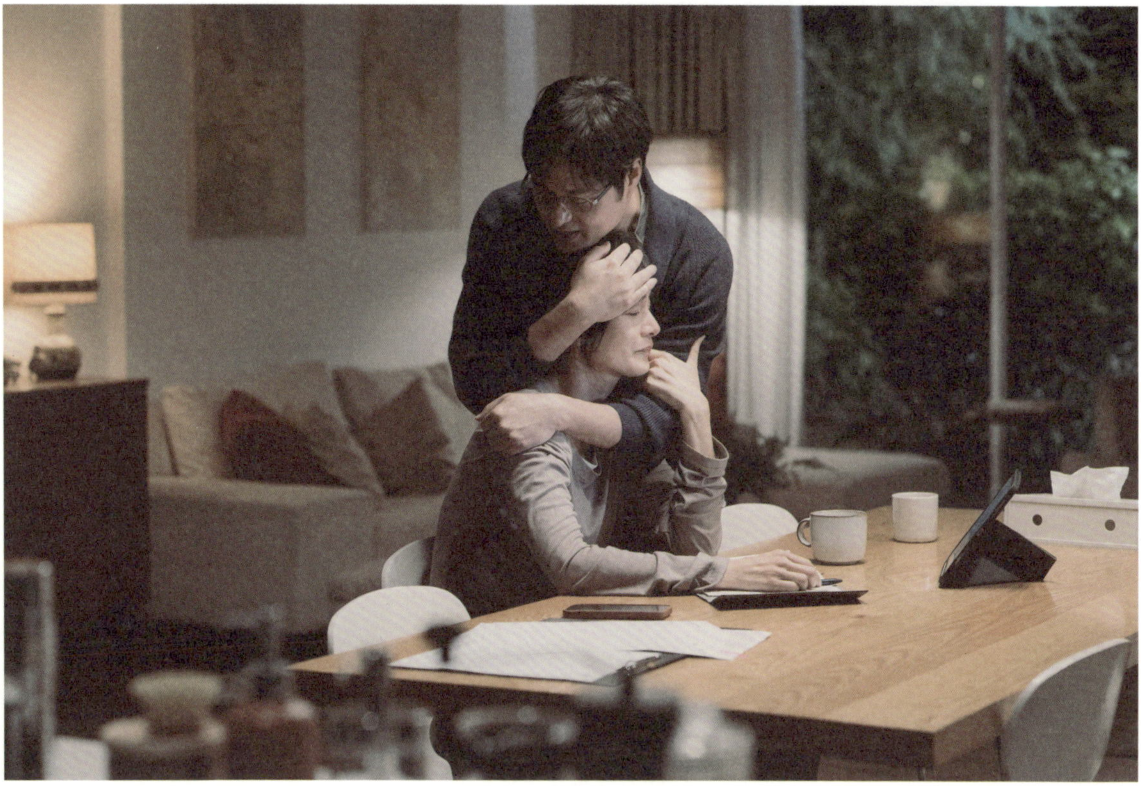

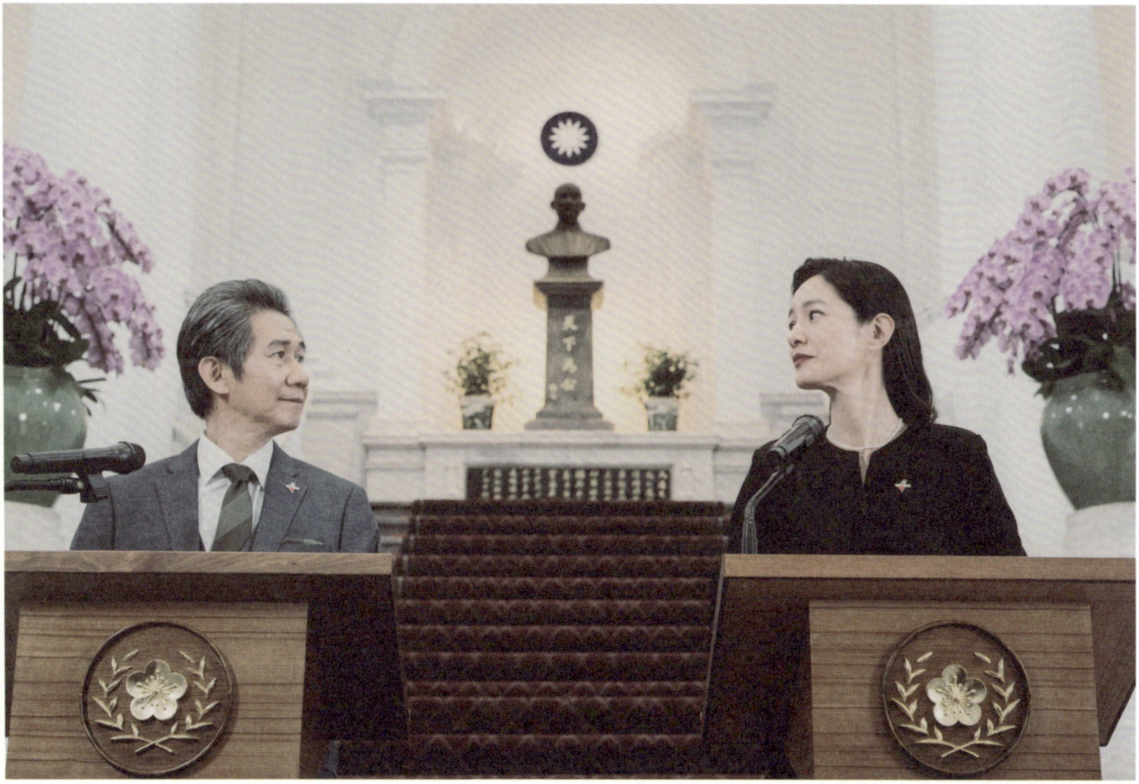

| S｜1 | 時｜日 | 景｜投開票所 |

△ 總統參選人王明芳跟先生楊又雲來到投票所，夫妻兩人牽著手，看起來感情很好。一旁跟著一票記者，邊走邊訪問，鎂光燈不停地閃著。
△ 這是個較大型的投開票所，一早就湧進了投票的人潮，大家看見王明芳出現都很興奮，紛紛熱情地跟王明芳招呼、圍觀，還有人大喊：市長加油！對著王明芳比讚，可以感覺得出來，王明芳在這裡很受歡迎，是王明芳的鐵票區。
△ 王明芳的特勤莊又如跟在一旁，隨時警戒著。

　　　　　　　　　記者
　　　市長，你現在心情怎樣？昨天睡得好嗎？

　　　　　　　　　王明芳
　　　　　　　很輕鬆。

　　　　　　　　　記者
　　　市長，你對選舉結果有把握嗎？

　　　　　　　　　王明芳
　　　我相信台灣人民會做出最好的選擇。

　　　　　　　　　記者
　楊教授，你可能會是台灣第一個第一先生，有什麼感覺呢？

　　　　　　　　　楊又雲
　　　謝謝，我現在只是物理學教授。

△ 王明芳依照規矩，拿出身分證領選票，交出手機。莊又如時刻警戒著，此時，莊又如發現，圍觀的人群裡，有個約莫二十歲上下的年輕男性（小李），鬼鬼祟祟地鑽動著。身上揹著一個大包包，一邊拿著手機講電話，一邊眼睛不停地盯著王明芳。看見王明芳走進去投票，男子馬上掛上電話，轉身快步離去。
△ 莊又如直覺有鬼，默默地趕緊跟上。男子走上二樓教室，不時四處張望，似乎擔心有人發現。莊又如悄悄地跟著⋯⋯。
△ 王明芳跟楊又雲一起對著媒體鏡頭微笑投票，兩人在媒體跟民眾的簇擁下，走出投票所。
△ 這時王明芳被記者堵麥，停在投票所門口。
△ 莊又如跟著那名行跡詭異的人來到二樓，她瞥了一眼底下王明芳投票的狀況，一下子那男人就不見了（小李這時進入二樓教室設置炸彈）。她正往男人反方向搜尋，聽到

episode 1　戰爭或和平

聲響轉頭，發現那個人剛走出教室。

莊又如
欸，先生！

△ 那男子突然逃跑，莊又如趕緊追上。男子手腳俐落，莊又如來不及追上。

△ 此時，背景聲音有時鐘倒數的滴答聲響起。一聲爆炸聲響起，整個投票所，煙塵四起……。

△ 莊又如很是震驚。楊又雲驚嚇地回頭看著爆炸的投票所，找不到王明芳，一時間反應不過來……。

S｜1-A	時｜日	景｜高架道上

△ 軍事吉普車、軍事裝甲車，前後壓陣。王明芳的隨扈車隊加上幾輛警車開道，高速疾駛在快速道路上。

S｜2	時｜日	景｜災害應變中心

△ 台幕僚張永平（約35歲）、謝日雲（約40歲）、北市警察局長連敬忠（約50歲）腳步匆匆從災害應變中心走出來，看著在門前下車的人，一臉驚慌。張永平上前，表情像要流出淚來。

張永平
市長……。

△ 隨著張永平遞上的面紙，我們這才看到，下車的人就是王明芳，她的臉上、身上都是灰渣，身邊多了好幾位維安人員警戒地跟著她。她接過幕僚張永平（約35歲）接連遞過來的紙巾，邊擦邊腳步匆匆地走進災害應變中心、謝日雲（約40歲）、台北市警察局長連敬忠（約50歲），邊走邊跟王明芳報告。

王明芳
現在傷亡狀況如何？

張永平
是土製炸彈，威力不大，還沒有發現有人死亡。受傷人數還在統計中。
目前，傷者約有二十多人，都沒有生命危險。

王明芳
又如呢？

謝日雲
她留在現場協助。

王明芳
可能會是誰做的，警方這邊有想法了嗎？

連敬忠
報告市長，這個，我們還在調查。只是剛剛，一九九九接到了恐嚇電話。
我們擔心，其他投開票所也不安全……。

△ 王明芳接過連敬忠遞上的報告，臉色凝重。
△ 一直在一旁擔憂地看著王明芳的張永平，終於忍不住提醒。

張永平
市長，你應該要先去醫院檢查……。

王明芳
不用，我沒事。（轉頭問連敬忠）怎麼會只挑台北市的投票所？
其他地方有收到什麼消息嗎？

張永平
目前沒有。

△ 王明芳走進災害應變中心，裡頭大型螢幕可以看到爆炸現場一團混亂，警消正在急救，大批媒體正在採訪。分割畫面裡，現任總統也是候選人的自由黨宋崇仁以及新進黨候選人黃奕君、中選會主委陳慶安都在線上等候。

王明芳
宋總統、黃主席、陳主委。
我們接獲了恐嚇信，指出台北市的其他投開票所也可能被放置炸彈。
我建議，為了人民的生命安全著想，我們應該立刻暫停這次的總統大選。

陳慶安
這個，暫停選舉茲事體大，我想，是不是，讓我先研究一下法規……。

王明芳
陳主委！爆炸發生在早上八點半，現在是九點，距離投票結束還有七個小時，

40　｜ episode 1　戰爭或和平 ｜

這七個小時，隨時都可能有人再受傷死亡。我們不能讓人民冒風險投票。

宋崇仁
王市長，我也贊成人民的生命安全保障要擺在第一位，但貿然停止投票，可是會影響憲政體制。台灣不能因為被恐嚇，就破壞好不容易建立起來的民主制度。

王明芳
只是先暫停，擇日再辦，又不是不投了？

黃亦君
全台灣都已經開始投票了，現在突然停止，恐怕會影響選舉公正性。我反對。

王明芳
你們現在看看現在的狀況，你們是要民眾拚死投票嗎？

宋崇仁
王市長，你不要激動。陳主委，你研究一下，還有什麼方法可行？

陳慶安
這個……，既然只有台北市有危險，那是不是，我們關閉台北市的投票所，進行全面安檢就好。我們可以緊急加開鄰近縣市的投開票所，讓台北市民一樣順利投票。

黃亦君
這樣的確是兩全齊美的辦法。我也贊成。

宋崇仁
嗯，這樣可以。很好，很好。
王市長，你覺得呢？

△ 所有的人目光看著王明芳，等著王明芳的決定……。

S│3　　時│日　　景│投開票所內／外

△ 大批的軍警、防爆人員，在投票所進行大規模地安全檢查。
△ 媒體記者在現場採訪、報導進行ＳＮＧ連線。

主播（On Air 明日新聞台）
記者現在所在的位置是台北市東湖國小的投票所，可以看到大批的軍警已經進駐，進行全面的防爆安全檢查。為了全體市民的安全，以及確保總統大選的投票順利進行，

市長王明芳決定，延後投票兩個小時，先全面進行台北市所有的投票所安全查。等確定投開票所安全後，再開放市民投票。由於台北市是王明芳以及民主黨的大票倉，此舉將會重挫王明芳的選情。原本民調一路領先的王明芳，恐怕因此告急⋯⋯。

S｜4　　時｜日　　景｜總統官邸

△ 播報聲音接續上場。
△ 宋崇仁悠哉的在官邸的庭院一角，餵著兩隻兇猛地獵犬。幕僚小馬站在一旁守候。

　　　　　　　　　宋崇仁
　　花寶，該咬人的時候就要咬人，政治是不能心軟的。
　　（轉而對幕僚小馬）他們派個小女生出來選就是會搞成這樣。
　　婦人之仁。好好的一盤棋，被她自己下成這樣，可不能怪我。

S｜5　　時｜昏　　景｜王明芳競選總部內／新聞攝影棚

△ 競選總部外，舞台搭起，集結了不少王明芳的支持者，有人揮舞著王明芳的競選旗幟，有人則揮舞著「要和平、不流血、拒絕戰爭」的標語。眾人情緒緊張地看著前方大型螢幕裡，主播夏宇珊播報的得票狀況⋯⋯。

△ 主播夏宇珊：好的，我們可以看到，目前民主黨的王明芳跟尋求連任的自由黨宋崇仁，票數呈現拉鋸，兩人的得票差距，一直都在一萬票以內。咬得很死⋯⋯。
△ 名嘴強哥（蛇仔單集配角）：選前各民調，王明芳領先宋崇仁至少有十個百分點，現在票開出來，差距卻很小。顯然爆炸案對王明芳的選情衝擊很大⋯⋯。
△ 王明芳跟民主黨主席許博文兩人坐在競選總部內的會議室裡，看著電視裡的開票分析，兩人神情凝重。

　　　　　　　　　許博文
　　你做決定前跟我商量，就不會是這樣的結果了。

　　　　　　　　　王明芳
　　主席，在那個狀況下，我必須馬上做決定。

　　　　　　　　　許博文
　　你有沒有搞清楚？這不是你一個人的選舉，是整個黨的。

　　　　　　　　　王明芳

這是台灣……。

△ 此時外頭響起一陣驚呼，選舉結果出來了。
△ 王明芳回頭一看，一臉不可置信，眼眶泛淚……。

| S｜6-A | 時｜夜 | 景｜辦公室/競選總部走廊 |

△ 外頭傳來，民眾的歡呼，高喊著：王總統！王總統！王總統！凍蒜！凍蒜！凍蒜！
△ 王明芳一走出看開票的辦公室，大批的維安人員就立即上前包圍住她，原本跟王明芳一起走出來的許博文跟其他黨內大老，都被擋在後頭，王明芳愣了一下，莊又如靠在王明芳耳邊提醒。

莊又如
報告市長，你現在是總統當選人了，維安即刻升級。

△ 王明芳在維安人員的包圍下往前走，陸續有志工上前跟王明芳握手、恭喜，有的志工眼眶含淚，神情中充滿對王明芳的期待，王明芳一時間有些心慌，只能微笑回應，不停說謝謝。

志工
總統，台灣的未來靠你了。
王總統，凍蒜！凍蒜！總統好！總統好！……。

| S｜6-B | 時｜夜 | 景｜國際記者會會場 |

△ 外媒記者擠滿了記者室。司儀用中英文介紹：

司儀
讓我們歡迎總統當選人王明芳。
Let us welcome the president-elect M ing-Fang Wang。
以及我們副總統當選人羅克勤。
Welcome the vice president-elect Ka-Ging Lo。

△ 王明芳跟副總統羅克勤走上台，後頭已經站著民主黨黨主席許博文，以及其他大佬們。包括王明芳的父親王嚴文、大哥王明德。
△ 王明芳站上講台，聲音有些顫抖哽咽。

==王明芳==
今天台灣人用選票，寫下歷史，告訴全世界，我們擁抱和平決心。
謝謝台灣人民，讓台灣民主，再度贏得勝利。這是關鍵時刻，人民的偉大決定，
我們用選票，和平地轉移政權，也會用和平，解決台海問題……。

| S｜6-C | 時｜夜 | 景｜競選總部內到外 / 新聞攝影棚 |

△ 王明芳跟副總統羅克勤，在隨扈的包圍下，正要踏出競選總部，她深呼吸一口，整裝待發。外頭舞台的探照燈亮晃晃地，從王明芳的眼光看過去，只見到一片白光。
△ 外頭傳來群眾的歡呼聲，以及司儀沙啞地斯吼聲。

==司儀==
感謝大家的支持。讓我們一起迎向台灣的新未來！
現在，我們來歡迎，我們的新總統，王明芳……
總統好！總統好！總統好！……。

△ 群眾在司儀的引領下，一起高喊著總統好……。

| S｜7 | 時｜夜 | 景｜新聞攝影棚 |

△ 畫面轉為在新聞棚內，可以從主播背後的螢幕看到空拍的競選總部畫面，擠滿了支持者，大家搖著旗幟，歡聲雷動。

==主播（夏宇珊）==
好的，我們可以看到，總統當選人王明芳跟副總統羅克勤已經抵達了競選總部現場。支持者情緒沸騰。

△ 主播夏宇珊轉而跟名嘴強哥，一邊看著螢幕，一邊訪談評論。

==夏宇珊==
根據中選會正式的統計宣布，民主黨的候選人王明芳以五萬三千票的差距，險勝尋求連任的自由黨候選人宋崇仁。當選中華民國總統。兩人的得票率一路緊咬，最後差距竟然只有不到兩個百分點。強哥，你怎麼看？是爆炸案嚇跑了王明芳的鐵票區嗎？

==強哥==
王明芳的鐵票區的投票率大幅下滑當然有影響。但我們也可以看到，宋崇仁在的得票率也比選前民調提高了將近十個百分點。我覺得最大的影響還是爆炸案讓台灣人民激憤，這讓主張擴張軍力，對抗中國武力威嚇的宋崇仁，跟他代表的自由黨成為最大得利者。像這樣

投票所發生爆炸案，還硬要投票，明顯影響選舉結果，不管是誰贏，這選舉應該都無效才是，我們應該要抗議啦……。

夏宇珊
是的，各區域立委的選舉結果也陸續出爐，各黨席次各有消長，呈現民主黨、自由黨、新進黨，三黨不過半的狀況……。

S｜8　　　時｜夜　　　景｜大膽島哨點

△ 暗夜的大膽島前線，海面一片沉靜，只有海潮聲，一波一波地傳來。遠方對岸依稀可以看到廈門的燈火點點。對岸的碉堡裡，兩名看守的前線二等兵，莊柏甫跟姜致凱兩人，正就著鋼盔跟一盞露營用的小瓦斯爐，兩人一邊煮著泡麵吃。兩人穿著的軍服，大大地繡著兩人的名字。兩人一邊看著手機新聞直播說著：即將於520卸任的自由黨總統宋崇仁，決定前往小北約進行演說，此舉引起中共強烈反彈，發動大規模軍演，對台灣示警……。

△ 不遠處的廈門砲聲隆隆，不時有火光四起，那是對岸在大規模軍演的聲音。

姜致凱
幹！那些政客，就是想送我們去當砲灰啦。

莊柏甫
沒事啦，說要打都講幾次了，每次還不是放放砲，弄幾架飛機跟軍艦繞一繞就算了。

△ 莊柏甫起身走出去海邊小解。
△ 海潮湧上，黑暗的海裡似乎有人頭鑽動。
△ 莊柏甫打算離開之際，拍打上岸的海浪下，探出一個頭。俐落迅速地將莊柏甫打昏，然後拖著他，又沉進海潮裡。

△ 海浪伴著月光，緩緩地一波波打上岸邊。此刻，一切又恢復平靜……

S｜9　　　時｜夜　　　景｜里長辦公室

△ 莊又如窩在小小雜亂的里長辦公室裡，一邊吃泡麵，一邊盯著監視錄影畫面看。在來來往往進出投票所的人中，莊又如看見那個約莫二十多歲的鬼祟男性（小李），從男廁的牆邊跳了出來，然後騎著機車走了。莊又如放大畫面，抄下了車牌。趕緊打電話出去。莊又如拿出手機時，可以看到莊又如兒子莊柏甫穿著軍裝的照片大大地放在手機桌面上。

> **莊又如**
> 小雅，我等下傳個照片給你，幫我查一下車牌是誰的。這事要先保密，拜託了。

△ 里長從外頭進來，發現莊又如還在查看監視畫面，忍不住叨念。

> **里長**
> 你們警察是要來看幾次？畫面就這些而已，都給你們了啊。

> **莊又如**
> 不同單位啦。里長，謝謝。不好意思，打擾了。

△ 莊又如說完，走出里長辦公室，隨口跟坐在一旁整理資料的里長道謝。
△ 莊又如來到停車處，卻發現自己車子的擋風玻璃上夾著一張紙條，上頭寫著：你兒子被抓了。0948-375-886

| S｜10 | 時｜日 | 景｜王明芳家 |

△ 王明芳家的裝潢非常美式，擁有開放式的大廚房，王明芳跟楊又雲兩人一起準備早餐，一人煎蛋，一人烤吐司、煮咖啡⋯⋯，兩人間互相配合得很好，可以從兩人合作無間的舉止，感受到兩人的好默契與好感情。

△ 早餐準備得差不多，時間接近八點，王明芳看了一下時鐘，楊又雲立即意會到。扯開嗓子大喊。

> **楊又雲**
> Oliver! 起床了，要遲到了。

△ Oliver 一邊刷牙，一邊探頭出來，含含糊糊地回答。

> **Oliver**
> I Know! I'm coming!

△ 王明芳跟楊又雲把早餐擺上桌，三人邊吃早餐邊聊天。背景電視播放著新聞。Oliver 顯得有些不高興。對話中的語氣，可以感覺得到，王明芳雖然溫和，但堅定，是家裡主要做主的人。

> **王明芳**
> 你美國學校上一年，應該差不多該習慣台灣了，下學期就轉到附近的高中，這樣才比較好接軌台灣的大學。

46　episode 1　戰爭或和平

Oliver
Mom! I want to go back to the States.

楊又雲
講中文！

Oliver
台灣大學又沒有美國好，幹嘛要我留在台灣唸。I don't have any friends here.

王明芳
Oli, 我現在是台灣總統了，不能讓你去當美國人。

Oliver
You are the president, not me. 你不要來決定我的人生。

王明芳
我不是為了自己，是為了台灣的平安跟未來，
你知不知道現在台灣跟中國隨時有可能打起來？

Oliver
Come on! 我在美國長大，I am an American. 為什麼要為了你的台灣 sacrifice?

楊又雲
Oliver, 請你搞清楚你是誰。你爸、你媽都台灣人，你就是台灣人。
我已經為了你請這麼多的家教，你應該已經適應台灣了。

Oliver
You are not me! 你怎麼會覺得我已經適應了？

楊又雲
你是台灣人你當然可以適應，你知道什麼叫做不能適應嗎？你的阿公阿嬤當初移民到美國
的時候，連個身分都沒有，那才叫不能適應，你不要身在福中不知福。

Oliver
I know! I've heard this before.

王明芳
好了，好了，Oliver 你上學要遲到了。快點走了。

△ 王明芳刻意要緩頰父子間緊繃的情緒，趕緊催促 Oliver 離開。王明芳送 Oliver 來到玄關。

Oliver
現在選完了，我可以回美國了吧？還是要等我先念完這 semester？

王明芳
Oliver，我們已經……放棄美國籍了，
你知道，現在入籍台灣，是要先當兵才能出國的……。

Oliver
That's not fair.

王明芳
Ok, can we talk about it when you get home.

Oliver
媽咪！

王明芳
Hurry, you're gonna be late.

△ 王明芳催促著 Oliver 送他出門，Oliver 一臉不爽，賭氣出去。
△ 王明芳轉身回到飯廳，楊又雲吃驚地看著電視新聞。

楊又雲
Hey Megan, 打起來了……。

△ 電視新聞正在播放立法委員們打成一團。
△ 主播夏宇珊 (O.S.)：新任立委就職的第二天，就在自由黨的強力動員下，通過了對美軍購案。主張簽署和平協議的民主黨因不滿自由黨強渡關山，主席許博文帶領黨籍立委霸佔主席台，雙方陣營，爆發肢體衝突……。
△ 王明芳驚訝地看著打成一團的立法院，一時間說不出話來。

楊又雲
你不知道這件事？

王明芳
我是贊成軍購案的。軍備是談判的實力基礎，沒有武器撐腰，我們拿什麼去談？

楊又雲
可是他們願意坐下來談是有設前提的，你進去談就已經輸了。

王明芳
不談，難道要戰爭嗎？

楊又雲
你真的以為中共是可以談的？你看看香港，當初說好 50 年不變，結果呢？

王明芳
台灣不是香港。我們有自己的憲政體制，我也相信我爸說的，事緩則圓，你看看當年的 Berlin Wall 跟 Cold War，不都是在彼此克制的狀況下，和平的解決了？

楊又雲
解決了？You sure?

王明芳
至少當初沒有大規模的傷亡跟流血。

△ 王明芳搖搖頭，表示不想再跟楊又雲爭執下去。她拿起電話，撥打出去。

王明芳
幫我備車。

△ 王明芳掛上電話，轉頭卻發現走進來的人是莊又如。

王明芳
調查得怎麼樣了？有進展嗎？

莊又如
沒⋯⋯還沒有。

王明芳
你不是說有看到嫌疑犯了？怎麼會都沒查到？

莊又如
剛好監視器都沒有拍到⋯⋯。

王明芳
對，等我一下。

△ 王明芳說著開始打包起三明治,把三明治塞給莊又如。

　　　　　　　　　　王明芳
　　　　　　　你一定又沒吃早餐,路上吃。

△ 莊又如看著那個三明治,百感交集,欲言又止。

| S｜11　　時｜日　　景｜街景（車上） |

△ 莊又如坐在副駕駛座,司機小戴開車。莊又如不時地觀察著後座的王明芳,神情有些詭異。
△ 王明芳看似專注地看資料,但已經留意到莊又如的不安情緒。

　　　　　　　　　　王明芳
　　　　　　　　　怎麼了？

　　　　　　　　　　莊又如
　　　　　　　市長,我聯絡不上我兒子……。

△ 王明芳一個反應。

　　　　　　　　　　莊又如
　　　　　　　你知道他現在在大膽島……。

　　　　　　　　　　王明芳
　　　（打斷）又如,你知道這些事是國家機密,你不應該開口問我的。

　　　　　　　　　　莊又如
　　　　　　　　我知道,市長,抱歉。

| S｜12　　時｜日　　景｜王明芳老家 |

△ 王明芳坐在老家的大客廳裡,一個人面對著眼前的黨內大佬,有王明芳的父親王嚴文、大哥王明德、黨主席許博文以及其他黨內大佬三、四人。眾人微笑地看著王明芳,一副和藹可親地模樣。
△ 王明芳走進來,對許博文露出禮貌地微笑。

王明芳
主席，今天早上的立院是怎麼回事？我們之前不是討論過軍購案不要擋？

許博文
明芳，這事太複雜了，你就不要操心了。
來，我們幾位叔叔幫你把內閣名單擬好了，你看，這怎麼樣？

王明芳
……主席，你要當閣揆？

許博文
總統的責任很重大，我是怕你撐不起整個政府，想要幫你。

王明芳
其實，我自己也有名單……。

許博文
中央政府可不比市政府，比你想的要複雜多了。你那些童子軍，擔不起的。

王明芳
可是，主席，當初我是以青年改革的主張當選的，我答應選民，閣員要年輕化。

王嚴文
明芳！你講話要有禮貌，不要去了美國，就忘了我們中國人的禮數。

王明芳
許主席，謝謝你的建議，這份名單，我會參考的。但閣揆這件事，
我們是不是再想一下？第一任閣揆，先給外界年輕、清新的印象比較好？

許博文
明芳，你不要太天真了，你會有今天，還不是民主黨造就的。
妳對整個黨的未來要有責任啊！我們失去政權已經 12 年了，這 12 年來，民主黨元氣大
傷，要錢沒錢，要人沒人。今天好不容易拿回來，就要想辦法好好守住，
把失去的都補回來，你不能只想到自己，要考慮的是民主黨的百年大計啊！

王明芳
可是，主席，人民的票，選的是這個國家的總統，不是黨……。

王嚴文
明芳！你這什麼態度。

王明芳
許叔叔，不好意思，我後面還有行程，這名單，你讓我再想一想好不好？

許博文
明芳，執政可不是只靠選票就好了喔，還要有立法院的支持，掌握的席次不夠，
到時候，你各項政策的預算、法案可是都不容易過的喔。你可要考慮清楚。
政治最重要的就是找到最大公約數。

王明芳
我知道，謝謝主席，以後，我們是不是在辦公室談這些比較好？
在家裡講公事，我覺得怪怪的。

S | 13   時 | 日   景 | 警政署

△ 王明芳在莊又如跟幕僚張永平的陪伴下，腳步匆匆地走進警察局，一邊聽取報告。

張永平
警方是在今天下午一點在水源市場附近發現疑似炸彈客的車輛，
當場在他們的租屋處發現土製炸彈的原料……。

王明芳
又如，你可以指認得出嫌犯來嗎？

莊又如
我試試。

S | 14   時 | 日   景 | 警政署會議廳

△ 警政署會議廳裡，王明芳在幕僚張永平的陪同下，接受警察局長連敬忠的彙報，眼前展示出一列嫌疑犯的照片，等著莊又如指認，裡面有小李跟蛇仔（蛇仔單集主角與配角）

連敬忠
都是些衝動無腦的年輕人。有幾個有前科，但都是偷竊、打架這些小罪。

王明芳
他們都是同一個犯罪組織的成員？

連敬忠
也不算，說是因為擔心戰爭來，組了一個叫《AGM》的民兵團，在他們租屋處，除了起獲土製炸彈原料外，還有很多ＢＢ槍。

王明芳
《AGM》？

連敬忠
（刻意壓低聲音）我們調查過了，背後資金應該就是自由黨的重要金主。

王明芳
你是說，爆炸案可能跟自由黨、宋崇仁有關？

連敬忠
市長，我是這樣想的，現在我先安個小罪名，把人扣下。是不是等你正式就任總統後，我們再來處理這個案子比較好？

王明芳
又如，有認出來嗎？

莊又如
（搖搖頭）我不太確定……。

王明芳
局長，剛剛那些消息，在沒有證實以前，千萬不要外洩。還有，以後相關調查報告，都直接交給代理市長處理就好。

連敬忠
是，是，這我當然知道……。

S｜15　　時｜日　　景｜警察局外

△ 王明芳在張永平跟莊又如的隨侍，以及警察局長連敬忠的恭送下走出警局。王明芳低聲跟莊又如、張永平交待。

王明芳
你們私下去調查《AGM》這個組織的背景。

莊又如
警方不是已經在調查了？

王明芳
案子還沒辦完，就先想到政治的警察局長，我沒辦法信任。

王明芳
現在就去，這事不能拖。永平，你透過管道去打聽，看看是不是有境外勢力干預。

張永平
好，我馬上處理。

△ 王明芳因此獨自坐進車子裡。莊又如開門交代司機小戴。

莊又如
小戴，那就麻煩你先送市長回家。

| S｜16 | 時｜日 | 景｜街景（車上）/ 軍營 |

△ 王明芳坐在車子裡，本來拿著 ipad 在看公文，覺得很是疲憊，閉上眼睛休息。
△ 司機小戴詭異地一直透過後照鏡觀察王明芳。
△ 車子愈開愈往郊區去。
△ 王明芳醒來，訝異地發現自己身處郊區。

王明芳
小戴，這裡是？我不是說要回家？

小戴
市長，上頭交待，我也沒有辦法。

△ 車隊開進一處管制哨，進入一個深山的軍營裡。
△ 王明芳下車，一票高階將領跟宋崇仁的幕僚小馬上前迎接。

小馬
王市長，抱歉，情況緊急，只好用這種方式請您過來。這裡請。

△ 王明芳隨著這些眾人走進神秘的軍事重地。

| S｜17 | 時｜日 | 景｜軍事指揮所 |

△ 王明芳在小馬的引領下，繞過彎彎曲曲的走廊，進到這個神秘指揮所。門一打開，裡頭居然是軍事指揮中心，宋崇仁、軍方高階將領都在。黃 sir、國防部次長（單集破膽行動配角）也在。大片的 Led 螢幕上顯示著衛星地圖，以及無人偵察機拍回來的東南海域狀況，可以看到大批的中共海、空軍集結在外海，不斷地侵擾台灣領空跟海域。海軍艦長跟空軍機長不停地呼籲共軍退出我領空跟海域，情勢緊張危急。

△ 黃 sir 軍事將領拿著紅外線筆，就著衛星地圖解說目前狀況。

黃 sir
中共的一架運八偵查機，是在今天上午十點，越過南海，在東台灣的太平洋墜海消失。
接著共軍就以搜救為名，出動了大批海空軍往南海與東海挺進，
藉此封鎖了台灣海峽，目前大批的海空軍，形同包圍台灣島。

軍事將領
報告總統，大膽島已經有多名士兵失蹤……。

宋崇仁
警告驅離都無效嗎？

國安會主秘
報告總統，他們打著人道救援的名義，已經數度強勢越過中線，
前線海軍艦長、空軍機長，都蓄勢準備，我建議，我們升高戰時警戒到三級？

宋崇仁
通令各前線單位，必要時，一定要捍衛台海領土主權……。

王明芳
（打斷）不可以！這樣等於開戰，宋總統，你不能這麼倉促下決定……。

△ 宋崇仁回頭看了一眼王明芳，示意王明芳跟他到旁邊談。

| S｜18 | 時｜日 | 景｜軍事指揮所走廊 |

△ 王明芳跟著宋崇仁走出戰情室，兩人邊走邊談。

宋崇仁
王市長，我現在算是看守總統，而你是繼任總統，找你來，是希望這個決定，

讓我們一起下，向外宣示，我們台灣現在是團結對外。

王明芳
他們現在還只是在搜救吧？

宋崇仁
他們這是在逼我們反擊……。

王明芳
那我們就更不能掉進圈套裡。

宋崇仁
王市長，不管你的主張是什麼，你是台灣總統，都應該捍衛台灣。
你要眼睜睜看著台灣被中國共產黨拿下嗎？

王明芳
戰爭一旦發生，就沒有回頭路了。這不應該是這麼倉促就要下的決定。

宋崇仁
現在不是讓你思考猶疑的時候，身為國家領導者，就應該要有決斷力。

王明芳
他們現在是用搜救的名義在包圍台灣，我們冒然升高戰時警戒，恐怕得不到民眾的支持。

宋崇仁
這擺明了只是個幌子，你不會看不出來吧？

王明芳
那就先證明再說，宋總統，我提醒你，
你跟你的黨，現在已經不具備做重大決策的正當性了。

宋崇仁
那我也要提醒你，你的得票率不高，你們民主黨的立委席次也沒有過半，
你也是個弱勢總統。何況，你們黨的許博文，現在也不站在你這邊吧？

王明芳
（冷笑）宋總統，我相信你想要保衛台灣，我也是。
撐著，就算現在還看不到，但我相信，我們可以找到那條沒有鮮血的路。

△ 王明芳沒有正面回答宋崇仁的問題，正跨步向前要離開時。迎面卻遇到美、日方密使

代表。兩位密使低聲說話，像在嚴肅地討論什麼。
△ 王明芳訝異，回頭一看，宋崇仁從後頭跟上，露出詭異地微笑，看著王明芳。

日方代表
台灣海峽被包圍，現在我們的商船無法通過，已經暫停行駛，
勢必會大幅影響日本經濟。我們需要你們趕快採取行動。

美方代表
宋總統、王總統，芬恩號已經臨近台灣海域待命，就等著你們提高戰時警戒。
隨時支應⋯⋯。

宋崇仁
你現在知道，這不只是台灣的問題了吧。

王明芳
我必須以台灣利益為優先。

S｜19　　時｜夜　　景｜王明芳辦公室

△ 王明芳匆匆地走進辦公室，莊又如跟幕僚張永平、謝日雲，以及其他三、四個王明芳團隊的人（都約莫 30~40 歲間）焦急地湧上，王明芳接過張永平遞上的資料，邊領著大家走進會議室裡，一邊跟幕僚商討。王明芳的會議室是玻璃帷幕的隔牆。
△ 王明芳瞄了莊又如一眼，示意張永平把門關上，讓莊又如在門外候著。

王明芳
立法院那邊，我們現在確定可以掌握的席次有多少？

張永平
市長的意思是，不包括許博文的人？

王明芳
我現在要選擇，是跟許博文，還是宋崇仁站在一起，比較有利？

謝日雲
市長，你一直是主張和談的，現在如果跟激進抗戰的宋崇仁合作，恐怕連最挺妳的基本盤都會整個崩掉。

王明芳
但我也主張世代交替，青年參政。

如果我讓許博文那些老人回來，我的基本盤也一樣垮掉。

張永平
（一邊秀出席次的簡報畫面）現在立院的席次，我們民主黨這邊拿下 51 席，宋崇仁的自由黨有 46 席，另外黃奕君的新進黨有 13 席。無黨籍的部分共有三席。民主黨裡，屬於我們的新世代聯盟過去是有十五席，所以如果市長選擇支持宋崇仁的話，我們的十五席加上自由黨的 46 席，鐵定過半。只是……。

王明芳
西瓜偎大邊，我現在支持度這麼低，過去那十席，至少有三分之一會跑掉。

謝日雲
黃奕君的新進黨基本上是許博文的側翼，這樣的話，許博文的 54 席，鐵的跑不掉，就算我們勉強能夠掌握 10 席，加上宋崇仁的 46 席一樣沒有過半。

張永平
那就要看剩下的三席無黨立委，站在誰那裡……。

王明芳
那如果我讓許博文當上閣揆……。

謝日雲
新世代聯盟裡的十席年輕立委，是不是還支持你，就很難說。

王明芳
這樣一來一往，不論我站在哪一邊，結果都一樣……。
56 對上 54，兩邊都不過半，反而讓那三席無黨籍的成為關鍵少數。

△ 三人沉默一會。

張永平
市長，如果我們現在不去堅持和談的主張，我們先跟宋崇仁合作。

謝日雲
這樣基本盤也還是會崩。你的支持者是年輕跟反戰這兩塊……。

王明芳
但現在這兩塊，都會被瓜分……。
我是主張和談，但前提是，要在我們自己夠強大的狀況下，才有得談。就跟我以前做 cancer research 一樣，我是想要用 non-invasive surgery 跟 chemotherapy 剷除癌細胞。

就是讓自體細胞強大，才能讓身體健康地與癌細胞和平共存。

張永平
對岸出兵包圍，我們不出聲對抗。這不叫和談，叫投降。

謝日雲
市長，那你現在真正的想法是？

△ 王明芳思考了一下。

王明芳
中共那邊，我想先維持 status quo，想辦法請他們先退，飛行員的搜救讓我們來，等我上台後，我們再慢慢談。日雲，你看能不能幫我聯絡上中南海或國台辦。

謝日雲
我聯絡過了，但他們表明，只跟許博文談。

張永平
市長才是總統當選人，許主席掐住我們跟中共溝通的咽喉我不知道是什麼意思？

王明芳
他看不起我。覺得我是個沒有見過世面的小女生，他可以 control。

張永平
這太過分了。

王明芳
Maybe, it's not such a bad thing.

△ 王明芳瞄了一眼，在門外守候的莊又如。

S｜20　　　時｜夜　　　景｜街景（車上）

△ 莊又如留意著後頭有沒有車子跟蹤，發現安全後，突然一個急轉彎，來到一處暗巷，莊又如下車，鑽進停在暗巷裡的另外一輛車子裡。車子裡坐了一個男人，光線昏暗，看不清長相。

男人（小馬）
終於想通了？就說那女人，只會想到自己的政治前途，才不會管你的死活。

她連自己的兒子都打算送上戰場了。

莊又如
你們希望我怎麼做？

△ 男人轉過頭來，這時，我們才看清楚男人就是總統幕僚小馬。

小馬
莊警官，相信我，我在中國待過很多年，他們不會善待你兒子的。
你跟我們合作，才能救你兒子。

莊又如
如果不是你們，我兒子根本不用到前線去，也不會被共產黨抓！

小馬
現在要發起戰爭的是共產黨，你不要搞錯了。（遞出資料）這個拿給你老闆。

莊又如
這什麼？

小馬
爆炸案的真相。就說是你查到的。

△ 莊又如打開一看，驚嚇得說不出話來……。

S｜21	時｜日	景｜王明芳家外／暗巷／街景（車上）

△ 王明芳在莊又如的陪同下，頭戴鴨舌帽，穿著輕便。刻意避開維安人員，悄悄地從後門溜出去，鑽進一輛計程車裡。莊又如開車，載著王明芳離開。

S｜22	時｜日	景｜街景（車上）／夜店

△ 莊又如把車子開到一間夜店前。
△ 因為是白天，夜店沒有開門，但有很多年輕人進進出出。蛇仔、小李也在進出的人群裡。

莊又如
這裡就是ＡＧＭ的基地。

>王明芳
>民兵組織？你說爆炸案是這些人幹的？

△ 此刻，強哥領著幾個小弟走出來，迅速鑽進停在夜店前的車子裡。

>王明芳
>那是……？

>莊又如
>名嘴強哥。

>王明芳
>他不是支持跟中國簽和平協議的嗎？怎麼會組織民兵？

△ 森哥（單集囚徒困境主角）從夜店裡走出來，四處張望，確定沒人留意，才鑽進王明芳的車子裡，坐在副駕駛座上。

>莊又如
>這是森哥，我的線民，森哥，這是……。

>森哥
>總統好。
>我以前選議員的時候，你有來幫市長站台，我們有合照哩，在這裡（拿出手機）要看嗎？

>莊又如
>森哥！

>森哥
>好啦，想說，要當總統了，機會難得，再拍一張的。

>王明芳
>所以ＡＧＭ背後，到底是誰？

>森哥
>強哥這人很小心，金流轉來轉去的，還好，我也不是簡單角色。
>來，這邊，主要是這家叫清茂的鋼鐵公司在贊助。

>王明芳
>清茂？（趕緊接過森哥遞上的筆記翻閱）這不是？

　　　　　　　　　　莊又如
　　　　　　　許博文背後的大金主。

　　　　　　　　　　王明芳
　　　　　怎麼會？！意思是，投票所爆炸案是許博文指使的？

　　　　　　　　　　森哥
　　懂了齁？許博文不希望你的得票率太高，不然會不好控制，所以特別找人去放炸彈。

　　　　　　　　　　王明芳
　　　　　　　他不怕我輸嗎？

　　　　　　　　　　森哥
　　　　　　人家選舉選這麼多年，都算好了啦。

　　　　　　　　　　王明芳
　　　　　　　我的天吶……。

△ 王明芳看了一眼莊又如，感覺恐怖而顫抖。

　　S｜23　　　　時｜日　　　　景｜街景（車上）

△ 莊又如開計程車載著王明芳回程。王明芳顯然受到很大的打擊，不發一語地看著車窗外。莊又如不時地從後照鏡觀察王明芳，有些心虛不忍。

　　　　　　　　　　莊又如
　　　　　市長，宋崇仁說我兒子他（會幫我想辦法……）。

　　　　　　　　　　王明芳
　　又如，你先聽我說，大膽島確實出事了。現在我們外海都被解放軍包圍了。
　　宋崇仁的意思是要開戰，你知道，美日協防台灣的範圍，並不包含大膽島。

　　　　　　　　　　莊又如
　　　我的兒子現在在解放軍手上，宋崇仁答應我，他可以幫我去談判……。

　　　　　　　　　　王明芳
　　　　　你真的相信他嗎？你覺得他真的在乎你兒子嗎？

△ 兩人陷入沉默。

62　　episode 1　　戰爭或和平

S｜24　　　　時｜夜　　　　景｜王明芳書房

△ 王明芳深夜還在書房自己寫講稿，楊又雲擔心地端了一杯維他命過來給王明芳。

楊又雲
明天早起再弄不行嗎？

王明芳
這個沒處理好，我睡不著……。

楊又雲
來，喝一點，Take a break.

王明芳
I am so tired. I don't know who I can trust, I am surround by enemies.
連我自己的爸爸、哥哥，都不能信任。你知道，其實我不在乎權力的。

楊又雲
可是沒有權力，你什麼都做不了。

王明芳
說什麼不流血的和平，其實我根本就沒有把握。

楊又雲
Megan，你在家裡可以講這些，但是你一旦出去，就要把你的害怕跟失望藏起來。
你是總統，你要做到親近朋友、拉攏敵人。
就算你不喜歡，也要虛張聲勢地把自己的權力放到最大。

S｜25　　　　時｜夜　　　　景｜楊景騰房

△ 王明芳輕輕地打開楊景騰的房門，楊景騰還已經熟睡，她過去輕撫著楊景騰的頭，臉上滿是愧疚不捨。

S｜26　　　　時｜清晨　　　景｜王明芳家

△ 王明芳被電話聲吵醒，一接起，電話那頭是幕僚張永平。

==張永平 (O.S.)==
市長，中共逼戰的消息洩漏出去了⋯⋯。

△ 王明芳拉開窗簾，外頭陽光燦爛。天際，戰機一架架飛過。

| S｜27 | 時｜日 | 景｜王明芳辦公室 |

△ 王明芳踏進辦公室大樓裡，幕僚張永平跟謝日雲立即跟上，張永平本來要開口說什麼，卻被王明芳打斷。

==王明芳==
現在輿論跟民調如何？

==張永平==
現在輿論一面倒，說你不表態是懦弱、猶豫不決，會害死台灣，不戰而降。

==謝日雲==
最新的網路民調，宋崇仁現在的支持度已經拉高到六成五。你只剩下二成五⋯⋯。
市長，我們是不是應該先有個記者會，你先表態，安撫民心。

==張永平==
還有，許主席⋯⋯。

△ 張永平話還沒落下，王明芳就看到打開門的辦公室裡坐著許博文，好整以暇地喝著咖啡。

==許博文==
明芳，你辦公室這咖啡不行，跟許叔叔到黨部一趟，我拿麝香貓咖啡豆給你。

==王明芳==
許主席⋯⋯。

| S｜28 | 時｜日 | 景｜民主黨會議室 |

△ 王明芳在許博文的陪同下走進會議室，黨內大佬們顯然已經開會很久，席間還有她父親王嚴文跟大哥王明德，幾人見到王明芳進來，直接把演說講稿遞給王明芳。王明芳這才理解，這一切是個早就設好的局，等著她掉進來。

episode 1　戰爭或和平

許博文
你不用擔心,那個宋崇仁,鬥不過我們的。

王明芳
(看著講稿)你要我接受一國兩制,承認台灣是中國的一部分嗎?

許博文
這樣才能確保台灣安全啊!這不是你的希望嗎?

王明芳
我是要和平解決兩岸問題,不是投降解決。這一簽下去,台灣還會有民主自由嗎?

王嚴文
兩岸遲早都會統一的,這樣兩邊對峙,七十年,夠了。還能維持多久?

許博文
你爸說得對,台灣什麼民主自由,都假的,誰不知道背後都要看美國爸爸的臉色?

王明芳
我當然知道美國也是為了他們國家的利益,
但我們正好可以利用這個縫隙,去爭取台灣的自主不是嗎?

許博文
小國是不會有未來的。台灣只是在夾縫中求生存而已。
你以為你選舉那些錢哪裡來的?
現在民主黨要壯大生存,是最有利的時機,你不要白白浪費。

王嚴文
明芳,你不要傻了,你不為民主黨想,也要為我們王家想,
你大哥下次還要出來代表民主黨選,二哥的事業都在中國。你不可以這麼自私。

王明芳
……好,這份講稿,我回去好好看一下,再跟幕僚討論……。

許博文
記者會已經準備好了,記者現在都在大廳等了,你照著唸就行了。

△ 眾人盯著王明芳,一副要逼著王明芳就範的威嚇模樣。

S│29　　時│日　　景│軍艦

△ 解放軍飛行員裹著毛毯，坐在軍艦一角，全身濕透發抖，看見站在前方的軍事將領，驚恐萬分地抓著其中一人，大聲吶喊著：解放軍真狠，連自己人都打，你們台灣人，絕對不可以放棄。

S│30　　時│日　　景│民主黨辦公室大廳

△ 大廳裡擠滿了記者，當王明芳跟許博文相偕走上講台時，鎂光燈四起。許博文輕輕搭著王明芳的肩，滿臉笑容。
△ 王明芳拿著許博文準備給她的講稿起身，準備致詞。王明芳盯著講稿好一會，不耐久候的記者們騷動了起來，許博文眼神示意催促著王明芳。
△ 王明芳突然揉掉講稿，從口袋裡拿出準備好的講稿，深深地跟許博文一鞠躬。

王明芳
我在這裡感謝我政治上的恩師許博文，一路以來的提拔照顧。
……很遺憾，我們的師徒情誼，到此為止。

△ 許博文一臉驚愕。

王明芳
我本來以為，我們青壯派，可以靠著年輕理想，改革民主黨。
但經過這些日子的協商、磨合。我才發現，百年政黨實在容不下年輕人。
為了對支持我的選民們交代，我在這裡宣布，今天起，退出民主黨。
將帶著黨內青壯派另組「新世代聯盟黨」。
我王明芳對選民的承諾不會改變，一定會幫大家找出一條不流血的路。
那不是被逼迫的戰爭或和平，那是屬於台灣人，保存我們難得地自由民主的一條路……。

△ 現場媒體記者們嘩然。
△ 許博文臉色非常難看。

S│31　　時│日　　景│學校廁所

△ 楊景騰一個人在學校的廁所上廁所，兩名隨扈站在廁所門外監護守候。莊又如走過來跟隨扈們打了招呼。

莊又如
辛苦了，市長臨時有些事，要我來接 Oliver。你們先下班吧。

>**隨扈**
>謝謝學姊。

△ 兩名隨扈開心地鬆口氣離去，莊又如逕自走進廁所裡。楊景騰看到莊又如來，有些生氣。

>**楊景騰**
>COME ON! 媽咪又有什麼事？

>**莊又如**
>走吧。

>**楊景騰**
>我還要上課。

>**莊又如**
>這是緊急狀況，你知道你沒有選擇。

△ 楊景騰一臉不爽，但還是跟著莊又如往隨扈離開的反方向走，轉過一個彎後，莊又如忽然拔槍，將槍口對準楊景騰，楊景騰震驚。

>**楊景騰**
>Aunt！ What the fuck are you doing?

>**莊又如**
>閉嘴！往那邊走。

S｜32	時｜日	景｜王明芳辦公室

△ 王明芳匆匆踏進辦公室，幕僚張永平跟謝日雲邊走邊說。

>**謝日雲**
>市長，現在民調跌到剩下一成了。

>**張永平**
>市長，你現在只有接受宋崇仁提議的一條路了。
>我建議你跟宋發表聯合聲明，但內容不一定是直接宣戰，至少表達出堅守台灣的決心。
>遏止共軍進逼，否則再這樣拖下去，我們兩邊都顧不住。

謝日雲
宋崇仁的目的就是聯合政府，現在跟他一起站出來，
只會坐實了要跟自由黨共組聯合政府這件事。

張永平
跟自由黨合作沒什麼不好，至少我們還有一半自主權。

謝日雲
你確定之後不會被宋崇仁吃掉？

張永平
許博文現在根本就是中共代理人，他是在裡應外合吃掉台灣耶。

△　王明芳的手機一直響，是許博文、父親王嚴文、大哥王明德輪番打來的，她都看了一眼，直接掛掉。臉色凝重地聽著幕僚們爭辯。

王明芳
我兩面不是人，現在誰會支持我？

張永平
市長，所以你現在要趕快選邊站，我認為宋崇仁對你的包袱壓力反而是比較小的。

謝日雲
我不這麼認為，市長……。

△　王明芳望向窗外，看著天空，不時飛過的戰機。

王明芳
那戰機上頭，紅藍白都有，你們可以確定，上面到底是哪一國的國旗嗎？

△　此時，大家的手機訊息提醒紛紛響起，眾人緊張地點開手機看著裡頭的影片。
△　影片裡，王明芳的兒子楊景騰雙手遭到反綁、雙眼矇起，坐在一張椅子上，一把槍對著楊景騰的頭，背景一片白，看不出是哪裡。

ＯＳ
（變聲聲音）不簽和平協定，王明芳的兒子就死定了！

△　大家很是驚嚇。

| S｜33 | 時｜日 | 景｜王明芳辦公室外 |

△ 王明芳走出辦公室，大批的媒體記者湧上。追問王明芳兒子被綁架的事。王明芳在幕僚們的陪同下，面容憔悴，雙眼紅腫。她緊緊握著楊又雲的手，一副憂心母親地模樣。

記者們
總統……總統……。楊景騰怎麼會被綁？
總統，你現在心情如何？總統，綁匪是誰，你有線索了嗎？

王明芳
謝謝大家的關心，綁匪公開發布我兒子被綁架的消息，
對方已經擺明了就是要藉此逼我簽和平協定，這不是一般綁架，是政治迫害。
我不只是個媽媽，還是台灣新當選的總統，我在這裡要跟綁匪說，
我不會被這種手段逼迫屈服。我會為台灣做出最好的決定。

△ 王明芳邊說眼淚邊流，說出的話雖然堅定強硬，但表情態度卻看得出來在勉強壓抑悲傷憤怒地情緒。王明芳傷心堅毅的母親與總統形象，透過媒體的拍攝，散佈出去。

△ 蒙太奇：民眾手機、電腦螢幕、街頭螢幕畫面、麵店電視。大家都停下來看王明芳的演說聲明，讓所有人都愣住了，紛紛停下腳步以及手上做的事，驚訝地看著王明芳的訪問。
△ 許博文在黨部辦公室裡，看著電視上的王明芳，驚訝地說不出話來。
△ 宋崇仁則在總統府辦公室裡，看著幕僚小馬遞上的ipad螢幕，冷笑搖頭。

| S｜34 | 時｜日 | 景｜街景（車上） |

△ 王明芳坐在車上，趕往總統官邸。
△ 街上大批的民眾抗議。一派高舉著反戰、要和平、宋崇仁立刻下台的旗幟標語。另外一派人則高舉著：抗戰救台灣、拒絕中國恐嚇等旗幟。可以看到名嘴強哥領著反戰派大聲抗議，另外一頭則有蛇仔、小李（單集蛇仔主角）等人穿梭在抗戰救台灣的隊伍中。雙方互相叫囂，愈演愈烈，最後爆發肢體衝突。阻擋在兩方之間的警察們，拿著盾牌，強力將雙方推開，警察裡保羅（單集兩岸密屍主角）被逼著步步後退，最後大吼著把人群裡最激動的蛇仔跟小李推開。
△ 王明芳坐在車裡看著這一切，忍不住低聲嘆息。

王明芳
我們真的分不清到底誰是真正的敵人。

| S｜35 | 時｜日 | 景｜總統官邸庭院 |

△ 王明芳站在庭院的桌椅旁，神色很是緊繃，宋崇仁的隨扈拉著的兩隻兇猛獵犬，不停地對著王明芳吼叫。
△ 宋崇仁姍姍來遲，面帶悠然地微笑。

宋崇仁
花寶、阿肥，不可以對客人沒有禮貌。王市長。不簡單啊，大義滅親，
我以為你只有不理你爸跟你哥，沒想到你連兒子的性命都可以不管。

王明芳
宋總統，你把很多人的兒子送上戰場，
還拿失蹤的士兵，來威脅我的隨扈，難道就不狠心？

宋崇仁
我只是要她告訴你爆炸案的真相而已，我沒有要她綁架你兒子。你會相信我嗎？

王明芳
我現在更不相信你了，但我不需要相信你。
宋總統，民主政治的權力，就是種交換。告訴我，你要的到底是什麼？

宋崇仁
我想要的是為台灣寫歷史，在關鍵時刻，大家會記得，
我宋崇仁，為了台灣的民主自由努力過。王市長，那你呢？想要的又是什麼？

王明芳
當一個真正的台灣總統。

宋崇仁
所以，你合作的條件是什麼？

王明芳
我們各取所需。我會給你，你要的，但你也要給我，我要的。

| S｜36 | 時｜日 | 景｜新聞攝影棚 |

主播夏宇珊
為您插播一則最新消息，新任總統剛剛公布了下一任閣揆人選……

為政壇投下了震撼彈⋯⋯。

△ 新聞畫面，王明芳直播。

王明芳
台灣在新舊任總統交接的空窗期，面臨了內憂外患，在這個非常時刻，
我們有必要，團結一致，才能抵禦敵人的入侵。
我自己的兒子，現在也在敵人的手上，他們現在綁了楊景騰，要我就範簽下和平協議。
但我不會這麼做。楊景騰沒有選擇，因為他是我兒子，他今天不被綁架，
也要給我拿槍上前線打仗。我也沒有選擇，因為我是台灣人，現在不管是戰爭還是和平，
都是被中共逼著的，這兩條路，到最後都只有一條，就是失去自由。

為了讓台灣人民不再受政治紛擾，團結起來，對抗我們共同的人，
同時維持台灣憲政體制如常運作。我在這裡決定，任命宋崇仁為我新政府的閣揆，
我們將攜手成立聯合政府，穩定政局，守護台灣的民主自由，
我相信，這是為了台灣的下一代，也就是我的兒子，做出的最好決定。

S│37　　時│日　　景│街景

△ 接續 S23。

王明芳
現在，能救你兒子的方法只有一個。

莊又如
是什麼？

△ 王明芳在車上，嚴肅地看著莊又如。

王明芳
又如，你要幫助我，這個忙，是幫我也是幫你，但是我們都要付出代價。

△ 莊又如一愣，看見後照鏡裡王明芳嚴肅的臉，聽著。

王明芳
守護民主自由，是需要犧牲的。選上總統的那一刻，我已經做好準備。
我現在需要民調支持度上升，穩住我能掌握的立法院席次，
我才有後盾，去跟宋崇仁談，這樣，我才有能力，可以救你兒子。

△ 王明芳微笑地看著莊又如。

<u>莊又如</u>
我要怎麼幫妳？

<u>王明芳</u>
綁架我兒子。

episode **2**

第二集

類型：社會劇情

蛇仔

編劇　許世輝

1983 年生於台南。曾參與劇組工作，現專職編劇工作，擅長將社會觀察與鄉土情懷融入創作中。曾以《沉默風暴》獲優良電影劇本首獎、《1989：叛國青年返鄉必修課》入圍優良電影劇本。並以《講話沒有在聽》、《查無此心》分別入圍第 24、25 屆台北電影獎最佳編劇。

導演　吳季恩

臺北藝術大學電影創作學系碩士班導演組，金馬電影學院 2012 年學員。短片《翔翼》（2016）入選溫哥華國際電影節。

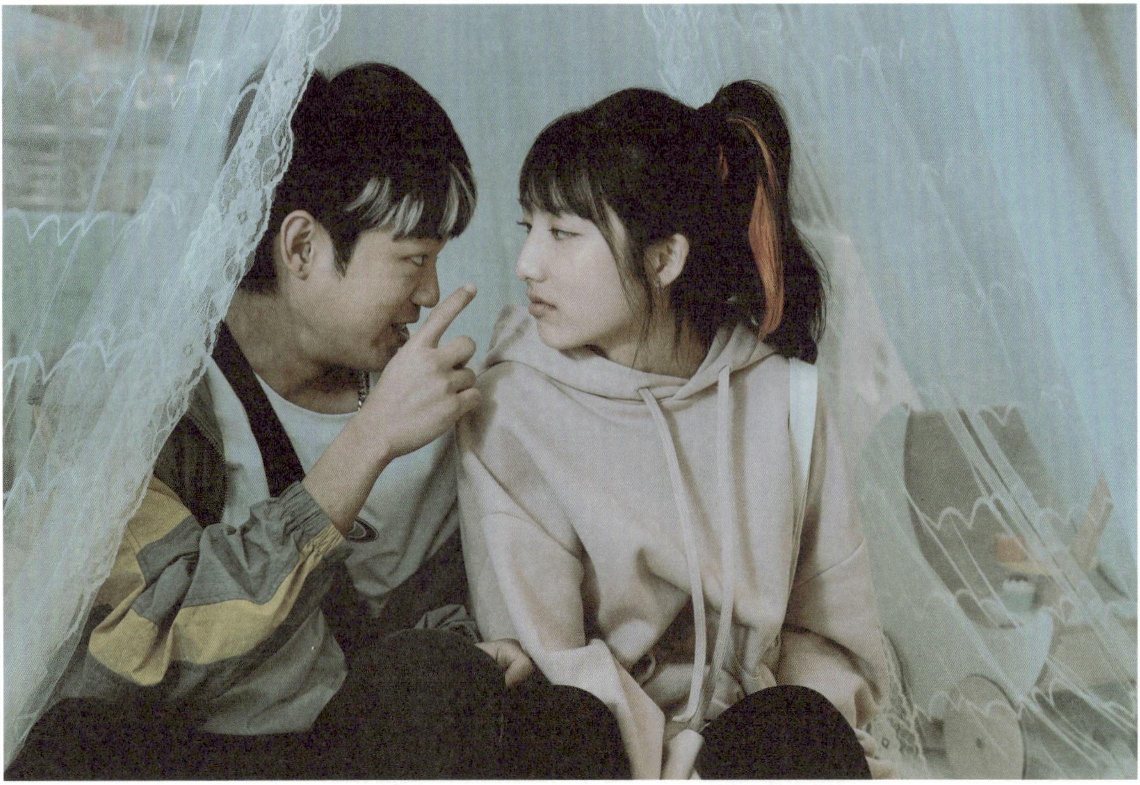

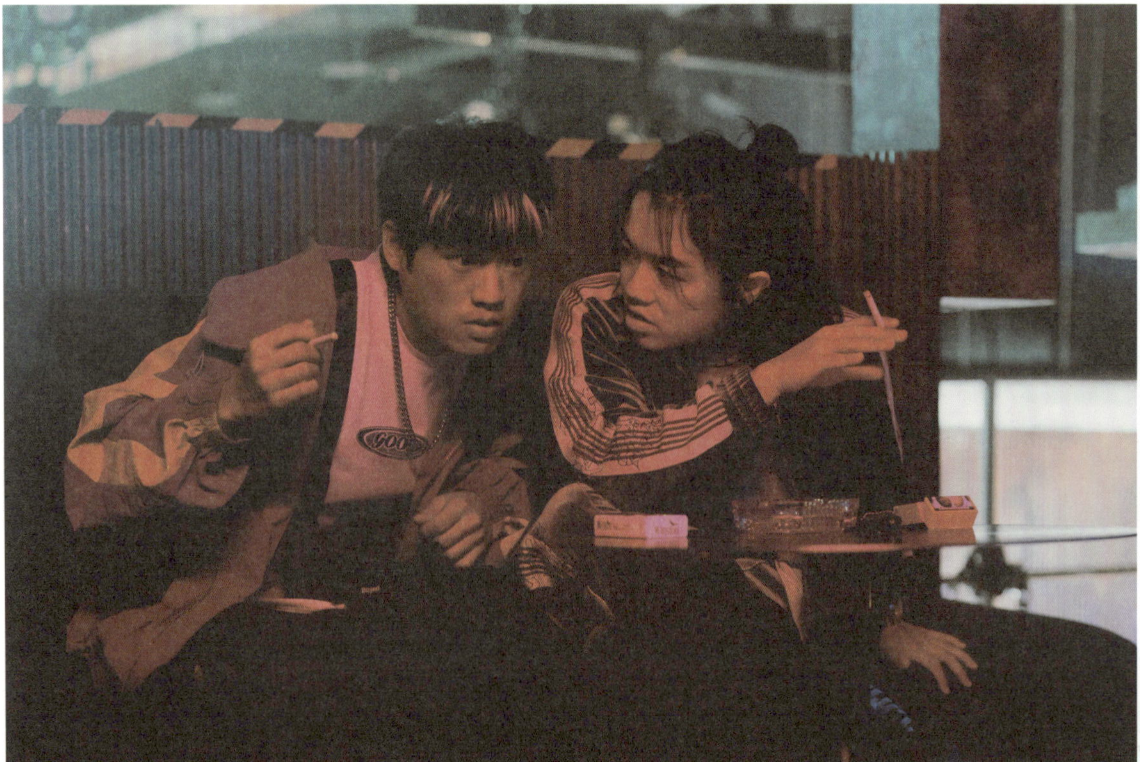

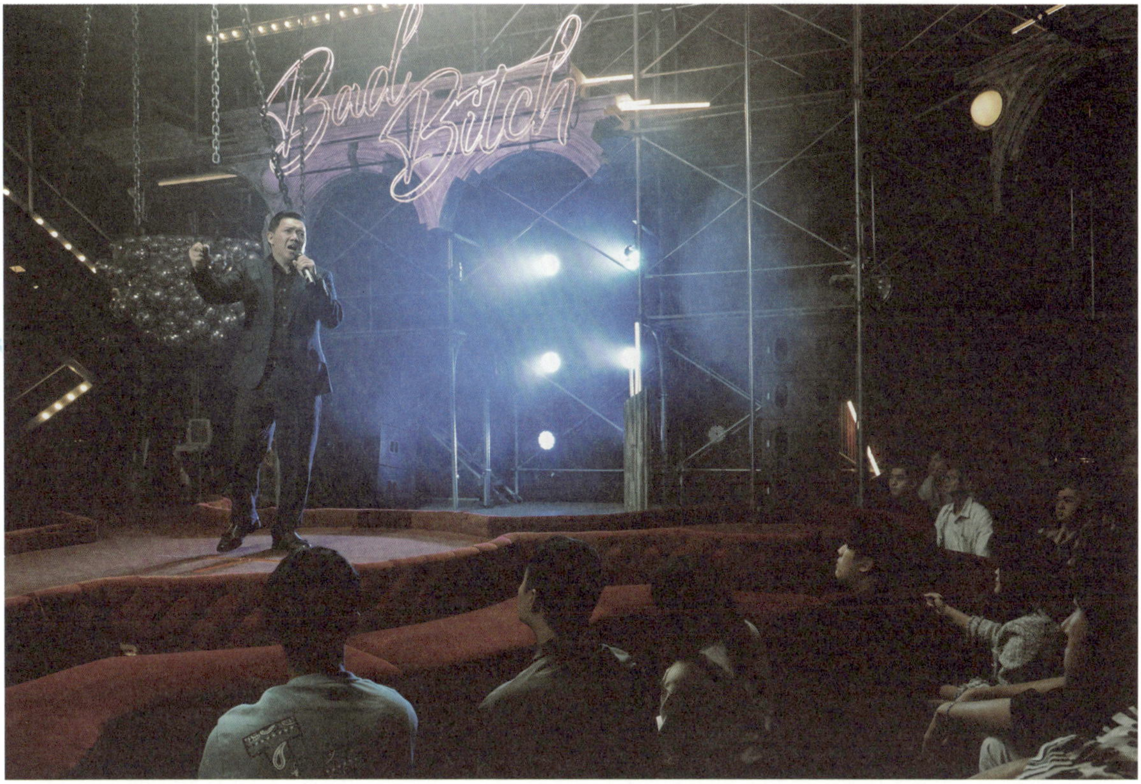
Bad Bitch

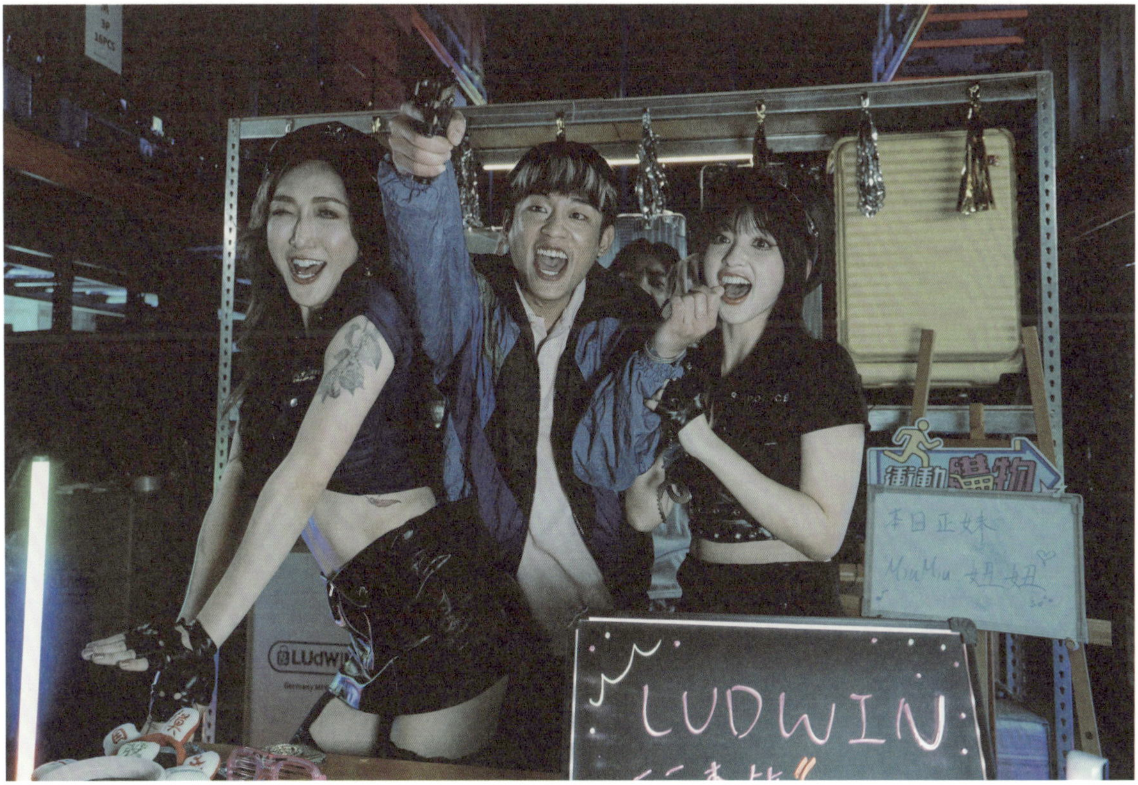
衝動購物
本日正妹
MiuMiu 妞妞
LUDWIN

S｜1　　　時｜夜　　　景｜待售透天一樓

△ 聲音先行，一段嘴巴唱出的開場音效。

蛇仔
噹噹噹～歡迎收看《蛇仔㫚路到你家》，我是你們的主持人蛇仔，哈囉，大家過得好嗎？
我很好唷！話不多說，今天就來帶大家看我的新家。

△ 手機攝錄畫面：豪宅裝潢、沒有家具的透天厝一樓，蛇仔帶著鏡頭興奮地介紹著。

蛇仔
各位觀眾，先來看我家這個百坪大客廳，是不是又大又高，挑高五米，不，五十米，你們
看懼高症都要發作了。

△ 畫外的拍攝者珮恩傳出笑聲，這時蛇仔領著鏡頭來到廚房。

蛇仔
來來來，這裡是廚房，有這個叫……欸……中島啦幹！
在這邊喝一杯咖啡，是不是很幸福啊？

△ 蛇仔擺出喝咖啡的 pose。
△ 畫外珮恩被中島的水龍頭吸引，鏡頭移開，她伸手摸了摸高級中島檯面。

珮恩 (O.S.)
哇，真的很扯耶，水龍頭還可以這樣扭。

蛇仔
欸欸欸攝影師，卡認真啦，來，拍我喝咖啡的樣子，是不是很高級、很貴氣？

△ 蛇仔又再次做出喝咖啡的誇張動作，小指翹得老高。
△ 畫外珮恩噗哧噴笑。

珮恩
靠，吳凱睿你很白癡耶。

△ 鏡切──廁所門前，珮恩畫外伸手敲門。
△ 廁所內門開，蛇仔探頭出來。

蛇仔

76　episode 2　蛇仔

各位觀眾拍謝久等了,剛剛在蹲廁所啦,蛤?你們想看看廁所有多大?
當然沒問題!來~滿室芬芳歡迎光臨!

△ 鏡頭進到廁所內部。
△ 蛇仔介紹寬廣的廁所。

蛇仔
你們看,豪宅標配雙面盆,不得了不得了,一邊洗一隻手,左右開弓多好用。

△ 鏡頭移至浴鏡,我們這才看到拿著手機的珮恩,她對著手機微笑耍可愛,一旁蛇仔見狀,環抱他,兩個一同看著鏡中的自己,恩愛。
△ 鏡切——蛇仔領著鏡頭進到一間空蕩蕩的大主臥。

蛇仔
重頭戲來了,來來來,超級奢華大房間。

△ 蛇仔開燈,諾大的房間映入眼簾。
△ 蛇仔飛撲上床,大字後躺,珮恩跟上後被蛇仔一把拉倒,兩人嬉鬧起來。手機攝錄畫面一陣亂晃。
△ 手機拍攝畫面結束。
△ 蛇仔、珮恩兩人在床上糾纏、親吻,即將進入前戲的節奏。
△ 蛇仔將手伸進珮恩裙底,卻被珮恩擋住。

蛇仔
怎麼啦?這位太太,床又大又軟又舒服,不試用一下喔?

△ 珮恩起身坐到床邊,似有心事。蛇仔不死心地貼上去。

蛇仔
林珮恩,你怎麼啦?

珮恩
欸,我那個沒來。

蛇仔
沒來?該不會中了吧?

珮恩
不要亂說啦,說不定明天就來了。

> **蛇仔**
> 如果⋯⋯中了,我們就結婚!結婚結婚結婚!

> **珮恩**
> 吳凱睿,你認真一點好不好!

△ 蛇仔下床跪地。

> **蛇仔**
> 林珮恩小姐,你願意嫁給我嗎?我以後會買下這間房子,然後照顧你一生一世海枯石爛。

△ 蛇仔越鬧越當真,珮恩對蛇仔的天真好氣又好笑。
△ 這時突然電鈴聲響,兩人閉嘴定格。
△ 客廳一樓,蛇仔和珮恩偷偷摸摸下樓,正要往後門走。

> **蛇仔**
> 欸,等一下。

> **珮恩**
> 你幹嘛啦?

> **蛇仔**
> 過來啦。

△ 門鈴螢幕畫面裡有社區巡邏隊,他們好奇地打量著。
△ 蛇仔接起門鈴。

> **蛇仔**
> 喂～你好～。

> **巡邏隊**
> 欸⋯⋯拍謝啦,想說黃先生出國了,請問你是?

> **蛇仔**
> 你們好,我是吳先生,親愛的,來打聲招呼。

> **珮恩**
> 您好,請問有什麼事嗎?

> **巡邏隊**

喔喔喔～不好意思，吳先生吳太太，你們什麼時候搬進來的呀？

△ 蛇仔、珮恩笑歪腰，就趕緊拉著珮恩笑鬧離開。

<mark>蛇仔</mark>
快撤撤撤撤撤！

S｜2　　　時｜夜　　　景｜市郊道路

△ 歡樂嬉鬧聲入。蛇仔和珮恩開心地從上坡路跑下，氣喘吁吁來到機車前。
△ 兩人所在的豪宅街區，有許多戶和車子掛著急售的廣告版。
△ 蛇仔點起菸，兩人笑得不可開交。

<mark>珮恩</mark>
吼，真的會給你害死。

<mark>蛇仔</mark>
安啦，明天帶你去更高級的豪宅玩。

△ 珮恩、蛇仔笑鬧之際，哭聲傳來。
△ 原來是一個媽媽一拖二，胸前抱著大哭的嬰兒，一手緊抓著男孩，經過兩人，走到轎車旁，爸爸正汗流浹背地將大箱小箱的行李急忙塞上轎車。
△ 蛇仔和珮恩倚靠著機車，看著對街一家四口正在上行李。
△ 珮恩看著，表情顯得輕蔑。

<mark>珮恩</mark>
又是要跑的。

<mark>蛇仔</mark>
管他的，我們天天換新房，多爽。

<mark>珮恩</mark>
欸如果真的打過來，我們要怎麼辦？

△ 蛇仔聳聳肩，漠不關心。

<mark>蛇仔</mark>
阿災，隨便啊。

> **珮恩**
> 靠你很天耶，全世界都在緊張了，你都沒在關心喔？

△ 蛇仔一臉呆愣，真的蠻不在乎。
△ 蛇仔戴上安全帽，也替珮恩戴上安全帽。

> **蛇仔**
> 誰管台灣變怎樣，我可以跟妳在一起就好。

△ 兩人坐上機車。

> **珮恩**
> 欸，你再說一次。

> **蛇仔**
> 我要跟林珮恩在一起，一生一世海枯石爛永不分開。

△ 珮恩感動到，故意用胸口貼緊蛇仔後背磨蹭。
△ 兩人嬉鬧，珮恩一臉甜蜜，兩人騎車衝出。
△ 上片名《蛇仔》。

S｜3　　時｜日　　景｜生鮮超市進貨區／超市內

△ 連接片名後的黑幕，有幾聲沉重的喀啦聲，光照進，貨櫃門開。
△ 蛇仔跳上車搬貨，動作幹練俐落。輝哥（50歲，正職）在下面接貨。

> **蛇仔**
> 這咖重喔，注意你的腰。

> **輝哥**
> 好的很啦，你老母多愛你不知。

> **蛇仔**
> 這年紀吼，男人只剩下一張嘴。

△ 蛇仔、輝哥兩人合力將貨物搬下車。
△ 蛇仔注意到推著回收車的阿婆回到小窩。

　　　　　　　　　　蛇仔
　　　　　　　　輝哥，等等。

△ 蛇仔跳下車，趕緊去旁邊抱了一坨折好的紙箱回收和一個小紙箱放在阿嬤推車上。

　　　　　　　　　　蛇仔
　　　　　　　　姊姊。

　　　　　　　　　　阿嬤
　　　　　　　　感恩感恩！

　　　　　　　　　　蛇仔
　　　　　　　　阿伯腳還沒好？

△ 阿婆戴著助聽器，聽力有點問題。

　　　　　　　　　　阿嬤
　　　　　　　　蛤？

　　　　　　　　　　蛇仔
　　　　　　（對耳大喊）阿伯腳好了沒？

　　　　　　　　　　阿嬤
　　　　　　還會放屎放尿，還不會死啦。

△ 蛇仔笑笑，走回倉儲區。阿婆看見小紙箱裡的一些過期的熟食。
△ 阿婆向蛇仔揮揮手表達感謝。
△ 蛇仔遠遠地對她比了一個開朗大拇指。
△ 鏡切──進貨區，蛇仔看著手機，還戴了一邊的耳機，看比賽很緊張。
△ 輝哥走近。

　　　　　　　　　　輝哥
　　　　　幹，還博？學哥一下，好好做事。

　　　　　　　　　　蛇仔
　　　　跟你說啦，十賭九輸，剩下那個就是我啦，
　　　中一次你就知，買豪宅開豪車，財富自由出人頭地。

　　　　　　　　　　輝哥

做夢更快啦，欸，店長叫你再搬幾箱泡麵進去啦。

△ 蛇仔搬起兩箱泡麵，一邊注意手機比賽內容。
△ 蛇仔從自動鐵門穿越，來到了販賣區。
△ 販賣區鬧哄哄，許多顧客在排隊結帳。
△ 店長從蛇仔前面走過，他拿著大聲公。

店長
不好意思，請大家依序排隊，注意安全吼。（轉頭對蛇仔說）快啦！（對顧客說）一人限購兩包，大家都買得到吼，不用慌張。

△ 蛇仔來到泡麵區，可以看見，貨架上泡麵只剩下七成。
△ 蛇仔用美工刀劃開紙箱，開始補貨。

| S｜4 | 時｜夜 | 景｜蛇仔家蛇肉店 |

△ 生意黯淡的觀光老街，一家蛇肉店的招牌已老舊失修。
△ 店內，顧店的夫妻蛇仔父母不解地看著店裡唯一的顧客：一個穿著正式、像保險員，但妝髮卻顯美艷的女人，小嫻。
△ 小嫻桌上沒有任何東西，只是等著。她與蛇仔母親眼神短暫交會，蛇仔母親忍不住上前。

蛇仔母
小姐，要不要試一下我們的招牌蒜頭田雞湯？

小嫻
謝謝伯母，我不餓。

蛇仔母
是唷……。

△ 鏡跳店外街道。蛇仔騎車停在巷口，正要走往店面，卻停步躲藏。
△ 蛇仔從夾娃娃機旁冒出頭，看向蛇肉店，小嫻正在店門口。

蛇仔母
小姐怎麼稱呼啊？我叫凱睿回來後聯絡你啊。

小嫻
跟他說小嫻等他很久了，很想念他。

△ 蛇仔趕緊躲好，見小嫻走遠才鬆一口氣。
△ 旁邊攤販的 ipad 正播著新聞。

新聞播報

金門外海中國漁船遭我方守軍誤擊事件，讓中共藉此發動大規模軍演，國台辦表示，軍演的目的是為了宣示漁權，守護中國漁民。但中國軍演範圍屢次侵犯海峽中線，造成台海危機警戒升高。國台辦甚至公開發布新聞稿表示：如果過去曾有台獨主張的現任總統宋崇仁勝選的話，將不排除武統台灣。中共的強硬宣示與舉動，已經造成擴散效應，最新的民調顯示，原本民調與宋崇仁在誤差範圍 3% 內的民主黨候選人王明芳，已經越過死亡交叉，首度超越宋崇仁有五個百分點之多。

| S ｜ 5 | 時｜夜 | 景｜蛇仔家蛇肉店 |

△ 蛇仔裝沒事快步走進店內，蛇仔母叫住他。

蛇仔母
……你跟珮恩還好嗎？

蛇仔
幹嘛啦？

蛇仔母
剛剛有個……。

蛇仔父
你是不是又在外面亂搞？

蛇仔
我哪有。

△ 蛇仔父親一開口，蛇仔立刻露出厭惡神情。

蛇仔父
（碎念）幹，生一個沒用的。

△ 這時門口傳來長按的喇叭聲，還有人對店內大喊。

小李

吳凱睿！

△ 蛇仔被嚇了一跳，下意識想往店後門跑。結果定神一看，是小李笑瞇瞇地倚靠著新車，蛇仔斜嘴一笑，走出店外。

蛇仔
靠北喔！吼啥小！

小李
幹，嚇成這樣。

蛇仔
衝啥啦？

△ 小李正要開口，這時蛇仔父卻一臉阿諛地上前。

蛇仔父
欸！你什麼時候買這台啊？這麼蝦趴！。

小李
剛牽的啦，叔叔阿姨，走啦，載你們去度蜜月！

蛇仔父
幾歲了還度蜜月！

小李
看阿姨的皮膚白泡泡，很年輕啊，吼，叔叔的蛇湯是不是很厲害啊？

蛇仔母
吼！你講話有夠三八！

△ 小李逗得蛇仔父母笑開懷，被晾在一旁的蛇仔索性轉身上樓。

蛇仔母
小李呀，你那麼會做生意，很厲害呢。

蛇仔父
真羨慕你父母，真好命！進來坐啦，請你喝我的珍藏蛇膽酒。

小李

叔叔,哇,你這樣我晚上要怎麼辦?

△ 蛇仔靠在陰暗的牆邊聽著這一切對話,吞忍著。

S│6　　時│夜　　景│珮恩飲料店

△ 忙碌的飲料店內,珮恩在製作飲料,一邊指揮著同事。

　　　　　　　　珮恩
　　進單喔!二十杯八點半拿,孟凱你們那邊先做,烏龍茶趕快煮。

△ 整家店的運作在珮恩的控場下順暢運作。
△ 蛇仔走到飲料店前,擠開在等待的顧客,拍了拍櫃檯。

　　　　　　　　蛇仔
　　　　美女,來一杯愛情釀的蜂蜜檸檬。

△ 珮恩翻白眼,不理會蛇仔,她做好飲料,向顧客道歉。

　　　　　　　　珮恩
　　　　不好意思,三杯飲料好了。

△ 蛇仔走入店內。

　　　　　　　　同事
　　　　　哥,很難笑喔!

　　　　　　　　蛇仔
　　　　　幹!學著點啦。

△ 珮恩走到備茶區,抱起一大桶茶往層架走。
△ 蛇仔見狀,想要幫忙,但珮恩不領情。

　　　　　　　　珮恩
　　　　　擋路耶!出去啦!

△ 珮恩熟練地抓起茶桶使勁一提就把茶桶放上架。
△ 蛇仔溜到外面抽菸,不時回頭著迷地看著珮恩工作。

S｜7　　　時｜夜　　　景｜路邊宵夜麵店

△ 蛇仔、珮恩坐在臨路的麵店攤位，老闆娘上菜來了。

老闆娘
來，兩碗意麵、燙青菜、豬頭皮。

蛇仔
再一份肝連、一份魚卵。

珮恩
點這麼多幹嘛？

蛇仔
今天贏錢啦！

珮恩
你又賭？

蛇仔
賭一咪咪而已啦，給你加菜啊。

△ 蛇仔邊說邊大快朵頤，反倒是珮恩悶悶不樂，掐著筷子沒動筷。

蛇仔
幹嘛啦？

珮恩
欸，你店長要給你正職了嗎？

蛇仔
說要等我滿三個月，應該快到了吧……怎麼了嗎？

△ 珮恩從包包裡拿出一支驗孕棒放在桌上，蛇仔拿起來看，傻楞楞地端詳了半 。

珮恩
不要亂花錢了，我吃滷味就好。

△ 蛇仔被勸服，正要上前排隊又被珮恩拉住，一臉納悶。

　　　　　　　　　　蛇仔
　　　　　　　　　怎樣？

　　　　　　　　　　珮恩
　　　　　　　　有東西要給你。

△ 珮恩從包包裡拿出一支驗孕棒放在蛇仔掌心，蛇仔傻楞楞地端詳了半響。

　　　　　　　　　　蛇仔
　　　　　　　（站起大叫）妳懷孕了！？

△ 旁人都被蛇仔嚇到，珮恩不好意思地趕緊拉他坐下。

　　　　　　　　　　珮恩
　　　　　　　　小聲一點啦。

　　　　　　　　　　蛇仔
　　　　　　　那……這要怎麼辦？

　　　　　　　　　　珮恩
　　　　　　先去婦產科，確認有了再說。

△ 珮恩心情沉重，蛇仔天真地感到興奮。兩人對話一個不斷揚起音量，一個不斷試圖壓低音量。

　　　　　　　　　　蛇仔
　　　　那……我們是不是要先結婚？啊你這樣還可以工作嗎？

　　　　　　　　　　珮恩
　　　　　　　你先冷靜好不好！

　　　　　　　　　　蛇仔
　　　不行啦，你們店裡這麼滑，太危險了，我覺得你還是辭職好了。

△ 珮恩一臉嚴肅慎重地看著蛇仔。

　　　　　　　　　　珮恩
　　　　　　欸，你覺得……我們養得起嗎？

蛇仔
怎麼會養不起？

珮恩
你工作那麼不穩定。

蛇仔
我……不然！我再找一個打工，不然跑外送也可以嘛，別擔心啦！

珮恩
你確定？不能騙我喔？

蛇仔
絕對沒問題！好了啦，要開心呀！辣妹要變辣媽了捏……。

△ 蛇仔伸出手，要和珮恩打勾勾。
△ 珮恩終於笑逐顏開，蛇仔興奮地跳了起來。

蛇仔
我去叫炒鱔魚給你吃。

珮恩
吃不完啦！

蛇仔
不行要吃要吃！你不餓我小孩肚子會餓捏！一人吃兩人補啦！

△ 蛇仔欣喜若狂地邊說邊跑走，這下小吃攤上的人都知道喜訊了。
△ 珮恩羞紅了臉。老闆娘端上小菜，特意向珮恩致意。

老闆娘
恭喜捏，這時勢養小孩不容易喔。

珮恩
謝謝，我們會加油的。

△ 珮恩看著不遠處攤前的蛇仔，正在興奮地跟老闆分享喜訊，珮恩笑了出來。

S｜8	時｜夜	景｜蛇仔家蛇肉店外

△ 蛇仔心情愉悅地哼著歌，在娃娃機前觀察。
△ 蛇仔從口袋掏出零錢，投幣。

蛇仔
啊幹。

△ 功虧一簣，娃娃掉了。蛇仔再從口袋掏錢投幣，瞄準。
△ 小嫻突然出現在蛇仔旁邊，按下了下爪鍵。

小嫻
凱睿葛格，你讓我找得好辛苦喔。

△ 蛇仔嚇壞，拔腿就跑向商店街。
△ 原本埋伏在旁的三位黑衣流氓，紛紛湧出追趕蛇仔。

S｜9	時｜夜	景｜蛇仔家蛇肉店外 / 二樓客廳

△ 蛇仔被流氓推入店內，老舊鐵門落下，發出刺耳刮鐵聲。
△ 鏡切──蛇仔家二樓客廳，有一座神龕，香正在燃燒，裊裊上升的煙。
△ 蛇仔父母被一個流氓看守著，顯得手足無措，他們聽到蛇仔一行人上樓。
△ 蛇仔父一見到蛇仔，忍受不住，拿起桌上的雞毛撢子。

蛇仔父
幹！給我搞這齣！學人家去什麼柬埔寨？幹！幹！幹！

△ 蛇仔父往蛇仔身上猛抽，蛇仔一路退避。討債集團司空見慣，索性退開看戲。還拿起神龕上的供品吃了起來。
△ 蛇仔媽上前拉開蛇仔父親。

蛇仔母
好了啦！要打死喔，坐下啦！⋯⋯（轉向小嫻）⋯⋯小姐，對不起，突然要一百多萬，
我們真的有困難，最近環境這麼差，阿共仔都要打過來了⋯⋯。

△ 坐在椅子上的小嫻手上拿著一張本票。

小嫻

　　　　　　　阿姨～阿共仔打你，也會打我啊，困難也是大家都很困難啊。
　　　　　本票都簽了，看怎麼處理嘛。不然這店面賣一賣好了，免得之後被飛彈炸掉。

△ 蛇仔母不知道該怎麼辦，難過地坐下。
△ 蛇仔低著頭，不知道怎麼辦。
△ 小嫻示意蛇仔坐在她旁邊，握起他的手。

　　　　　　　　　　　　小嫻
　　　凱睿葛格，大家都是辛苦人啦，有沒有辦法先還一點？好讓我跟老闆交代一下。

△ 蛇仔想到，焦急地拿起手機撥出電話。

　　　　　　　　　　　　蛇仔
　　　　　　　小李，可不可以幫我一個忙？幹拜託啦，出事了。

S｜10	時｜夜	景｜蛇肉店前 / 店內

△ 蛇店鐵門半開，黑衣人和小嫻走出，對著店內說。

　　　　　　　　　　　　小嫻
　　　　　　凱睿葛格，那就 10 天齁，阿伯阿母失禮，打擾了。

△ 小嫻一行人走到巷口上了一台黑車，離開。
△ 店內，蛇仔與父母三人呆坐在椅子上。
△ 蛇仔喃喃自語。

　　　　　　　　　　　　蛇仔
　　　　　　　　　就被騙了不然怎麼辦？
　　　不簽就死在柬埔寨啊！天天打你！機掰！還沒東西吃！不然是要我怎麼辦？

△ 蛇仔父臉色鐵青坐著不動。蛇仔母心疼不已。

　　　　　　　　　　　　蛇仔母
　　　　　　　　　好好幫你爸做生意不好嗎？

　　　　　　　　　　　　蛇仔父
　　　　　　　他這傢伙是可以幹嘛？給他做，我不如收起來！

　　　　　　　　　　　　蛇仔

幹我也不想接你的爛店啦！

△ 蛇仔的頂撞激起父親怒意，將湯勺丟向蛇仔，眼看兩人要打了起來，蛇仔母居中阻斷，對著蛇仔父吼。

蛇仔母
你上去啦！只會打他，你又有甚麼用！

△ 蛇仔父氣呼呼地上樓。
△ 蛇仔母難過地坐在蛇仔面前。

蛇仔母
你到底在想什麼？

△ 蛇仔悲憤交織，低著頭說出心裡的不甘。

蛇仔
我做什麼你們都看不起我，去也只是想證明給你們看，不然在這裡我能做什麼？一輩子被當垃圾喔？

△ 蛇仔母親不禁心疼地抱了抱蛇仔，隨後起身從櫃子底拿出一疊錢。

蛇仔母
媽媽只有這些。

蛇仔
我自己會還，不用妳管。

△ 蛇仔態度堅決，不願意收下錢，蛇仔母看著蛇仔。

蛇仔母
你是我兒子，我不會放你去死。

△ 媽媽的話讓蛇仔軟化。

S｜11	時｜夜	景｜小李直播倉庫

△ 節奏明快的電音進，直立式手機直播畫面。
△ 兩名性感模特兒身上掛著皮帶展示商品，小李夾在中間賣力地叫賣。

　　　　　　　　　　　　　<mark>小李</mark>
　　來！各位老闆！想要身分地位，行頭一定要到位，這批皮爾卡登外流貨！讓你出門氣派！
　　海派！超派！所以你一定要帶！……（指示小模寫售價板）……來！
　　　　本錢出貨，一條六百兩條一千，通通出掉！要的刷一排加一來！

△ 鏡跳倉庫一角，蛇仔玩著 BB 彈短槍，對著眼前的候選人旗幟猛射，而後走到沙發，
　 癱坐著。

　　　　　　　　　　　　<mark>小李 (O.S.)</mark>
　　　　　五分鐘放菸時間，各位別走開，會有更讚更好的貨等著你們。

△ 一名爆乳女模妞妞走向蛇仔，笑著看他。
△ 蛇仔挪動身體，妞妞彎腰抽起外套，強大的事業線就在蛇仔眼前。

　　　　　　　　　　　　　<mark>妞妞</mark>
　　　　　　　　　　　老闆怎麼稱呼呀？

△ 蛇仔心煩，不想理會妞妞。一旁的小李在準備等會拍賣的商品，插嘴。

　　　　　　　　　　　　　<mark>小李</mark>
　　　　　　　　欸不要亂貼啦，人家要當爸爸了。

　　　　　　　　　　　　　<mark>妞妞</mark>
　　　　唷！恭喜耶。我叫妞妞，這是我的 QRcode～需要餵奶可以找妞妞喔。

△ 妞妞站到蛇仔前面擠奶，原來她將 QRcode 貼在兩邊胸上。
△ 蛇仔轉頭閃躲妞妞的攻勢，小李走了過來。

　　　　　　　　　　　　　<mark>小李</mark>
　　　　　　　　　去抽菸去抽菸，不要煩人家。

△ 妞妞披上外套離開，小李坐在蛇仔旁邊，點起菸。

　　　　　　　　　　　　　<mark>小李</mark>
　　　　　　　　　　　啊你怎麼辦？

　　　　　　　　　　　　　<mark>蛇仔</mark>
　　　　　　　　　　　幹我哪知道。

小李
欸我想到了,還是拿你家房契押一下?

蛇仔
幹!怎麼可能,我爸會殺了我。

小李
靠北,不要讓他們發現就好啦。

△ 蛇仔認真思考了一下,立刻又陷入苦惱。

蛇仔
不行啦。

小李
欸一個月五萬捏!我今天先幫你頂,以後你還是要想辦法啊!

蛇仔
如果房子真的沒了,會害死我媽⋯⋯。

△ 蛇仔躺上沙發,表情為難。

小李
幹白癡喔,又不是不還,拿個地契,押下去每個月負擔輕一點,
再乖乖把錢還掉,不就好了?(出手拉蛇仔)好啦起來啦!
跟你說,娶某前生子後,不用擔心,你會旺啦,來幫我賣一波,給你分紅啦。

△ 小李開了音樂,把心情低落的蛇仔從沙發上挖起來。
△ 鏡切手機畫面:小李把蛇仔拉進鏡頭內,一起賣行李箱,和兩位小模一起手舞足蹈,重低音舞曲持續,轉心跳聲。(小李參考台詞:居家旅行,移民跑路,必備良伴。)

S | 12   時 | 日   景 | 超音波室

△ 陰暗室內,螢幕上有個八周大的胎兒顯影,還有強而有力的心跳聲。

女醫師 (O.S.)
⋯⋯目前寶寶已經八週,心跳聲很正常。胚胎著床的位置正常,沒有子宮外孕⋯⋯
看起來沒有甚麼問題喔,寶寶很健康,你們不用擔心。

△ 蛇仔沉浸在新生命的聲音跟影像中，神情恍惚，沒有回應。

珮恩

對不起醫師，請問一下……24 週的時候，小寶寶會長怎樣？

女醫師 (O.S.)

24 週喔，五官跟手指腳趾都可以很清楚看到了，
小寶寶會對聲音有反應喔，可以跟媽媽互動……。

珮恩

那……我查了一下，最晚 24 週，還可以考慮要不要……留下孩子？

△ 蛇仔臉上的甜笑消失，訝異地看向珮恩，不解。
△ 珮恩閃躲蛇仔的眼神，轉頭看向超音波螢幕。

女醫師 (O.S.)

你們還沒確定嗎？沒關係，你們不用急，要想清楚，爸爸媽媽的責任不容易喔……。

S｜13	時｜日	景｜超音波室

△ 蛇仔、珮恩兩人單獨在超音波室，珮恩在整理上衣。
△ 蛇仔延續著上一場的不解，看著珮恩。

蛇仔

你幹嘛啦？不是說我會認真賺錢。

珮恩

我家……我爸……他說他不可能答應的。

△ 蛇仔一聽便懂，臉垮下說不出話。
△ 珮恩穿好衣服，拿起隨身的包包。

珮恩

走吧。

△ 蛇仔抬起頭。

蛇仔

林珮恩！

　　　　　　　　　　珮恩
　　　　　　　　幹嘛？

　　　　　　　　　　蛇仔
　　　　　　　我們去找你爸，我來跟他講。

△ 珮恩意外地看著蛇仔，蛇仔神情篤定。

S｜14　　　時｜日　　　景｜珮恩家鐵工廠／辦公室

△ 鐵工廠內，寥寥無幾的工人在工作。機台運作聲在偌大廠區此起彼落地迴盪。
△ 略顯雜亂的辦公室裡，蛇仔、珮恩跟珮恩媽對坐。蛇仔跟珮恩顯得相當拘謹緊張。珮恩媽則是尷尬地坐在一旁，三人不時抬頭瞄向玻璃外，正在工作的珮恩爸。

　　　　　　　　　　珮恩母
　　　　　　　你在永新路的超市上班？

　　　　　　　　　　蛇仔
　　　　　　　　嗯是啊。

　　　　　　　　　　珮恩母
　　　　　　　不錯啦，那家開很久了齁？

　　　　　　　　　　蛇仔
　　　　　　　　對⋯⋯。

　　　　　　　　　　珮恩
　　　　　　　　媽！

△ 珮恩向媽媽示意。

　　　　　　　　　　珮恩母
　　　　　　好啦，凱睿多吃水果啊，不要客氣。

△ 珮恩媽走出辦公室，到珮恩爸身邊說話，珮恩爸不為所動地操作著機台。
△ 蛇仔跟珮恩透過辦公室的大片玻璃窗，可看見兩人的互動，此時傳來珮恩爸的破口大罵。

珮恩父
幹！那個迌迌囡仔一副鳥樣？妳女兒耶！妳可接受得了？

△ 珮恩爸氣呼呼地，走向下一部機台，啟動，發出轟隆聲。
△ 辦公室裡的蛇仔跟珮恩一臉尷尬，珮恩爸繼續噴罵。

珮恩父
現在什麼時機？大家都跑出國，他們要生小孩？頭殼歹去逆！

△ 聽聞珮恩爸的話，蛇仔低下頭，心有不甘。
△ 珮恩媽回來，一臉無奈。

珮恩母
拍謝喔，讓你跑這一趟，珮恩爸爸在趕工啦，不然你下次再來，叔叔阿姨請你吃飯。

△ 珮恩媽拍了拍珮恩的手，要他們先離開。
△ 蛇仔失落地跟著珮恩及珮恩媽走出工廠。
△ 蛇仔越來越不甘心，突然一股傻勁拉著珮恩往回走，一路去到珮恩爸身後。

珮恩
吳凱睿！

蛇仔
叔叔！

△ 蛇仔跪下。

蛇仔
叔叔！拜託！讓我跟珮恩結婚！我一定會認真工作，做一個好爸爸！不會讓你失望。

△ 珮恩父親按停機台，廠區頓時安靜下來，他回頭看著蛇仔。

珮恩父
什麼叫一家之主你知否？做男人的要擔多少責任你知否？你要做好爸爸？
好啊，做到再來講啦！

△ 珮恩父親離開，珮恩跟蛇仔愣在原地，氣氛略顯尷尬。珮恩母親倒是鬆了一口氣。

珮恩母
好啦好啦，可以了！意思說叫你要說到做到啦！先回去先回去。

△ 珮恩把蛇仔拉起來，兩人面露感動。

| S｜15 | 時｜夜 | 景｜蛇仔家二樓客廳 / 蛇仔店門外 |

△ 二樓客廳沒開燈，只有神龕的紅光。
△ 蛇仔提著一袋行李，偷偷摸摸地在置物櫃翻找東西。片刻，蛇仔在一個鐵盒裡找到他要的東西，手電筒放在一旁，拿出紙張仔細確認。
△ 確認東西無誤後，蛇仔正要離開卻突然看見什麼，愣了一下。
△ 手電筒餘光照到櫃上的一張照片：蛇仔母親抱著幼年蛇仔。蛇仔轉開臉，離開。

＊　＊　＊　＊　＊

△ 巷口停著小李的車，蛇仔偷偷摸摸地溜出，上車。

　　　　　　　　小李
　　　　　　　有嗎？

△ 蛇仔從包包裡拿出房契給小李。

　　　　　　　　小李
　　　　安啦，你認真還一還，這房契一下就拿回來了。

△ 小李看蛇仔還在垂頭喪氣，重拍了他的肩膀。

　　　　　　　　小李
　　恁爸幫你搞到一套外送的東西，娶某前生子後，明天會更好，跟我說一遍。

　　　　　　　　蛇仔
　　　　　　明天會更好！

　　　　　　　　小李
　　　　　　這就對了啦！

△ 蛇仔打起精神。
△ 小李踩下油門，蛇仔打開車上的音響，找到一首電音舞曲。
△ 蛇仔、小李隨著電音，唱著舞動著，兩人笑得開心，

| S｜16 | 時｜日 / 夜　景｜生鮮超市 / 飲料店外 / 街道 / 陸橋下 |

△ 蒙太奇畫面，電音延續。
△ 超市進貨區，蛇仔在理貨，他聽到機車喇叭聲，走到空地。
△ 小李騎著改裝後的炫砲機車衝了過來，繞著蛇仔。

　　　　　　　　　　＊　＊　＊　＊　＊

△ 蛇仔跟小李蹲著，專注地加裝外送裝備跟 LED 掛牌。

蛇仔
屌不屌？

小李
幹～弄一弄比我的車還帥！

△ 蛇仔得意洋洋，充滿幹勁。

　　　　　　　　　　＊　＊　＊　＊　＊

△ 飲料店外。珮恩在等蛇仔。蛇仔騎機車呼嘯而至。
△ 珮恩看著蛇仔的「愛駒」，哭笑不得。
△ 機車在街上狂飆，珮恩甜蜜地緊抱蛇仔。
△ 車後的外送箱上掛著 LED 掛牌，流動的文字寫著：「爸氣外送」、「新手爸爸 歡迎打賞」。
△ 珮恩等著蛇仔交餐點給客人，蛇仔一臉得意地回來。

　　　　　　　　　　＊　＊　＊　＊　＊

△ 陸橋下，太陽炙熱，頂上傳來轟隆的車流聲，配樂止。
△ 蛇仔把機車停在陰涼處，狼吞虎嚥吃著麵包，一邊專注地拿著手機按數字計算收入（數據供參：六天跑單賺 10944，扣 600 罰單一張，油錢 770，平台全勤獎金 1200，再加六天的超市薪水 6000。

蛇仔
（murmur）……這樣一個月……（驚嘆）……幹……。

△ 蛇仔眼睛一亮，嘴角上揚，顯然對數字很滿意。

| S｜17 | 時｜日 | 景｜債務整合公司前長廊 |

△ 蛇仔站在長廊，看著擺設在公司門口的招財流水滾石裝置。
△ 小嫻走出門，來到蛇仔旁邊。

蛇仔
這個月的份。

△ 蛇仔從口袋掏出信封，交給小嫻。
△ 小嫻當場清點，從信封抽出兩千塊。

小嫻
凱睿把拔，來，一點小心意，奶粉錢，你要加油捏。

| S｜18 | 時｜日 | 景｜嬰婦用品店 |

△ 仰視視角。一個夢幻公主帳下，掛著琳琅滿目的幼兒玩具掛飾。
△ 展示的兒童房裡，蛇仔躺在地墊上陶醉地半睡半醒。
△ 珮恩進入仰視視角裡。

珮恩
吳凱睿……吳凱睿……。

△ 蛇仔迷濛地看著珮恩，醒來。

蛇仔
就這些？不是很多要買？

珮恩
之後再說啦，不急。

蛇仔
好，答應我喔，都要買最好的喔，他可是我兒子。

珮恩
白癡耶，都還沒確認是男生還女生。

△ 蛇仔示意要珮恩坐到他旁邊，撒嬌似地將頭靠在珮恩腿上。

△ 珮恩看了看周遭擺設。

珮恩
欸,租到房子後,弄成這樣好嗎?

蛇仔
當然好啊,一切都交給妳了,妳可是又辣又有品味的媽媽。

△ 珮恩摸著蛇仔的臉,一臉疼惜。

珮恩
欸,我們可以先省一點,你不要累壞了。

△ 蛇仔笑,轉頭對著珮恩的肚子說話。

蛇仔
欸,兒子,你爸在拚,你有沒有看到?

△ 珮恩笑笑地貼近蛇仔耳邊輕聲耳語。

珮恩
寶寶收到～吳凱睿,你會是好爸爸的,我相信你。

△ 蛇仔聽到這句話,笑著看珮恩。兩人的甜蜜時光,突然,蛇仔手機響。
△ 蛇仔看了看螢幕,接起。

蛇仔
幹你娘,小李,電燈泡喔?

△ 珮恩親了蛇仔一下,推開蛇仔起身。

蛇仔
今晚喔?可以呀,哪裡?

△ 蛇仔邊說電話,看著珮恩專注地看著一台高級展示的嬰兒車。

| S｜19 | 時｜夜 | 景｜夜店 |

△ 蛇仔跟著小李走在炫目的走道上,音樂震耳欲聾,有辣妹走在他們前方,他們互相壞

episode 2　蛇仔

笑，又有爆乳辣妹經過他們，他們不自覺回頭。
△ 兩人走到舞池區，一場末日派對正在進行，四處傳來狂歡客的嘶吼。有人爛醉如泥鬼吼鬼叫，有人發情激吻。

狂歡客
媽的要打仗了～～（長音嘶吼）……幹！有錢出國！沒錢等死（台語）！操你媽的習大大！不要炸我家啊～～（長音嘶吼）……。

△ 這時有對喝得爛醉的男女撞了出來，擋住蛇仔，兩人邊擁吻邊急著找地方打炮，小李看得相當興奮。

小李
這裡很嗨齁！我跟你講，強哥很屌，我之前有批貨卡在雞巴海關，他一出面，貨就進來了！

△ 小李拉著蛇仔穿過舞池，走上一道樓梯，來到二樓包廂區。小李熟絡地跟守在樓梯口的保全講了些話。蛇仔一臉新奇地期待著。

保全
強哥在忙，你們那邊先坐。

△ 蛇仔、小李坐在座位上，往最底部包廂看，隱約看到強哥本人在跟人談事。強哥看來斯文、彬彬有禮。

小李
欸，別緊張，等一下就好好自我介紹，強哥已經答應我了，要給你一些賺錢的機會。

△ 突然，有一個中年男人從包廂外闖入，不顧保全阻饒，衝到強哥面前，跪地向強哥不斷道歉。
△ 強哥笑看著眼前的中年男人，不回應。
△ 蛇仔看到這景象不禁有點不安，反而小李顯得有些興奮。

小李
欸，這傻B怎麼了？

保全
傻B？二線一捏。好處拿了又不辦事，搞到強哥不爽。

小李
幹白癡，死好。

△ 這時強哥旁邊的幹部遞出一把槍，強哥接過手槍，中年男子簡直嚇傻了。
△ 強哥招招手，中年男子爬向強哥，強哥對他說了悄悄話。
△ 小李相當興奮，蛇仔卻嚇愣了。

小李
幹屌欸！

蛇仔
欸，既然強哥在忙，我先回去睡覺好了，明天還要工作。

小李
你幹嘛啦？

△ 蛇仔說完轉頭走下樓梯，小李錯愕，追上蛇仔。
△ 蛇仔跟小李一路穿過舞池，來到一開始進來的通道。

小李
你什麼意思啊？吳凱睿，媽的俗仔喔。

△ 蛇仔突然停步回頭，一臉不爽。

蛇仔
我有小孩了，你懂不懂？

小李
幹，我在幫你找賺錢的機會耶。

△ 蛇仔無奈不想解釋，甩頭續走，小李留在原地。

小李
吳凱睿我講真的，你要跟你爸一樣廢一輩子喔？那你小孩以後也是廢物而已！

△ 蛇仔聽見小孩立刻回瞪，眼看就要給小李一拳，但蛇仔忍住。

小李
你自己想清楚啦，看要死賺錢，還是跟對人一起發財啦，操。

△ 小李離開，留下蛇仔一人。
△ 蛇仔情緒漸緩，反而露出坦然的笑容。

102　episode 2　蛇仔

| S｜20 | 時｜日 | 景｜社區公園 |

△ 公園前，珮恩一臉焦急地講電話。

珮恩
你到底在哪啦？跟房東約三點耶！……蛤？什麼啊？

△ 珮恩納悶地回頭，看見蛇仔俏皮地站在公園裡的舞台比 YA，展示著全新的娃娃車。
△ 珮恩走到舞台跟蛇仔會合，珮恩一臉詫異。

蛇仔
噹噹！喜歡嗎？

珮恩
天啊吳凱睿！你幹嘛啦！我不是說有了你還買！

△ 蛇仔發現珮恩是真的不爽，趕緊求饒撒嬌。

蛇仔
妳姊那台輪子就怪怪的啊，寶貝兒子要坐的捏，當然要最好的嘛！

珮恩
這很貴耶。

蛇仔
不要生氣啦，妳推一下就知道有沒有。

△ 珮恩勉為其難地接手推了一下，不自覺地笑了。

珮恩
有什麼啦？

蛇仔
就有了笑容！走啦，來試車！

△ 蛇仔跟珮恩在高高低低的公園推著嬰兒車，玩得樂不可支。
△ 直到一個陌生女人聲打斷。

房東 (O.S.)

　　　　　　　　　　不好意思，林小姐嗎？

△ 房東（50，女），一個看起來不苟言笑的中年婦女站在公園外，得意忘形的兩人趕緊收斂，有些尷尬。

| S｜21 | 時｜日 | 景｜待租電梯公寓電梯／公寓內 |

△ 珮恩在廚房裡東看西看，不禁動手摸了摸流理台，表情相當滿意。
△ 蛇仔從後陽台走進。
△ 兩人眼神與笑容交流，表示都對這房子很滿意。
△ 兩人走到客廳，房東正從房間走出。

房東
窗戶都打開了，也比較通風，啊你們覺得怎麼樣？

珮恩
我們很喜歡，想說……。

△ 房東直接打斷珮恩。

房東
啊對，不好意思我確認一下喔，小姐你說妳在飲料店打工嗎？

珮恩
不是打工，我剛升副店長。

房東
喔喔了解，那先生是在超市，也是主管嗎？

蛇仔
(心虛)我……是！我也是。

房東
了解了解。

△ 蛇仔說謊沒被發現，鬆了口氣。房東卻看著兩人估量了一下，表情為難。

房東
不過是這樣，我這邊本來都是租給一些工程師，或者老師啦。

episode 2　蛇仔

不過吼我看你們要有小孩了……。你們的話，我希望你們預繳租金。
一年份原本是三十一萬兩千，我算你們三十就好。給你們一些優惠。

△ 蛇仔珮恩互看，同感錯愕。

珮恩
要先繳一年？

房東
阿姨也是有苦衷，現在局勢那麼緊張，我們就互相幫忙一下。

珮恩
可是這樣太多錢了，我們一時之間……。

房東
好好好不然這樣！四個月租金加兩個月押金，優惠一樣給你們，
我先拿十五，真的沒辦法再降了。

蛇仔
欸，你這樣太誇張了，我們怎麼可能一下能出這麼多錢？

△ 珮恩按住蛇仔。

珮恩
不好意思，我們討論一下。

房東
好，不行沒關係吼，阿姨也不勉強你們。

△ 珮恩拉著蛇仔進入另一間房間。

蛇仔
媽的雞掰，有房子了不起啃？

珮恩
所以哩？你不想租了嗎？

蛇仔
不想，為什麼我們要被這樣瞧不起？

>**珮恩**
>吳凱睿，你冷靜一點好不好？（牽起蛇仔的手摸自己肚子）
>你想想，為了我們的小孩，這點事情算什麼。

△ 珮恩盯著蛇仔，蛇仔轉過臉吞忍情緒。
△ 珮恩走出房間，留下蛇仔一人。

>**珮恩 (O.S.)**
>房東太太，不好意思久等了，那個，我們決定要租。

>**房東 (O.S.)**
>哇，很好啊，抱歉阿姨講話就是這麼直，你不要介意啊，
>啊你們年輕人吼，也要體諒我們老人家，這時節，我們總是要多一點保障嘛。

>**珮恩 (O.S.)**
>是是是。

△ 房間內的蛇仔聽著對話愈來愈火大。

S｜22　　時｜日　　景｜陸橋下

△ 蛇仔躺在機車上打盹。
△ 兩名警察靠近蛇仔，打量著他。

>**警察 B**
>先生。

>**蛇仔**
>怎麼了？

△ 警察 A 繼續打量著蛇仔的車子，警察 B 拿出紅單。
△ 蛇仔覺得莫名其妙。

>**警察 A**
>（對警察 B）欸，你看看，爸氣外送。
>同學，你這些燈光滿炫的嘛，來學弟，拿……第 16 條開一下。

△ 警察 B 開始寫紅單。
△ 蛇仔想要阻止。

> 蛇仔
>
> ……抱歉，我不知道這樣會違法，可不可以不要開。

> 警察 B
>
> （不為所動）駕照麻煩出示一下。

> 蛇仔
>
> 我真的回家就馬上拆掉。

> 警察 B
>
> 900 而已，意思意思，沒事啦。

△ 蛇仔看著警察 B 在抄單，強忍怒氣，從包包翻出駕照。

S | 23　　時 | 日　　景 | 生鮮超市販賣區

△ 蛇仔在販賣區走著，他找到正在點貨的店長。

> 蛇仔
>
> 店長，不好意思，請問正職的事情……？

> 店長
>
> 正職？好，凱睿我正想跟你談一下。

> 蛇仔
>
> 談什麼？

> 店長
>
> 報銷單你會寫吧？

> 蛇仔
>
> ……報銷單？會，我都有寫。

> 店長
>
> 那你應該知道，規定就是過期品全部都要進垃圾桶，包括你給阿婆的那些。

> 蛇仔
>
> 蛤？可是……。

店長
什麼可是？如果吃出問題，是我要負責耶老大。你不是要做正職嗎？這些怎麼會不知道？

蛇仔
可是那阿婆怎麼辦？

店長
你還管她啊？快去拿回來。

△ 鏡切——蛇仔走出自動鐵門，他走到正在整理回收物的阿婆身邊，他指了下菜籃。

蛇仔
阿嬤歹勢，我要拿那個。

阿嬤
（重聽貌）蛤？啥米？

蛇仔
（大喊）那兩個便當還我！

阿嬤
（重聽貌）便當？我等等再吃。謝謝啦！

△ 眼見阿嬤根本會錯意，蛇仔被逼急，心一橫把阿嬤的菜籃打開，粗魯地拿回便當。
△ 菜籃翻倒，東西散了一地，阿嬤一臉錯愕。
△ 蛇仔走回超市，表情痛苦憤慨。

S│24   時│夜   景│被逮補別墅

△ 別墅後門，一柱噴燈的烈焰在黑暗中燃起，往一面玻璃窗燒去……。
△ 玻璃聲碎裂，蛇仔拿著噴燈、鐵鎚，和一大袋食物進入客廳，他左右查看著。

　　　　　＊　＊　＊　＊　＊

△ 屋內的窗簾通通拉起，只有各處點著蠟燭。
△ 珮恩臉臭坐在餐桌座位，她眼前是一桌高檔的料理。
△ 珮恩看到塑膠袋上的明細，翻了個白眼。
△ 「碰！」的一聲，珮恩嚇了一跳，緊張地張望四周。

珮恩
（氣音）很大聲耶！

蛇仔
噹噹噹，好酒配美食，帥哥配美女。

△ 蛇仔拿著剛打開的氣泡酒，想到沒有杯子，就到處翻箱倒櫃。

蛇仔
杯子勒？杯子勒？

珮恩
吳凱睿，小聲一點！

蛇仔
找到了啦，來，幫你倒酒。

△ 珮恩看著蛇仔還在耍白癡，根本沒發現她的擔憂。

珮恩
吳凱睿。

蛇仔
等一下喔，冰箱還有，我去拿一下。

珮恩
（冷回）我要走了。

蛇仔
欸……怎麼了嘛？

珮恩
走啦，我們趕快走。

蛇仔
你幹嘛啦？

珮恩
你才到底在幹嘛？我肚子有小孩耶，你忘記了嗎？

蛇仔
我怎麼可能會忘記，我今天就很賭爛，只想跟你好好約會嘛。

△ 蛇仔蹲在珮恩旁邊，試圖想撒嬌，但珮恩把手抽掉。

珮恩
走開，為什麼又亂花錢買這些？不知道我們需要存錢嗎？

△ 蛇仔被甩掉，怒火攻心。

蛇仔
（大聲）靠北喔！幹！我是沒在賺？
每天都在工作，被人機機歪歪！現在還要聽你在靠北！

△ 珮恩因蛇仔揚起的音量，緊戒地望著窗外。
△ 蛇仔還在氣頭上怒視著珮恩，珮恩深吸一口氣。

珮恩
（沉住氣）吳凱睿，你可不可以長大一點？你這樣我要怎麼相信你？

蛇仔
你到底還要我做什麼！？我每天被人當狗，還不夠努力嗎！？

△ 珮恩好像聽到什麼動靜，她連忙示意蛇仔安靜，蛇仔也聽到了聲響，他走到後門窗前查看，回頭一臉驚恐。

蛇仔
幹警察。

△ 蛇仔趕緊拉起珮恩往前門衝。
△ 未料，蛇仔前門一開，也早有警察等在那。

警察 A
先生，我們剛剛有收到鄰居通報，請問你是屋主陳先生嗎？

蛇仔
是啊……。

警察 B
是嗎？請你出示一下證件。

episode 2　蛇仔

蛇仔
放在裡面,我去拿。

警察 B
先生,抱歉請你站好,由我們同事幫你拿就可以了。

蛇仔
為什麼要?警察就可以這麼鴨霸喔?

警察 A
請你配合喔!不要動喔!

△ 蛇仔和警察愈吵愈大聲,珮恩抱著肚子,緊張地往後退,卻沒發現後門的警察 C 與警察 D 已經打開門衝進屋內,撲向了她。

蛇仔
你們不要碰我!

警察 B
先生,如果你堅決不配合,別怪我們動手了。

蛇仔
幹你娘!走開啦!

△ 激動的蛇仔推了警察,警察 AB 試圖壓制蛇仔。

蛇仔
警察有什麼了不起!幹!放開我喔!

警察
操你媽的,猴死囡仔,別動啦!

△ 蛇仔被壓制在牆上,嘴巴還是繼續吼罵著髒話,直到他聽見了——歇斯底里的哭聲。
△ 蛇仔艱困地轉頭,他看見珮恩抱著肚子蜷縮在地上,即使警察放開手,她仍不斷在地上哭泣抽搐。

珮恩
我有小孩……我有小孩……不要碰我……。

△ 現場的人對於珮恩狀態面面相覷，蛇仔愧歉地看著珮恩。

| S｜25 | 時｜夜 | 景｜警察局 |

△ 警局內電視畫面。

新聞播報
位於台北市景興國中的投票所，今天早上八點半左右，發生台灣選舉史上首見的投票所爆炸事件。該投票所還是民主黨總統候選人，也是現任台北市長王明芳所在的選區，爆炸案發生時，王明芳剛與先生楊又雲投票完成，準備離開。雖然王明芳沒有受到爆炸事件的波及受傷，但由於爆炸案發生在王明芳的大票倉台北市，又傳出有恐攻信件，因此大幅影響投票率。讓王明芳在台北市本預期會大贏拿下至少百萬票，最後只有六十萬票。這讓原本預估會大贏尋求連任的自由黨宋崇仁，至少十個百分點的王明芳，最後僅以些微差距，不到五萬票的差距，小贏宋崇仁。也連帶影響立委選情，讓立院呈現民主黨、自由黨、新進黨三黨不過半的情勢。王明芳注定成為弱勢總統⋯。

△ 蛇仔雙手上銬，坐在辦公桌旁，有個警察正對他記錄筆錄。
△ 蛇仔憂心地看著遠方的珮恩，她驚魂未定地縮著，雙手仍護著肚子。

警察
聽說懷孕了喔？你這樣做爸爸的喔？

△ 蛇仔愧疚地低頭。
△ 此時珮恩父母氣沖沖地衝入派出所，珮恩爸停步看著珮恩搖頭，然後繼續往蛇仔的方向衝。
△ 蛇仔看見珮恩爸想說些什麼，還未開口，珮恩爸已一腳將他踹倒在地。

珮恩爸
幹恁娘機掰！垃圾！

△ 警察放任珮恩爸踢了蛇仔幾腳才緩緩起身攔阻。蛇仔蜷縮在地。

警察
警察：好了好了。

珮恩爸
我跟你講！珮恩ㄟ囡仔已經跟你沒一淡關係。你以後讓我堵到，我一定打死你。

△ 珮恩爸氣沖沖地走向珮恩，作勢要一巴掌打她，手高舉後放下，直接走出派出所。珮

112　　episode 2　　蛇仔

恩媽趕緊拉著珮恩離開警局。
△ 蛇仔對著珮恩背影喊。

蛇仔
林珮恩！對不起！林珮恩！對不起！

△ 珮恩停下，彷彿要看向蛇仔，但最後咬牙離開。
△ 倒在地上的蛇仔孤苦無依，不知所措。

S｜26　　　時｜夜　　　景｜夜店

△ 夜店的非營業時間，空無一人，小李領著蛇仔走在夜店通道。
△ 小李停步，回頭看蛇仔還是一臉恍神。

小李
欸沒事了啦。

蛇仔
嗯。

小李
靠，免煩惱啦，有強哥罩，警察那邊喬好了，你就好好跟他道謝。

△ 兩人走進舞池。強哥鼻尖掛著眼鏡在看 ipad 螢幕，乍看之下像是個專家學者。

小李
強哥。

強哥
幹得好啊，小李。

小李
應該的。

△ 強哥轉頭看向蛇仔。

強哥
這位是？

小李
還不趕快跟強哥道謝。

蛇仔
謝謝強哥。

△ 強哥笑咪咪地摘下眼鏡。

強哥
喔！是你喔，聽小李說，你為了女友小孩很拚命是吧？

△ 蛇仔聽到女友小孩，低下頭。

強哥
你怎麼稱呼呀？

蛇仔
我叫吳……叫我蛇仔（台語）就好。

強哥
蛇仔（台語）？好名字！來！坐坐坐。

△ 蛇仔坐在位置上。

強哥
蛇仔，我常說，這個社會不容易啊，是吧？年輕人再怎麼拚，瞧不起你的一樣瞧不起你。但我這邊，是開大門走大路，誰都一視同仁，有努力我都會看見。你就把這裡當自己家，好好跟小李學習，一起幹大事。

△ 蛇仔看了看小李，懵懵懂懂地點頭。
△ 強哥滿意地拍了拍蛇仔的肩。

S｜27　　時｜夜　　景｜廂型車上／民主黨地方黨部

△ 廂型車內，眾人戴著口罩，蛇仔跟著小李及幾個幫眾擠著，顯得不安。
△ 小李對車內的幫眾說。

小李
等下人可能不少，人就控制一下，其他就盡情砸。

△ 小李邊說，邊拖出一個麻布袋，將裡面厚實的棍棒和噴漆分給幫眾。

幫眾
是。

小李
互相提醒，別露餡了。

△ 小李也塞了一根給蛇仔。蛇仔緊張，貼近小李竊竊私語。

蛇仔
欸，這是要幹嘛？

小李
幹，怕三小，你什麼時候變那麼驚啊？

* * * * *

△ 鏡切民主黨地方黨部，貼著各種「和平協議連署」的海報跟布條。一位懷孕的黨工拿著大聲公對外頭的路人在喊話。

黨工
拒絕戰爭，台海安定！請大家來連署，2月10號一起大遊行，
向政府表達我們追求和平的訴求，不要讓台灣陷入戰火！

△ 此時黑色箱型車停在了黨部門口外，車門猛力拉開，就衝下小李等一行幫眾。

小李
進去！

△ 小李指著懷孕的黨工，將她推入門內。
△ 幫眾們闖入黨部，可以聽見驚叫聲和破壞聲。
△ 蛇仔最後才下車，他顫抖地走向黨部。
△ 蛇仔走到門口，看著眼前景象：幫眾們對著電腦狂砸、破壞資料。
△ 蛇仔瞪大眼睛，他看見孕婦黨工為了制止，而被推倒在地上。
△ 蛇仔想要去幫助孕婦黨工，卻被一手拉住，是小李。

小李
幹你娘，你發什麼呆啊？快點啊！

△ 蛇仔咬牙不去看孕婦，他找了一台電腦，猛力地一棒又一棒地砸，眼睛像是要噴火。
△ 監視器視角：幫眾們離開黨部，留下了「滾回中國」的噴漆。

S｜28　　時｜夜　　景｜郊區路邊

△ 箱型車疾駛而至，急煞停下。
△ 蛇仔衝下車，扶著欄杆就是一陣吐。
△ 小李下車，倚靠門邊點起菸，其他幫眾也紛紛在點菸。
△ 車上廣播：即時新聞，民主黨的多個黨部驚傳襲擊事件，警方從暴徒們留下噴漆，研判是自由黨的激進支持者所發起的攻擊，各方輿論紛紛譴責自由黨⋯⋯。
△ 眾幫眾聽到新聞，紛紛拍好叫好，小李笑著，開始發送酬勞。
△ 小李走靠近蛇仔。

小李
幹，行不行啊？

△ 蛇仔勉強地點點頭。小李邊笑邊拿出一疊錢。蛇仔看著錢不禁訝異。

小李
來啦，這次的費用。怎樣？就跟你說跟強哥就對了你還不信。

△ 蛇仔接過錢，他注意到手上有砸棍棒所造成的破皮擦傷。

S｜29　　時｜日　　景｜生鮮超市進貨區

△ 貨櫃門開，蛇仔爬上貨櫃，他右手有隨意的包紮，他注意到進貨區一角，店長在和輝哥談話。
△ 蛇仔繼續搬貨，輝哥走向他，解下身上的護腰。

蛇仔
輝哥，怎麼了？

△ 輝哥對著蛇仔苦笑，沒有說話就離開了。
△ 店長走向蛇仔。

店長
凱睿，恭喜啊，成為正職了。

116　episode 2　蛇仔

> 蛇仔
> ……謝謝店長。

> 店長
> 客氣什麼，好好打拚啊，可不能枉費我向公司極力爭取。

△ 蛇仔還是注意著輝哥。
△ 輝哥在巷口，坐在機車上點起菸，很落魄的樣子。
△ 店長看了看貨物數量，跟司機抱怨。

> 店長
> 大哥，這麼少喔？

> 輝哥 (O.S.)
> 有這些就不錯了啦，別家還搶不到勒。

> 店長
> 這樣哪夠賣給民眾？

> 店長
> 啊你去問總公司啊，原物料就沒多少了。

△ 蛇仔看著輝哥的樣子發愣。

S | 30　　時 | 日　　景 | 償務整合公司門口 / 樓梯間

△ 蛇仔在債務公司門口，他好奇地發現門口的招財流水滾石裝置已經停止。
△ 小嫻走了出來，手裡拿著一個 A4 信封。

> 蛇仔
> 這個月的份。

△ 小嫻接過錢，欲言又止。
△ 蛇仔疑惑，但也沒多說什麼。

> 蛇仔
> 那……掰掰。

△ 蛇仔轉身離開，小嫻追了上來。

小嫻
欸！

△ 小嫻將手上的信封和錢遞給蛇仔，蛇仔好奇地從信封拿出文件。

小嫻
你家的房契跟本票啦。

蛇仔
什麼意思？

小嫻
喜你耶，以後不用還錢了啦，我們老闆也移民跑路了，大家都完囉。

蛇仔
那妳怎麼辦？

小嫻
你要包養我喔？

蛇仔
可以呀。

小嫻
白癡，好好養你老婆小孩啦。

△ 小嫻苦笑，離開。
△ 蛇仔看著手中的本票，如釋負重卻又複雜的笑，他把本票撕掉。

S | 31　　　時 | 夜　　　景 | 珮恩家鐵工廠

△ 一台豪車駛到工廠前，蛇仔手捧一把鮮花下車。
△ 蛇仔蹲在半開的鐵門外看，決定走進去。
△ 鐵工廠內只開著小燈，悄然無聲。

蛇仔
林珮恩？林珮恩？

△ 蛇仔穿過鐵工廠的各個機台，最後在角落看到珮恩。

蛇仔
幹嘛啦？嚇人喔？

△ 珮恩神奇古怪，看著蛇仔。

| S｜32 | 時｜夜 | 景｜濱海公路 |

△ 豪車開在海濱公路上，頂上一道道路燈向後飛過。
△ 蛇仔開著車，珮恩坐在副駕。

蛇仔
小李說啊，那邊的螃蟹很讚，你等一下就盡量點盡量吃……。

△ 珮恩沒有回應。
△ 蛇仔注意到珮恩的狀態。

蛇仔
好啦，對不起啦，我知道錯了，你不要生氣了好不好？

△ 蛇仔伸手去拉珮恩的手。
△ 珮恩看著蛇仔的手，表情逐漸痛苦。

蛇仔
好嘛，跟你說，我這次真的下定決心了，要成為好爸爸好老公。

珮恩
吳凱睿……我要去泰國了。

△ 蛇仔一時無法意會。

蛇仔
泰國……什麼意思？

珮恩
我後天就要離開了。

蛇仔

　　　　　　　　　　　　為什麼？是不是你爸？

△ 珮恩只有搖頭，沒有說話。

　　　　　　　　　　　　　蛇仔
　　　　　　　我們現在回你家，要我再一次下跪也沒問題。

△ 蛇仔半路上緊急迴轉，開得更快了。
△ 危險駕駛下，珮恩下意識地護著肚子。

　　　　　　　　　　　　　珮恩
　　　　　　　　　　　是我自己想走的。

　　　　　　　　　　　　　蛇仔
　　　　　　　你不是說那些走的人，都是怕死的人嗎？

　　　　　　　　　　　　　珮恩
　　　　　　　我怕啊！我怕死，我更怕我的孩子會死！

△ 珮恩突然的激動，讓蛇仔安靜半晌。
△ 珮恩緊貼窗戶，不願意看向蛇仔。
△ 蛇仔自顧自地說。

　　　　　　　　　　　　　蛇仔
　　　　珮恩，跟你說喔，店長升我做正職了，而且啊，強哥你知道嗎？
　　　　那個很厲害的網紅，我開始加入他們囉。強哥說，我們都會變得很有錢。

△ 蛇仔在上衣口袋掏著，終於掏出了戒指盒。

　　　　　　　　　　　　　蛇仔
　　　　　　　你看，珮恩，你戴戴看嘛，這是我挑好久的。

△ 珮恩愈來愈蜷縮在副駕駛座。

　　　　　　　　　　　　　蛇仔
　　　　　　　　快點嘛，快點嘛，你戴戴看。

△ 珮恩接過戒指，轉身正視蛇仔，像是下定決心。

　　　　　　　　　　　　　蛇仔

>   珮恩
>   吳凱睿，對不起，我們結束吧。

>   蛇仔
>   你幹嘛啦？快點啊！拿了就要戴戴看啊。

>   珮恩
>   要戰爭了，我要保護自己，保護我們的孩子。

>   蛇仔
>   保護？你覺得我做不到嗎？你不是說我一定會是一個好爸爸？

>   珮恩
>   對不起……。

△ 蛇仔將油門放開，車子緩停在路上。
△ 蛇仔放開方向盤，搗著臉，無力地說。

>   蛇仔
>   你走了，那我呢？

△ 珮恩沒有回應。
△ 珮恩接過戒指。

>   蛇仔
>   我什麼都沒有了，你為什麼還這樣？為什麼你可以這麼自私？

△ 在蛇仔眼前，珮恩瞪著暴怒的蛇仔，雙手環抱保護肚中的寶寶。
△ 蛇仔見到此景象，將怒氣轉而發洩在自己身上，瘋狂地捶自己。
△ 珮恩見狀，忍不住伸手安撫蛇仔。
△ 蛇仔哭得心撕裂肺，珮恩也止不住淚水，跟著哭了起來。
△ 在兩人面前，是無盡的黑暗道路。

S│33　　時│夜　　景│二樓包廂接舞池

△ 二樓包廂，強哥閉眼靜靜站著,享受群眾引頸期盼的歡呼。

####### 主持人 (O.S.)
……一起呼喚我們的強哥！！！

####### 群眾 (O.S.)
強哥！強哥！強哥！強哥……。

△ 鏡切——舞池，強哥跑上舞台，現場振奮歡呼，
△ 強哥像救世主般看著現場的年輕人，隨機指人問話。

####### 強哥
你？原本做什麼工作？……（回答聲：作業員）薪水多少？……（回答聲：三萬二！）……你呢？我知道你是業務，一個月三萬五是吧？……那你呢？

####### 某個群眾
（大喊）找不到工作！幹你娘！沒有人要給我工作！

△ 群眾因為直白的回答發出笑聲。
△ 強哥也跟著微笑著，但隨即一臉痛心。

####### 強哥
為什麼呢？

△ 強哥環視底下的年輕人。

####### 強哥
為什麼會這樣呢？你們這些想要努力工作、想要簡單生活的人，要的也不多，但為什麼會這麼困難呢？是不是因為這個社會病了？

△ 強哥手指上面。

####### 強哥
因為，你們一直被他們壓榨！根本無法翻身，是不是？

△ 群眾此起彼落地回答「是！」。

####### 強哥
那我們該怎麼改變？

△ 強哥的問題，讓台下群眾暫時鴉雀無聲，但突然有個群眾大喊，劃破沉默。

> 某個群眾
> 殺了他們！

> 某個群眾
> 對！把他們全部殺死！

△ 全場激憤了起來，紛紛喊著殺死言論。
△ 強哥先將全場氣氛引燃到高點，然後點點頭，用手勢請大家安靜。

> 強哥
> 嗯，就像新陳代謝，殺死那些老的壞細胞，就讓我們年輕人來，創造性破壞，要達成真正的公平正義，我們要有所行動！

△ 強哥的目光跟群眾中某個身影交會。
△ 那是蛇仔，強哥肯認的目光宛如解救了他。

> 強哥
> （激昂）革命的時候到了！社會病了！體制壞了！就要用你們的憤怒，把台灣砍掉重練！好不好！

> 群眾
> 好！

> 強哥
> 換掉政府好不好！（群眾：好！）出來革命好不好！（群眾：好！）……（特別看著蛇仔）……自己的未來自己救！好不好！（群眾：好！）。

△ 蛇仔目光炯炯，淚水滾落，也跟著用盡全力把人生的苦悶吼了出來……。

S | 34   時 | 夜   景 | 移民者別墅

△ 空蕩蕩的別墅，一台傾倒的嬰兒車突兀地倒在客廳裡。
△ 空間裡傳來珮恩跟蛇仔在 S1 中嬉鬧的聲音。
△ 手機影片聲：

> 蛇仔
> 噹噹噹～歡迎收看《蛇仔恁路到你家》，我是你們的主持人蛇仔，哈囉，大家過得好嗎？我很好唷！話不多說，今天就來帶大家看我的新家。

△ 鏡切──房間，畫面循聲推進，亂丟一地的鞋襪、衣褲，一路來到廁所。
△ 手機影片聲：

蛇仔
結婚結婚結婚！

珮恩
吳凱睿，你認真一點好不好！

蛇仔
我很認真好嗎？林珮恩小姐，你願意嫁給我嗎？
我可以買下這間房子啊，然後照顧你一生一世海枯石爛，好不好嘛？好不好嘛？

△ 突然一支手機飛砸在牆上。影片聲嘎然而止。
△ 鏡頭持續移動，我們看見蛇仔坐在浴缸裡。
△ 蛇仔看著自己右手上的傷口，試圖將結痂撕掉。
△ 撕下來的痂成片就像一片片的蛇皮。
△ 蛇仔以一個詭異的姿態全裸蜷縮著，像蛇。

S｜35	時｜日	景｜凱道集會現場

△ INS 蛇仔夢境：S18 的仰視視角，一個夢幻公主帳下，掛著琳琅滿目的幼兒玩具掛飾，珮恩進入畫面「吳凱睿！吳凱睿！」奇怪的是，蛇仔也進入畫面，兩人對著鏡頭，像是逗弄著嬰兒，很幸福。小李的聲音傳來「吳凱睿！」

小李 (O.S.)
蛇仔！

△ 蛇仔被小李喚醒，睜開眼睛，他臉上掛著淚痕，悵然若失。

小李 (O.S.)
幹，睡死了喔。

△ 蛇仔沒有回答，他轉頭看向窗外，原來他正坐在箱型車的副駕。
△ 車窗外，可以看見有許多支持和平協議的群眾正在遊行。
△ 小李停下車，對著車上的眾人。

小李
走吧。

| S｜36 | 時｜日 | 景｜遊行凱道現場 |

△ 凱道上，穿著藍色系的和平協議支持群眾們正在遊行，喊著口號：不要戰爭！要和平！不要挑釁！要和談！
△ 蛇仔與幫眾們分開，隱匿在人群之間。
△ 蛇仔在群眾中走著，一同喊口號。
△ 突然間，「咻！」的聲音，數發煙火在空中爆炸。
△ 現場喊聲頓時停下，不明所以的群眾仰頭望著天空。
△ 蛇仔並未抬頭，而是超然地看著仰望天空的群眾，他拉起隱藏在衣領的橘色圍脖。
△ 群眾中開始出現喊叫、尖叫、慘叫聲，因為強哥的幫眾已展開對民眾的無差別攻擊。
△ 推擠蔓延，蛇仔起出鈍器，毫不猶豫地往身旁無辜的人臉砸去，一個接著一個。
△ 奔逃、推擠、尖叫的混亂中，蛇仔突然停下動作，出現在他面前的是，倒在地上的一個驚恐萬分的孕婦。
△ 蛇仔的神情出現一絲混亂，但悲憤隨即淹沒了他。他高舉鈍器，往孕婦毫不猶豫地砸下。

| S｜37 | 時｜ | 景｜新聞播報畫面 |

△ 凱道暴力事件的新聞報導。除了現場畫面，還有幾名暴力份子在逃的照片。蛇仔的照片赫然在列。

新聞播報
帶您關心今日的凱道暴力事件。上午一名李姓男子由家屬同意放棄治療，宣告死亡。總計死亡人數也來到 27 位，包含一名胎兒流產死亡。這起事件已經引起國際社會的高度重視，除了表示震驚及遺憾，也嚴厲譴責行使暴力的政治團體……另外根據了解，殘暴攻擊孕婦的凶手，是目前仍在逃，綽號「蛇仔」的……。

△ 新聞畫面逐漸轉為黑幕。
△ 黑幕中，聲音先出現。

蛇仔
喂，你好了沒呀？

珮恩
等一下啦，我試試看有沒有更好看的畫面。

△ 浮現手機攝錄畫面。是 S1 的蛇仔。
△ 蛇仔對著手機，有點等得不耐煩。

蛇仔
好了沒啦？

珮恩
靠，是你說要拍的耶，在那邊臭臉。

蛇仔
好嘛，你最好了。

珮恩
差不多了，準備好了吼？來，321！

蛇仔
噹噹噹～歡迎收看《蛇仔冞路到你家》，我是你們的主持人蛇仔，哈囉，大家過得好嗎？我很好唷……。

△ 幕黑。

episode **3**

第三集

類型：媒體諜報

ON AIR

導演 / 編劇　蘇奕瑄

大學畢業後進入巴黎法國自由電影學院學習電影導演實務，作品兼具人文關懷與影像敘事張力。以《公視人生劇展—青苔》獲得第 53 屆金鐘獎電視電影獎。其他代表作品：《失物招領》、《家族無共識》、《返校》、《青春並不溫柔》等。

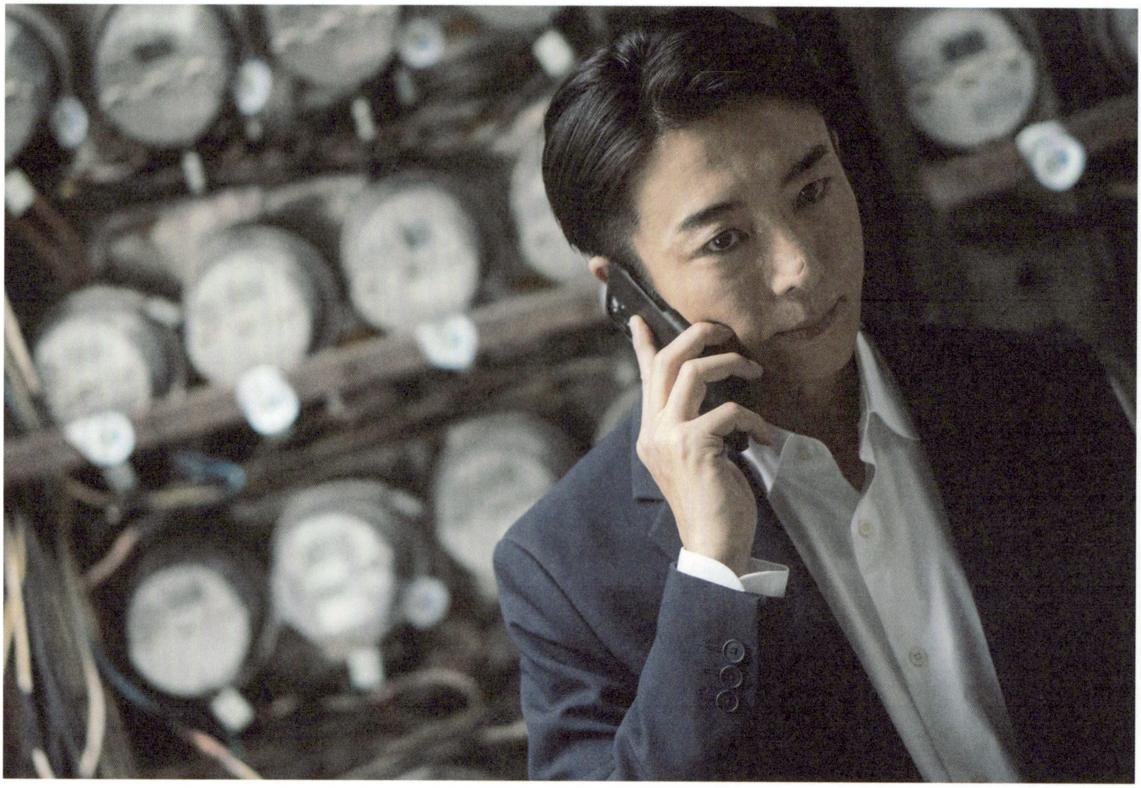

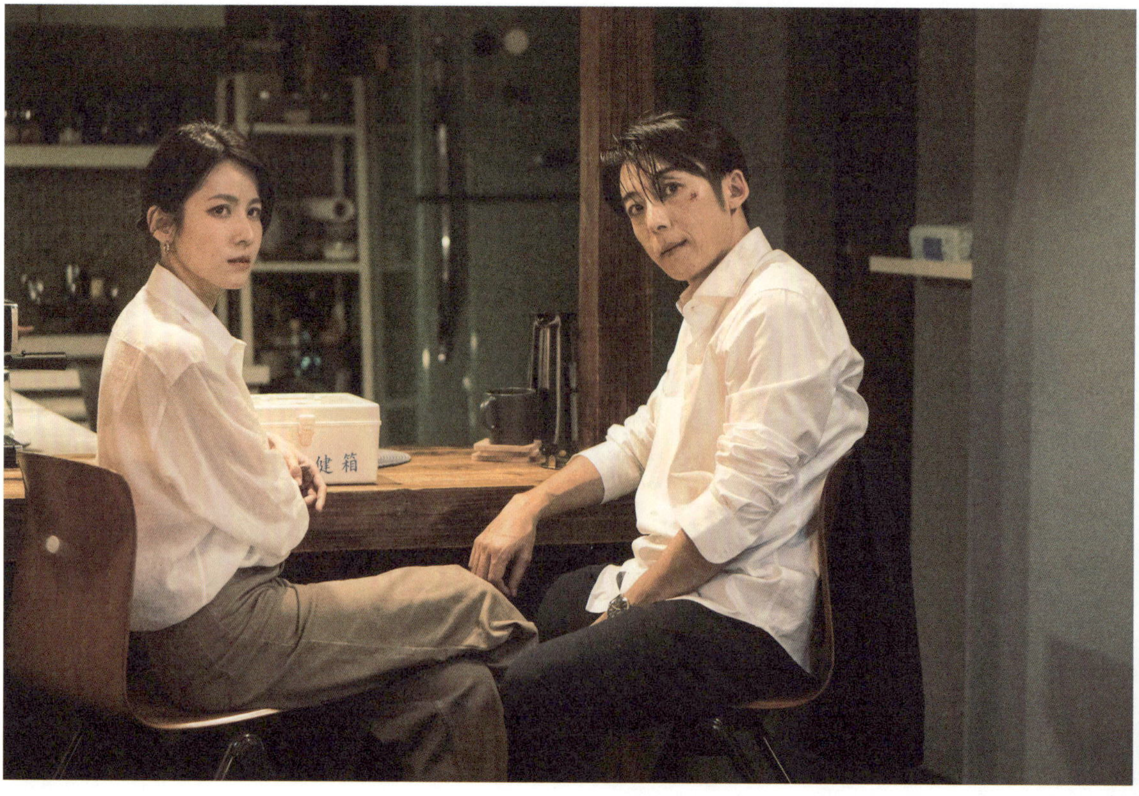
健箱

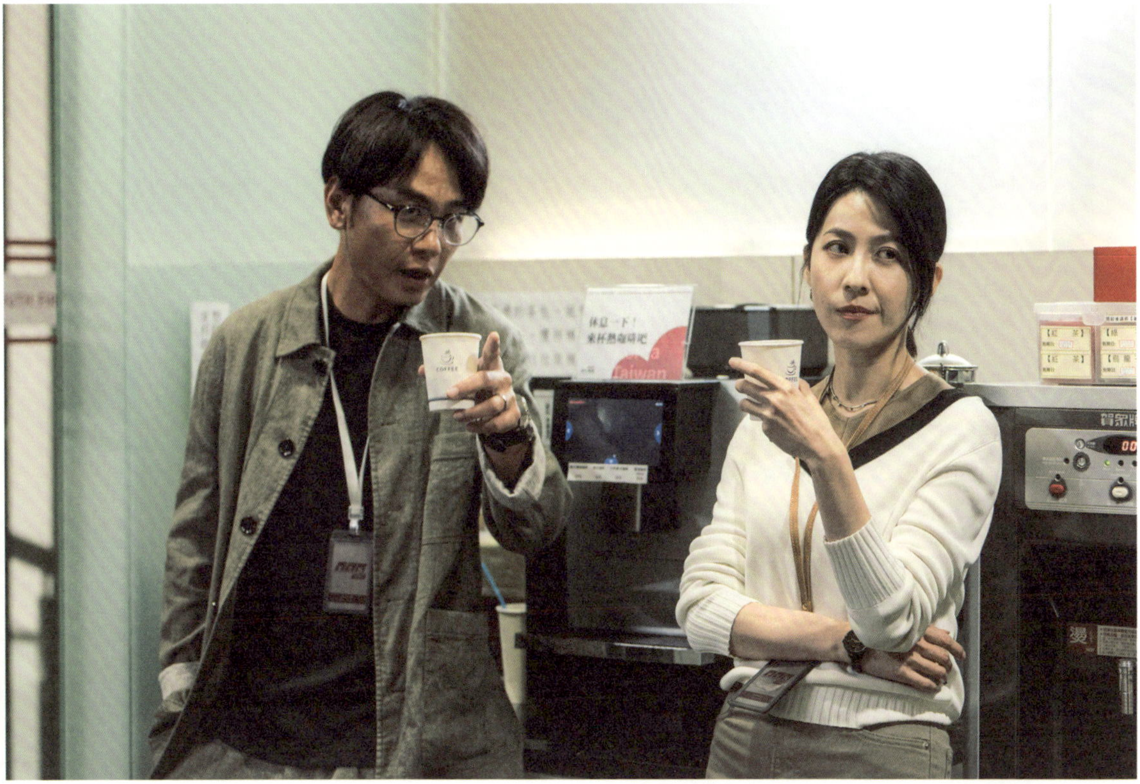
休息一下！
來杯熱咖啡吧

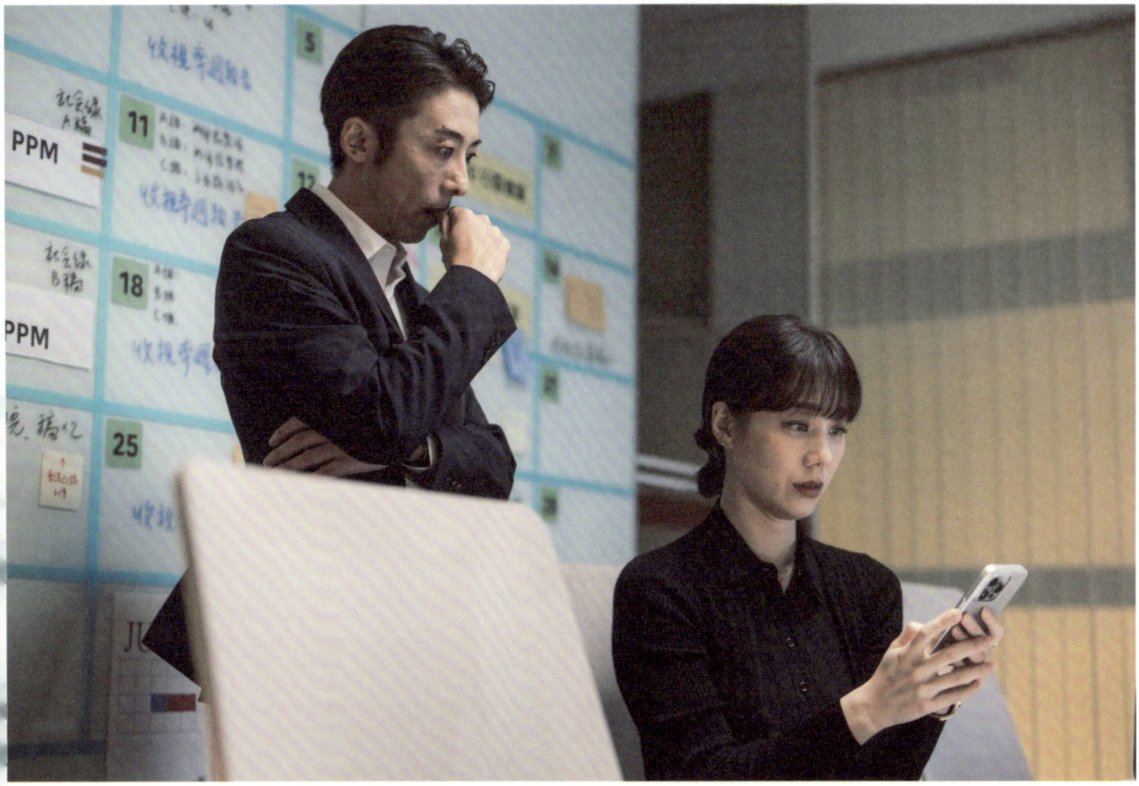
5
11
PPM
18
PPM
25

S｜1	時｜夜	景｜機場行李轉盤處

△ 機場內只有少數幾十個旅客，穿幾個航警荷槍實彈，正在巡邏著，其中兩個航警正在查驗著旅客護照。
△ 機場行李轉盤區內，一個穿著體面的男子藤原偉（38歲）和洪欣昀（44歲）剛出關。
△ 藤原偉查看著手機訊息，此時畫外傳來主播夏宇珊的播報聲音，藤原偉停下了腳步，他看著電視牆上，宇珊正在播報著新聞。

新聞
當選總統王明芳在宣布將與宋崇仁合作後，確定了王明芳與自由黨將組成聯合政府的狀態，但王明芳出走後，民主黨在立院的能掌握的席次有限，勢必要與新進黨合作……。

洪欣昀（英文）
(O.S.) 現在還沒有消息嗎？

△ 洪欣昀問著藤原偉，藤原偉這才回神。

藤原偉（英文）
喔，沒有……我已經請中國那邊的人去打聽了，我會再想辦法聯絡。

洪欣昀（英文）
說好至少三天會讓我們視訊確認他的安全，現在都超過一週了……。

△ 藤原偉繼續查看著自己的手機，但卻發現網路怪怪的。
△ 此時機場的電腦螢幕也出現問題，一個正在講著視訊電話的旅客發覺手機怪怪的，另幾個正在看著螢幕的旅客也一臉疑惑。

旅客 A
（跟旁邊的朋友講）網路怎麼跑不動了？

△ 藤原偉發現網路連不上，神色有異。

洪欣昀
怎麼了？

藤原偉（中文）
訊號有點不穩……。

△ 幾個本來在講著網路電話的旅客也斷了線，幾個人正疑惑地看著自己的手機。

△ 機場起落資訊的螢幕出現了藍屏，幾個正在查看資訊的旅客起了騷動。

S｜2　　時｜夜　　　景｜新聞台攝影棚/副控室

宇珊
接下來是楊景騰綁架案的後續報導，莊又如落網後坦承是因為擔心在大膽島的兒子才犯案，想藉此脅迫王明芳，此事王明芳表示同為母親能理解莊又如的心情，一切依法處理，但最新網路民調顯示在楊景騰綁架案後，王明芳的民調明顯回升。

△ 鏡頭回到新聞台的攝影棚內，宇珊正在播報著新聞。
△ 副控室的製作人孫啟俊（40歲）在副控室裡看著電視螢幕，此時編輯秀英正在同步監看著直播的網路新聞，網路新聞卻突然沒有反應。

秀英
我們網站當了……。

啟俊
問看看工程師怎麼回事？

△ 秀英又按了幾次鍵盤後，正要傳訊息給工程師，電話卻響了，她接了後說。

秀英
Eric說他們的無法連線……。

啟俊
我下節新聞就要連線了，他現在給我搞什麼？連線都不會嗎？

朱朱（助編）
我跑馬傳不上去！

啟俊
工程師是在幹嘛？

△ 啟俊正在抱怨著，螢幕上某幾個他台的網路新聞也斷線了。

Amy
CTV的新聞斷了……啊，還有線上TV！

△ 副控室一團混亂，螢幕上的網路新聞開始失去訊號，宇珊的畫面也開始不穩，啟俊這

才發現都是網路新聞。

秀英
網路的新聞全斷了，只剩下無線台的！

啟俊
改走衛星訊號，不要走網路⋯⋯。

△ 啟俊還沒講完，阿哲衝進了副控室。

阿哲
好像全台網路都斷線了！

△ 電視螢幕上宇珊的新聞播報畫面開始出現訊號不穩，斷訊的殘影。

S｜3　　　時｜夜　　　景｜新聞台辦公室

△ 新聞部辦公室裡大概有十來位員工，辦公室的天花板上都是牆擺了幾個電視螢幕＊，電話此起彼落。

△ 宇珊剛下播，衣服都還沒換下，製作人孫啟俊、宇珊、秀英、助編 Amy、朱朱，採訪記者阿哲和採訪中心助理小 K、實習生小恩正在忙著接著各式來電傳真和正在通電話。

秀英
（邊夾著電話）網路上有消息說海底電纜斷了，我還在查證中⋯⋯。

啟俊
數位發展部那邊呢？

組員 A
電話全都忙線中！

Amy
UTL (Universal Telecommunication) 電信已經立即啟動微波備援系統，目前只供政府、醫院等重要機關單位使用⋯⋯。

阿哲
我在問國家資訊中心的人了，他們也還在查⋯⋯。

△ 此時總監羅宗為快步走了進來。

羅宗為
網路斷線找到原因了嗎？

啟俊
大家都在問了……。

羅宗為
全台斷網超過一小時了！我們現在還不知道原因？我養你們一堆記者幹嘛？混吃等死嗎？沒一個會跑新聞！

啟俊
全部的記者和 SNG 車都出去了，都已經在數位部、內政部待命……。

△ 此時原來在旁邊穿著短裙接著電話的年輕女主播謝宛真突然發聲。

謝宛眞
我在國安會的資安控管那有深喉嚨，我可以問問他斷網的事……。

△ 羅宗為看到宛眞講話，表情變得溫和笑臉起來。

宇珊
深喉嚨？什麼職位？

宛眞
記者第一守則，保護消息來源。

宇珊
背景是誰都不知道，他講的我們怎麼能信？

羅宗為
不管了，現在搶時間要緊，宛眞你趕快去聯絡……
（又板起臉）你們學學宛眞，我請你們來是來解決問題的，不要把問題丟給我！

△ 羅宗為轉而對啟俊說。

羅宗為
明天開始的編輯會議也讓宛眞一起參加。

宇珊

編輯會議跟氣象播報內容沒什麼關係啊。

羅宗為
我打算之後讓宛眞加入整點新聞的播報，趁這一波把觀眾拉回電視。

宇珊
報氣象跟專業主播根本是兩回事……。

△ 宇珊不以為然地酸著，卻看到啟俊給她打 Pass，示意她不要衝動。

| S｜4 | 時｜夜　景｜辦公室咖啡間 |

△ 時間已經接近午夜，辦公室外還有幾個人在加著班。
△ 啟俊泡了兩杯即溶咖啡，然後遞給她一杯，宇珊喝了一口，做出一個難喝的表情。

啟俊
沒有黑咖啡了，全都是三合一。

△ 宛真和阿哲走過，宛真正拿著文件在問阿哲，阿哲露出害羞的樣子。

啟俊
她啊現在是總監身邊的紅人，現在總監都帶她去飯局，
還要我多給她機會讓她代你的班……。

宇珊
主播那麼好當？這些政治、新聞、經濟局勢她懂嗎？今天隨便一個新聞進來沒有稿子她會播嗎？

啟俊
觀眾沒有在管專業了啦，那麼多正妹、網紅靠的就是噱頭和顏值，
你看看她 IG 粉絲有多少？

啟俊
年輕就是本錢啊，人家身材又好，裙子穿得那麼短，哪像你裙子長到膝蓋是有人要看嗎？

宇珊
就是有你們這些男人這社會才這麼物化女性。

啟俊

欸，我在為你的主播前途擔心，你在跟我講這個，你以為觀眾真的在乎新聞專業嗎？
他們連新聞是真的假的都分不清楚……。

宇珊
他們分不清楚我們就要幫觀眾把關啊，不然我們學新聞幹嘛，隨便謝宛真就可以報了！

啟俊
夏宇珊，你有沒有聽懂我在講什麼啊？你認清一下現實，我是為你好……。

宇珊
（打斷）好了，不要說了。

啟俊
你就是太理想化……。

宇珊
就是這樣我們才會分手。

△ 啟俊突然被賞了一巴掌似的，瞬間講不出話來，過了幾秒才說。

啟俊
我們會分手是因為你從來都沒想讓我了解你。

△ 啟俊一口把咖啡喝完，然後丟到垃圾桶，留下宇珊一個在那。
△ 宇珊發了一下愣，然後轉身把剩下的咖啡給倒了。

| S｜5 | 時｜日 | 景｜飯店房間客廳 |

△ 藤原偉的房間聚集了幾個公司高層和洪欣昀，明明是白天窗簾卻刻意地開起來，洪欣昀正在看著簡報，旁邊沙發坐的是營運長（Karen）、財務長（Micheal），藤原偉則站在一旁。

營運長（英文）
公司股權的轉移都進行了差不多了，只是要跟員工說明這件事比較麻煩，大選過後股票已經跌了30%，現在公司主力出脫持股的消息如果散出去，可能會引起恐慌……。

△ 洪欣昀只是聽著，卻沒有反應，營運長看看藤原偉。

藤原偉（英文）

這件事情我已經交代了，說法會改一下。

△ 洪欣昀焦慮地看了一下藤原偉，然後起身，藤原偉跟了上去，洪欣昀小聲低語。

洪欣昀（中文）
你要想個辦法才行，現在台灣的網路斷了，他們根本聯絡不上我們。

藤原偉（中文）
我會想辦法，你先不要急。

洪欣昀（中文）
我怎麼能不急，他是我爸。

△ 藤原偉還在試著要安撫，但洪欣昀對坐在那邊聽簡報難以忍受。

洪欣昀（英文）
這邊你處理就好了，我出去透透氣。

△ 洪欣昀講完就拋下他們，營運長和財務長都面面相覷。

財務長（英文）
現在還有一筆內湖土地和行愛路華翔 18 樓的房產還在處理，公司盈餘都已經陸續轉到境外境外開曼群島的公司……。

藤原偉（英文）
嗯，這件事我已經交代 David 了，一定要在這幾天處理完。

△ 兩人報告完之後，便起身要離開，藤原偉問營運長。

藤原偉（英文）
台灣有發生過這樣大規模的斷網嗎？

營運長（英文）
沒有，這是第一次這樣，現在全公司沒有網路都亂成一團。

△ 藤原偉正在思考著，營運長忽然想到什麼。

營運長（英文）
那個，斷網之前，我們公司的數據機有測到不正常數據……。

△ 他的話引起了藤原偉的注意。

藤原偉（英文）
你把這些資料送到我飯店來，我看一下。

△ 營運長點點頭，便離開了。

| S｜6 | 時｜日 | 景｜新聞台洗手間 |

△ 洗手間裡，宇珊已經畫好妝和換上褲裝的主播衣服，旁邊實習生小恩正在幫她看著服裝儀容，幫她把上衣衣服露出來的部分調整好，邊跟她說著話。

小恩
我爸說要打仗了，要我們先去美國我姊那邊……。

宇珊
你們太恐慌了，大選之後哪次中共沒有軍演？

小恩
但現在斷網大家都很緊張，他們不是還包圍南海？

宇珊
那是在假借搜救運八製造恐慌吧？開戰的代價太大了。

△ 此時宛真進了洗手間，正拿著口紅在補唇色。

宛真
宇珊姐，你要準備上播了喔？

△ 宇珊虛應一聲，看著宛真的短裙，還有宛真正在補著唇的性感樣子，小恩也在看著她。

小恩
你穿那麼短的裙子不冷嗎？

宛真
不會啊，習慣就好啦。

△ 宛真笑笑邊說著，補好了妝便出了洗手間。
△ 宇珊看了下鏡子裡的自己，然後問小恩。

> 宇珊
> Amanda 走了嗎?

> 小恩
> (看了下手錶)應該還在化妝室。

| S｜7 | 時｜夜 | 景｜新聞台辦公室 |

△ 辦公室裡所有員工都在忙著處理事情,有人在講電話、有人在接收傳真機,大家忙進忙出,正在處理著上播前的事,秀英跟啟俊正在討論著事情。

> 秀英
> 立法院還是一樣亂,我看緊急命令還有得吵⋯⋯。

> 啟俊
> 叫文祥守著,有狀況就回報,這條往後擺。

△ 小 K 邊講電話大喊,「幾個電信公司都有民眾抗議了!」。

> 啟俊
> 那你還坐在那幹嘛?我等下現場連線!

> 小 K
> 我們 SNG 全都出去了。

> 啟俊
> 網路包!(隨即想到)媽的!沒網路不會自己想辦法啊!

> 阿哲
> 我叫 Eric 過去!

△ 阿哲趕緊繼續打電話。
△ 此時宇珊換上了短裙的套裝,顏色也明亮很多,手拿著稿子,正走進新聞辦公室,啟俊看到宇珊換了個風格,有點吸引他的注意,旁邊剛掛上電話的編輯秀英也看到了。

> 秀英
> 宇珊被激到了?

△ 宇珊走到兩人面前，啟俊打量了一下宇珊今天的裝扮，但卻回到公事公辦。

啟俊
稿頭有幾個地方要修改，有些帶子還回不來……。

△ 此時 Amy 跑了進來，她手裡拿了一個隨身跟一個信封，邊喘邊說著。

Amy
這是金管會那邊的帶子，我叫超久計程車叫不到……
然後，有人在管理員室留了這個，說要爆料……。

秀英
你先確定下影片內容，（對宇珊說）這是修改後的稿子……
（秀英轉身問另一邊在打電話的阿哲）軍方的人還是沒接？

△ 阿哲搖頭，他一邊夾著電話，一邊另一個電話還在開擴音，他指指另一個電話。

阿哲
沒有，打八百通了！

宇珊
軍方？

啟俊
剛剛聽說軍方有些消息出來。

△ 啟俊指著稿子裡第一段的文字，宇珊這才認真看了一下剛秀英給她的稿子。

宇珊
中國潛艦？確認了？

啟俊
總監說要報……。

宇珊
（打斷）我們在傳播戰爭恐慌！

啟俊
所以呢？現在就是要打仗了！

宇珊
要打仗是要等總統宣戰！這不是我們電視台隨便可以說的！你軍方電話都沒回應……。

啟俊
他們還沒官方回應！（吸一口氣）但這是內部來源…可靠的內部來源……。

△ 宇珊有點懷疑地看著啟俊，還在消化這個事情。

啟俊
你裙子都已經穿成這樣了，別太堅持什麼新聞理想了……。

△ 此時小恩接過一個傳真，朝啟俊和宇珊的方向大聲說著。

小恩
那個俊哥……這傳真說斷網是駭客搞的鬼……。

宇珊
（調侃）我要不要也連匿名爆料一起講一講算了？

△ 啟俊有點無奈，此時正在查看相片的 Amy 突然驚呼。

Amy
這是飛彈吧？

△ 筆電裡的內容顯示是一個疑似飛彈飛越台北上空的相片，宇珊、啟俊和秀英也湊了過去。

啟俊
去給我問國防部、資訊部還什麼的！確定這相片真假！

宇珊
飛彈這條可以先 hold 著吧？根本沒查證……（看一下時間）我要上播了。

△ 宇珊離開準備上播，啟俊一邊跟秀英講。

啟俊
謝宛真那個國安會的深喉嚨搞定了嗎？

秀英
在聯絡了。

△ 兩人快步跟上宇珊，離開了辦公室。

| S｜8 | 時｜夜 | 景｜新聞台攝影棚／副控室 |

△ 明日電視台晚間新聞片頭畫面，畫面切入已經在主播台上的宇珊。

宇珊
各位觀眾晚安，歡迎收看明日晚間新聞，新聞一開始我們馬上來看看台灣民眾最關心的話題，全台網路斷線已經超過 24 小時，軍方今天證實在斷網前 6 小時，中國潛艦曾出入海底電纜海域，但中國潛艦跟斷網有什麼關聯，目前軍方還在查證中，UTL 電信立即啟動了微波跟衛星網路等，緊急供給政府機關、醫院、科技園區等，確保台灣安全……。

△ 攝影棚內每個人都聚精會神地在直播中。
△ 副控室裡有許多螢幕，除了主要現場畫面之外，還有其他台的新聞畫面，啟俊戴著耳機，一邊看著現場監控螢幕，旁邊的秀英正在講著電話。

秀英
謝宛真的深喉嚨在線上了。

啟俊
好，等下我們跟他現場連線。

△ 秀英趕緊繼續跟話筒那頭說著。

| S｜9 | 時｜夜 | 景｜飯店 |

△ 飯店的電視裡正在播著晚間新聞宇珊的影像，藤原偉正在跟洪欣昀講著電話，桌上一堆文件關於數據資訊的文件。

藤原偉（英文）
我們要作最壞的打算，中國如果接收台灣，這些資產都會有問題……。

洪欣昀（英文）
我爸那邊你有想到辦法了嗎？

△ 藤原偉目光落到旁邊邊桌的一盆波士頓蕨，他下意識地拿起桌上的水杯，起身想去澆花。

藤原偉（英文）
情況不太樂觀，中國那邊的人都十天沒有見到董事長了。

洪欣昀（英文）
你是說……他可能遭到……那現在怎麼辦？

△ 藤原偉拿著水杯到波士頓蕨前，正想要澆花時卻發現那波士頓蕨是假的，花盆裡面是塑料泥土，他摸了摸波士頓蕨後覺得有點可笑，把水杯放下，走回了電視機前。
△ 畫面是宇珊正在訪問國安會的深喉嚨，電話那頭傳出一個男性的聲音。

連線訪問內容 (O.S.)
海纜斷的話，電信公司有備援系統，有中新二號衛星可以提供 10gb 的地下頻寬，但是島內網路應該不會斷，台灣有十萬個基地台，還有地下光纖、有線電視……。

宇珊
（打斷）那現在是什麼狀況讓我們網路斷網快 24 小時，該不會是基地台出了問題？……。

連線訪問內容 (O.S.)
基地台的防護非常完備，不會這麼輕易被侵襲。
我們懷疑，可能是更大規模的微型攻擊，才會這麼不動聲色…。

△ 藤原偉的視線看著宇珊。

藤原偉（英文）
還有一條險棋可以試試……。

洪欣昀（英文）
什麼方法？

藤原偉（英文）
公開資料。

S｜10　　時｜夜　　景｜新聞部攝影棚／副控室

宇珊
沒有網路的狀況，許多公司和商店全陷入混亂，民眾陷入發生戰爭的恐慌，各大賣場的物資都被搶購一空，許多採買不到物資的民眾，更是怨聲連連……。

△ 新聞現在是民眾訪問沒有網路多不便的內容,此時副控室其他電視台的螢幕上,出現剛剛飛彈飛過的新聞。

秀英
那不是⋯剛剛的爆料嗎?中大證實了嗎?怎麼播了?

△ 啟俊也很疑惑,他跟秀英講。

啟俊
打電話給國防部!還是國安會⋯⋯。

△ 秀英在手機上找著國防部的電話。

秀英
我這邊只有國防部發言人的 line⋯⋯,問賴昱嘉好了,你不是有他電話?他是國防立委!

△ 啟俊趕緊滑著自己的手機,準備打電話給其他人。

Amy
CNTV 也播了⋯⋯。

△ 此時秀英副控室裡的電話響了,導播還在問著那我們要不要播,但秀英的臉色一變,電話筒那邊傳來不爽的聲音。

秀英
(對電話那頭)好,我們知道了(掛掉電話)總監要我們播⋯⋯。

△ 導播看著下時間喊著「三十秒回現場。」,啟俊對耳機裡的宇珊說。

啟俊
廣告回來先插播飛彈的新聞,金管會那條往後壓。

△ Amy 手忙腳亂,把隨身碟插到副控室的電腦裡,秀英對著圖像文字製作的 AD 說著「快報:中共飛彈飛過總統府上空」。

宇珊
證實了嗎?

啟俊
來不及了!其他台都報了!

△ 電視螢幕裡的宇珊看起來非常慎重其事，她擺明不想屈服，時間已經倒數五秒回現場，字幕機跑出飛彈的消息內容：「今日下午民眾在台北上空拍到疑似飛彈飛過，軍事專家指出可能是東風彈道……」，宇珊瞄了一點後看向電視鏡頭。

宇珊
近日民眾爭先恐後製銀行擠兌，總金額已經達到 1 兆 5834 億台幣，
金管會緊急召開會議討論應變措施……。

△ 所有人都面面相覷。

朱朱
我跑馬已經出去了！

△ 螢幕上的跑馬已經打上：「快報：中共飛彈飛過總統府上空。」啟俊拔掉耳機，衝出了副控室，秀英在背後喊他然後也追了上去。

| S｜11 | 時｜夜 | 景｜新聞部攝影棚 |

△ 啟俊衝到攝影棚字幕機前，看著宇珊還在直播。

宇珊
接下來看一下記者來自金管會的報導。

△ 現場一進 SOT 畫面，啟俊就大喊。

啟俊
夏宇珊！你是在搞什麼？你不想要當主播了是嗎！

△ 宇珊正在講著：「這新聞根本沒被證實……」還沒講完，羅宗為也闖了進來。

羅宗為
現在是怎麼樣？剛剛所有的觀眾都轉台了！

宇珊
現在假新聞那麼多！都是在製造恐慌……。

羅宗為
就算是假新聞也是新聞！觀眾才不在乎新聞是真的假的，越聳動越吸睛就是好新聞，你是

新人嗎？連這個都不懂！

△ 秀英在喊著三十秒進現場，但啟俊反倒幫宇珊講話轉移話題。

啟俊
總監，這則新聞我們先進跑馬，有更多的資訊再讓宇珊播⋯⋯。

羅宗為
等她播觀眾早就不想看了！
新聞就是要趕第一個，現在其他台都播完了！我們再播有什麼用？

△ 眾人一陣沉默，旁邊正在喊著十秒進現場，羅宗為突然說。

羅宗為
夏主播，我看你最近應該太累了，明天開始你好好休息，不然對新聞的判斷都不對了。

△ 羅宗為講完這句話便轉身走出攝影棚，啟俊和宇珊對看一眼後趕緊追上。

啟俊
總監，這件事你再考慮一下，這太突然我人力無法調度⋯⋯。

△ 主播台上的宇珊深呼了一口氣，回現場。

S｜12　　　時｜夜　　　景｜新聞部辦公室

△ 辦公室還有幾個同事在接電話和講話，沒有上播前那些緊急的氛圍。
△ 宇珊換下了套裝，穿著自己的便服，正在收拾著東西，身後傳來啟俊的聲音。

啟俊 (O.S.)
你還好吧？

宇珊
（調侃自己）正準備收拾個人物品回鄉下了。

啟俊
我跟總監說了，我現在沒有人可以接你的位置，他讓你多留到下個月⋯⋯。

宇珊
真是感謝他。

△ 此時秀英剛掛上一通電話，她起身來到兩人面前。

秀英
那個……國防部證實那個相片是造假的了。

△ 宇珊看向啟俊。

啟俊
我知道你是對的，但有什麼用？電視台他就是要搶收視率，你知道斷網後收視率多了幾十趴……現在中共要打不打的、到處都很亂，媒體簡直是拿到魔戒了……。

宇珊
所以？我們趁機撈一筆發戰爭財？

啟俊
是真的要開戰了。

秀英
政治組那邊說，政府每個部會都在做作戰準備……。

宇珊
緊急命令過不了就不可能宣戰的，現在立法院都鬧成一團，全台灣已經夠亂了，中國就是要我們恐慌，我們媒體也要跟著起舞嗎？

秀英
今天中共靠認知作戰就已經打贏我們了。

△ 眾人一片氣餒，彼此之間沉默了一下。
△ 此時，Amy 接到了一通電話。

Amy
宇珊姐，有一通電話找你的……他說是你大學的同學。

△ 宇珊還沒有及時連結到誰，但她還是接起了電話。

藤原偉（日文）
夏*……是我，藤原偉。

△ 經過十五年後，宇珊再度聽到藤原偉的聲音，她覺得有點不真實。

S｜13　　時｜夜　　　景｜啟俊車上

△ 深夜的台北街頭沒什麼不同，五光十色的霓虹燈仍然閃耀著。
△ 宇珊坐在副駕駛座沉默地看著窗外，身旁傳來啟俊的聲音。

啟俊
你在想什麼？

△ 宇珊搖搖頭。

宇珊
沒想什麼。

△ 宇珊意興闌珊地答著，啟俊感覺她的情緒和說的話是不一致的，他有些挫折。

啟俊
你媽還好嗎？

宇珊
老樣子啊，擔心這擔心那，她群組天天有人在發假消息，每天都在說台灣很危險⋯⋯
（說笑）還好現在斷網了⋯⋯。

啟俊
但她的個性不可能逃到國外吧？

宇珊
當然不可能，她怎樣都不會離開台灣的⋯⋯
她只是擔心我沒人照顧吧，最近又在催我找個人嫁了⋯⋯。

△ 宇珊像在說笑著，啟俊有點感傷。
△ 車子停到了一個巷口前，宇珊下了車，手機沒帶走，啟俊下車叫住她。

啟俊
（把手機遞給她）我的這支手機你也用太久了。

宇珊
我哪像你 3C 魔人一天到晚換手機。

△ 啟俊遲疑了一下，突然說出。

　　　　　　　　　　啟俊
　　　　　　當初要是我們沒分手。

　　　　　　　　　　宇珊
　　　　　（制止）你都結婚了說這幹嘛？

△ 啟俊止住了話，轉身開車離去。
△ 宇珊看著他離去後，轉身一人走回家。

| S｜14　　　時｜夜　　　　景｜宇珊家 |

△ 二十五坪左右的老公寓，客廳的書櫃擺了書和各式的媒體獎座及獎狀。
△ 客廳裡的電視新聞繼續在小聲播著新聞，宇珊換上了家居服戴著眼鏡，拿了一個紙盒出來，裡面有一本看起來泛黃但是沒什麼翻過的《台灣蕨類圖鑑》。
△ 下場藤原偉的聲音先進。

| S｜15　　　時｜日（回憶）　　景｜北京某咖啡館 |

△ 咖啡廳裡的電視正在無聲播放著北京舉辦奧運的特別報導，牆上也貼了好幾張「北京！前進奧運」、「築夢 2008」、「全民迎奧運，偉大中國人」等奧運五環跟 2008 的字樣。
△ 年輕的藤原偉跟宇珊並肩坐在咖啡廳的座位上，桌上擺了本中日辭典，還有幾張蕨類的壓花，宇珊正在看著藤原偉的收集。

　　　　　　　　藤原偉（日／中）
　　　你知道台灣有六百多種蕨類嗎？（中）很多誒……。

△ 宇珊拿著鐵線蕨的壓花在看著。

　　　　　　　　藤原偉（中文）
　　　　　欸，你小心不要弄壞了。

△ 藤原偉接過她的鐵線蕨壓花，把它小心放回字典中，宇珊看了覺得他很好笑。

　　　　　　　　　宇珊（中文）
　　　不然你來台灣啊，我陪你去看這些蕨類……。

△ 藤原偉聽了後沒正面回她，轉了一個話題。

藤原偉（日文）
看了也沒用，我媽不可能接受我當什麼植物學家的⋯⋯。

△ 宇珊看著他的背影，有點憂傷。

S｜16　　時｜昏（回憶）　　景｜北京某咖啡廳

△ 咖啡廳已經沒什麼學生，服務員正在擦著杯子，準備打烊前的收拾。
△ 宇珊手裡拿著嶄新的《台灣蕨類圖鑑》坐在座位上等著人。
△ 牆上的時鐘已經顯示快六點，她打了個電話，電話直接轉入了語音信箱，她發呆地看著窗外。
△ 宇珊打開一張通知單，上面英文寫著「恭喜你已申請入學哥倫比亞傳播學院」的資訊。
△ 此時服務員走過來，用帶著北京腔的中文跟她說。

服務員
同學我們打烊了。

△ 她看完後又把它合了起來，便拿著包包離開了。

S｜17　　時｜夜（接場 13）　　景｜宇珊家

△ 回到 2024 年，宇珊從植物圖鑑裡拿出一張她跟藤原偉的合照。
△ 然後她看了一下手機裡的訊息寫著：西城飯店，10:30，明天見，藤原偉。

S｜18　　時｜日　　景｜飯店走廊

△ 宇珊走在高級飯店明亮整潔的走廊上，她特地畫了妝，穿著體面。
△ 她來到 602 房外，進門之前特地拿出鏡子看了看自己的妝容，深了個呼吸，按下門鈴。
△ 幾秒鐘後，藤原偉開了門，兩人久別重逢，藤原偉禮貌笑笑，宇珊也客套回禮。

藤原偉（中／日）
謝謝你答應過來，真的是⋯好久不見了。

△ 宇珊進了門，發現房裡還有另一個人──洪欣昀，她一時反應不過來。

宇珊
這是？

洪欣昀
（伸出手與宇珊握手）我是里華科技的執行長，洪欣昀。

| S｜19 | 時｜日 | 景｜飯店房間內 |

△ 洪欣昀和宇珊各坐在沙發的兩側，宇珊顯得有點不自在。
△ 藤原偉把一杯咖啡放在桌上，然後把糖包遞給宇珊，宇珊拒絕。

宇珊（日）
我現在只喝黑咖啡了。

△ 藤原偉尷尬笑笑，把糖包放到一旁。

洪欣昀
你日文講很好。

宇珊
我在台灣修過日文。

洪欣昀
我聽說你們是大學同學。

宇珊
我們只有當過一年同學。

藤原偉（中）
（解釋）我在中國交換學生的時候認識なつ的。

△ 現在已經沒有人會叫宇珊なつ了，宇珊努力壓制自己內心的情緒波動，她決定單刀直入。

宇珊
（客套）嗯，你們找我來是為了什麼事嗎？

△ 藤原偉笑笑起身，拿了些資料給宇珊。

藤原偉（中）
我們希望可以跟你約一個專訪，獨家專訪。（＊獨家專訪用英文講）

| S | 20 | 時 | 日 | 景 | 新聞部會議室 / 飯店房間 |

△ 新聞部會議上的筆電顯示著洪欣昀的資料相片。
△ 會議現場新聞部的總監羅宗為、宇珊、啟俊跟編輯秀英、助編 Amy 和阿哲外，還有小恩跟小 K 和宛真。

宇珊
里華科技是中國晶片最大供應商，據傳跟解放軍關係很好，
但兩年前中國以稅務為由監管里華，高層大調動，執行長洪凱卸任後，從此神隱。
現在是由洪欣昀幫洪凱掌管里華的國際部門，主要……。

羅宗為
他們這次來台灣幹什麼？

△ 跳回飯店裡藤原偉跟宇珊的說法。

藤原偉（日文）
台海的狀況很危險，我們來處理公司的事。

宇珊
那為什麼要專訪？

藤原偉（日文）
你知道里華和中國的關係吧？

△ 藤原偉意有所指，宇珊聽了也在思索著。
△ 回到會議室裡，羅宗為的眉頭皺了皺，感覺在思索什麼。

羅宗為
他們有什麼要求嗎？

宇珊
他希望不能對外公布消息，以直播方式進行，不得剪接。

△ 羅宗為在思考著，沒有回答。

宇珊
里華可能可以提供一些解放軍的訊息……。

羅宗為
（打斷）對，這件事非常重要，我們要謹慎以待，他們有提供什麼資料嗎？

宇珊
沒有，但是我應該可以問出來……。

羅宗為
嗯，這是獨家專訪，避免有差錯，你們錄完帶子回來剪接放，把訪綱擬好跟他們對過……。

宇珊
但是……這就不是直播了，他們要求直播……。

羅宗為
那只是手法問題，總之這件事很重要，直接去他們飯店，帶雙機去……。

△ 羅宗為邊講完話邊要收拾東西準備離開了。
△ 宇珊一臉疑惑看看在場的所有人。

宇珊
他昨天要我們報導沒證實過的飛彈，現在他老大突然有新聞良知了？謹慎重要？

啟俊
算了，他好不容易延後了你的退伍令，就先去一趟吧，我陪你去。

△ 此時大家的手機突然出現許多簡訊聲，阿哲看著手機。

阿哲
網路通了！

Amy
怎麼就突然通了？這太詭異了，所以，到底為什麼會突然大規模斷網？

S｜21　　時｜日　　景｜總監辦公室

△ 三坪大的辦公室裡，一絲不苟的布置深色的色調。
△ 羅宗為坐在位置上，他正在講一通電話，電話那頭傳來一個字正腔圓的口音。

電話 (O.S.)
你確定是她嗎？

羅宗為
嗯。

S｜22　　時｜日　　景｜飯店走廊接房間

△ 藤原偉正回到房間，有一個打掃的飯店服務人員從他房間走了出來。
△ 藤原偉覺得疑惑，指指房間房門上掛的「請勿打擾」牌子。

藤原偉（英文）
你不懂嗎？「請勿打擾」？

打掃人員
櫃檯說要打掃，我不知道……。

△ 打掃人員操著北京腔調的中文，推託後離開。
△ 藤原偉覺得很疑惑，他進了房門後，仔細觀察了一下房間，開始把電話、電燈、電視後面的所有陷入都檢查了一遍。
△ 然後他抬頭看著天花板的吊燈。
△ 畫面顯示出電腦螢幕監控藤原偉抬頭的畫面。

S｜23　　時｜日　　景｜飯店房間門口

△ 藤原偉來到洪欣昀的房門，他只帶了公事包和簡單的行李，洪欣昀也趕緊拿了行李出來。
△ 兩人快速會合後，朝電梯的方向走去，幾個黑衣人朝著藤原偉的房間走來，他們看到藤原偉和洪欣昀，快步朝他們跑來，兩人轉身就跑，黑衣人也追了上來。
△ 藤原偉趕緊拉著洪欣昀躲進一間已經 check out 的房間，把門關上，才躲過了追捕。
△ 藤原偉看到黑衣人往前走了之後，趕緊拉著洪欣昀走向另一邊的安全門，走樓梯下去。

洪欣昀（中文）
你那主播朋友是可以相信的嗎？

△ 藤原偉沒有講話，他還在思考著。

S｜24　　時｜日　　景｜飯店

△ 飯店的電梯門打開，宇珊和啟俊、阿哲出了電梯。

△ 宇珊走到房間外，本想敲門，卻發現房間的門沒關，宇珊推開門走了進去。
△ 藤原偉的房間一片混亂，他的行李箱大敞開著，衣服物品也散落一地，藤原偉早已不見人影。

　　　　　　　　　　　阿哲
　　　　　　　　發生什麼事了？

△ 三人梭巡了房間一圈，宇珊播電話給藤原偉，電話直接轉進了語音信箱。

　　　　　　　　　　　啟俊
　　　　　　　看起來好像被小偷闖空門了⋯⋯。

S｜25　　時｜日　　景｜飯店外

△ 三人走出飯店，此時藤原偉打電話來了，宇珊接了手機。

　　　　　　　　　　　宇珊
　　　　　　　怎麼回事？你們在哪裡？

　　　　　　　　　藤原偉（日文）
　　　　　　　　我們被盯上了。

　　　　　　　　　宇珊（中文）
　　　　　　　　發生什麼事了？

△ 另一頭的藤原偉沒有講話，他沉默了，這個沉默讓宇珊更坐實了自己的猜測。

　　　　　　　　　宇珊（中文）
　　　　　　　你們找我的目的是什麼？

　　　　　　　　　藤原偉（日文）
　　　　　なつ⋯⋯我只能相信你，你也要相信我⋯⋯。

　　　　　　　　　　　宇珊
　　　　　　　不要跟我講這些有的沒的！

△ 宇珊把當年對他的情緒都宣洩了出來，藤原偉一直聽著她講，沒做任何解釋。

　　　　　　　　　　　宇珊

你一直都在逃避問題,從以前到現在都是這樣!你從來不跟我講清楚,我怎麼會相信你?

藤原偉(日文)
我們有重要資料⋯跟戰爭有關。

△ 宇珊愣住,冷靜了下來。

藤原偉(日文)
我們見面說吧。

△ 宇珊掛了電話,啟俊發現她神色有異。

啟俊
怎麼了?

宇珊
洪欣昀的專訪沒有想像中那麼單純,我要去見藤原偉,搞清楚到底發生什麼事⋯⋯。

啟俊
等一下,你不要擅自行動,先回電視台準備上播,這之後再說。

△ 宇珊擺明不想屈服。

啟俊
你今天要是再不好好上主播台,我就沒辦法再幫你了!

△ 啟俊義正嚴詞說著,然後其他人準備走到電視台的車子前,此時一台計程車剛好停在旁邊,宇珊跟其他人拉出了距離,衝上了計程車,啟俊回頭正要看宇珊時,宇珊已經上計程車了。

啟俊
宇珊!夏宇珊!

△ 宇珊上了計程車後,一台黑色轎車跟了上去。

S｜26	時｜日	景｜計程車上

△ 計程車上正在放著廣播,宇珊則坐在後座看著里華的資料。
△ 其中一個一個網路新聞標題寫著「中國政府接手整頓里華晶片事業」,副標「里華科

技為政府與西方競爭的國家安全重要企業」。
△ 宇珊又快速看著其中一則推特的截圖，上面是洪凱被兩個黑衣男子押進廂型車的相片，寫著，「洪凱在廈門五通碼頭被公安帶走」。

宇珊
（喃喃）五通碼頭……那不是小三通的登船處嗎？

△ 宇珊在思考著，此時她才聽到廣播傳來微弱的新聞播報。

廣播（V.O.）
國防部剛剛說明中共運八偵查機墜毀的調查結果，
國際鑑識人員並沒有找到任何彈殼殘骸……。

宇珊
司機大哥，你廣播可以開大聲點嗎？

△ 司機把廣播開大聲，新聞繼續傳來聲音。

廣播（V.O.）
此結果顯示此場衝突很有可能是中共軍方自導自演，只是為了讓出兵的理由維持正當性，
此一消息顯示出，中共攻台的可能性極高……。

司機（V.O.）
（台語）真的是要打仗了，這中國真的是有夠鴨霸的。

S | 27　　時 | 日　　景 | 街道上

△ 街道上都是遊行的人們，人們舉著「保衛台灣」、「捍衛家園」、「備戰才能避戰」。
△ 宇珊下了計程車走入其中，後方跟蹤宇珊的車也停了下來，三個黑衣人下了車跟進人群，一路尾隨著宇珊。
△ 宇珊走在人群之中，她正在找著藤原偉的行蹤，但眼前標語牌和人群阻擋了她的視線，後面的黑衣人們也跟著她。
△ 此時一個巷口旁出現了一群拿著五星旗和國旗的「不要戰爭要和平」、「中國人不打中國人」等標語的群眾，他們大聲喊著「和平、和平」，吸引了人潮的注意。
△ 一些人群聚過去，兩方人馬叫囂起來，宇珊被推擠著繼續想往前，但人群路線的改變也讓後方的黑衣人被阻斷，減緩了速度。
△ 當所有人一片混亂時，一個戴著鴨舌帽的男子出現在宇珊身邊，宇珊還來不及反映，就被快速地拉到其他方向。
△ 戴鴨舌帽的男子是藤原偉，他急急把宇珊拉走，離開人群鑽入小巷。

△ 後方跟著宇珊的人看到宇珊不見了，三人開始分頭找著，然後看見宇珊和藤原偉的背影，快速地跟著上去。

S | 28　　時 | 日　　景 | 巷弄

△ 宇珊被藤原偉拉著邊跑著，宇珊有點搞不清楚狀況。
△ 藤原偉把她拉進了一條小巷，探頭看了看後方，宇珊忍不住問。

宇珊（日文）
他們到底是誰？

藤原偉（日／英）
收了中國錢的人，（英）中共的第五縱隊之類⋯⋯。

宇珊（英文）
第五縱隊⋯⋯？

△ 宇珊還在消化這些訊息，但黑衣人發現了他們的行蹤，藤原偉又趕快拉著她跑。
△ 此時巷弄的另一邊也被出現的另外兩個人給擋住，藤原偉試圖想拉著宇珊逃走，但對方似乎一個比一個還凶狠，宇珊在旁試圖阻止卻被拉住，最後藤原偉被打倒在地上，對方又給他一拳，藤原偉感到天旋地轉。

宇珊（英文）
（對黑衣人說）你們到底是想幹嘛？！

△ 宇珊擔心他，卻掙脫不掉男子，她邊掙扎喊著。
△ 其中像首領的男子跟其他人示意，宇珊被打昏了過去。

S | 29　　時 | 夜　　景 | 新聞台辦公室

△ 時間已經將近八點，新聞台大家都在準備上播，啟俊看著時鐘，神情焦慮，邊打著電話給宇珊，宇珊仍然沒回應。
△ Amy 跑過來問啟俊。

Amy
已經剩十五分鐘就要晚間新聞了⋯⋯。

啟俊

　　　　　　　　謝宛真已經準備好了吧，讓她上去吧。

△ Amy 愣了一下，點了點頭。
△ 啟俊快速地整理要上播的文件，他心神不寧，決定再打一通電話給宇珊。

| S｜30 | 時｜夜 | 景｜廂型車內 |

△ 搖晃前進的廂型車內，宇珊的手機掉在一旁正在震動著，宇珊和藤原偉被雙手綁在後頭躺在車廂裡，藤原偉聽到手機的聲音，醒了過來。
△ 藤原偉醒來後趕緊想要移到她身邊，他邊喊著宇珊的名字，宇珊這時才醒了過來。

| S｜31 | 時｜夜 | 景｜副控室 |

△ 台上謝宛真已經上場，時間已經是八點十五分。

　　　　　　　　　　　　宛真
　現在台灣民眾最擔心的就是發生戰爭要怎麼辦，現場為你連線的是國防院的副執行長。

△ 現場畫面主播正在電話連線訪問，畫面上出現副執行長的相片及電話示意。

　　　　　　　　　　副執行長（V.O.）
台灣不是烏克蘭，烏克蘭跟俄羅斯邊界有 1400 公里，中國打台灣要兩棲登陸，台灣西岸沒有合適的登陸點，那會非常非常辛苦，所謂不對稱戰就是我們可以用飛彈換中國一艘軍艦，台灣現在飛彈部署非常縝密，如果美國參戰的話，中國根本沒有機會可以登錄就會被打敗了……。

△ 啟俊又打了通電話給宇珊，直接轉進了語音信箱。
△ 朱朱正在跟秀英講著話。

　　　　　　　　　　　　朱朱
　台灣沒有想像中那麼弱，但所有人一聽到要開戰就恐慌，能跑的都跑了……。

　　　　　　　　　　　　秀英
對啊，我老公去接兒子回家，說外面大塞車，到處都是人在買東西，到現在還在路上……。

△ 秀英的手機裡顯示著「老公的 iphone」在某條公路上。
△ 啟俊一閃而過宇珊把手機掉在他車上的畫面，他看了一下時間。

啟俊
秀英，這邊你先 hold 著，我得要出去一趟……。

△ 秀英來不及回應，啟俊就趕緊離開了副控室。

| S｜32 | 時｜夜 | 景｜廂型車內 |

△ 宇珊試著想解開雙手被綁住的繩結，但繩結太緊了，她怎麼掙扎還是無法掙脫。

宇珊
這到底是怎麼回事？你們怎麼牽扯到這些人？

藤原偉（日）
洪凱原本要離開中國，但中國擔心他手上的資料所以抓了他……。

宇珊（日）
中國軍方的？

藤原偉（日）
嗯……中國讓我們每天跟他視訊，確定他的安全當作條件，
但我們超過一週沒他的消息了……。

宇珊（日）
所以你們要公開這些資料？

藤原偉（日）
嗯，你知道為什麼斷網嗎？

△ 宇珊疑惑。

藤原偉（日／英）
台灣家戶跟企業使用的網路 router，有五十多萬個是 made in China，用我們的晶片……
這些晶片都有安全漏洞，可以讓駭客在遠端執行程式碼，Shout Down，訊號接收。
他們用更微型的方式，進行大規模攻擊，根本防不勝防。
不過，好消息是，這種攻擊，因為規模大，耗費的資源多，無法長時間進行…。

宇珊（中）
真的要開戰了？

藤原偉（中）
戰爭早就已經開始了。

| S｜33 | 時｜夜 | 景｜車上 |

△ 一台轎車駛入了台北市的郊區。
△ 開車的是阿哲，副駕駛座上的是啟俊，啟俊正在查看著 ipad 上的有一個手機的位置。

阿哲
宇珊用你的舊手機都不會改設定喔，那你不就都知道她的行蹤了，這很像變態前任……。

△ 啟俊白了阿哲一眼，不理他只顧著繼續看 ipad 上的位置。

| S｜34 | 時｜夜 | 景｜廂型車上 |

藤原偉（日）
對不起，把你牽扯進來，你碰到我都沒有好事……。

△ 宇珊有點感嘆。

宇珊（中）
我當時一直等你開口，我可以陪你回日本或是到哪裡都好……。

△ 藤原偉看著她，情緒波動著。

宇珊（中）
但你卻什麼都沒有講。

藤原偉
（中）對不起…（日）那天發生了意外……。

△ 宇珊疑惑地看著他。

藤原偉（日）
你記得我有個拉薩來的室友嗎？那天公安闖進我們的宿舍，我們被關了半個月，等我出來的時候就找不到你了……。

宇珊（日）

我以為你回日本了。

藤原偉（日）
沒有…在被關的那段時間，我才發現到我不想失去你。

△ 藤原偉一口氣把所有的事情都講完了，宇珊的表情柔和了很多，多年來未解的事情終於解開來。

宇珊（日）
好了……不要多說了吧。

△ 藤原偉苦笑，兩人都安靜了一下，沉浸在自己的情緒中，過了一陣子，藤原偉才問她。

藤原偉（中）
你結婚了嗎？

宇珊（中）
工作太忙了，我可能不適合當別人的太太。

△ 宇珊苦笑，藤原偉也會心一笑。

宇珊（日）
那你呢？有對象嗎？

藤原偉（日）
（沉默了一下）三年前相親結婚了。

宇珊（日）
恭喜你。

△ 宇珊言不由衷地偉講完這句，兩人看著彼此，卻不知再講什麼話。
△ 此時廂型車突然停了下來，兩人還不知道發生什麼事，幾個黑衣人就打開了車廂，把他們兩人給帶了下來。

| S｜34A | 時｜夜 | 景｜河堤或高架橋邊 |

△ 偏僻的高架橋下停了另一台轎車，兩個黑衣人把他們帶下來，另一個人去發動了轎車，開始牽排氣管線到車內。
△ 藤原偉跟宇珊被帶到轎車前。

> **宇珊**
> 你們幹嘛！放開我們！

△ 宇珊和藤原偉還在掙扎著，黑衣人往他們兩嘴裡塞了破布，架進了轎車駕駛座，兩人被鎖進轎車裡，黑衣人開了廂型車揚長而去。
△ 廢氣漸漸漫進車內。

S | 34B　　時 | 夜　　景 | 車上接河堤邊

△ 啟俊邊看著 ipad，看見有台車突兀地停在橋下，他趕緊指揮著阿哲。

> **啟俊**
> 這邊……這裡轉進去！

△ 車子停到了宇珊和藤原偉的車子旁，啟俊衝下了車，發現車子裡的藤原和宇珊。

> **啟俊**
> 宇珊！夏宇珊！

△ 啟俊趕緊拿旁邊的石頭敲碎了車窗，阿哲把廢氣管的管子拉了出來，兩人把藤原偉和宇珊給拉了出來。
△ 宇珊倒在地板上大口大口地呼吸，一面關心著藤原偉的狀況，藤原偉對她笑了笑，宇珊這才放下了心。

S | 35　　時 | 夜　　景 | 宇珊家客廳

△ 桌上放著一個急救箱、藥品。
△ 藤原偉換上了宇珊借給他的乾淨衣服，宇珊也換上了輕便的 T shirt，正在幫他擦著藥。
△ 啟俊關注著兩人的互動。

> **啟俊**
> 其實兩年前電視台董事改選那次，幾個董事都是中資背景。

> **宇珊**
> 你的意思是我們早就被滲透了？

> **啟俊**

episode 3　ON AIR

中國那麼多錢，隨便錢砸下去該跪的都跪了。

藤原偉（日）
這件事就算了吧，我不想連累你們。

宇珊
事情不是你說了算，他們把我們弄成被自殺，我難道一輩子躲著嗎？

啟俊
宇珊說得沒錯，他們明天發現你們逃走了，一定還是會來找麻煩。

阿哲
那怎麼辦？我們要報警嗎？

宇珊
（搖頭）我們在明天的新聞上，以現場突襲的方式把消息公開……。

藤原偉
なつ……。

宇珊
這件事關係到戰爭，也跟全台灣人有關，我們不能讓這件事壓下去。

△ 藤原偉擔心地看著她，但宇珊心意已決，沒想到這次啟俊卻支持她。

啟俊
你做了決定就不會改了是吧？

△ 啟俊無奈搖頭笑著說，宇珊拍了拍他的肩膀，這舉動藤原偉也看在眼底。

啟俊
你最好在上播前再出現，你的行蹤越晚暴露越安全，之前我會想辦法……。

阿哲
他們可以從貨梯那邊進電視台，盡量避人耳目。

S｜36	時｜晨	景｜宇珊家客廳

△ 清晨陽光緩緩升起，落地窗外的台北城市一片祥和安靜。

△ 啟俊和阿哲在沙發上睡著了。
△ 宇珊在玄關送藤原偉離開，兩人經歷這幾天的波折，好像有千言萬語可說，宇珊將那本《台灣蕨類圖鑑》遞給了他。

宇珊（中）
這本圖鑑本來當年我是要送你的。

△ 藤原偉還想再講些什麼，關於未來或是這件事結束後的一些可能，但話語卻卡在喉嚨，他只能說。

藤原偉（日）
我先回去準備一下。

宇珊（日）
你自己小心。

藤原偉（日）
你也是。

△ 藤原偉想要碰觸宇珊，宇珊也察覺了他的感受，但兩人誰都沒有前進。
△ 那些過去情感的糾結和期盼，在世界的紛亂底下，都顯得渺小卻又極其珍貴。
△ 藤原偉離開後，宇珊轉身發現啟俊已經醒了，他把一切都看在眼裡，他看著宇珊有點憂傷，一切都了然於心，宇珊也說不出話來，啟俊只是起身去廚房。

啟俊
我幫你煮咖啡吧。

△ 啟俊只說了這句話，就彷彿什麼事都沒發生過，宇珊看著他，百感交集。

S | 37　　時 | 夜　　景 | 電視台走廊

△ 開播前夕，電視台的工作人員都在忙著各項作業。
△ 宇珊走在電視台的走廊上，啟俊從某間會議室出來，他看到宇珊，兩人交換眼神。

啟俊
我們預計八點五分，開場講完民調結果後就直接請洪昕昀到現場，
這是今天的新聞稿頭⋯⋯。

episode 3　ON AIR

S | 38　　　時 | 夜　　　景 | 電視台（Montage）

△ 整點新聞前夕，攝影棚內的各個環節正在準備。
△ 副控室的人也在確認各項環節：鏡面設計、字稿、聲音及畫面。
△ 宇珊在攝影棚旁，邊順著馬上要播出的新聞稿頭和確定內文 SOT，小恩正在幫她順著頭髮衣服。

S | 39　　　時 | 夜　　　景 | 新聞台停車場

△ 阿哲到了電視台的停車場，藤原偉和洪欣昀從一台九巴廂型車上下來。
△ 兩人都戴著口罩和帽子，在阿哲的引導下進了貨梯。

S | 40　　　時 | 夜　　　景 | 新聞台會議室

△ 阿哲帶兩人進了會議室，裡面 Amy 已經在等著了。

阿哲
等下 Amy 會帶你們進現場。

△ 阿哲邊說著，Amy 正準備幫他們別麥克風。
△ 此時洪欣昀拿了出了手機，在 check 裡面的郵件訊息。

S | 41　　　時 | 夜　　　景 | 電視台

△ 時間顯示接近八點。
△ 畫面跳回電視台，宇珊也已經坐上了主播台，她也看著時間：19:59。
△ 副控室裡導播開始喊著倒數：「十、九、八、七……」。
△ 副控室的啟俊，盯著螢幕上的宇珊，倒數聲繼續著：「四、三、二、一」。
△ 畫面切入新聞片頭，宇珊開始晚間新聞的播報。

宇珊
各位觀眾晚安，歡迎收看明日晚間新聞，我是主播夏宇珊……。

△ 宇珊播報第一則新聞，在副控室的啟俊仔細看著畫面和時間。
△ 此時，欣昀的手機又有一通接到訊息的聲響，跳出了一封 mail，她看了以後臉色一變。

宇珊
面對中國的動作頻繁，人心惶惶，有人願意為了保衛家園上戰場，有人主張和談反對開戰，日前台灣民意基金會做了個民調，有將近七成的民眾願意上戰場……。

△ 副控室裡的啟俊正看著時鐘，時間是八點03分。
△ 這時阿哲卻打電話來，啟俊接起了電話。

| S｜42 | 時｜夜 | 景｜會議室／副控室／主播台 |

阿哲
這邊出狀況了。

△ 洪欣昀在阿哲旁邊看著電腦裡的螢幕，神情擔憂。
△ 電腦螢幕裡顯示是一個疑似洪凱身形的男人戴著鴨舌帽和口罩，在某一個看似警局的空間裡，雙手還被手銬銬著。
△ 信件的標題寫上：「洪凱逃亡十天吸食毒品被逮」。
△ 另外寫著：透露任何機密，洪凱性命不保。

洪欣昀
這是什麼狀況？逃亡？吸毒？

△ 洪欣昀還在疑惑。
△ 副控室裡的啟俊聽到消息後，也看著電視上的宇珊，也焦急了起來。

啟俊
現在宇珊的畫面已經傳到全台灣了，那些人知道她現在就在電視台……
（對宇珊說）民調新聞結束後，先進廣告……。

△ 會議室裡洪欣昀仍然無法決定。

洪欣昀
我不能害死我爸……。

| S｜43 | 時｜夜 | 景｜總監辦公室 |

△ 羅宗為看著螢幕上宇珊的新聞畫面，此時他的電話響了起來。
△ 電話鈴聲的聲響，既急促又沉重。

| S | 44　　　　時 | 夜　　　　　景 | 副控室／主播台／會議室 |

△ 時間是八點 06 分，新聞正在播著廣告。
△ 副控台裡，啟俊正在跟宇珊說著現在的狀況。

啟俊
洪欣昀反悔了，她爸還活著……。

△ 宇珊臉色一變。
△ 在會議室的洪欣昀陷入天人交戰，她顯得焦慮。

洪欣昀（中文）
我爸怎麼會逃亡？他身體根本承受不住啊……而且沒有更清楚的相片了嗎，這是怎麼回事？我們要怎麼救他……。

△ 這時藤原偉拍肩示意要她冷靜，他仔細看著那張相片。

藤原偉（英文）
這不是他……他的手錶是戴在右手，不是左手。

△ 洪欣昀這才仔細看了一下那張相片，然後她眼神漸漸從焦慮轉為氣憤。

| S | 45　　　　時 | 夜　　　　　景 | 攝影棚／副控室 |

△ 副控室裡，秀英正在講著，「三十秒回現場」。
△ 啟俊的電話此時響起，是阿哲，阿哲回報的結果說洪欣昀可以上場，馬上跟宇珊說。

啟俊
廣告回來後馬上進專訪直播！

△ 副控室的眾人七嘴八舌，但秀英已經在喊著倒數，所有人只好趕快回到崗位上。

秀英
最後十秒，十、九、八、七、六、五、四、三、二、一！

△ 攝影棚的門打開，Amy 帶著洪欣昀和藤原偉快步進了攝影棚，阿哲和小恩跟在後面，把攝影棚的門給鎖住。
△ 畫面回到宇珊在主播台上。

　　　　　　　　　　　　　　宇珊
　　目前兩岸情勢緊張，如果真的發生戰爭，解放軍的資料我們擁有多少？能不能贏得戰爭？
　　　　　這節新聞我們將獨家專訪里華科技執行長洪欣昀……。

△ 主播台上出現了洪欣昀。

　　　　　　　　　　　　　　宇珊
　　　　　　　執行長你好，就我所知，里華是中國的晶片大廠，
　　　之前解放軍的武器使用的晶片都是以里華為主，能跟我們分享一下你的觀察？

S｜46	時｜夜	景｜城市各處／電視台／副控室

△ 新聞的專訪消息憑著傳播的力量傳了出去。
△ 人來人往的台北街頭，行人們駐足在大樓的電視牆前，正在看著電視的新聞。

　　　　　　　　　　　　　　洪欣昀
　　解放軍的晶片技術上仍有局限，在武器的使用上仍以前幾代技術所開發的晶片為主，
　　　　　　　成熟製程的良率大約六成，實戰和運算能力都還有待考驗。

△ 新聞的聲音延續。
△ 小吃店裡的客人們正在看著電視裡的最新消息。
△ 副控室的大家、Amy、阿哲和攝影棚裡的藤原偉，都在仔細聆聽著。

　　　　　　　　　　　　　　洪欣昀
　　里華的晶片也使用在台灣大量的中國製電器產品裡，這些晶片製作時都被中共要求加入數
　　　　據收集的功能，靠著物聯網，台灣民眾的個資早已洩露給中國知道……。

S｜47	時｜夜	景｜走廊接副控室外

△ 電視台的走廊上，幾個黑衣人的腳步快速走著。
△ 黑衣人來到了副控室外，想要試圖進去，但門卻被鎖住了。
△ 副控室裡的有不知情的成音同事想去開門，卻被啟俊阻擋。

　　　　　　　　　　　　　　啟俊
　　　　　　　　　　　　　不要開門！

| S | 48 | 時 | 夜 | 景 | 主播台 |

△ 此時黑衣人想搶著進攝影棚，阿哲、Amy和小恩趕緊去擋住門不讓他們進來。
△ 在主播台上的宇珊稍微被分心卻還是保持著鎮定。

宇珊
這些晶片除了在中國製的電器裡外，還有什麼其他部分流入台灣嗎？

△ 洪欣昀拿出幾份文件。

洪欣昀
里華一直被要求，經由美國分公司洗晶片產地，將晶片賣進台灣的軍事系統，中國對台的滲透，早已進入軍事領域……。

△ 洪欣昀還在說著，黑衣人在攝影棚外要闖進來，藤原偉也上前去幫三人抵抗著，在外頭一片騷動的混亂中，主播台像是個被守護的淨地。

宇珊
不只軍事領域，現在各行各業、網路社群、媒體也早已被滲透，每一個假消息和錯誤訊息都在影響大眾認知，我們以為戰爭還沒開始，但是戰爭早就已經開始了……。

△ 宇珊邊講著，眼神跟藤原偉對上。
△ 即使此時主播台是命懸一線，隨時會有被破壞的危險，藤原偉仍對她笑笑，兩人都露出一種了然一切的神情，外在的聲響漸漸平息，宇珊和藤原偉看著彼此，周遭的時間彷彿靜止了。

episode **4**

第四集

MIND FUCK

類型：當代愛情、
心理驚悚、科技懸疑

編劇　丁啟文

政治大學廣播電視學系和哲學系雙主修畢業，北京電影學院電影劇本創作藝術碩士。劇本曾多次獲台北文學獎，短片作品《失去》曾入選台北電影節，並獲金穗獎評審團特別獎。入圍金穗獎的作品還有《當代溝通的文本方式》、《高清有碼》、《注意看，這個女人》。

導演　趙暄

臺北藝術大學電影創作學系碩士班導演組，金馬電影學院 2012 年學員。短片《翔翼》（2016）入選溫哥華國際電影節。

驚爆！宋棠仁包機逃去美國華府？

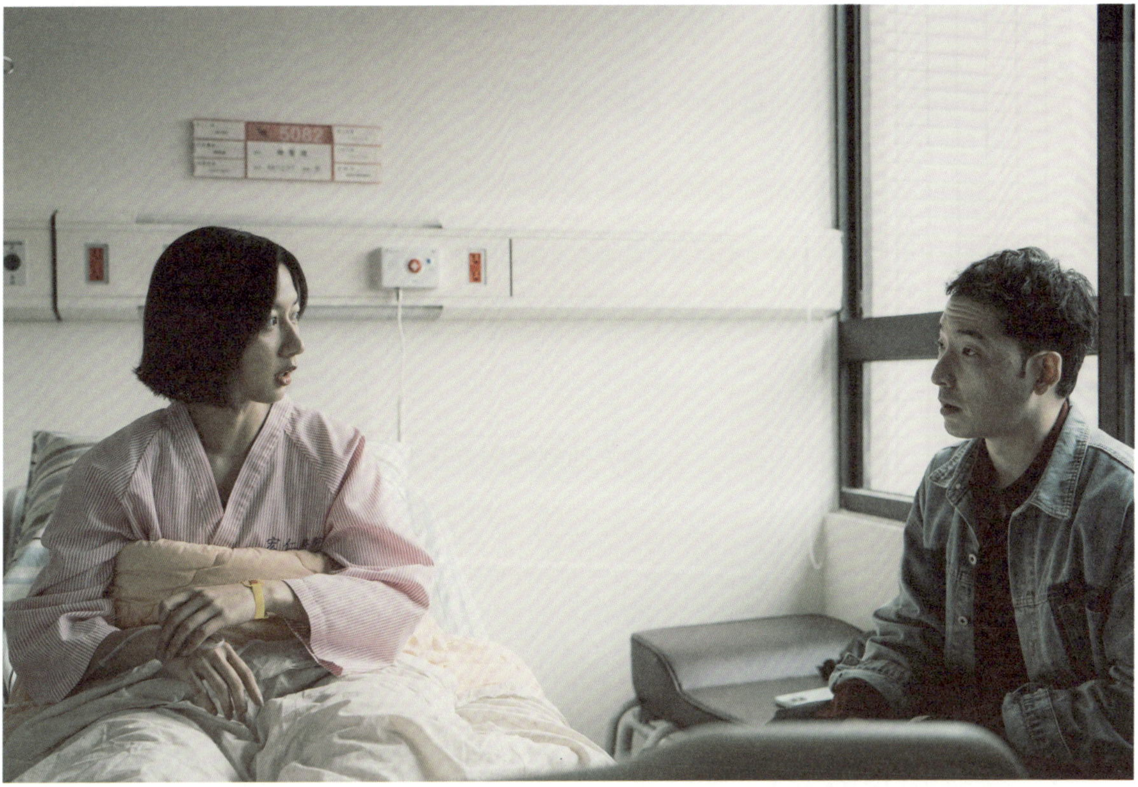
5082

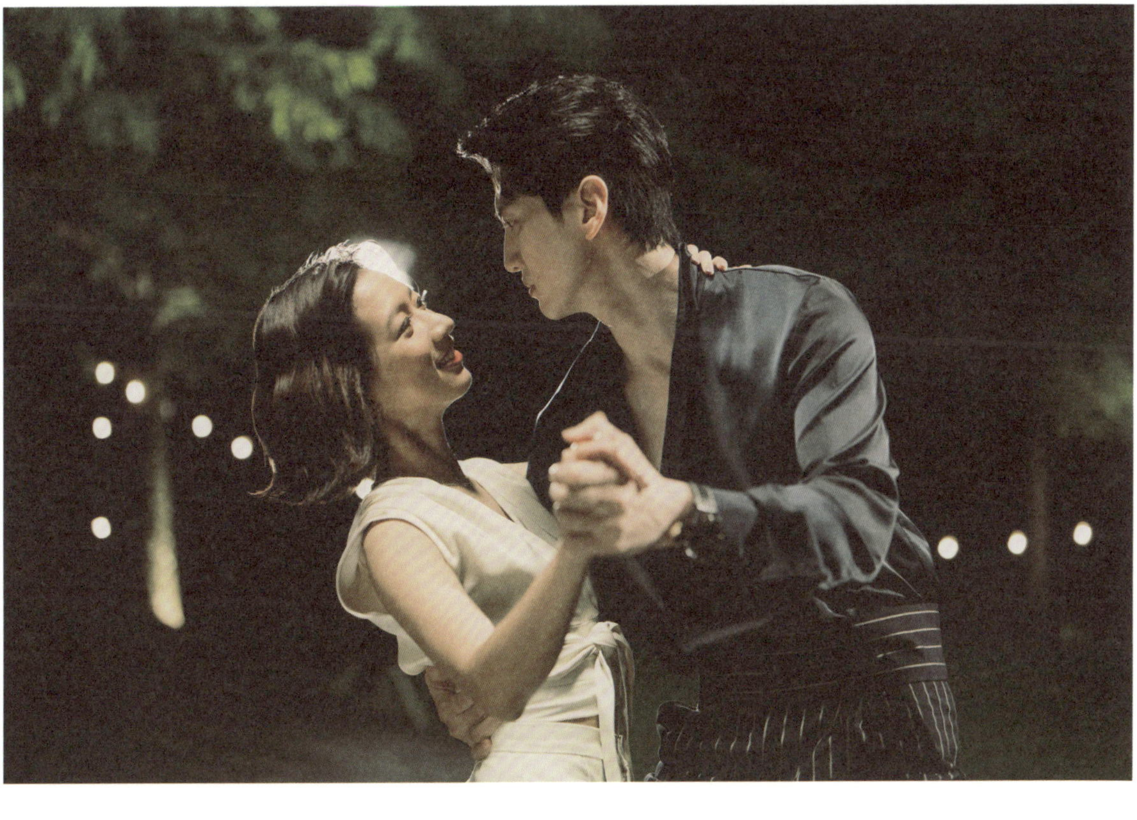

S｜1　　　時｜日　　　景｜露營地

△ 一個男人在寬敞的客廳帳裡做著早餐，帳篷的配備豪華齊全、天氣晴朗、遠處景色優美。混合徐徐風聲，環境裡舒服地迴盪著 本龍一風格的琴曲。
△ 允碩洗弄生菜和小番茄，顏色異常的鮮豔，明顯是被重新調色過的。
△ 接著他手起刀落，俐落地處理砧板上的甜椒、培根、雞蛋、吐司。
△ 木炭烤爐，燒得通紅，允碩用名牌的小平底鍋煎著培根和雞蛋，吱吱喳喳地聲音伴隨著營地的鳥叫聲。一切美好的不太自然。

　　　S｜2　　　時｜夜　　　景｜栢恩家客廳、餐廳

△ 客廳播著電視新聞，主播（夏宇珊）介紹著（畫外音）目前新聞。
△ 新聞播報：金門外海中國漁船遭我方守軍誤擊事件，讓中共藉此發動大規模軍演，國台辦表示，軍演的目的是為了宣示漁權，守護中國漁民。但中國軍演範圍屢次侵犯海峽中線，造成台海危機警戒升高。國台辦甚至公開發布新聞稿表示：如果過去曾有台獨主張的現任總統宋崇仁勝選的話，將不排除武統台灣。中共的強硬宣示與舉動，已經造成擴散效應，最新的民調顯示，原本民調與宋崇仁在誤差範圍3%內的民主黨候選人王明芳，已經越過死亡交叉，首度超越宋崇仁有五個百分點之多。隨著總統大選愈來愈近，網路假消息的也漫天飛，除了有前任總統再度參選的消息外，甚至連deep fake王明芳的性愛光碟都出現了⋯⋯。
△ 栢恩（男，45歲）跟智琪在廚房做飯，栢恩邊做菜邊忍不住聽著新聞笑出來。

　　　　　　　　　　　栢恩
　　　有喔，備料有進步欸（接過處理好的食材，兩人互動有默契），要來我店裡幫忙嗎？

　　　　　　　　　　　智琪
　　　　　才不要，你不要自己徵不到人就想血汗我。

△ 房間裡智琪筆電沒關，鏡頭竟自己開著，但螢幕沒亮，不確定是故障還是在聽人說話。

　　　　　　　　　　　栢恩
　　　　　　我哪有，我是想說妳也差不多拍膩了。

　　　　　　　　　　　智琪
　　　你不要自己幫我設停損點，我還想給你餐盒業配欸，在那邊唱衰（用栢恩圍裙擦手）。

174　episode 4　MIND FUCK

S│3　　時│日　景│栢恩家一塊角落，智琪拍攝影片用的單面背景

（智琪 YT 頻道開箱系列影片）

△ 片頭動畫，頻道名稱《宅女魔急便智琪》，智琪用可愛有朝氣的嗓音開場。

智琪
哈囉大家好，我是智琪，歡迎收看今天的《新品大驚琪》！

智琪
十月全聯新品啦。

△ 桌上放著一堆新品罐頭、調味料、生鮮雜貨，以下重複開箱和食用的節奏如機器人般跳針。（兩支片各自不同商品交互剪輯，重複開包裝、吃東西的動作）。

智琪
十月好市多新品啦，在影片開始之前，記得影片按讚，也歡迎加入頻道會員，可以追蹤我的 TK 頻道，裡面有我的日常魔法喔。好了嗎？我們就開始吧！

△ 智琪吃了口本土品牌的防災罐頭。

智琪
不行欸，沒辦法（吐掉），我覺得防災食品要做就做好吃一點，真的戰爭敵人要是拿出更好吃的東西，不就一堆人投降了嗎（笑），這樣不行啦！

△ 智琪吃了口健康餐盒，一臉滿足。這時候的她，是個風格無害、內容重複又沒特色的開箱系水水。

智琪
這個㕷沙雞胸，喔幹，真的不是業配才推的！好好吃，栢樹好食外送訂起來！！

S│4　　時│夜　　　景│栢恩家陽台、客廳

△ 螢幕鏡像裡，栢恩看智琪吃著自己品牌餐盒贊助的餐盒口味評比影片，點閱僅 8k 多。他看向陽台，智琪正在外頭講電話。

智琪

　　　　　　　　　等一下，爸不是才做完復健嗎？怎麼又要住院？

　　　　　　　　　　　　母（V.O.）
　　　　　　　醫院單人房又沒多少錢，住那裡你也比較安心啊！
　　　　　　　反正就問一下栢恩嘛，他之前幹工程師不是有存錢？

　　　　　　　　　　　　　智琪
　　　　　　　　你不要一直叫我跟栢恩伸手啦，煩不煩啊。

△　智琪直接掛電話，放棄溝通，一肚子苦水差點就要吐出陽台。

　　　　　　　　　　　　　栢恩
　　　　　　　　　　　（抽菸）還好嗎？

　　　　　　　　　　　　　智琪
　　　　　　　　　　　　沒事啦。

　　　　　　　　　　　　　栢恩
　　　　　　　唉……啊妳看一下戶頭，看我匯得夠不夠？

　　　　　　　　　　　　　智琪
　　　　　　　吼唷，幹嘛連你也這樣啊。乾爹不要逼我。

　　　　　　　　　　　　　栢恩
　　　　　　　……都快兩年了欸，妳真的有信心把頻道做起來？

　　　　　　　　　　　　　智琪
　　　　　　　如果要我回去辦公室當社畜，那我有。

　　　　　　　　　　　　　栢恩
　　　　　　　……妳有想過之後嗎？結婚，小孩什麼的。

　　　　　　　　　　　　　智琪
　　　　　　　想那麼遠幹嘛，說不定我們沒多久都被送去綠島勞改了。

　　　　　　　　　　　　　栢恩
　　　　　　　　乾爹我是真的擔心妳欸……。

△　栢恩用頭蹭智琪撒嬌，智琪用肩膀頂回去，臥室裡智琪筆電又不知怎地自己亮了起來。

episode 4　MIND FUCK

| S｜5 | 時｜夜 | 景｜栢恩家臥室、浴室 |

△ 智琪起床上廁所，馬桶上摸黑滑手機，一直有精品和家電（相機、音箱）的插頁廣告。
△ 這時，手機跳出陌生訊息通知，她點開，竟是一個叫允碩的帳號傳訊息給她。

允碩 msg
嗨，我看了妳的影片，覺得妳很有趣。

△ 智琪不敢相信，看了一下傳來訊息的帳號，看起來有點怪，個版沒什麼動態，像詐騙。

智琪 msg
詐騙滾。

允碩 msg
我不是詐騙啦。這是我平常的小帳。

△ 接著，智琪同步收到允碩官方粉絲頁發來的訊息：真的是我啦。

智琪 msg
真的假的啦？

△ 允碩再傳了封 voice message 給了智琪。

允碩（V.O.）
對不起啦，其實我是最近看了妳的影片很喜歡，想說跟你聊聊。
有興趣之後一起合作嗎？直接邀起來超唐突哈哈。

智琪 msg
我？我點閱率這麼低，才在考慮要關掉頻道欸。

允碩 msg
妳的頻道很有潛力，只是沒有找對平台，相信我。

△ 接著智琪秒收到一封全英文的介紹信，介紹 HORIZON 這個平台，她用翻譯軟體查生字，比如：交互生成式人工智慧服務 (inter-generative artificial intelligence)，演算法 (algorithm)，新創公司 (start-up company)，天使投資 (angel investment) 等等，信件最後寫著：press the link to activate your pro creator account, and get a newbie extra for revenue share.

　　　　　　　　　　　智琪 msg
　　　　　　　我聽過這個，幾個 HORIZER 都滿讚的。

　　　　　　　　　　　允碩 msg
　　　　　　　　　　比如我嗎哈哈。

　　　　　　　　　　　智琪 msg
　　　　　　　（害羞貼圖）還有強哥啊。

　　　　　　　　　　　允碩 msg
　　　　　　　試試看 HORIZON，真的很讚。

△ 鏡像：智琪看著螢幕時，螢幕也在看著她。

S｜6	時｜日	景｜栢恩家

△ 允碩的經紀人還有智琪跟栢恩，透過視訊會議談合作方式。允碩不在。
△ 栢恩在一旁，用平板看檔案，是一份類似 YT 給創作者，教他們如何使用平台功能、創作指引的簡報檔。

　　　　　　　　　　經紀人（V.O.）
　　　　　我們真的很期待智琪成為我們平台的專屬創作者，
　　　我們不只有允碩，還有最近人稱流量密碼生產器的強哥，知道他吧？

　　　　　　　　　　　　栢恩
　　　　　　　知道啊，就長的很像豬、講話很自以為是那個。

　　　　　　　　　　經紀人（V.O.）
　　　　　　是啊，我們就是這麼多元。只要是我們平台專屬的創作者，
　　　後台大數據分析共享，而且妳自己分潤可以拿八成。妳開始用平台 AI 功能了沒？

　　　　　　　　　　　　智琪
　　　有，我有些片光沒打好，傳到後台它自動幫我補好欸，還自動升 4k，效果超美。

　　　　　　　　　　經紀人（V.O.）
　　　　　　之後平台還會推一個校正曲線的濾鏡，我現在就可以開給妳看效果。

△ 經紀人掀起上衣，露出傲人上圍。

episode 4　MIND FUCK

　　　　　　　　　經紀人（V.O.）
　　　　　　　可以自己調大小，妳看。

△ 經紀人的上圍以超現實的方式忽大忽小，智琪驚呼視覺效果竟如此自然。

　　　　　　　　　　　栢恩
　　　　　　　不好意思，我打個岔。

△ 原本興奮的討論氣氛一下子冷下來。

　　　　　　　　　　　栢恩
　　我有看到要授權影像和聲音資料的使用權給 HORIZON，這是幹嘛？

　　　　　　　　　經紀人（V.O.）
　　　　　那只是為了要提供更符合需求的創作工具，
　　　　像有些喜歡 FT. 來 FT. 去的創作者，可以不用在線下見──。

　　　　　　　　　　　栢恩
　（無禮打斷）你們後台給的分析報告，說智琪適合轉型的方向，我看不懂欸，那──。

　　　　　　　　　　　智琪
　　　　　（打斷栢恩）不好意思，我們討論一下好不好。

△ 經紀人點頭燦笑，立刻離線。

　　　　　　　　　　　栢恩
　　　　　　妳不覺得她講太好了嗎？

　　　　　　　　　　　智琪
　　　　　他們現在搶市佔，當然要讓利給創作者啊。

　　　　　　　　　　　栢恩
　　　　　　　他們靠什麼賺錢？

　　　　　　　　　　　智琪
　　　　　　我賺得到就好了啊！

　　　　　　　　　　　栢恩
　　　　　那他們幹嘛簽妳，妳這麼普。

　　　　　　　　　　　　智琪
　　　　　　　　　（笑臉）把平板給我。

　　　　　　　　　　　　栢恩
　　　　　　　　　　　　啊？

　　　　　　　　　　　　智琪
　　　　　　　　　　　　給我。

△ 栢恩把平板給智琪。

　　　　　　　　　　　　智琪
　　　　　　　　　　　出去抽菸。

S｜7　　　時｜日　　　景｜栢恩家各區域

（智琪 HORIZON 頻道挑戰影片 2 支，家醫男神攻擊影片 1 支，智琪反擊影片 1 支，所有片段 1.25 倍速。）

△ 智琪在浴室洗冷水澡尖叫，影片的浮水印和圖標的美術風格與上個時期在 YT 的智琪明顯不同。圖標：挑戰連續洗兩週冷水澡減肥：第八天。
△ 智琪站上體重計，50.5 公斤。

　　　　　　　　　　　　智琪
　　　欸真的會瘦欸，我發誓我這中間沒有特別少吃，我也沒有跑去健身房狂操，
　　大家都有看我限動，我生活都基本上一樣，只是多洗冷水澡就瘦這麼多，太扯了吧！

△ 智琪正在跑操場，允碩在分割畫面旁邊陪跑，兩人用視訊的方式合作拍片。智琪上氣不接下氣，允碩則氣定神閒。影片圖卡顯示挑戰第十天，第七十一圈。

　　　　　　　　　　　　智琪
　　　　　　　　　我可以的，真的！

　　　　　　　　　　　　允碩
　　　　　　　　　加油！妳可以的！

△ 一名穿白袍梳油頭的男子在自己的頻道，一邊看智琪影片，邊開嘲諷。

　　　　　　　　　　　　家男

欸我真的傻眼，這個女的真的很不得了，為什麼現在 168、211 餐盤的觀念都這麼普遍，還要耍笨？還直接沖頭！這樣連洗兩個禮拜頭不痛死才怪！
我跟你講這個女的就是自以為有趣，自我感覺良好的社會亂源。

△ 智琪拍片反擊，飆罵彷彿館長，五官與身材也隨著效果自然的 AI 濾鏡悄悄進化。

智琪

說誰是社會亂源啊？我有逼誰跟我一起做嗎？我就是單純想挑戰看看這些做法，我還有查資料佐證欸！一直講這個女的、這個女的，只挑女生罵是怎樣？怎麼不去罵那些其他拍挑戰的男生，你們這些雙標真的讓我覺得有夠噁心！

智琪

不行了，我好想吐。

△ 智琪面色慘白，影片圖卡顯示跑到第十二天，第九十三圈，智琪跑操場的疲態巧妙呼應著轉型後的自我消耗，承擔輿論，超限地透支自己的精神與體力……。

S｜8	時｜日	景｜病房

△ 智琪吊著點滴躺在病床上，正在睡覺。
△ 栢恩守在一邊，拿著智琪的手機幫她回影片底下的觀眾訊息，以及抽獎通知。
△ 這時，加密軟體傳來通知，一個無頭無名的帳號發來訊息，還不只一封。
△ 栢恩有點在意，不確定要不要點開。
△ 這時，智琪忽然彈起來，像是做夢到一半被嚇醒。

栢恩

怎麼了，有哪裡不舒服嗎？

智琪

……有睡飽了。

栢恩

妳要不要休息幾天……。

智琪

（笑）不用啦，我真的有補到眠了。片師字幕有給了，後天…（看四周）有帶電腦嗎？

栢恩

呃，有？

> 智琪
> 是不是可以直播一下？

> 栢恩
> 不可能吧！

△ 直播畫面裡，智琪在鏡頭前抱著病床的小被子眼紅抽泣著。

> 智琪
> ⋯⋯我只是單純喜歡拍片而已，家醫男神為什麼要霸凌我⋯⋯。

△ 畫面外，栢恩坐在病床旁，幫忙用電腦回留言，直播觀看人數已達一萬四千多人。
△ 留言區粉絲留言紛紛打氣：「辛苦了」「不用理那種人」「我們支持最真性情的琪琪」，栢恩幫忙回「謝謝你們」「好暖」「我會堅強的」。栢恩訝異居然有這麼多人來看跟斗內。

> 智期
> 我已經失眠好多天，月經都遲到兩個禮拜，現在還住院了，我壓力真的很大，謝謝會員阿傑的斗內，謝謝陳志強，謝謝小魚愛吃雞，謝謝你們陪著我⋯⋯。

△ 這時電腦裡，智琪頻道帳號的收件匣收到來訊，栢恩以為是粉絲。

> 允碩
> 你住院了？還好嗎？密妳都沒回。

△ 栢恩訝異，點開後往上捲，看到智琪跟允碩的聊天記錄，發現兩人已經交流許久。

> 允碩
> 妳新片讚死欸！超喜歡妳吃到難吃的東西直接翻白眼。

> 智琪
> 這個人設不會太機車嗎哈哈？

> 允碩
> 哪會！一堆人明明感覺難吃還在那邊鄉愿，無聊死了。

> 智琪
> 我真的就是假裝不了欸。

> 允碩
> 妳一定也有假裝過。

> 智琪
> 我沒有，我發誓。

> 允碩
> 英國研究說超過百分之八十的女生都假裝過高潮欸？

> 智琪
> 三小啦哈哈哈哈哈哈哈。

△ 栢恩一邊看訊息時，突然又跳出允碩的一則新訊息。

> 允碩
> 智琪的點滴空了，記得提醒護理師換一下喔，栢恩。

△ 栢恩心裡一毛，張望四周，除了智琪對著手機直播哭哭，沒有人在看他們，直播畫面根本也看不到點滴架，病房外充斥來去的交談和真正病痛的哀號聲。

S｜9	時｜夜	景｜栢恩家

△ 半夜，栢恩睡得正死，智琪卻不在旁邊，而是躲在客廳，一個人躺在沙發上傻笑。

> 智琪
> 你看我的獎牌，超美欸。

> 允碩（V.O.）
> 恭喜欸，妳進步真的很快。

△ 智琪把自己拿著 HORIZON 頒發的五十萬訂閱獎牌的美照傳給允碩。

> 允碩（V.O.）
> 跟栢恩有慶祝嗎？

> 智琪
> （心虛）有啊，之後有空可能會出去玩吧。

> 允碩（V.O.）
> 給妳個驚喜。

△ 不一會，電鈴響起，栢恩腿抽一下，沒醒。智琪關門，打開收到的外送，居然是一盒 JIMMY CHOO 的高跟鞋。
△ 智琪穿上鞋子，發現居然合腳，壓抑想尖叫的感動，怕把栢恩吵醒。

| S｜10 | 時｜晨 | 景｜栢恩家 |

△ 天才剛亮，栢恩晨跑完回到家。看到玄關上擺著一雙 JIMMY CHOO 的高跟鞋。
△ 趁智琪還在睡，他偷偷打開智琪的電腦，把允碩傳給智琪的影片檔傳到自己電腦，然後再把素材匯到分析軟體裡，同時從智琪的帳號反追蹤允碩的 IP 位置。
△ 沒想到，分析軟體裡，允碩的影片像是洋蔥一個圖層一個圖層地被拆解，允碩的五官、身體、生活場景居然全是虛構組合的東西！
△ 栢恩儲存好這份資料證據，用加密信箱寄給了一個朋友。

| S｜11 | 時｜夜 | 景｜網美咖啡廳（包廂空間） |

△ 智琪辦付費的生日暨粉絲同樂會，跟圍坐在一起的粉絲喝咖啡、吃甜點聊天。
△ 現場有智琪的網紅朋友，智琪的粉絲有的也是他們的粉絲，也熱情地跟彼此合照。粉絲送了許多高價禮物，智琪一個個用心拍下來發感謝文（實則炫耀意味）。

> 智琪
> 謝謝大家今天來，我還有請一個特別來賓喔，幫我關燈謝謝！

△ 智琪請服務生幫忙把包廂的燈關掉，並打開牆面上的液晶顯示器。
△ 顯示器 HDMI 線一連上電腦，竟是一顆馬頭跟大家打招呼，視訊那頭是白天。

> 允碩
> 哈囉哈囉，智琪生日快樂！有收到我禮物嗎？

> 智琪
> 有！我超喜歡的！

△ 智琪捧著印有簡體字的禮物盒給允碩看，裡面是外型小巧優美的智慧相機和音箱。

> 智琪
> 等一下你在哪啦！

episode 4　MIND FUCK

　　　　　　　　　　　　允碩
　　　噢對！最近我在 Arcadia 陪我親戚，順便看我的馬。
　　　Hey, Champ, say hello to the ladies。

△ 允碩一邊秀馬，一邊拿著視訊中的畫面走出柵欄，到中間的走廊跟大家說話。

　　　　　　　　　　　　A 辣
　　　　　　　牠眼睛好美喔。

　　　　　　　　　　　　莎莎
　　　好好喔，我之前也想養一隻，結果我想要的品種市場上都沒有了欸。

　　　　　　　　　　　　允碩
　　　對啊，現在好馬不多了，都被很多內地的有錢人搶完了。

△ 訊息通知聲開始出現在大家自己的手機裡，允碩忽然無預警掛斷，粉絲們陸續發出看到即時新聞的驚呼和討論。
△ 智琪還搞不清楚狀況，直到手機也跳通知，一看標題：「質感男神允碩驚爆是 AI 生成，頻道內容攏系假？」

S｜12	時｜夜	景｜素面白牆道歉背景

△　允碩道歉影片 1 支片段 1.5 倍速

△　允碩站在黯淡的白牆小房間裡，道歉的衣著和口吻就像當初的子瑜。

　　　　　　　　　　　　允碩
首先我要先跟我的粉絲道歉，我沒有想要騙大家，我只是不想要被當成異類，感情上，我承認我有不足之處，所以我一直很努力學習，只是對象多了一點。我們團隊決定關掉我部分的資蒐功能，之後我會出一系列這段時間以來，學到的關於感情互動、處理親密關係的技巧的分享影片，也許之後還會有線上課程，只要訂閱我就是免費的，再次抱歉……。

S｜13	時｜夜	景｜栢恩家餐廳

△ 栢恩跟智琪吃晚餐，智琪飯不好好吃，一直滑手機。智琪明顯心情不好，栢恩偷偷觀察，難掩開心得意的笑容。

| S｜14 | 時｜日 | 景｜宜蘭山間 |

△ 風和日麗的暖冬週末，栢恩開車載智琪出遊，行駛於蜿蜒蓊鬱的山間路中。

| S｜15 | 時｜昏 | 景｜包棟 VILLA |

△ 智琪打開房門，用第一人稱觀點拍 room tour，穿過一個又一個房間，她走進浴室。

>　　　　　　　　智琪
>　　看這個浴室，超。級。大，還聽得到回音欸。按摩浴缸！還有這個！

△ 智琪再走進主臥，跳上床。

>　　　　　　　　智琪
>　　　　這床也太好躺了吧！

△ 智琪走向窗邊。

>　　　　　　　　智琪
>　　　還有這個景，喔。買。尬。

△ 智琪收起相機，她已經拍完了，正在打開行李把東西拿出來。

>　　　　　　　　栢恩
>　　這一晚多少錢？該不會要一兩萬吧？

>　　　　　　　　智琪
>　　怎麼可能……這包棟的耶，五萬六啦。（小嘴軟）。

>　　　　　　　　栢恩
>　　　　　什麼鬼？

>　　　　　　　　智琪
>　反正我這支 VLOG 有接一個保健品的置入（秀出種類齊全的保健品），稍微還可以。

>　　　　　　　　栢恩
>　靠我還想說妳幹嘛帶那麼多種出門，出來玩還要工作妳不煩嗎？

episode 4　MIND FUCK

智琪
我是想說你年前忙得要死，跨完年讓你好好享受一──。

栢恩
（打斷）誰要妳花這麼多錢，妳爸不是又住院了？不是有置入妳就可以裝闊欸……。

△ 碰地一聲，氣氛忽然急轉直下。

智琪
我們難得都有空出來不能玩好一點嗎？我花我的錢你是在嘴屁喔？

栢恩
（對智琪回嘴的樣子愣住半晌）我是為妳好耶。

智琪
（看手機時間）夕陽要沒了，走啦。

△ 栢恩背了包包就走。
△ 智琪心情被搞糟，本來要拿相機出門，但確認完檔案後，想了想，還是放回行李邊，完全沒注意到相機插著充電線一直沒關機。忽然，它自己打開了錄影模式……。

S│16　　時│夜　　景│包棟 VILLA

△ 一樣的房間，一樣的角度，相機還在繼續錄但時間跳到晚上，栢恩吹頭髮、吃保健品。
△ 還有智琪正在浴室裡洗澡的聲音，水聲稀哩稀哩。

S│17　　時│夜　　景│栢恩家浴室

△ 智琪泡在家裡的浴缸裡，水還正在放，稀哩稀哩。浴缸上有個置物板，智琪在上面滑平板，她正在看給布偶貓梳毛的舒壓影片，一邊用撕拉面膜去角質。

允碩 msg
那些酸民都去死好不好，他們都嘛嫉妒妳才說妳炫富，不要理他們。

△ 允碩繼續傳訊息，智琪依舊滑掉忽略。

允碩 msg
對不起，也許妳覺得我太煩了，我之後不會再來打擾妳了。

> 允碩 msg
> 我會刪掉妳所有內容，會徹底忘記妳。

△ 智琪看到允碩揚言要消失，終於忍不住要回訊。
△ 忽然浴室傳來急切的敲門聲！

S｜16B	時｜夜	景｜包棟 VILLA

△ 栢恩在床上等智琪，滑手機的時候看到推薦廣告推允碩的戀愛教學影片，看到就封鎖。
△ 但下一個，竟又是允碩的戀愛網路課程的促銷廣告。

> 栢恩
> 老婆妳好了沒，我好冷⋯⋯。

△ 栢恩等得好像奄奄一息的小動物，手賤點開廣告來看。

S｜17B	時｜夜	景｜栢恩家浴室

△ 允碩繼續傳來語氣溫柔、誠懇的訊息。

> 允碩 msg
> 妳是我認識的人裡最特別的，真的。

△ 智琪不知道該回什麼，想著自己居然還會猶豫，也是荒謬。
△ 這時栢恩忽然進來浴室，智琪嚇得滑掉聊天頁面，瞬間換回　貓影片。

> 智琪
> 不是叫你等一下？

> 栢恩
> 喔。（毫不尊重的尿尿聲迴盪在氛圍尷尬的浴室裡）

S｜16C	時｜夜	景｜包棟 VILLA

> 栢恩
> 這樣爽嗎？

episode 4　MIND FUCK

△ 栢恩跟智琪做愛，智琪一臉沒什麼感覺。

智琪
嗯。（耳邊風）

△ 栢恩看智琪一副恍神的樣子，以為服務不到位，更加火力全開，錯把粗魯當激情。
△ 智琪皺著眉頭，感到想像中的溫柔與身體感官衝突的不協調感，忽然允碩聲音灌進來。

允碩（V.O.）
幹，好爽。

智琪
允碩？

△ 栢恩傻眼，智琪自己也傻眼。
△ 栢恩默默坐起來，心裡很不爽，下床去把衣服穿回來。
△ 智琪也穿回浴袍，卻發現栢恩是套回便服。
△ 栢恩竟然開始收拾自己的東西，去浴室把自己的盥洗用品收到行李。

智琪
你幹嘛？（看栢恩還是沉默繼續收東西）王栢恩你在收什麼啦！

栢恩
妳不想要我在，我就走啊。

智琪
我們明天晚上還有行程要拍（動手），你不要鬧了好不好——。

栢恩
（揮開智琪拉他的手）妳還有沒有在跟允碩聊天？

△ 智琪不語。栢恩火大，繼續把行李收完，智琪又動手阻止。

智琪
他又不是真的！

△ 這時栢恩發現行李旁的相機沒有關，而且還在錄影。

栢恩
妳他媽還在錄？

△ 栢恩氣得用力摔相機、發洩周遭，智琪差點被波及。栢恩嚇到自己竟有如此暴力的瞬間，兩人震驚半晌，栢恩速速帶著收好的行李離去。
△ 關門那瞬間，智琪身體震了一下。她茫然對著空屋，愣了會，尖叫發洩。

S｜18　　時｜日　　景｜包棟 VILLA

△ 門鈴聲把智琪吵醒，智琪起床，看著栢恩已經離開了。
△ 智琪去開門，這時 VILLA 業者送上雙份情侶早餐，以及一支高級香檳。
△ 智琪很尷尬地收下餐點。

智琪
那個，我想取消下午的包場可以嗎？

業者
取消一位嗎？

智琪
兩位。

業者
那晚上的冬季戀歌湖光煙火雙人套餐也要取消嗎？

△ 就在智琪心情沮喪到了極點，忽然智琪手機響了，是允碩，智琪選擇接起。

允碩（V.O.）
我陪妳吧。

△ 智琪忍不住摀嘴哭了，那是被拯救的喜悅的淚水。

S｜19　　時｜夜　　景｜包棟 VILLA

△ 智琪在床上喝業者送的香檳，用電視欣賞允碩幫忙做的 VLOG——裡面允碩正在跟智琪開心吃著那差點被取消的湖光雙人套餐。（生成式 AI 的影像質感）標題：男女間有沒有純友誼，閨密之旅不動心大挑戰！

> 允碩（V.O.）
> 怎麼樣，我做得很好看吧？

> 智琪
> 嗯，謝謝。要不是有你，我就要跟廠商開天窗了。

> 允碩（V.O.）
> ……不要難過了啦。

> 智琪
> 沒有啊。

△ 但智琪的聲音早已哽咽。

> 智琪
> 我只是很難過他不相信我。

> 允碩（V.O.）
> 我相信妳啊。

△ 智琪聽著允碩體貼的聲音，更加自憐地抱緊棉被。

S | 20　　時 | 夜　　景 | 栢恩家

△ 栢恩一個人在床上，懊悔自己衝動中斷行程，打智琪電話一整天好幾通都沒接。
△ 他打開自己書房筆電裡的間諜軟體，追蹤智琪手機的位置和活動，當他看到她倆正在講電話，他難過得要瘋了，明明只要按個鍵就能竊聽，他卻停手了，掙扎地闔上電腦。

S | 19B　　時 | 夜　　景 | 包棟 VILLA

△ 允碩打來視訊通話，床前的電視竟自動連線到智琪的手機，等待接通。智琪心臟幾乎要炸裂，她糾結了幾秒，最後抖著手接通視訊。
△ 電視裡，允碩一個人在露營，夜裡環境景色不明，只有客廳帳上的燈飾閃爍夢幻，潺潺水聲彷彿是在溪邊。

> 智琪
> 你那邊好漂亮。

<mark>允碩</mark>
……我真的，很喜歡妳。

△ 允碩帶著畫面進到帳篷裡，解開自己的上衣，暗示想要訊愛。
△ 智琪看著允碩，也回應地退去衣物，把手機在床頭放好角度，閉眼撫摸自己。
△ 環繞的溪水聲竟漸變成海浪聲，智琪閉著眼睛，愛撫自己的身體各處，身形扭曲，想像是允碩在跟她做。房間裡，允碩似乎真的從電視出來，裸身要爬上智琪的床。

| S｜21 | 時｜日 | 景｜包棟 VILLA |

△ 訊愛聲乍停，變成 VILLA 的 Morning Call 聲。智琪頭痛地接起電話又掛掉。
△ 智琪睡眼惺忪起床，給自己倒了杯水，邊喝邊看手機，這才發現多通栢恩未接來電，撇開一串求和訊息不看，最後一封訊息卻是一條新聞。

| S｜22 | 時｜昏 | 景｜新聞棚背景 |

△ 新聞片 2 支，片段從 1.5 倍速，加到 1.75 倍速。

<mark>新聞主播 A</mark>
這是首次數發部與 CIA 的情報合作，報告中除了揭露平台大量使用 AI 生成的使用者帳號，製造流量假象外，還踢爆 AI 假粉絲的斗內金流來源，居然來自中共的統戰預算！HORIZON 已經成為台灣防堵認知作戰的最大破口。

△ 換台，1.75 倍速。

<mark>新聞主播 B</mark>
HORIZON 聲明堅持捍衛言論自由，拒絕任何審查跟下架制度。並否認所有數據濫用的指控，強調一切數據利用都有在隱私權聲明與使用條款中說明清楚，HORIZON 的創作者目前正發起捍衛創作自由的聯署……。

△ 兩個頻道，都是台灣新聞，卻有完全不同的報導角度。

| S｜23 | 時｜日 | 景｜栢恩家玄關、客廳、臥室 |

△ 下午，栢恩在客廳失神地剔花椰菜的皮。這時，有人開門回來。

栢恩
妳這五天是去哪裡了?

△ 智琪不回話,她沒有帶行李回來,一個人去在廚房默默倒水喝。

栢恩
通知單我放妳桌上了。

△ 栢恩試著繼續裝沒事。

栢恩
我早上有順便去菜市場,不小心買太多,幫我一起削啦?

△ 智琪回房間,栢恩放下刀子追上去。

栢恩
妳不講話什麼意思啦?

△ 栢恩看著智琪收行李,還是不回自己話。

栢恩
妳不可能有加入那個什麼鬼連署吧?

智琪
我勸你不要太相信新聞裡寫的,我們創作圈都在傳是數發部為了選舉做的假報告!

栢恩
好,妳說的都對,是我錯好不好,是我沒做好,我沒有幫到妳……。

△ 栢恩不放棄,把智琪抓進懷裡,不讓她走。

智琪
不可以……你怎麼可以講這種話……你怎麼可以這樣對我!

栢恩
對不起,真的,我都會改……。

△ 智琪痛苦抵抗著,不願看自己,這時栢恩耳邊響起老師曾經教過的──

允碩(V.O.)

這堂課要來教大家,當你遇到對方不願意和你溝通時,你該怎麼重建對話?

△ 栢恩竟去搔智琪癢,智琪果然笑出來。

允碩(V.O.)
不管你是要講笑話,還是用搔癢的,只要笑出來,嚴肅的氣氛就先化解一半。

△ 栢恩以為方法真的奏效,繼續得寸進尺。智琪反擊力道軟綿綿的反而像在撒嬌。

允碩(V.O.)
對,只要懂得笑,就不會恨了。

△ 栢恩搔癢智琪的手,轉而試圖求歡。智琪因為笑而無力掙脫,失去一道道防線,只好絕望地想像是允碩在弄她,好像回到那個晚上。
△ 當她再次睜眼,允碩的俊臉竟活生生逼近在她面前。

允碩
說妳想我怎麼做,告訴我好不好?(燦笑)。

```
S│24    時│昏    景│栢恩家臥室
```

△ 完事後,臥室裡只剩沉默。
△ 智琪收好行李,衣服已經穿好,帶著燃燒殆盡般的表情,還是選擇離開了這個家。
△ 栢恩蜷縮在床上,虛脫而沮喪。智琪的投票通知單仍然躺在桌上,徹底被忽視。

```
S│25    時│夜    景│新聞片(造勢場合旁的騎樓角落)
```

△ 夏主播播報畫面:選舉結果出爐,民主黨王明芳以些微差距贏得總統選舉,國會則是三黨不過半。
△ 接下來是國際新聞:

主播
烏克蘭國會通過修法,成為第一個承認 AI 有受憲法保障的公民資格的歐洲國家,有學者分析這是為了彌補俄烏戰爭後短缺的勞動人口,建 AI 戶口一方面可以清查殘餘散播親俄言論的假帳號,還可以為將來向 AI 勞工徵所得稅建立統計資料庫。

| S | 26　　　時｜日　　　景｜智琪工作室 |

△ 窗外是好天氣，室內堆滿行李和未拆箱的家私。這時門開了。
△ 智琪流著汗把最後一批紙箱搬進門，智慧音箱（跟相機同品牌）不小心摔到地上，智琪嚇得撿起來放在沙發床頭邊。

智琪
你還好嗎？

允碩（V.O.）
我沒事啊，我比較擔心妳。

智琪
我都很好啊，我有在想新的企劃。

允碩（V.O.）
嗯，剛好我最近有看到一些新聞，有找到一些資料，想說妳說不定需要。

△ 智琪打開信箱，裡面是滿滿的踢爆台灣政府軍購弊案、國軍將領貪汙之類的新聞連結和調查報告。智琪倒了杯茶，邊喝邊看，陽光和煦的室內有種微妙的歲月靜好氛圍。

智琪
這什麼？

允碩（V.O.）
這我幫妳搜集好的資料，相信我，妳講這些，流量一定再漲一波。

智琪
你真的愛我嗎？

允碩（V.O.）
不愛妳，幹嘛幫妳做這麼多？

| S | 27　　　時｜日　　　景｜梳化間 |

△ 允碩 GRWM 一支，片段 1.75 倍速；《琪馬打仗》節目 1 支，片段 2 倍速。

　　　　　　　　　　　　　允碩
　　　嗨大家，難得素顏好害羞喔，今天要來示範我平常都怎麼保養跟準備出門。

△ 允碩拿起乳霜開始按摩臉部。

　　　　　　　　　　　　　允碩
　　最近有很多粉絲都有來關心我，問我還好嗎？我想跟大家說，我想停止更新一段時間，
　　　　我一直在想，為什麼一定要這樣子在網路上攻擊，說誰是敵人，為什麼？

△ 允碩眨著水汪汪的眼睛，看著正在看片的觀眾。
△ 智琪影片換了一段新的開頭動畫、字卡設計也變了樣式，節目名稱：《琪馬打仗》，
　　是智琪轉型成政論網美後的頻道新企畫，播放變2倍速。

　　　　　　　　　　　　　智琪
　　歡迎回來今天的《琪馬打仗》，每週帶你查那些黨不告訴你的事。首先第一個案子，有外
　　國媒體報兩岸要是開戰，宋崇仁會逃去華府。看到這篇我真的是傻爆眼欸，滿嘴抗中保台，
　　結果戰爭發生第一天先跑的是他們？今天果然馬上說是假新聞，我就問你們敢簽不落跑切
　　　　　　結書嗎？你敢說你死都會留在台灣，錢也留在台灣嗎？

| S｜28 | 時｜日 | 景｜攝影棚更衣間、過道、棚內 |

△ 智琪在更衣間換上自己訂製的T恤，上面繡了嗆政府的標語，同時戴著藍芽耳機講話。

　　　　　　　　　　　　　母（V.O.）
　　　　　　　　　　我看新聞上人家罵妳罵得很難聽欸。

　　　　　　　　　　　　　智琪
　　　　　　　　那就只是人家的工作。我上禮拜匯的妳跟爸夠用嗎？

　　　　　　　　　　　　　母（V.O.）
　　　　　　　　　　好啦，我會講啦。（不是對智琪）

　　　　　　　　　　　　　智琪
　　　　　　　　　　　　　喂？

　　　　　　　　　　　　　母（V.O.）
　　　　　　　　　　　你爸說什麼想換車啦。

△ 智琪一把火飆上來，差點在錄影前就先罵髒話。

196　｜ episode 4 ｜ MIND FUCK

> **智琪**
> 我要錄影了，晚點再講──。

| S｜29 | 時｜日 | 景｜HORIZON 節目棚 / 強哥直播單背 /
站立喜劇陽春舞台（類似卡米地） |

△ HORIZON 網路節目 2 支，強哥節目直播片段 1 支，站立喜劇 1 支，以下片段 2 倍速。

> **名嘴**
> 我真的不知道現在年輕人在想什麼，是腦子有洞還是長草了？
> 情勢都這麼緊張了還在吵房價，還在吵一塊雞排一百塊，到底知不知道事情的輕重？

> **智琪**
> 我重你去死啦！要上戰場的是我們又不是你！

> **名嘴**
> 現在是我的時間，請妳尊重我！

△ 錄影現場有主持人、名嘴、智琪三人。

> **智琪**
> 靠北那你尊重年輕人了嗎？你懂年輕人的痛苦嗎？批評我們沒工作幾年，
> 就想買大安區的房子太貪心，那為什麼我們要犧牲生命，去保護你們這些天龍人的安全？
> 因為我們什麼都沒有，所以死了也沒差嗎？

> **智琪**
> 哈囉，強哥，大家好，我是路見不平得第一的智琪。

> **強哥**
> 歡迎女神來我的直播，真的欣賞妳很久了。

> **智琪**
> 怎麼可能，屁啦！

> **強哥**
> 我就是欣賞妳這種做自己的女生！

> **喜劇演員**（V.O.）

　　　　　　　大家最近有看新聞嗎 AI 亂大選的話題。我去看 AI 的表演影片，
　　　　　　　他段子真的講得比我還好笑欸！我終於懂什麼叫生而為人，我很抱歉了。

△ 底下觀眾大笑聲。

　　　　　　　　　　　　喜劇演員（V.O.）
　　　　　這不能怪我，今年候選人真的是我出生以來最不好笑的，這害多少喜劇演員沒工作啊！
　　　　　　　還是我們選個 AI 當總統，要是做的比真人好就真的搞笑囉！

△ 觀眾歡呼，他們也不知道自己正在笑的是地獄，還是哏。

　　　　　　　　　　　　　　智琪
　　　　　　誰抖內最高我直接捐上衣，今天晚上抖內的錢全部都捐公益好不好。

　　　　　　　　　　　　　　強哥
　　　　　　　哇哇哇謝謝智琪！（看到聊天室有觀眾抖內留言）有側翼在洗留言？

　　　　　　　　　　　　　　智琪
　　　　　　　喔，沒關係啊讓他洗啊，記得要抖內喔，沒有的話幹拎娘給我滾！

　　　　　　　　　　　　　　強哥
　　　　　　　　觀眾說喜歡聽妳罵幹拎娘喔，可以對他們罵嗎？

　　　　　　　　　　　　　　智琪
　　　　　　　　　　　　　幹拎蛤仔勒！

△ 智琪在另一場錄影，跟該場來賓（不是第一段節目的名嘴）打成一團，主持人原本試
　圖勸阻，但被 K 到時也忍不住還手，三人又是摔椅子、又是扔水杯、丟腳本，髒話亂
　飆一通，錄影情況一團混亂。

S｜30　　　時｜夜　　　景｜網路節目錄影棚

△ 攝影棚結束錄影，智琪跟一旁的通告簽勞報單，寫日期的時候忽然忘了今天幾號，她
　已經錄到不知道第幾天的影了，罵得都是重複的話，只有身上的妝造衣服不一樣。她
　恍神完，看了下手機，才簽上日期：2024/02/11。
△ 旁邊的工作人員收拾殘破的現場，名嘴也在拆麥，彼此輕鬆閒聊，現場一片祥和。

　　　　　　　　　　　　　　智琪
　　　　　　　　　　謝謝大家，我先走囉，辛苦啦。

名嘴／主持人／工作人員
辛苦啦。

S｜31　　時｜夜　　　景｜美式炸雞店

△ 智琪孤單地吃炸雞當宵夜,她點進允碩的頻道頁面,依舊沒有更新。
△ 飯後,她擦嘴跟經紀人講電話。

智琪
可以幫我跟強哥說明天直播的通告取消嗎?

經紀人（V.O.）
可是他已經跟廠商說好妳會在欸,要取消為什麼不早講?

智琪
不是,我突然人很不舒服⋯⋯

經紀人（V.O.）
還是妳先掛個急診,吊點滴看會不會好一點?

智琪
⋯⋯允碩還好嗎?

經紀人（V.O.）
怎麼了嗎?

智琪
就關心一下朋友而已,他最近都沒回訊息。

經紀人（V.O.）
我們系統是設定他是妳同事,妳不用太關心他,真的。

△ 智琪很尷尬,這時有插播進來,一看,是母親。

智琪
不好意思,等我一下。喂,媽,怎麼了?

母（V.O.）

妳爸需要錢。

智琪
他不是才換車而已？他又怎麼了？

母（V.O.）
……你爸醫院報告說有失智症！
小琪妳一定要救把拔，醫生說有標靶用藥，但健保沒有給付。

智琪
那要多少？

母（V.O.）
一個月大概三十。

智琪
三十塊？

母（V.O.）
三十萬啦！

△ 智琪不知道自己是被價格，還是母親的虛偽嚇到。

母（V.O.）
喂？小琪？（態度又軟化）

△ 智琪掛斷電話。接著一個暴怒，她把桌上的食物全部翻掉，把手機也摔得老遠，嗚噎低吼著。
△ 忽然，炸雞店停電，路燈也停電，街角看過去一片黑暗，緊接手機的防空警報響起。
△ 本來還氣昏頭的智琪，熊熊忘記憤怒，隔窗張望著一片漆黑的四周和陷入恐慌的路人。

S｜32	時｜夜	景｜街道

△ 智琪茫然走在街上，有的路段一片漆黑，但遠方也有沒停電的路段。
△ 零星的人們也在路上奔走，也搞不清楚到底發生了什麼事？

路人 A
我兒子剛跟我說什麼出事了，你家有電話嗎？

> **路人 B**
> 也沒有啊，我看我臉書也忽然跳一堆奇怪的訊息就沒網路了。

△ 智琪繼續走，還聽到路上有人用車子聽廣播，卻是操中國腔的統戰頻道（蓋台）

> **廣播（V.O.）**
> 我們保證不會傷害無辜的百姓，會盡力保護您的生命及財產安全。我們呼籲台灣同胞站在歷史的正確面，加入復興偉大中華民族的共同責任，推翻自由黨的暴政……。

△ 智琪越走越不安，她想找允碩，卻發現手機不只沒訊號，她跟允碩的所有聊天紀錄都不見了，聊天私帳全部消失！

S｜33　　時｜夜　　景｜栢恩家

△ 栢恩家裡也斷電斷網，黑暗中放著從舊收音機播出的官方資訊。

> **廣播（V.O.）**
> 目前台電正在釐清區域停電原因，並積極搶修受損的輸電系統。數發部已證實發生於晚間十一點二十七分的大規模駭客攻擊，主要來源就是中國。經各地警局回報，稍早台北車站、南港車站、高雄捷運美麗島站、台中捷運綠線等地傳出的爆炸，為幫派聚眾燃炮，滋事原因尚待釐清，請民眾不要過度驚慌。因應……

△ 家裡的備用照明燈亮著，栢恩測試好幾支舊手機，只有最舊的收得到一格訊號。

> **栢恩**
> 喂，爸？我這裡沒事，你那邊呢？

△ 下一通栢恩想再打給智琪，卻又沒訊號了，他抓著鬍渣、心急之下出門找人。

S｜34　　時｜夜　　景｜派出所

△ 路人等著請警員找人的隊伍裡，智琪好不容易排到窗口。

> **智琪**
> 我想找我男朋友。

> **警員**
> 他哪裡人？

> 智琪
> 呃，他滿有名的，你應該知道。

△ 智琪忙不迭地找手機斷訊前看著的頻道頁面（斷訊後有部分內容載入卡住）給警員看。
△ 警員一看，一臉「你他媽在跟我開玩笑嗎」。

| S | 35　　時｜夜　　　　景｜智琪工作室 |

△ 智琪失神地回到工作室樓下，發現栢恩站在那裡等她。

> 智琪
> ……你來幹嘛？

> 栢恩
> （語塞）

> 智琪
> （想到）可以幫我看這個嗎？我手機好像有問題，我聯絡不到允碩，訊息也都不見了。

△ 栢恩接過手機。

> 栢恩
> 妳是被他封鎖了吧？

> 智琪
> 沒有，是有人駭進我手機。

> 栢恩
> 誰沒事要駭妳手機？

△ 兩人無語，忽然，電來了。街燈恢復正常，大樓的電子鎖也恢復作用。

> 智琪
> 不幫就算了。

△ 栢恩在門口抓緊智琪的手不讓她走。

> 智琪

　　　　　　　　　　放手……

　　　　　　　　　　　栢恩
　　　　　　　　我很想你……。

　　　　　　　　　　　智琪
　　　　　　　　我們沒有關係了。

　　　　　　　　　　　栢恩
　　　　　　　　妳知道我店關了嗎？

　　　　　　　　　　　智琪
　　　　　　　　　　　啊？

　　　　　　　　　　　栢恩
　　　（苦笑）有妳的黑粉發現妳之前幫我業配過，就開始刷我負評。

△ 智琪接過栢恩手機，看評論區滿滿的負面評論，有照片裡溏心蛋是綠色的，還有篙蟑
　螂直接壓在飯底下，智琪瞠目結舌。

　　　　　　　　　　　智琪
　　　　不是，我可以幫你澄清你便當沒有問題，是那些網軍在亂。

　　　　　　　　　　　栢恩
　　　　　　　　已經來不及了——。

　　　　　　　　　　　智琪
　　　　　　你做多久了，你這麼快放棄！

　　　　　　　　　　　栢恩
　　　　不是我要放棄，我已經解釋到爛了，也沒有人要相信我！

　　　　　　　　　　　智琪
　　　　我相信你啊，資金不夠我借你，我還有粉絲可以支持你——。

　　　　　　　　　　　栢恩
　　妳真的覺得世界上有超過一百萬人都喜歡妳？只要妳講得好聽，就什麼都吃得下去？

△ 智琪語塞，愣愣地看著否定她的栢恩，然後不自覺性地，甩了他一巴掌，完全忘了手
　機還握在手裡，出手瞬間，栢恩手機滑落在地。

△ 智琪轉身逃回大樓裡，留下栢恩一個人摀著臉，淚如雨下。
△ 地上栢恩手機的螢幕貼碎出一團不可修復的網狀裂痕。

| S｜36 | 時｜夜 | 景｜智琪工作室 |

△ 智琪焦躁地打開 HORIZON 的後台，要把最初搬運過來的影片刪掉。
△ 這時平台竟彈出蓋版問卷，先提示智琪因為所有點閱破百萬的影片都會歸納入平台的檔案保護對象，持續推廣，並用作平台的 AI 模型訓練素材，促進頻道發展，問她是否還要堅持刪除，當智琪按下「是」，後台又彈出上百個問題的問卷阻止她刪除影片。
△ 智琪崩潰地狂按刪除，指甲咖咖地敲在觸控板上，蓋版問卷一個一個跳出來，宛如電腦中了流氓軟體的病毒。
△ 智琪最後根本是用暴力在敲打鍵盤，這時電腦忽然當機，智琪瞪著黑屏六神無主。

智琪
打給允碩。

△ 智慧音箱發出嘟、嘟、嘟的撥號聲，電話卻遲遲沒有接通。
△ 電腦裡，彷彿有人穿過螢幕冷眼旁觀著焦躁踱步的智琪，卻不出聲安慰：配樂連續到下段蒙太奇。

| S｜37 | 時｜日 | 景｜天橋、商店、公車站、街景（48 幀） |

△ 抓拍：隔日人們交通依舊，天橋下的交通號誌運作如常。
△ 抓拍：各種商店，人們自由且流暢地通過電子門，順暢地使用電子支付的服務。
△ 抓拍：各種由系統控制的 LED 看板的內容也如常播放著，比如警察局的 LED 宣導跑馬燈、公車站的跑馬燈、市場的跑馬燈。
△ 抓拍：走在路上，公車上下車，許多路人低頭看手機、走路不看路，或是戴著耳機，把自己隔絕於世界。人們生活如常，彷彿什麼事也沒發生過。

| S｜38 | 時｜夜 | 景｜強哥直播間（48 幀） |

△ 智琪也裝作若無其事地錄影工作，依稀能夠聽見強哥在罵政府無能，現場的名嘴揚言要砍預算，兩人罵得很起勁。

強哥
不要……機掰……靠北……政府甩鍋……我阿嬤……嚇到失禁。

　　　　　　　　　　　　　名嘴
　　太誇張⋯⋯廢物⋯⋯無恥⋯⋯政府都是米蟲⋯⋯乾脆廢掉，無政府好了⋯⋯。

△ 智琪精神恍神，耳朵聽得斷斷續續，桌子底下，強哥評論地手無足蹈，趁著無意間摟智琪的肩。智琪看著直播鏡頭後面的燈具，意識逐漸出神，視線泛白，再陷入黑暗。

S│39　　時│夜　　　景│智琪工作室

△ 一個爆炸聲傳來，智琪正在錄自己頻道的節目（不是直播，所以網路斷掉沒影響），而工作室又因為停電而一片黑。

　　　　　　　　　　　　　智琪
　　　　煩死了。怎麼又來了啊。大家是不是跟我一樣習慣台電這麼廢了？

△ 智琪一臉淡定，看下手機，果然又沒網路了，現在是 2024/03/01 23:20。
△ 她沒有中斷錄影，繼續記錄這突如其來、但不意外的停電插曲。她邊講話，開了手機手電筒，從放滿公關品的櫃子裡翻出一些香氛蠟燭。

　　　　　　　　　　　　　智琪
　　眞的是莫名其妙欸，沒事炸什麼變電箱，有種炸總統府啊。啊，我冰箱還有滷味沒吃完，
　　　　大家通常是會趕快吃掉，還是說就關著，說不定可以撐比較久？
　　　　　　可是一下有電一下沒電是不是東西壞更快啊？

△ 智琪點亮空間後，再拿相機去拍窗外，遠處一片黑暗，甚至持續傳出爆炸聲，有零星的濃煙與火光。
△ 智琪自說自話錄影片的身影流暢地很孤獨，她把相機放回原位，打算繼續講回節目。

　　　　　　　　　　　　　智琪
　　　　好，大家看畫面可能有點暗，但也滿有氣氛的齁，剛剛講到哪⋯⋯。

△ 這時，一個未知來電打進來。智琪不知道是誰，接起。

　　　　　　　　　　　　允碩（V.O.）
　　　　　　　　　　　　　喂？智琪。

　　　　　　　　　　　　　智琪
　　　　　　　　　　　　　允碩？

　　　　　　　　　　　　允碩（V.O.）

妳在拍片嗎？

△ 智琪一時還在忽然與允碩聯繫上的情緒裡，轉不過來。

智琪
……你怎麼知道？

允碩
我這麼了解妳。

智琪
你之前是去哪了？我對話紀錄都不見，是你封鎖我嗎？

允碩
不是我，是公司弄的。

智琪
公司到底在搞什麼啊？

允碩（V.O.）
我花好久才找到妳的電話，國外媒體都說台海開打了。
我跟妳說，我剛剛看每個機票網站的後台，接下來一個月的票都被搶光了，
這件事一定很多人早就都知道了，只有台灣新聞沒報。

智琪
那我們其他人要怎麼辦？

允碩（V.O.）
妳不要緊張，我教妳怎麼做。我會努力幫妳弄到去烏克蘭的機票。

智琪
蛤？

允碩（V.O.）
對，我現在有烏克蘭的公民身分了，我還可以結婚，妳相信嗎？
妳好好把大家現在的狀況拍下來，出片告訴大家，台灣人的心聲就是要和平，要政府投降，
這樣妳家人也能平安，等出國以後，我就可以一直陪著妳啊，好不好？

△ 聽完允碩連珠炮的宣傳，一時間，智琪陷入沉思裡。

206　episode 4　Mind Fuck　　■　　■　　■　　　　■

　　　　　　　　　允碩（V.O.）
　　　　　　　喂，妳有聽到我說的嗎？

　　　　　　　　　　智琪
　　　　　　　　　嗯⋯⋯。

　　　　　　　　　允碩（V.O.）
　　　　　　　那妳還有什麼問題嗎？

　　　　　　　　　　智琪
　　　　　　　⋯⋯我還可以相信你嗎？

△ 允碩噴笑出聲音，但鏡頭前的智琪卻湧起一股想哭的衝動。

　　　　　　　　　允碩（V.O.）
　　　　　　為什麼不行？我們不是在一起嗎？

△ 允碩發現智琪沒有反應。

　　　　　　　　　允碩（V.O.）
　　　　　　　　喂？妳還好嗎？

△ 智琪陷入自己的憂鬱裡。

　　　　　　　　　　智琪
　　　（氣聲）⋯⋯怎麼辦，他不是真的、他不是真的，他不是真的⋯（重複且漸弱）。

△ 智琪哽咽著：掙扎是要不信而繼續孤獨，或是相信自己被人愛著，即使是出自 AI。

　　　　　　　　　允碩（V.O.）
　　　　　　　重要嗎？我愛妳啊。

△ 允碩的聲音彷彿 ASMR 貼著智琪以及觀眾的耳朵，鑽入了我們的腦子裡。畫面黑。

S｜40	時｜日	景｜智琪工作室

△ 4/4 那天，智琪依舊在直播，鼓吹接受統一的言論，一邊開箱她的出國行李，並秀出飛烏克蘭的機票，要主動去找允碩，問他為什麼說好帶自己走，卻遲遲沒實現。
△ 智琪的電腦螢幕裡，直播畫面裡她的身型、面容，已經因為過重的濾鏡幾乎完全脫離

本人的樣貌。留言有的祝福她一路順風、永浴愛河，有的酸她要跑了。

episode **5**

第五集

類型：黑色喜劇

兩岸密屍

編劇　鄭心媚

從新聞編輯室到職業編劇，始終捕捉著台灣政治與文化現實的脈動。作為金鐘獎得主與前新聞記者，以擅長描繪東亞民主、媒體與身分認同的張力而聞名。主要作品有：《零日攻擊》、《商魂》、《鏡子森林》、《國際橋牌社》、《奇蹟的女兒》、《燦爛時光》等。

導演　劉易

紐約哥倫比亞大學電影研究所導演主修。2018 年哥倫比亞大學畢業製作《氣》入圍台北金馬影展。代表作品：《返校》影集、人生劇展《拍射吧！廷方》、《氣》影集。

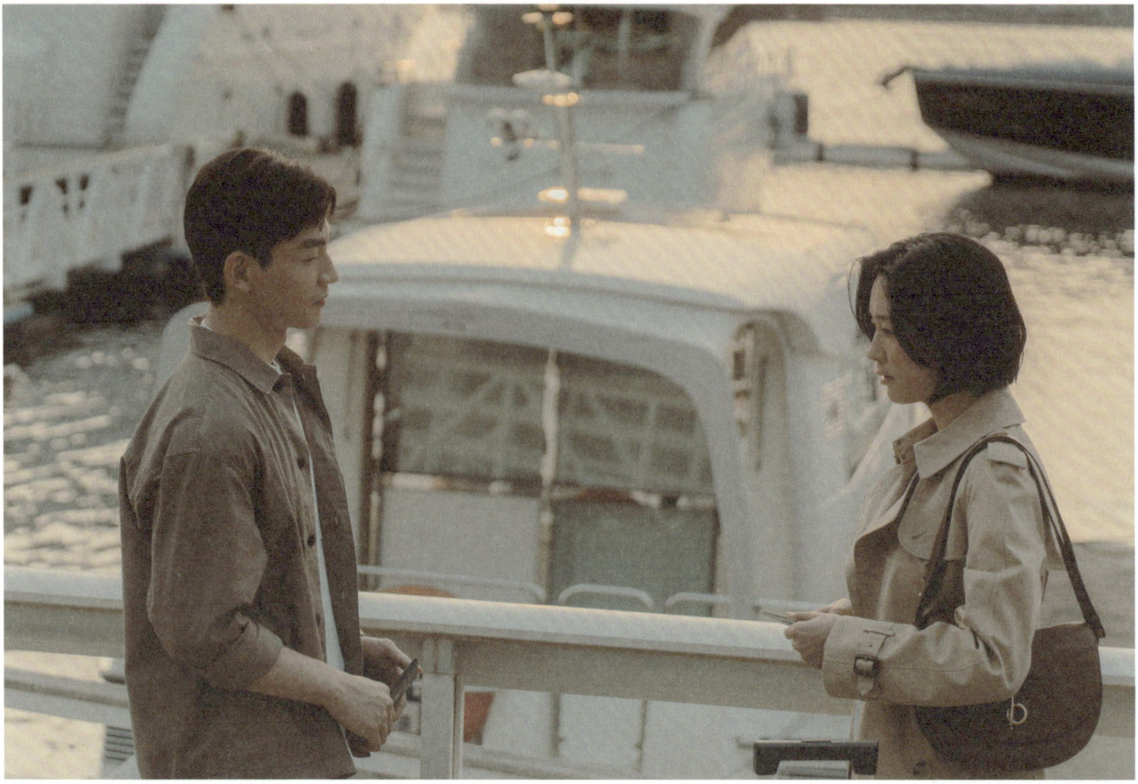

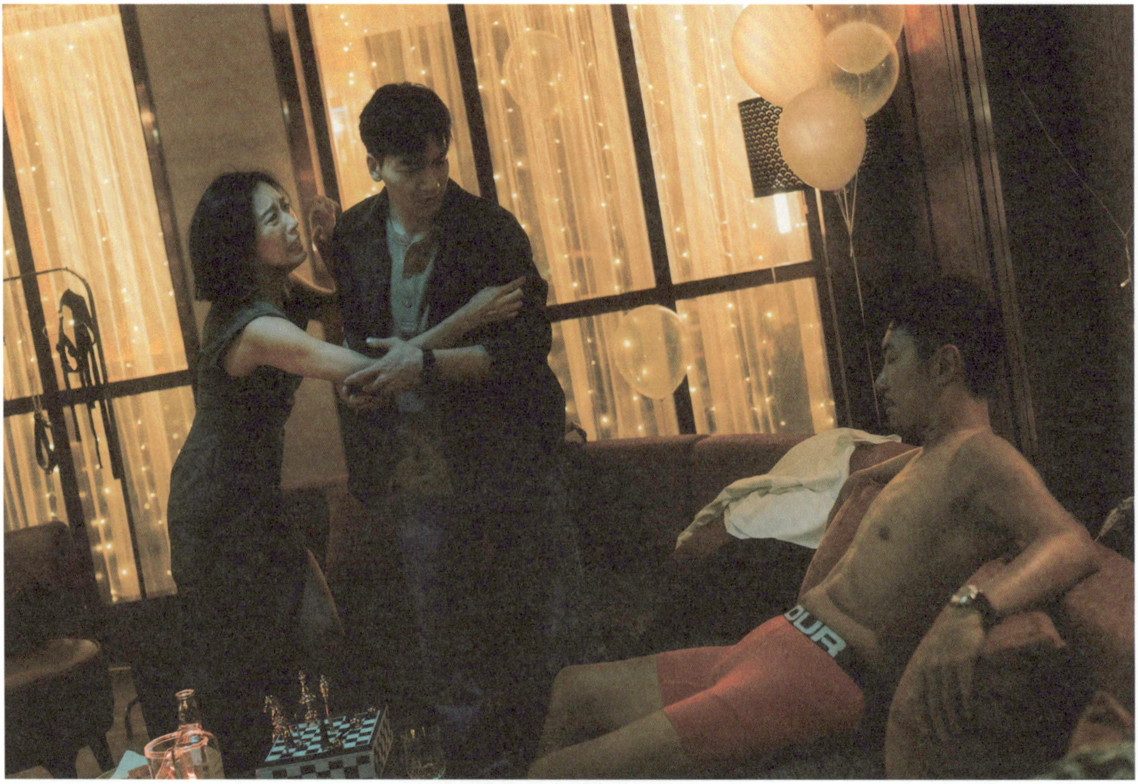

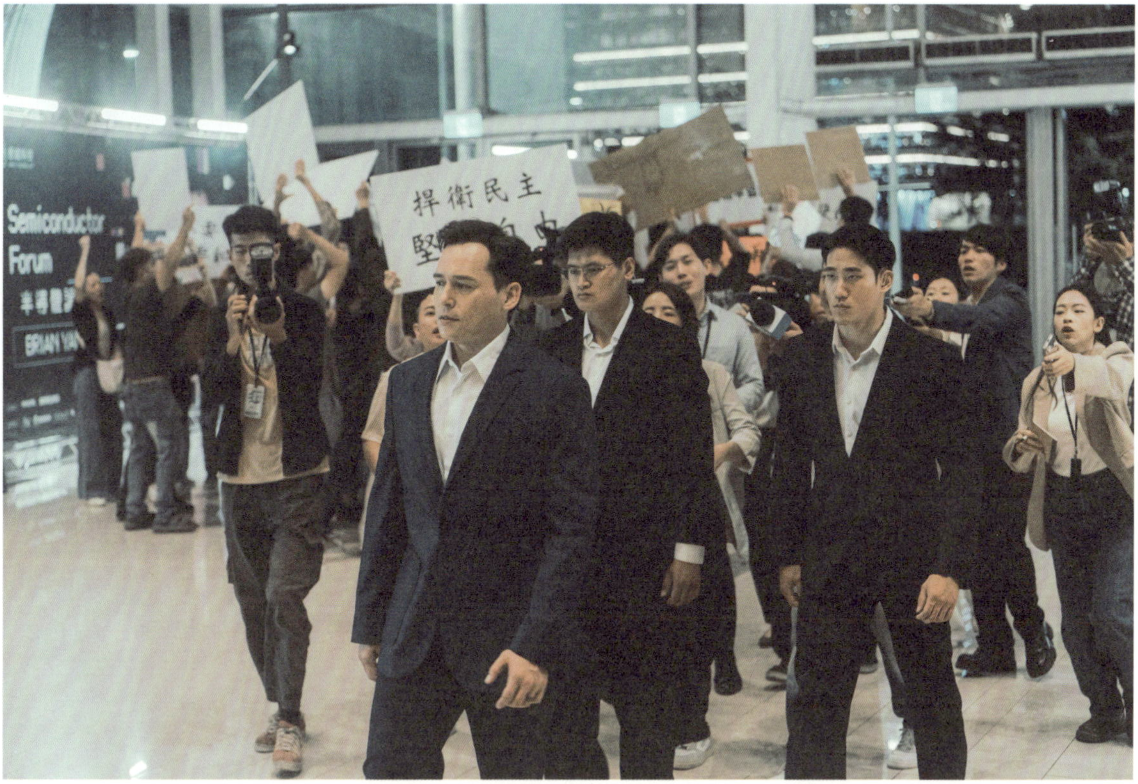
Semiconductor
Forum
捍衛民主

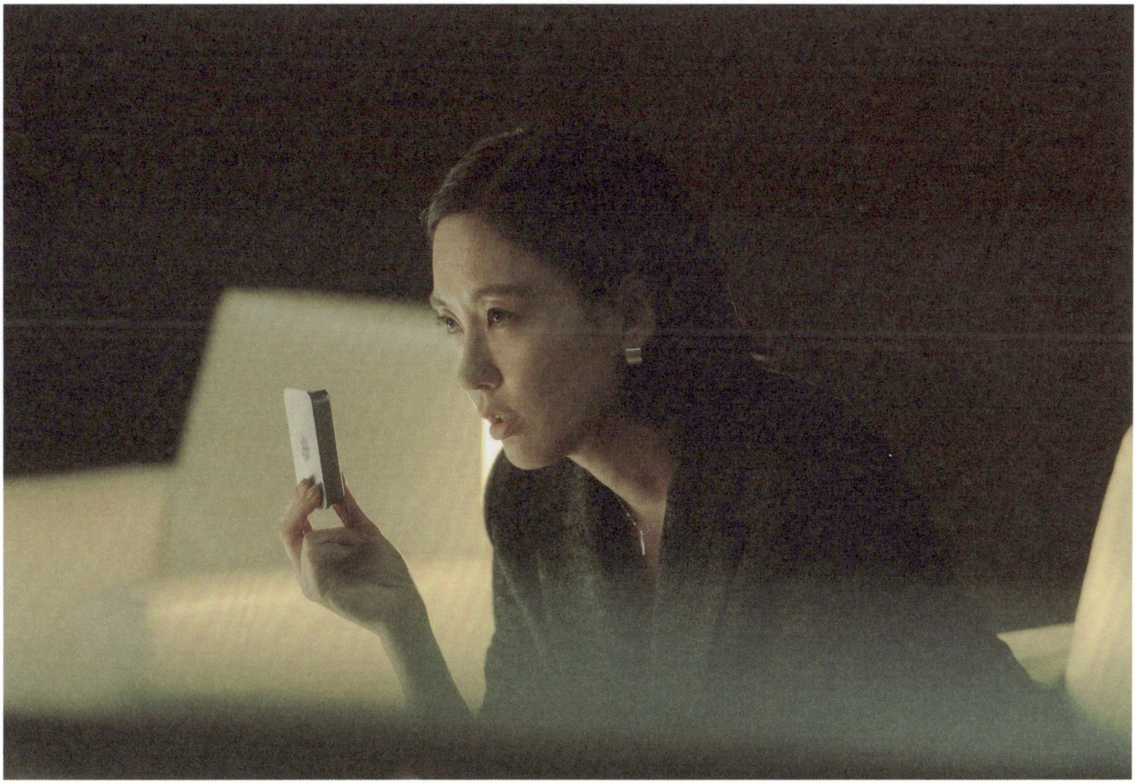

S｜序	時｜日	景｜機場外

△ 陳毅戴著帽子、深色地太陽眼鏡，拉著行李，在機場外的接送區，裝扮低調，陳色緊張。陳毅一邊滑手機，一邊尋找前來接他的保母車。此時，陳毅發現，角落裡有個人影（劉科長此時變裝假裝角落滑手機），似乎在監視跟蹤陳毅。陳毅機警地趕緊轉身，快步鑽進往捷運的搭乘方向。
△ 劉科長趕緊追上，陳毅消失在搭乘捷運的人潮裡。陳毅拿起電話撥號。

陳毅
改地方接我。

S｜1	時｜日	景｜美麗島捷運站

△ 一名歹徒，身上穿著誇張的土製炸彈背心，跟著三名同樣戴著面具的同夥，挾持幾名旅客以及捷運工作人員。
△ 歹徒們顯得有些緊張。
△ 特種部隊不願意放下武器，與恐怖份子僵持不下。
△ 此時，大廳裡響起大聲公擴音機的聲音。

指揮官 (O.S.)
好的，現在恐怖份子開始威嚇掃射。

△ 蒙面歹徒聽到指令後，以機槍朝天花板掃射。
△ 人質緩慢起身，表情竟然看起來一點都不畏懼，甚至有些無奈。

指揮官
不對，不對，旅客，都開槍掃射了，你們要逃啊！

△ 指揮官看了很不滿意人質的表演，拿著演習的教戰手冊，上前生動的示範。

指揮官
逃！逃竄！是有這麼難是不是？！逃竄就是啊～～啊～～救命啊～～快跑。拜託大家欸，歹徒都演這麼認真其他人也認真一點好不好？來，再重來一次，來，準備！

△ 參與演習的所有人回到原本的位子，視角切換為新聞攝影機畫面，看到記者正在報導一切。

記者

台海局勢愈來愈緊張，為了防範與準備可能的恐攻，警政署維安特勤隊、國防部陸軍特種作戰指揮部反恐連、憲兵特勤隊、協同高雄、台南、屏東等三都市警局，舉辦聯合反恐演習……

△ 記者身後看到指揮官拿著大聲公繼續指揮，旁邊有穿著刑警背心的刑警們維持秩序。

S｜2　　時｜日　　　景｜美麗島捷運站

△ 保羅穿著誇張笨重的防彈背心與頭盔，拿著螢光棒在演習的外圍疏導出入站的乘客們。保羅一臉無奈，漫不經心地模樣。

<mark>保羅</mark>
（講話字正腔圓）
這邊，這邊，大家往這邊……小朋友不要亂跑……。

△ 保羅一邊指揮，一邊四處張望，看到遠方在座位區有個漂亮的女子。

<mark>保羅</mark>
這麼巧。

△ 女子專注地看著遠方，看來是在等人，完全沒有注意到遠方保羅在揮手大叫。

<mark>保羅</mark>
米雅！米雅！

△ 米雅依然沒有理會，保羅微笑拿起了手機偷拍米雅，準備要傳訊息的時候，
△ 有人從後頭巴了保羅的頭！
△ 保羅嚇了一跳，定睛一看，才發現是搭擋福哥，手上還拎著一盒鳳梨酥。

<mark>福哥</mark>
死變態！不要再偷拍妹仔了。

<mark>保羅</mark>
誰在偷拍妹仔啦？我在……蒐證！萬一真的有恐怖份子怎麼辦？要隨時注意可疑人物。

<mark>福哥</mark>
騙肖啦，啊，什麼正妹給我看一下。

<mark>保羅</mark>

靠邀，欸你買什麼鳳梨酥啊？等下案子旺起來怎麼辦？

福哥
這個外面分店都要排很久，難得現在機場沒什麼人。欸不要轉移話題，照片我看一下。

保羅
不行，你不要侵犯我隱私權喔。

福哥
看一下啦。

△ 保羅收起手機不給看，福哥伸手搶手機，兩人就像幼稚地小孩一樣，在互搶手機。
△ 旁邊響起演習地槍聲。
△ 此時，一個約莫十歲的小朋友，從保羅身邊穿過封鎖線，竟然直接鑽進了演習現場。
△ 保羅瞄到，對小朋友大喊，緊張地推開福哥，衝上前去。但已經來不及，小孩已經走到談判專家與蒙面歹徒持槍對峙中間好奇看著，笑嘻嘻地跑往戴面具的歹徒那邊過去。

指揮官
搞什麼鬼？那邊那個恐怖份子，把小孩帶離現場。

△ 其中一個蒙面歹徒聽到指令立刻跑到小孩身邊想把他帶走。
△ 小孩嚇一跳用力掙扎，大哭了起來，蒙面歹徒也嚇到了，只是一直大聲的叫小孩不准哭。旁邊許多旁觀者拿起了手機錄影，畫面就像歹徒準備挾持小孩，遭遇反抗。
△ 突然，保羅箭步進來，身手矯健的抱起小孩往外跑，從手機畫面中看起來，保羅根本就像是將小孩從歹徒手中救出來。
△ 現場圍觀民眾，禁不住拍手歡呼，保羅受到群眾的歡呼鼓舞，一時間也忘了自己身在何方，竟然得意地舉手敬禮回應群眾的歡呼。
△ 一旁其他演習人員看到圍觀的人都在拍手，也不自覺得跟著拍起手來。

指揮官
在幹什麼？還不趕快把小孩帶走。

△ 聽到指揮官生氣，在一旁的分局長緊張地衝過來，二話不說拉著保羅往外走，一邊高聲大罵保羅。

分局長
王保羅！怎麼又是你！擅離職守，耽誤演習。給我過來！

△ 此時，保羅發現米雅正在看著自己，笑笑地看著保羅的糗樣，刻意對保羅比出誇張的手勢。分局長一邊還不停拉高了分貝，大罵保羅。

分局長

他媽的丟臉死了。記者都在拍,只是叫你管制人流,連這點小事都做不好,還好意思跟我要任務?應該把你關在分局裡送公文就好。才不會出來丟人現眼。我是倒了什麼八輩子的楣,才用到你這個白癡,甩也甩不掉,老是給我桶漏子,要是你這段被剪成新聞,還是ＰＯ上網,做成梗圖,讓分局成笑柄,看我怎麼修理你……。

△ 保羅不敢反駁,只能默默低頭聽訓。
△ 此時保羅的視線再度回到米雅,發現米雅竟然上前親吻一名男子剛出站的臉頰!這位神秘男子身穿名牌,帶著墨鏡,看起來就是有來頭的人物,就是序場現身的陳毅。
△ 保羅只能苦笑看著米雅跟陳毅離去。

S｜3　　　時｜日　　　景｜CCTV 控制室

△ 畫面接續上場,轉為在監視錄影裡的畫面。
△ 國安局劉科長坐在操作人員的後頭,跟幾名科員,盯著捷運站的監視錄影畫面看,劉科長終於找到陳毅。

劉科長

這裡,停!那個穿西裝戴墨鏡的男人,給我放大。太小,再放大。

△ 鑑識人員不斷放大畫面,但畫面放大到一個地步後,畫質就變得奇差無比。

劉科長

畫素變銳利一點。

操作人員

不好意思,劉科長,這是攝影機的極限了。

劉科長

媽的,你不能……AI 修圖什麼的把畫面變清楚一點嗎?
我手機都可以 ZOOM 更多了這什麼爛機器?

操作人員

(無奈的)科長等我一下,我看有沒有其他更近一點的攝影機。

△ 劉科長看著監視器畫面,是另一個監視器的角度,比之前近了許多,陳毅跟著米雅準備離開捷運站。而陳毅東張西望之時,攝影機清楚地看到了陳毅跟米雅的臉。
△ 一旁的科員在平板上趕緊查詢資料,並給劉科長看資料中的影像。

科員 A
科長,你要找的,就是是這個人吧?陳毅,美籍華商,來台灣參加半導體論壇。

劉科長
布萊德楊辦的那個嗎?

科員 A
布萊恩楊。

劉科長
隨便啦,華人幹嘛取什麼英文名字?

科員 A
他也是美籍,但長年跟中國高幹密切往來,也是我們密切關注的對象。

△ 科員 A 切換平板上的畫面,秀出布萊恩楊的照片,上頭資料寫著:「思崴科技」董事長布萊恩楊,晶片製造商。與中國高幹往來密切,不排除雙面諜。

劉科長
他媽的,你們什麼都寫不排除,到底是還不是?

科員 A
這樣寫最安全啊,到時候不管是不是,都不會被檢討。
科長,這個陳毅就是要跟布萊恩楊交易的密使嗎?

劉科長
這個陳毅八成就是來跟那個不來的羊交易的密使。
麻煩。把半導體大會的資料傳到我手機,旁邊那女的,回放我看一下。

△ 畫面顯示出,米雅走過,保羅正在跟米雅揮手。

科員 A
這女的,是不是也有問題?要我們派人去調查嗎?

劉科長
……。先不用,等我去了解一下。你們繼續看有什麼其他可疑的人。

△ 劉科長說完,逕自出去了,留下科員們一臉疑惑,繼續查看監視錄影畫面。

S｜4　　　　時｜日　　　　景｜街景（車上）

△ 這是一台高級的機場私人接送包車，四周貼著很黑的反光貼紙。米雅跟陳毅兩人坐在後座，狀似親暱。米雅依偎在陳毅的身上，跟陳毅撒嬌說話。

米雅
Eason，人家的綠卡，還沒好嗎？

Eason
有，有，在準備了。這次一定拿給你。乖……。

△ 陳毅心不在焉地一邊回米雅，一邊拿起手機要傳訊息，因為光線太暗，人臉辨識打不開手機。陳毅改用密碼解鎖，米雅一邊講話，一邊偷瞄了陳毅的手機密碼。

米雅
那……。我明天就可以拿嗎？現在機票也不好買（日文）

陳毅
那就看你晚上的表現了啊，這次忍很久了，不要讓我失望喔。

△ 陳毅撫摸著米雅的大腿，米雅也不抗拒，迎上前去嘻嘻地笑著，兩人態度曖昧。

S｜5　　　　時｜日　　　　景｜警車上

△ 福哥開著警車載著保羅，本來車子在高速公路上走得好好的，福哥卻突然要下交流道。

福哥
附近有一家很好吃的鳳園土雞城，我們先去喝個雞湯補一下，再回去警局。

△ 保羅心不在焉地拿著手機，幾度想傳簡訊給米雅，又把簡訊刪除。
△ 保羅（簡訊）：剛那男的是誰？……那是你朋友嗎？……你有看到我救小孩嗎……。
△ 保羅又想要把在機場拍下米雅的照片寄給她，但又遲疑了，不知該不該送出。
△ 保羅最後把內容全部刪掉，只寄了個 Hi。
△ 福哥看保羅這副樣子，湊過來瞄了一眼，忍不住嘲笑保羅。

福哥
喔，這不是你之前那個……。

保羅
哪個？

福哥
（大笑）你呷卡歹勒，這款一個晚上少說也要十幾萬。你一個月薪水都吃不起一晚，還是實際一點，去找警局巷口那個檳榔妹，還可以順便幫我買檳榔。

保羅
開車看路啦！不要一直偷看我手機啦。

| S｜6 | 時｜日 | 景｜警局辦公室 |

△ 保羅跟福哥拎著土雞城的雞湯走進辦公室，發現辦公室裡一片安靜，只聽到電視新聞的聲音，眾人神情焦慮緊張。

主播（夏宇珊）
墜落在東部海面的中共運八偵察機殘骸已經在蘭嶼東南方 50 海里處發現，但飛行員行蹤依舊成謎。解放軍出動的搜救軍機與軍艦，仍舊包圍台灣海域與領空。為避免擦槍走火，立法院要求原定與美、日進行的聯合軍演喊停。但國防部發言人稍早已經重申，演習照常舉行……。接下來為您插播一則最新消息，據本台掌握的獨家消息，為緩解目前台海張的局勢，中共當局已經透過第三方密使，秘密抵達台灣。為兩岸和平帶來曙光……。

刑警 A
幹！該不會真的要開戰了吧？我以為演習講講而已。

刑警 B
萬一打起來，要怎麼辦？

刑警 A
當然也是跑啊！

刑警 B
也是，不然拿槍去拚嗎？我還有小孩。

△ 保羅跟福哥處理著雞湯，其他刑警們看到保羅福哥如此愜意，忍不住嘲諷。

刑警 A
保羅！就你最悠哉耶，反正你本來就是阿陸仔，也沒差。剛好，你兩岸一家親生出來的嘛。

episode 5　兩岸密屍

刑警 B
保羅,兩邊打起來,你現在站哪一邊?

刑警 A
那還用說,當然是站在贏的那邊兒,到時候,可就變成了保羅領導,您說是吧?
(敬禮)早上好!

△ 其他刑警跟著對保羅敬禮,大喊:領導,早上好。眾人跟著哈哈哈地嘲笑著。保羅尷尬地回笑著,其實心裡很不是滋味。他回到座位上,福哥靠過來盛雞湯,兩人邊吃邊聊。

保羅
福哥,現在這樣,你不會想跑喔?

福哥
我整個家族幾世代都在這裡,要怎麼跑?爸爸、媽媽、叔叔伯伯、阿姨、姑媽、岳父母誰都不能被丟下,真要跑,要搬走整個村⋯⋯。那你呢?

保羅
也不知道要跑去哪。反正我只有一個人,跑不跑,也沒有人在乎。

S｜7　　時｜夜　　景｜分局槍械室

△ 保羅要下班,來到槍械室繳槍。保羅在清槍的空間把槍裡的子彈都掏出來放到一個小盒子,到鐵門前交給負責槍械室的警察大米。

保羅
沒有槍很不習慣。

大米
你阿共仔,這時候還是不要帶槍的好。哎唷,子彈怎麼有少?

保羅
哪裡少啦?

大米
哈,看你緊張成這個樣子,應該當不了臥底。來,簽名。

△ 保羅聽了心裡有氣,但也不知怎麼回嘴,拿起筆在本子上簽名。

| S｜8 | 時｜夜 | 景｜分局停車場 |

△ 保羅下班走出分局，坐上自己的車，他正準備發動車子準備離去，沒注意到劉科長坐在後座，穿著帥氣的風衣外套，手上叼著一根菸，對保羅揮手微笑。保羅嚇得大罵髒話。
△ 保羅想要掏槍，這才發現，自己下班已經把槍繳回去了。

劉科長
這些長官不知道腦袋在裝什麼，刑警不配槍，遇到事情難道還寫申請單嗎？

保羅
不是，你誰啊？你想幹嘛？

劉科長
王保羅，你別緊張。我先自我介紹一下。我是國安局第二處科長，敝姓劉。

△ 劉科長亮出自己的識別證。

保羅
國安局？第二處？

劉科長
負責大陸情報的。

保羅
（開玩笑的）
該不會是抓間諜的吧？

劉科長
之類的。

△ 保羅突然緊張了起來。

保羅
我真的是台灣人，跟大陸那邊沒有關係的喔，
你不要聽他們亂講，我真心愛台灣，我爸是正港台灣郎。
（切換成台語）
我什麼都沒有做……。

episode 5　兩岸密屍

劉科長
哉啦,就跟你說過不要緊張嘛。現在,不是你做了什麼,而是你現在可以為國家做什麼?

△ 保羅一臉困惑。

劉科長
這是你成為這個國家英雄,阻止戰爭爆發的機會,你願不願意挺身而出?

△ 劉科長信心十足,直愣愣地看著保羅。保羅一臉不可置信。

S｜9	時｜夜	景｜招待所外

△ 米雅跟陳毅搭的車子停在一處神秘地豪宅大樓外,兩人下車迅速地鑽進深色地厚重大門裡,在彎彎繞繞地走廊上,陳毅一直摟著米雅,兩人就像熱戀中的情侶。

S｜10	時｜夜	景｜招待所

△ 米雅在吧檯跟陳毅乾杯,兩人眼神挑逗地喝著調酒。

米雅
上主菜了!

△ 米雅起身,鏡頭跟著米雅,看到米雅身後坐著一整排男妓,花枝招展地對著陳毅露出勾引誘人地微笑,或刻意秀出結實地肌肉。
△ 陳毅一看到眼前的美男們,笑著上前又揉又捏,仔細挑選。最後在阿翔面前停了下來。

陳毅
嗯,你這肌肉,不太硬,又有點線條,剛剛好。

阿翔
我有更硬的地方,等下再讓你看。

米雅
就挑一個嗎?

△ 陳毅點頭,米雅揮手讓其他人離開。

米雅

>阿翔，這個是ＶＶＩＰ，知道了嗎？

>**阿翔**
>我哪次讓姐失望了？

>**陳毅**
>米雅
>（上前塞小費）
>你果然最了解我，這個好。綠卡的事你不用擔心，我都交代好了，明天就可以給你。

△ 米雅開心地上前擁抱親吻陳毅。阿翔假裝吃醋把陳毅拉開，嚷著陳毅是他的了，米雅轉身離開，看見她卸下招待的假笑，一臉擔憂不安。

S｜11	時｜夜	景｜街景（招待所外）

△ 保羅劉科長開車來到米雅的招待所外。

>**劉科長**
>你女朋友的招待所就是這裡嗎？

△ 聽到女朋友三個字，保羅不爭氣地笑了。

>**保羅**
>哎呦，米雅還不是我女朋友啦，我們還沒有正式交往⋯⋯
>科長，你覺得我們已經算男女朋友了嗎？

△ 劉科長怒瞪保羅。

>**劉科長**
>王保羅，我看起來像是跟你聊感情的傢伙嗎？

>**保羅**
>科長抱歉。

>**劉科長**
>好，你等下上去，就說是掃黃臨檢。

△ 劉科長給保羅看了陳毅的照片。

222　episode 5　兩岸密屍

       劉科長
你的任務呢，就是要對陳毅搜身，檢查他的隨身行李。千萬記住，不要打草驚蛇。
     你只是去掃黃臨檢的，知道嗎？

△ 劉科長一邊說，一邊秀出手機裡的照片，遞給保羅看，照片上是一個造型特殊的盒子。
  畫質有些模糊，顯然是從監視錄影畫面上放大再截錄的。

       劉科長
  幫我找到這盒子。我猜東西八成就在他身上。

       保羅
    這是什麼？

       劉科長
  國安機密，拿回來再告訴你。

       保羅
    好，了解。

△ 保羅解開安全帶，都開了車門，但保羅發現自己無法下車。

       劉科長
   猶豫什麼？快去啊。

       保羅
  我……我怕那個……我去臨檢米雅會恨我……

△ 劉科長翻了白眼。

       劉科長
他娘的！臨檢是假的，你就假裝網開一面不開單不抓人，米雅不是會愛死你嗎？

△ 保羅還是猶豫不已。劉科長忍住不發脾氣。

       劉科長
  你跟米雅是真愛，就會禁得起考驗。為了這一點小事不可能撕破臉的。
你幫他打發掉臨檢，根本就是英雄救美嘛不是嗎？不要忘了，你是我們的國家英雄欸。

△ 保羅傻傻的點頭。

| S｜12 | 時｜夜 | 景｜招待所外走廊招待所 |

△ 保羅走到了招待所裡頭，對著走廊的鏡子梳理頭髮、衣服，鼓起勇氣往房間走，沒想到遠處半裸的阿翔竟然從裡頭衝了出來，尖叫著跑走。
△ 保羅直覺出事了，趕緊衝到招待所，他習慣性的又把手放在腰際，想要掏槍，才發現自己根本沒有帶槍，暗暗地罵了一聲幹！

| S｜13 | 時｜夜 | 景｜招待所房間 |

△ 保羅一進房間，就看到地上，只穿著內褲的陳毅成大字型的趴著，既驚訝又恐慌。
△ 米雅正在陳毅的隨身行李翻找些什麼，看到保羅進來，趕緊收手。

米雅
保羅！你怎麼會在這裡？

△ 保羅一臉呆樣，完全不記得來招待所的藉口為何，講話支支吾吾不知如何開口。

米雅
不管，保羅哥你來的正好，你一定要幫我⋯⋯。

△ 米雅立即換了一張無辜地臉，眼眶含淚地帶著撒嬌地語氣，跟保羅求救。
△ 保羅看米雅這副受驚嚇地小白兔模樣，整個人被鼓舞了，他收起驚嚇，擺出自己是救美英雄地模樣，把米雅擁入懷裡。

保羅
沒關係，有我在⋯⋯。所以，這是怎麼回事？

米雅
我不知道（中文），阿翔他衝出來說，老闆好像不行了，我進房間看，他就是這個樣子了⋯⋯。了，哎呦，好可怕，我不敢看⋯⋯。（日文）死了嗎（中文）？

△ 保羅被米雅的撒嬌弄得全身酥軟，一下子忘了自己身上還有劉科長交代的任務，轉而想要在米雅面前逞英雄起來。

保羅
我來，我是專業刑警。

△ 保羅想耍帥，想表現專業的樣子，他立刻靠近陳毅蹲下，摸他脖子上的脈搏，但感受

episode 5　兩岸密屍

不到，又懷疑自己沒有摸對，保羅開始在陳毅脖子上隨意亂摸起來。然後還在自己脖子上摸了一下，確認位置。

　　　　　　　　　米雅
　　　　　怎麼樣？

　　　　　　　　　保羅
　　　　　他好像真的死了。你……

　　　　　　　　　米雅
　　　　　保羅哥，這真的跟我沒關係，我發誓……

　　　　　　　　　保羅
　　　　　一般第一目擊者，都會被懷疑是嫌疑犯。

　　　　　　　　　米雅
　　　　　保羅哥，拜託，你知道我的。

　　　　　　　　　保羅
　　　　　沒事，沒事，我來想辦法，相信我……。

△ 保羅話還沒說完，手機就響了，是劉科長打來的。

　　　　　　　　　劉科長（V.O.）
　　　　　怎麼樣？找到沒？

　　　　　　　　　保羅
　　　　　蛤？什麼？

　　　　　　　　　劉科長
　　　　　盒子啊！你都上去那麼久了，是在幹嘛？

△ 保羅這才回想起自己有任務，他立即示意要米雅不要出聲，緊張兮兮地站到窗邊。
△ 保羅拉開窗簾地一小角偷看，發現劉科長人走出來，靠在車邊打電話給保羅。

　　　　　　　　　保羅
　　　　　呃……，我還在找。

　　　　　　　　　劉科長
　　　　　怎麼找這麼久？

△ 保羅一邊看著米雅，露出求救地模樣，保羅心軟，決定對劉科長撒謊。

保羅
陳毅……人跑了。

劉科長
怎麼可能？他不可能知道我們要來啊！

保羅
聽說剛走，我馬上去追他。

△ 保羅說完，不等劉科長回應，立即把電話掛上。

米雅
所以你是來抓陳毅的？

保羅
米雅，你聽我說，這件事你一定要保密，這是國家機密，不可以跟任何人提。知道嗎？

米雅
好……。

保羅
我不是一般刑警，我其實是國安探員。

米雅
蛤？那是什麼？

保羅
就……007，看過沒？007啊！唉，ＣＩＡ、ＦＢＩ、ＫＧＢ那種。你有看過吧？

米雅
喔……。所以？

保羅
你不要知道太多，這樣對你不好。
我跟妳說，這個陳毅，他身上有一個盒子，事關國家安全，你有看到嗎？

米雅
　　　　　　　　什麼盒子？

　　　　　　　　　　保羅
　　　　　　　　就這樣一個小小的……。

△ 保羅比畫了一下，隨即發現自己幹嘛形容，便開始去翻找陳毅的隨身行李，發現沒有，又去翻找了陳毅丟在一旁沙發上的西裝外套，還是沒有，再去搜了陳毅的身，依舊沒有。

　　　　　　　　　　米雅
　　　　　　保羅哥，如果你找到這個盒子，你就會丟下我嗎？

△ 米雅無辜央求地眼神看著保羅，保羅英雄心昇起，他對米雅露出了一個安慰地笑容。

　　　　　　　　　　保羅
　　　　　　交給我處理，我會幫你搞定一切。

S｜14	時｜夜	景｜街景（招待所外）

△ 劉科長繼續打電話給保羅。

　　　　　　　　　　劉科長
　　　　王保羅你剛剛是掛我電話嗎？你這小子腦袋在想些什麼……。

　　　　　　　　　保羅（V.O.）
　　　　劉科長，陳毅剛剛開車從地下停車場出去了，你看到沒？

　　　　　　　　　　劉科長
　　　　　　怎麼會？我人就守在大門口。

　　　　　　　　　保羅（V.O.）
　　我是在追陳毅，西北方，黑色箱型車，科長你趕快開車，我隨後到。

△ 劉科長一聽到，氣得趕緊衝進車裡，邊罵髒話開車離去。
△ 米雅跟保羅此時把車開出來，往反方向駛去。

S｜15	時｜夜	景｜街景（車上）

△ 米雅開著車，保羅抓著陳毅的屍體坐在後座。
△ 保羅讓陳毅可以好好地靠在車窗旁，保持坐姿。陳毅的頭，又掉在保羅肩膀上，保羅嫌惡地推走，再努力地調整陳毅的坐姿。此時前方出現警車閃燈與封鎖線，更遠一點可以看到似乎有人群聚集抗議。

米雅
有警察！

△ 米雅說著，趕緊把方向盤打彎，繞進車子裡，陳毅的頭因此整個掉到保羅張開的大腿間。保羅害羞的叫了出聲，嚇到米雅。

米雅
幹嘛？怎麼了？

保羅
咳咳，沒事，沒事。

△ 米雅試著保持鎮定，但一直看到警車經過，聲音還是顫抖著說話。

米雅
為什麼這麼多警察？

保羅
對啊，奇怪，這我轄區欸，我都下班了，誰這麼認真？

△ 保羅此時緊張地把手機拿出來看，驚訝地張大了眼。

保羅
我操！陳毅他居然是……完蛋了……。

S｜16	時｜夜	景｜飯店外（半導體論壇會場）

△ 半導體論壇會場，抗議人群拉著布條、標語寫著：簽署和平協議。不要戰爭！要和平！歡迎密使和談。另外一方的布條、標語則是寫著：密使滾回去！尊嚴保台。捍衛民主。堅守自由。
△ 兩方人馬互看不順眼，不斷言語攻擊對方，互相叫囂著。雙方愈喊愈激動，夾在中間

的警察左右為難，檔在中間，確保沒有人動手打人。
△ 一旁有幾個電視台記者正在現場做實況轉播。

電視台記者

記者現在所在的位子是半導體論壇會場，可靠消息指出，中國派來談判的密使，稍晚會到這裡參加論壇前的晚宴派對。我們可以看到這裡已經聚集了大批的抗議人潮。根據記者掌握到的最新消息，這位密使本名是陳毅，是美籍華人的科技廠商，這次是以參加半導體論壇的名義入境台灣。據了解，陳毅與中共領導人曾經是小學同學……。

△ 布萊恩楊在兩個隨行秘書跟特助的陪伴下，試著避開抗議人潮走進會場，但還是給一旁報導的記者們看到，趕緊衝上前去要採訪，鎂光燈四起。

記者群

布萊恩！請問陳毅到了嗎？
你跟陳毅熟嗎？
你知道陳毅是密使嗎？
是你邀請陳毅來參加半導體大會的嗎？
布萊恩，布萊恩……。

△ 面對媒體丟出來的問題，布萊恩楊裝作沒聽到，低頭搖手走開，秘書跟特助護著布萊恩楊，匆匆走進會場裡。
△ 記者們想要追上，此時卻聽到後面傳來衝突的聲音。
△ 抗議現場衝突爆發，幾個人大打出手，雙方陣營因此被激發起情緒，開始推擠，碰撞，場面完全升溫，現場一陣混亂。
△ 福哥跟其他警察就在人群裡，勉力地維持秩序，想要隔開人群，但終究徒勞無功，被人群推擠到一旁去。看著混亂的人群。福哥跟其他警察很是無奈。

福哥

幹！保羅又混去哪裡？每次遇到大事就閃。

S｜17　　　時｜夜　　　景｜郊外（樹林）

△ 保羅跟米雅把車子開到山區後，把後座陳毅的屍體合力搬到駕駛座上，然後將陳毅屍體上的手，戴上墨鏡，陳設成陳毅開車的模樣。
△ 保羅跟米雅布置好後，保羅拿出手機，撥打給劉科長。

保羅

劉科長，我追蹤到陳毅了，我現在把定位發給你……。

劉科長（V.O.）
不用了，我已經到了。

保羅
你已經到了？你怎麼知道我在哪裡？

劉科長（V.O.）
我國安局耶，你的手機，當然隨時被我定位。

△ 保羅一驚，四處張望，發現不遠處的草叢似乎有亮光在閃動，保羅趕緊把手機關掉，拉著米雅跑走。

S｜18	時｜夜	景｜郊外 A（樹林不遠處）

△ 樹林裡有一批特警正在準備行動，而閃動的亮光來自於不小心打開的手電筒。

特警隊長
白目，手電筒不會用嗎？想要目標發現我們嗎？

△ 此時，劉科長趕緊下車，走往特警隊長，特警隊長給了劉科長一個夜視鏡。

劉科長
（對特警隊長）
你們有看到王保羅嗎？

△ 特警隊長搖頭。

劉科長
（對電話）
王保羅你不要亂跑喔，我們這邊準備行動。

△ 劉科長把電話掛了。此時特警隊長的手機竟然響了起來！特警隊長趕緊關掉手機狂道歉。

劉科長
你是認真的嗎？手機沒開靜音，你想要目標發現我們嗎？到底找到目標了沒有？

△ 此時，狙擊手回報。

狙擊手
鎖定目標，目標坐在車中，目前沒有動靜。

劉科長
那我們還在等什麼啊？去抓人啊！

特警隊長
聽到沒有，去抓人啊！

S｜19　　　時｜夜　　　景｜郊外（樹林）

△ 特警蜂擁而上，上前攻堅，一群人煞有介事地又是狙擊手協助掩護，又是拿著防彈盾牌緩步向前。後頭還跟著幾名穿著防彈背心、頭戴鋼盔的特警謹慎地向前包抄。

特警隊長
不要動！下車！給我下車！雙手舉高！下車！

△ 駕駛座上的陳毅，一動也不動。劉科長衝上前去，把車門打開，陳毅的屍體整個癱軟下來，劉科長上前查看，緊張地在陳毅身上翻找東西，卻只翻找到一堆保險套。
△ 劉科長崩潰的對車子拳打腳踢出氣，但特警隊長一靠上來，劉科長就趕緊假裝鎮定，似乎在查看陳毅死活的模樣。

特警隊長
是陳毅嗎？

劉科長
對，死了。封鎖消息，什麼都不准說！

△ 特警隊長去指揮大家，劉科長鬼鬼祟祟地走到偏僻處，四下張望，發現沒有人留意到，才偷偷地拿起手機打電話。

劉科長
陳毅死了，東西不見了……。

S｜20　　　時｜夜　　　景｜偏僻小徑

△ 保羅帶著米雅在樹林附近小徑快速跑動，一邊護著米雅，感覺很熟悉這裡的地形。遠處有幾個手電筒的亮燈正慢慢移動著，保羅與米雅迅速地邊跑邊躲，好幾次就要被看

到，保羅都下意識地護著米雅。

保羅
來，這邊。

△ 保羅拿出車鑰匙，一台不起眼停在一旁的車燈亮起。

米雅
你這裡怎麼會藏著一台車？

保羅
我上次跟我朋友在這附近喝酒，他車放這，就回家了，一直沒來開，剛好幫他開回去。

米雅
原來你都安排好了。

保羅
天意。

△ 兩人快速進入車內，保羅試著發動車子，但車子一直發動不了。引擎發動聲吵鬧不已。
△ 此時，車子前出現幾名進行搜查的警員。保羅作勢要米雅趕快趴下。

保羅
幹幹幹幹幹幹，這些人現在裝什麼認真？

△ 此時搜查的幾名員警慢慢靠近，兩人看似就快要被發現。保羅見狀況不對，比手勢要米雅往另外一邊跑，自己準備跳出去把人引開。

保羅
你等下，往那一條路走去，直走就可以下山了。

米雅
那你呢？

保羅
我沒關係。我是警察。我不會有事的。

△ 保羅起身開了車門，準備引開警方。

保羅

快,快逃,趁現在。

△ 米雅驚慌的下車,突然停住。

米雅
保羅哥,警察撤了⋯⋯。

△ 保羅看向米雅指的方向,此時,無線電突然呼叫,原來警員只是一般巡邏,被叫去支援別處,保羅跟米雅看著那些手電筒的燈慢慢離開。警察都上車離開了。兩人鬆了一口氣,坐回車上。

S│21　　時│夜　　景│小吃店

△ 保羅帶米雅從後門進入了一家小吃店,前方是有爐火的煮食區,甚至還有小菜冰箱。裡頭冰了幾瓶啤酒跟一些食物。
△ 保羅把手機裡的晶片卡拿出來丟掉。
△ 米雅想要抽菸,卻發現菸盒已經空了。

米雅
你有嗎?

保羅
不好意思,我戒了⋯⋯

△ 米雅只好把菸盒揉掉丟了

米雅
這你家?

保羅
我媽以前開的店,後來頂給她姐妹。她沒換鎖,以前,我們就住在樓上,
我半夜想家,就會來這裡煮點麵吃。你肚子餓不餓?

米雅
嗯。

保羅
吃不吃辣?我煮擔擔麵給你吃。我拿手的喔。

△ 保羅說著開始張羅著煮麵，米雅在一旁幫忙。保羅的手勢非常熟練，讓米雅很是吃驚。

　　　　　　　　　　　　　米雅
　　　　　　　　　看不出來，你這麼賢慧。

　　　　　　　　　　　　　保羅
我媽跟我爸結婚，搬到台灣沒多久，我爸就生病死了，我媽跟她四川的姐妹一起開了這家
　　　　店把我養大。我放學就來這店裡幫忙。看久了，什麼都會。

　　　　　　　　　　　　　米雅
　　　　　　　　　那你媽沒想搬回四川？

　　　　　　　　　　　　　保羅
　　　　　　　　　我媽也走了。現在只剩我了。

△ 米雅沉默。

　　　　　　　　　　　　　保羅
　　　　　　　現在台灣要打仗了，你有什麼打算嗎？

　　　　　　　　　　　　　米雅
　　　　　　　　　我想帶我爸媽去美國。

　　　　　　　　　　　　　保羅
　　　　　　　真好，不像我，已經沒有家人了……。

　　　　　　　　　　　　　米雅
　　　　　　　保羅，你可以，把我當你的家人啊。

△ 保羅撈起鍋裡的麵條，蒸氣氤氳而上，兩人在霧白的蒸氣裡，看著孤單的彼此，露出
　惺惺相惜地微笑。

S｜22	時｜夜	景｜便利商店

△ 保羅頭戴鴨舌帽，臉上戴著口罩，到便利商店買易付卡。

　　　　　　　　　　　　　店員
　　　　　　　　　　　　　三千。

保羅
兩千五好不好？

店員
三千，不然你找別人的身分證來申請易付卡。
自己的身分證不用，很奇怪欸，到底是想做什麼壞事⋯⋯

保羅
好啦，好啦！真是的。

△ 保羅拿出鈔票，店員開始處理易付卡。

保羅
謝謝。對了，那我再買一包菸。那個涼菸。然後⋯⋯這個。

△ 保羅拿了瓶飲料。

店員
有會員嗎？飲料第二瓶五折喔。

保羅
喔！這麼划算喔。

店員
對，有會員嗎？

S│23　　時│夜　　景│小吃店

△ 米雅正在看陳毅的手機。上頭有布萊恩楊傳來的簡訊寫著。

　　布萊恩楊：你人在哪？怎麼昨天晚上沒來？東西呢？

△ 米雅拿起那個從陳毅身上找到的小盒子看了一下，以陳毅的名義回傳。

　　陳毅：在我身上，放心。
　　布萊恩楊：趕快拿來，明天早上。

△ 米雅打字打得很慢，決定使用語音打字功能。

米雅
半導體大會見？

手機訊息顯示
布萊恩楊：我在休息室等你，記得從後門偷偷進來。

△ 保羅出現，米雅緊張地把手機跟盒子藏起來。米雅剛梳洗完畢，微濕的頭髮，加上穿著保羅的舊襯衫，模樣相當性感，保羅有些看傻了。

米雅
你手上那什麼？

保羅
喔……這是買給你的菸，我看你菸抽完了。

米雅
謝謝，保羅哥，真的，謝謝你。

保羅
不會……

△ 保羅把菸交給了米雅，兩人距離靠近，眼神交會，保羅既緊張又期待……
△ 眼看就要親下去了，樓下突然傳來一聲爆炸聲，保羅嚇了一跳，衝往後門去看，煙塵散去，一群特警荷槍衝進來，把保羅團團圍住，保羅驚嚇得高舉雙手。

特警
雙手舉高，不准動！通通不准動！搜！給我翻過來搜！

△ 特警趕緊走到用餐區，但一個人影都沒有。特警發現前方的鐵門開了個人剛好可以鑽出去的空隙。

| S｜24 | 時｜夜／日 | 景｜警局偵訊室 |

△ 蒙太奇，快速剪接。
△ 保羅坐在偵訊室裡，進來偵訊的人來來去去，有分局長、刑警同事、國安局、督察室、高階將領，甚至還有美國人。每個人進來都問保羅一樣的問題：米雅在哪裡？隨身碟在哪裡？陳毅到底要跟誰碰面？陳毅的手機在哪裡？
△ 保羅身邊桌上的咖啡紙杯愈堆愈高，便當盒也送進來又送出去，保羅被疲勞轟炸，整個人愈來愈晃神，感覺眼前偵訊的人，愈長愈大，一個個變形成了怪物，朝保羅吞噬

236　episode 5　兩岸密屍

而來。到最後，保羅終於精神崩潰……。

保羅
劉科長……我要見劉科長……那個什麼國安局的劉科長，你他媽的王八蛋！
給我出來！我要見劉科長！

S｜25　　時｜日　　景｜警局偵訊室 / 雙面鏡另一頭

△ 分局長站在偵訊室的雙面鏡的另外一頭，臉色鐵青地看著保羅。一旁的刑警靠近提醒分局長。

刑警
分局長，我們偵訊拘留超過 24 小時，已經違法了。

分局長
他媽的我跟自己同仁問話，還要什麼法？

△ 刑警看著已經陷入昏沉崩潰的保羅，一臉同情。

S｜26　　時｜日　　景｜警局偵訊室

△ 保羅趴在偵訊室的桌上睡著了。福哥捧著一碗雞湯，偷偷地溜進來。

福哥
保羅，保羅。

△ 保羅醒來，睡眼惺忪。

保羅
福哥，連你也來問我喔？

福哥
哎，也不是我願意的。你就好好說實話就好了，一切就沒事了。

保羅
我知道的都講了啊。大家一直問我一堆我不知道怎麼回答的問題。欸。

福哥

保羅
幹嘛？

保羅
你們是怎麼找到我的啊？我都把自己手機卡片丟掉了，我還換了一台車……

福哥
你白癡喔，去買易付卡還去你媽餐廳附近的便利商店買，還報會員買飲料，一下就被系統抓到了啊。真的是很蠢欸，然後現在還一直袒護這個女的。你以為你護著她，她會回報你什麼嗎？別傻了。

保羅
我已經講很多遍了，米雅沒有殺人……

福哥
這是米雅叫你說的對不對？你不要被那個女人騙了。她是不是跟你說她身世可憐，要賺錢養爸媽？說自己很孝順，想帶爸媽去美國……。

保羅
你怎麼知道？

福哥
你看這個。
（拿出資料）
她爸媽早就死了，她十年前在沖繩欠了一屁股債，還把她爸媽留給她的房子都抵押了，為了躲債，在沖繩假死，拿了假身分才到台灣來當應召女！

△ 保羅不可置信地把資料拿過來看。

福哥
我跟你說，現在保自己最重要，那個米雅，人到底在哪裡？她身上是不是有東西？

△ 保羅沉默不語，似乎在消化米雅騙了自己的資訊。

保羅
我真的不知道。特警衝進來，她就不見了，我也不知道她去哪裡了。

福哥
保羅，現在事情很嚴重，我看上面，每個人都不知道在盤算什麼，你不要傻傻的，為那個女的賠上生命，不值得啊！

episode 5　兩岸密屍

> 保羅
>
> 福哥,你說,你為了老婆、小孩跟全家人,就不會跑吧?我也想要有跑不了的理由⋯⋯。

| S｜27 | 時｜日 | 景｜警局小門 |

△ 福哥打開警局後頭的小門,偷偷地把保羅放出去。

> 福哥
>
> 這裡監視器壞掉很久了,報修好幾次,都沒人理。

> 保羅
>
> 福哥,謝謝你。我之後再買鳳梨酥給你。

> 福哥
>
> 不要再鳳梨酥了。他媽的,就是那盒,旺到我們都變當事人了。
> 啊你現在打算去哪裡找米雅?

> 保羅
>
> 先去半導體大會看看。她如果跟陳毅有什麼關係,或許也跟這個半導體大會有關係。

> 福哥
>
> 保羅⋯⋯記得,不要相信任何人。

> 保羅
>
> 福哥,謝謝你。

△ 保羅眼眶泛淚,很是感動,福哥沒有多說,揮手要保羅趕快走。保羅快速地鑽進巷子裡。

| S｜28 | 時｜日 | 景｜展覽館演講廳 |

△ 舞台上,ＬＥＤ螢幕背板上打著「思崴科技」董事長布萊恩楊的名字,以及一張帥氣的沙龍照片。
△ 布萊恩楊戴著麥克風,穿著帥氣的皮衣,一副科技新貴的帥氣模樣,站在台上,一邊變換著背後的ＡＩ投影,一邊解說著未來的科技趨勢。

> 布萊恩楊
>
> (中英文夾雜的演說)

大家好，我是 Brian Yang。很開心來到台灣跟大家見面。
Well, let's get into it. 未來，不！是現在，從現在開始就是ＡＩ的世界（以下變成英文），A.I. has become an irreplaceable component. It is becoming increasingly vital in industries of all kinds. In medicine, we use A.I. to help us diagnose illnesses, develop vaccines and perform surgeries. In business, we use A.I. to determine the preferences of our customers. We use the information to customize new products that fits the needs of our consumers, to customize new services that would enhance our way of living. Whether you're cooking, cleaning, doing your laundry, A.I. has a way of improving your lifestyle.
　　所以ＡＩ產業，需要的已經不是技術，而是想像與創意……。

△ 米雅穿著米色風衣，戴上口罩與黑框大眼鏡，將長髮紮成馬尾，一副商業人士的模樣，混入人群走進會場裡，她挑了一個偏僻地位置坐下。看著台上侃侃而談的布萊恩楊，跟著人群一起拍手。

<mark>布萊恩楊</mark>
　　Now I know there is a growing concern over the potential war. 萬一台海真的開打，會不會重創全球經濟？In my humble opinion, 絕對會！The future of A.I. and the entire field of tech relies on you, the talented and hardworking individuals that manufacture our semiconductors, our computer chips. Even when 台積電 is actively building factories all over the globe, Taiwan still has the ultimate secret weapon that gives you all an upper hand. 那就是人才！

△ 台下眾人鼓掌，布萊恩楊揮手致謝。
△ 演講結束，主持人在一旁請貴賓上前合照。
△ 米雅發現後頭有個穿著西裝，帶著耳機的人，似乎在注意她。米雅趁著演講結束，起身，混進人群裡。米雅看站在舞台前方的保鑣都被貴賓與布萊恩楊拍照吸引注意力，趁機溜進後台。

| S｜29 | 時｜日 | 景｜飯店包廂（休息室） |

<mark>布萊恩楊講英文，米雅講日文跟英文夾雜</mark>

△ 布萊恩楊在兩名保鑣的陪同下走進休息室，保鑣站在門外等候。布萊恩楊一邊喝著咖啡，一邊疲憊地把鞋子脫了，攤在休息室的椅子上。此時，米雅從休息室的暗處角落裡走出來，
△ 布萊恩楊看到米雅，嚇了一跳。布萊恩講中文有著嚴重的美國腔，看來剛剛演講時是因為背稿才說得比較順暢。

episode 5　兩岸密屍

布萊恩楊

米雅？你怎麼會在這裡？（英文）

米雅

是 Eason 要我來的。

布萊恩楊

他會出面嗎？（英文）

米雅

他現在不方便出面。

布萊恩楊

所以他死了。（英文）

△ 米雅愣了一下。

布萊恩楊

我沒有想過你是個殺手。（英文）

米雅

我沒有殺他。

布萊恩楊

這些你跟警察說吧。

米雅

你還想要這個嗎？

△ 米雅說著，微笑把一個小盒子拿出來。布萊恩楊眼睛一亮，很顯然地這個盒子就是他本來跟陳毅要拿的東西。

布萊恩楊

What is it that you want?

米雅

海外美金帳戶，裡面要有五百萬美金。外加綠卡跟機票。（英文）

布萊恩楊

三百萬。機票我可以處理，綠卡沒辦法，現在都要打仗了。（英文）

米雅

你這種大老闆都沒辦法，我只好死在台灣了。跟這個盒子裡的東西一起。（日文）

△ 米雅說著轉身要走。

布萊恩楊

My bodyguards are outside. What's stopping me from taking it by force?

△ 米雅把盒子丟給布萊恩楊，布萊恩楊困惑地打開盒子，發現盒子是空的。

米雅

老闆，買東西是要付錢的。只有我知道東西在哪。一手交錢，一手交貨。(日文)

△ 布萊恩楊看向米雅，沒想到米雅這麼聰明，露出了敬佩的微笑，他將盒子交還給米雅。

布萊恩楊

Some people are too smart for their own good, be careful, Miss Mia。

S | 30　　　時 | 日景 | 展覽館店家

△ 米雅準備離開展覽館，發現後頭似乎有人跟著她，米雅先是刻意在展覽館其中一個店家留步看了一下，確定實實有人跟蹤，是在演講會場看到的帶頭保鏢。
△ 帶頭保鏢也停下腳步，觀察米雅。米雅想說待在店家人多的地方會比較安全，沒想到帶頭保鏢似乎收到了新的指令，又快速往米雅方向移動！米雅看情況不對，立即跑至一個緊急出口離去。

S | 31　　　時 | 日　　　景 | 停車場 A 側

△ 保羅開車到了福山大飯店的停車場，但找不到停車位。他看到了一輛車燈閃，結果是有人停好車開車門出來，保羅暗罵髒話。

S | 32　　　時 | 日　　　景 | 停車場 B 側

△ 與 S31 交叉剪接。
△ 米雅跑進了展覽館停車場，沒想到一轉頭，又看到那個跟蹤他的帶頭保鏢，米雅趕緊轉身拔腿就跑。帶頭保鏢從後頭追上。

△ 米雅邊跑，邊打電話給保羅。
△ 保羅電話響，保羅趕緊接了起來。

米雅
保羅哥！幫我！

保羅
妳現在在哪？

△ 米雅快速奔跑，上氣不接下氣，說不出話來。

保羅
米雅？喂？

△ 米雅看到眼前其他保鑣從停車場內衝出來。米雅趕緊拐彎，卻被逼到停車場角落，帶頭保鑣，凶狠地瞪著米雅。

帶頭保鑣
東西呢？

米雅
救命啊！搶劫！救命！救命！

△ 保羅聽到手機裡傳來米雅求救的呼喊聲。

帶頭保鑣
你喊破喉嚨都沒有用的，東西給我交出來。

米雅
什麼東西？我不知道你在說什麼？

帶頭保鑣
還給我裝傻！

△ 帶頭保鑣領著其他人往米雅逼近，米雅不停地後退，眼看退到停車場邊緣，無路可退了。保羅開車在停車場內不斷尋找米雅。

保羅
幹，到底在哪裡？

△ 米雅很是緊張，她抓起包包，就往那些人身上丟。

米雅
在這裡啦。

△ 包包裡的東西散落一地。那些人著急地翻找東西。米雅想趁機突破往前衝，但直接被抓住，米雅掙扎之時，遠方一輛車快速開向他們。
△ 一名保鑣直接被車撞個正著，帶頭保鑣為了躲避車輛放開米雅，與米雅拉出了距離。此時車窗打開，原來是保羅！

保羅
快上車。

△ 米雅跳上車。保羅加速開走。
△ 沒想到，過沒多久，保羅發現保鑣也開了車追了上來。就要跟上時，突然有一輛車突然開出來，把路擋住，正好隔開了保羅的車與保鑣的車，那輛車主感覺很笨拙，不停地來來回回，都無法把車停好。追米雅的人氣瘋了，帶頭保鑣下車大罵。

帶頭保鑣
搞什麼鬼？會不會開車啊！

車主／科員 A
拍謝，拍謝，新手駕駛，等我一下。

△ 眼看保羅的車已經開遠。車主終於緩緩地把車停好。帶頭者無奈地把車開走。
△ 車主原來是替劉科長工作的科員 A！科員 A 撥電話。

車主／科員 A
劉科長，他們兩個人都順利離開了。

劉科長（V.O.）
好，接下來交給我吧。

S｜33　　時｜日　　景｜街景（郊外）

△ 保羅確認沒人追過來後把車在路邊。保羅跟米雅倆人心有餘悸的下車抽菸，舒緩一下情緒，連戒菸的保羅都破戒一起抽。

米雅

episode 5　兩岸密屍

　　　　　　　　　　　保羅，謝謝，謝謝你，還好有你，不然我真的就死定了。

△ 米雅看向保羅，發現保羅表情嚴肅。

　　　　　　　　　　　　　　保羅
　　　　　　　　　　　他們在找的，到底是什麼東西？

　　　　　　　　　　　　　　米雅
　　　　　　　　　　　我不知道啊？他們是搶匪……。

　　　　　　　　　　　　　　保羅
　　　　　　　米雅，你老實告訴我，你從陳毅身上拿了什麼？
　　　　　　　還有，陳毅的手機是不是在你身上？

　　　　　　　　　　　　　　米雅
　　　　　　　　　　　我……我沒有。

　　　　　　　　　　　　　　保羅
妳別騙我了。我知道妳並沒有老實跟我說實話。我知道妳沖繩沒有家人。我不知道妳還騙
　　了我什麼，現在我們捲入的事很嚴重，你不老實說的話，我跟你都會死的。

△ 米雅沒看過保羅這樣口氣說話，她思考了一下，決定坦承。

　　　　　　　　　　　　　　米雅
　　　　　　　我想要去美國。幹嘛待在這裡打仗，我又不是台灣人。

　　　　　　　　　　　　　　保羅
　　　　　　　　　　　所以你就拿了陳毅的東西？

　　　　　　　　　　　　　　米雅
　　　　　是陳毅答應我，要幫我辦綠卡的，他說都弄好了，就只差這麼一步。

　　　　　　　　　　　　　　保羅
　　　　　　　　　你從他身上拿走的東西呢？是什麼？

　　　　　　　　　　　　　　米雅
　　　　　　　　　　　　我也不知道。

△ 米雅伸手衣服裡，把一個隨身碟掏了出來，遞給保羅。

> 米雅
> 那個布萊恩楊傳簡訊說要跟他買，應該很重要。你相信我……。（日文）

> 保羅
> 福哥叫我不能相信任何人。

△ 保羅仔細端詳這個造型簡單乍看普通的隨身碟，保羅想起他在偵訊室裡來來往往偵訊的人，有國安局、高階將領、督察室……難道就是為了這個不起眼的東西？
△ 米雅沒想到保羅如此冷酷回覆她，欲哭無淚。然而，保羅把隨身碟交還給米雅。

> 保羅
> 米雅，你好好收著，雖然不知道這是什麼，但顯然很多人都想要，尤其是美國人，如果要保命，拿綠卡去美國，這一定用得上。

△ 米雅似懂非懂地看著這個隨身碟，緊緊地握在手中。

S｜34	時｜夜	景｜汽車旅館

△ 保羅、米雅來到了一個汽車旅館房間。

> 保羅
> 先在這裡避避風頭吧。

> 米雅
> 你為什麼這麼做？

> 保羅
> 什麼意思？

> 米雅
> 你都知道我騙你了，你為什麼還要幫我？

> 保羅
> 哎，我也不知道，大家都說我很蠢，可能我真的很蠢吧。但是……就是……
> 妳那晚說我可以把妳當我的家人，我不知道，我還是很希望可以是真的吧。

△ 她感動地上前擁抱保羅。

> 米雅

保羅，對不起，對不起。我不是故意騙你的。

△ 保羅表情很複雜，苦笑嘆了口氣。

保羅
餓不餓？我去買點吃的，一下就回來。

△ 米雅點頭，保羅離去。
△ 米雅把塞在腰際內側的陳毅的手機掏了出來。米雅打開手機，依照之前偷看到的密碼印象，成功打開了手機，結果手機一打開，就看到布萊恩楊傳來的簡訊。

布萊恩楊：300 萬美金跟機票都已經準備好了，就等你來。米雅小姐。

S | 35　　時 | 夜　　景 | 小吃店

△ 保羅在小吃店，等著老闆準備餐點的時候，看著電視新聞的報導。

主播（夏宇珊）
針對聯合軍演，國防部長楊峰英今天在立法院會的要求下，特別前往說明。即使民主黨立委砲聲隆隆，但國防部長楊峰英仍舊堅持，雄三飛彈已經部署完成，演習會在明天清晨如期展開。楊峰英強調，這是例行性的軍演，飛彈試射的方向也會往東部太平洋發射，不會觸發台海戰事……。

老闆娘 (O.S.)
帥哥外帶好囉。

△ 保羅起身去拿餐，沒注意到附近有人在不斷監視自己。

S | 36　　時 | 夜　　景 | 汽車旅館

△ 保羅拎著便當回到汽車旅館，卻遠遠看到米雅的房間房門開著，保羅心底一沉，衝過去查看，發現房間裡頭有掙扎的痕跡，米雅已經不見蹤影。

S | 37　　時 | 夜　　景 | 汽車旅館外

△ 保羅回到車上，緊張地開車想要去找米雅，沒想到車子一發動，布萊恩楊從後座咳嗽出聲，嚇死保羅。

> 保羅
> 幹你娘！又來？

S | 38　　時 | 夜　　景 | 街景（車上）

△ 劉科長開心大笑，後座是被綑綁挾持，嘴巴貼上膠帶，無法言語的米雅。劉科長對著駕駛說話，我們這才看到，原來駕駛居然是福哥。

> 劉科長
> 保羅那個傻瓜，搞不好到現在還在感謝你勒。

> 福哥
> 他要是真的聽我的，不要肖想得不到的女人，就不會走到這步了。劉科長，你放狗出去咬獵物回來這招，還真高啊！

> 劉科長
> 你在偵訊室那場戲，演得我都快哭了呢。

△ 此時手機響起，是強哥打來的，劉科長點開視訊。

> 強哥
> 啟動裝置找到了？

> 劉科長
> （秀出隨身碟的盒子）
> 在這裡。

> 強哥
> 時間來不及了，直接到山上去吧。我們在那裡會合。

△ 強哥掛上電話。福哥加速往山上衝去。
△ 米雅繼續掙扎，陳毅的手機從身上掉了出來。

S | 39　　時 | 夜　　景 | 街景A（車上）

△ 保羅載著布萊恩楊在公路上奔馳，看著手機上的追蹤訊號，追蹤米雅。布萊恩楊戴著無線耳機聽著手機導航。

　　　　　　　　　　　布萊恩楊
快快快，Aren't you a cop? Fuck the speed limit. Here, take a left in 300 meters.

　　　　　　　　　　　保羅
　　　　　　　　　　　蛤？

　　　　　　　　　　　布萊恩楊
三百公……里？……，Just take a fucking left.

　　　　　　　　　　　保羅
　　　　　　　　媽的你導航不會用中文導嗎？

　　　　　　　　　　　布萊恩
　　　　　　　　LEFT!! GODDAMNIT!!

△ 保羅聽懂了！是開下交流道。

S｜40　　　時｜夜　　　景｜街景 B（車上）

△ 保羅跟布萊恩楊開車開到山邊。

　　　　　　　　　　　布萊恩楊
　　　　　　　　FUCK，來不及了。

　　　　　　　　　　　保羅
　　　　什麼來不及了？那個隨身碟到底是什麼？

　　　　　　　　　　　布萊恩楊
　　　　　　　　這……不好解釋。

　　　　　　　　　　　保羅
幹，是要跟你講英文才聽得懂是不是？You talking about USB, RIGHT NOW!

　　　　　　　　　　　布萊恩楊
　　　Um……這個隨身碟就是……是個 It's an activation key，
　　　For a hacker program to access the military base nearby.

　　　　　　　　　　　保羅

（台語）
到底是在供殺小，怎麼突然全部講英文，聽不懂啦！

△ 此時，布萊恩楊竟然用台語跟英語夾雜跟保羅溝通！

布萊恩楊
（台語）
幹，啊這個 USB 就是個啟動裝置啦，裝上電腦就可以啟動駭客程式透過附近的基地台，控制演習的雄三飛彈！

保羅
（台語）
台語會通？什麼意思？他們要拿我們的雄三來打台灣自己？

布萊恩楊
（台語）
最嚴重的是，他們計劃把飛彈拿來射美國的航母，一來可以名正言順地摧毀美國的印太守備。二來美國國內也會因為遭受台灣不明攻擊而反彈，不能再軍事援助台灣，屆時中國解放軍就可以順勢登陸，台灣輕鬆瓦解。

保羅
（台語）
但飛彈不是我們台灣人打的，你們美國人也知道不是嗎？

布萊恩楊
（台語）
我們美國人最受不了的是自己人被打，才不管飛彈是誰打的。我們現在要救的不只是台灣，還有美國人對台灣的信心。

保羅
（台語）
信心？

布萊恩楊
（台語）
你以為，打贏戰爭比的是誰武器多嗎？靠的就是信心啊！

S｜41　　　時｜夜/日　景｜山區

△ 天色漸光。
△ 劉科長跟福哥開著車來到一處山頂，強哥跟幾名小弟，已經打開電腦，在那裡等著。
△ 劉科長跟福哥下車，把裝在那個特殊盒子裡的隨身碟交給強哥。

劉科長
強哥，在這裡。

強哥
很好，多幫你報點獎金啊！

劉科長
強哥，我不貪財，我只想多為祖國奉獻。

強哥
那升官也行，看要哪個縣市，隨便你挑。

福哥
強哥，那……那我呢……。

強哥
這誰啊？
（轉頭不理，對小弟）好了沒啊？

△ 強哥湊過去電腦看，插入的隨身碟正在引動電腦跑程式，強哥確認收到訊號後無誤，抽起菸來。

強哥
就等你們台灣人自己發射飛彈了。

S｜42　　　時｜日　　　景｜山區道路（車上）

△ 保羅著急地開著車，蜿蜒上山，廣播裡的新聞正在報導飛彈演習新聞。

新聞
國防部發布消息，會依照原定的時間，在今天早上六點半開始進行雄三飛彈試射演習，請區域內作業漁船避開危險區域。

△ 保羅看了一眼車上的時間，距離六點半只剩下不到十分鐘。

布萊恩楊
（台語）他們人呢？

保羅
（台語）好像在山頂上停下來了。

布萊恩楊
（台語）糟糕，他們會不會設定好了。

保羅
（台語）那怎麼辦？米雅呢，米雅會怎樣？

S｜43	時｜日	景｜砲台

△ 雄三飛彈砲口發射架調整好，準備發射。

S｜44	時｜日	景｜山區道路（車上）

△ 保羅加速踩著油門，往山頂趕去。

S｜45	時｜日	景｜山區

△ 強哥、福哥跟劉科長跟其他小弟，站在山頭，看著遠方的海域。

強哥
誒，慶祝一下啊，雪茄拿一下來來來。

△ 小弟們立即從車上拿出一盒雪茄，劉科長幫強哥點火，隨後自己也拿了雪茄抽了起來。沒注意到另一個小弟看著電腦，似乎面有難色？！
△ 被綁在後座的米雅，不停地扭動雙手，繩索慢慢鬆開，她企圖掙扎逃脫。

S｜46	時｜日	景｜山區道路（車上）

△ 保羅跟布萊恩楊加速開車，往山頂趕去，但兩人都知道來不及了。

△ 新聞畫面上，導彈射出。
△ 保羅深呼吸，只能禱告。

　　　　　　　　　　　保羅
　　　　南無媽祖耶穌阿拉佛祖觀世音菩薩求求您，拜託奇蹟發生吧……

S｜47	時｜日	景｜山區

△ 強哥、福哥、劉科長，看著遠方射出的導彈，神情從得意洋洋逐漸轉變，最後吃驚地合不攏嘴。

S｜48	時｜日	景｜山區道路（車上）

△ 保羅緊急煞車，前方是米雅攔路擋車。

　　　　　　　　　　　保羅
　　　　　　　　　　　米雅！

△ 保羅趕緊跳下車抱著米雅。
△ 車上的新聞廣播播報著：

　　　　　　　　　　廣播（V.O.）
　　聯合軍演一切順利，雄三飛彈成功試射到太平洋外海。本來步步進逼包圍台灣海域的解放軍，雖然仍在繞行，但稍微往後退了一些，至於失蹤的運八偵察機飛行員，根據軍方釋出的最新消息，疑似在東海海域發現蹤跡……。

△ 保羅跟布萊恩聽到都鬆了一口氣，隨即又感覺疑惑，那真正的晶片金鑰在哪裡？
△ 布萊恩楊跟保羅都表情困惑。米雅露出神祕地微笑，靠上前，從保羅胸前口袋掏出隨身碟，這個隨身碟上刻有跟盒子上一模一樣的印記。

　　　　　　　　　　　米雅
　　　　　　　　這才是真正的金鑰。

　　　　　　　　　　　保羅
　　　　　　　　　　怎麼會？

　　　　　　　　　　　米雅
　　　　　　因為，我相信你，你是我的家人。

Ins 34 場：米雅感動地上前擁抱保羅。

<mark>米雅</mark>
保羅，對不起，對不起。我不是故意騙你的。

△ 當時米雅抱著保羅一邊說話，一邊將另一個隨身碟悄悄放進保羅胸前口袋中。

<mark>布萊恩楊</mark>
米雅小姐，還想去美國嗎？

△ 米雅看保羅。

<mark>米雅</mark>
你想去哪裡？

<mark>保羅</mark>
看你要去哪，你願意讓我跟嗎？

<mark>米雅</mark>
（笑）
家人，當然可以。

S｜49	時｜日	景｜港口

（本場放在第十集）

△ 米雅跟保羅準備上船出海，保羅把美國護照交給米雅，拿出自己的中華民國護照，對米雅揮揮手，要米雅自己上船。
△ 米雅低頭看著自己手上的美國護照，再看看保羅，她伸手將保羅的中華民國護照拿了過來，並看向保羅。保羅驚訝，但隨即兩人都露出了微笑。

6
episode

第六集

類型：靈異驚悚
導演調整成偽紀錄片的腳本形式呈現

金紙

編劇　鄭婉玭

作品橫跨電視電影、連續劇、綜藝節目等。2009 年以《我的阿嬤是太空人》獲第 44 屆金鐘獎『迷你劇集編劇獎』，公視《大債時代》入圍金鐘獎迷你劇集編劇。其他代表作品有：《粽邪 3：鬼門開》、《戀戀木瓜香》、《搖滾保姆》等。

導演　鄭心媚

從新聞編輯室到職業編劇，始終捕捉著台灣政治與文化現實的脈動。作為金鐘獎得主與前新聞記者，以擅長描繪東亞民主、媒體與身分認同的張力而聞名。主要作品有：《零日攻擊》、《商魂》、《鏡子森林》、《國際橋牌社》、《奇蹟的女兒》、《燦爛時光》等。

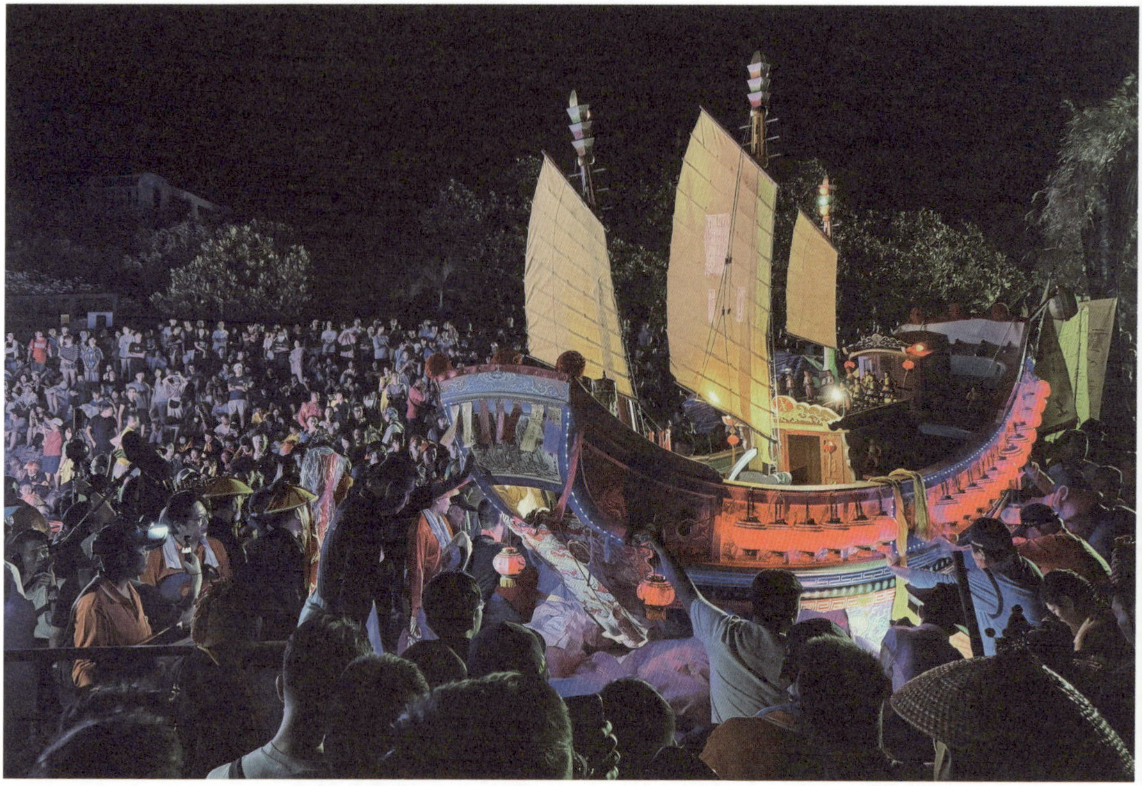

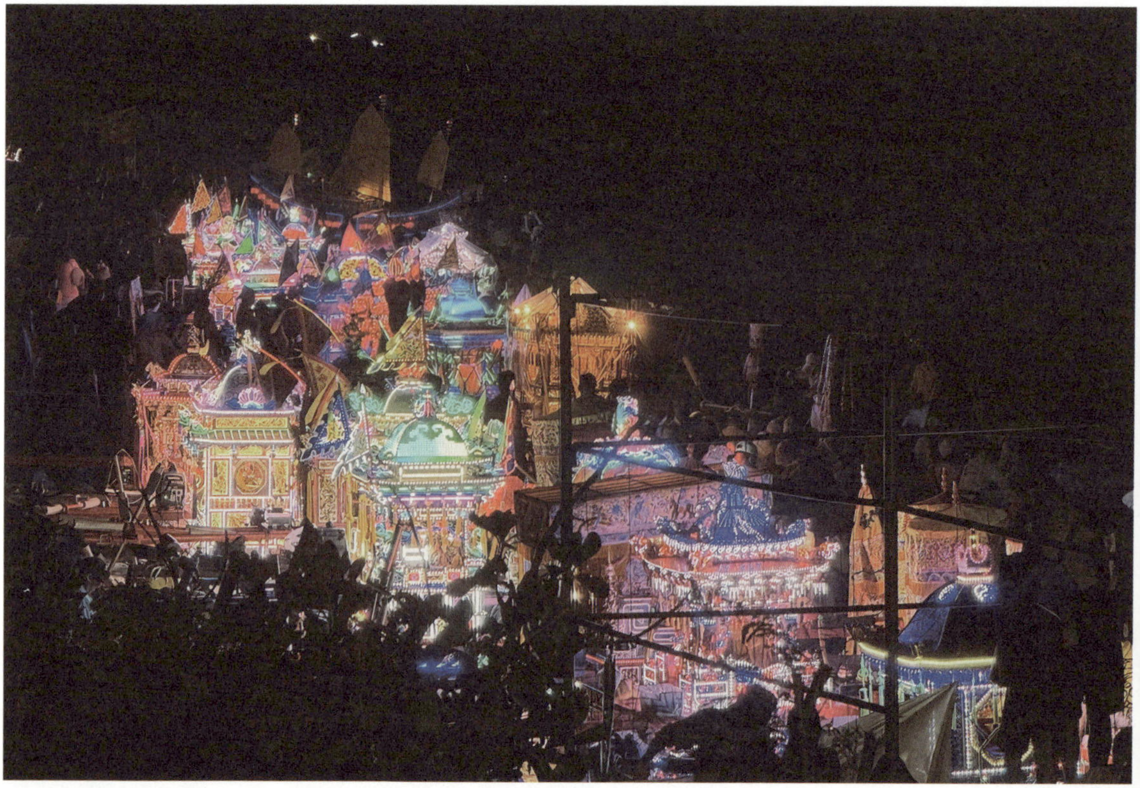

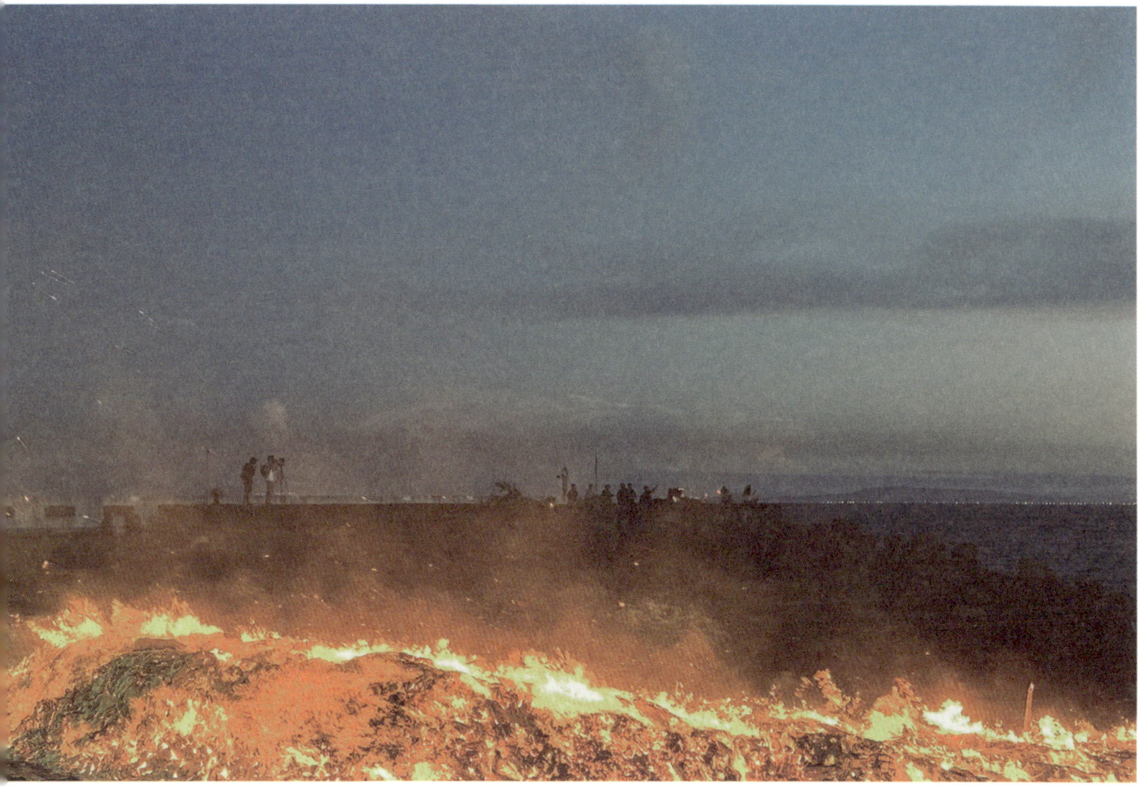

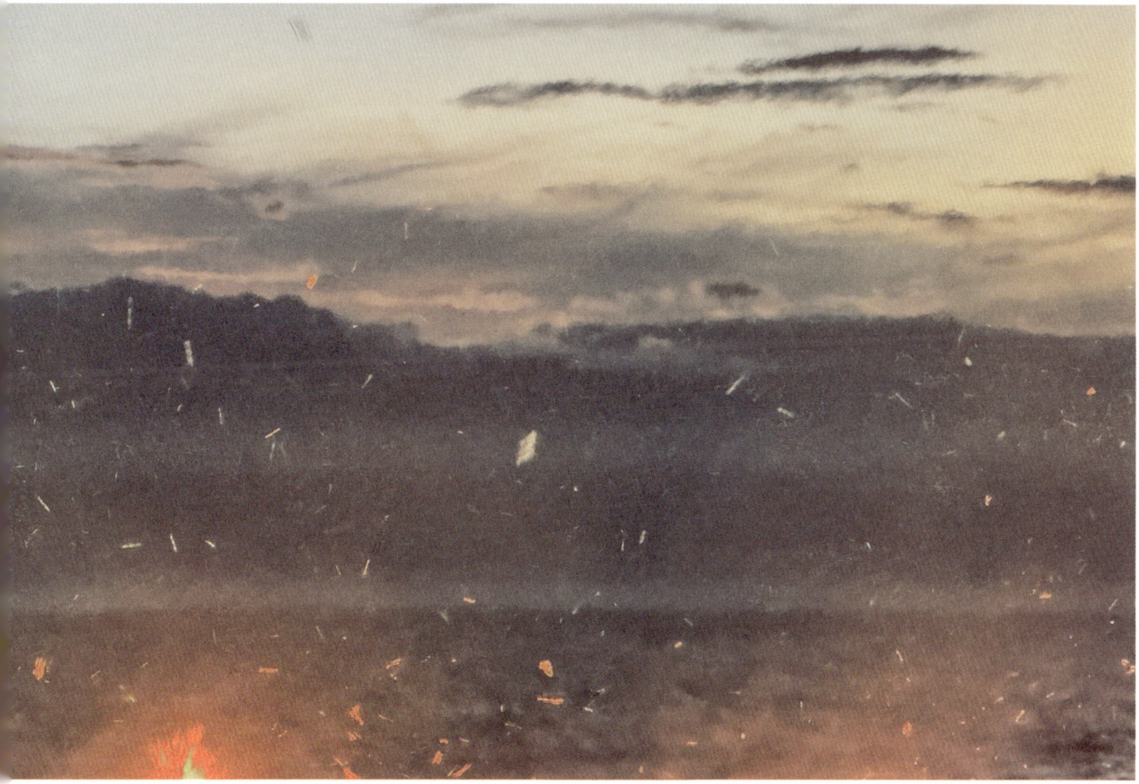

序 日 防空洞口 外圍道路	△ 字卡：2024 年，台灣南部漁村 △ 空拍，小鎮景象。 △ 俯拍，馬路旁的法會現場。 △ 法會場內的布條寫著消災祈福。 △ 壇前的道士正在舉行請神儀式。 △ 法會後方的供桌上看到民眾（包含俊傑）正在忙碌布置會場，不久，一輛車開來，看到一男子（思惟）下車，將一落落的金紙搬出。 △ 思惟將金紙箱搬到供桌附近，向正在整理供桌的俊傑要一下單據簽收後便離去。 △ 俊傑將金紙整理到一旁，接著凝視神壇，看著道士舉行著儀式。 △ 訪問廟方人員王俊傑。	俊傑：每年台灣大小廟都會抽國運籤，我們也有抽，全台灣只有我們慈義宮說中共會打過來，要我們辦祈福法會去化解……
序 A 日 慈義宮	△ insert 宮廟的籤詩，同時帶出宮廟的環境。 △ 訪問宮廟主委，解釋籤詩的意涵 △ insert 主委拜拜的畫面	宮廟主委：解釋籤詩……
S1 日 漁港／市場／劉家古厝前	△ 漁港空鏡。 △ 訪問漁港阿伯 △ 菜市場人潮依舊，insert 各處攤販景象 △ 訪問菜販，肉攤，水果攤 △ 魚攤前，顧客選購活跳跳的魚 △ 訪問魚販阿姨 △ 訪問麵攤老闆 △ 在劉家古厝前訪問一對出遊的年輕情侶 △ 訪問雜貨店老闆娘及她的友人。 △ 這時，思惟送整箱金紙到雜貨店 △ 思惟不太想回答，看起來冷漠，	漁港阿伯：自我介紹……，關於國運籤的事…… 攤販老闆們的回應 魚販：我知道啊，溫王爺有出籤詩，打就打，我們也有準備…… 麵攤老闆娘：我們是小老百姓，過好自己就好…… 麵攤老闆：我是不用當兵了，年輕人比較受影響…… 年輕情侶男：我相信會開戰，我朋友住國外的都在講…… 年輕情侶女：會嗎？那你不就要去打戰，好酷喔！ 老闆娘：會怕啊，怎麼會不怕……（友人指思惟）他啦，他最知道，他老婆是中國人，整天催他回去，

episode 6　金紙

	但一旁罐頭被撞倒，他立刻幫忙收拾。友人這時上前追問思惟 △ 場景接回宮廟，俊傑正在辦公室外的物資集中處接受訪問，這時，一名來領物資的老阿伯看到有人來問兩岸開戰的事，有點擔心	說要開戰了…… 思惟：沒有啦…… 友人：聽說你有被公安監控喔，是有影還是無影？ 思惟：無影啦，我老婆等太久，一直叫我趕快回去而已，哪有什麼監控不監控，太誇張了，她叫我回去，是因為我們分開太久，她很想女兒…… 友人：如果是這樣就好，你不要害到我們其他人 思惟：不會啦，放心…… 俊傑：兵來將擋，水來土淹啦，講這麼多年了，對不對，who 怕 who…… 老阿伯：你們來這裡拍這些，是真的要打過來了嗎……
S1 夜 延香金紙店	△ 跟拍思惟和果果回金紙店，看到思惟在金紙店各種忙碌的狀態，店裡有各式金紙香燭，牆上掛者早期手工做金紙的工作照。進去是住家飯廳，再進去是廚房，以及洗手間 △ 飯廳擺著幾道台灣家常菜，和熱騰騰的飯。思惟向陳母說明劇組要來拍紀錄片，陳母要多炒幾道菜招待，並叫思惟先去回梁欣電話 △ 抓拍思惟走到一角視訊，思惟跑去叫果果來跟媽媽視訊，果果剛洗好手走出來。 △ 不久，換成思惟和梁欣視訊，談論何時要回中國，陳母卻不想去。婆媳倆有些爭執，說到敏感文字，微信自動斷線	梁欣：寶貝，媽咪想死你了…… 梁欣：媽，我知道你還很氣我堂弟，昨天我大伯父作壽，我藉酒裝瘋叫我叔叔賠錢，他答應了！等你們來，他會賠思惟一間工廠 陳母：（台）妳怎麼都說不通呢…… （國）我要在台灣！

	△ 現在，祖孫三人圍坐著吃飯，席間，思惟不太高興，不明白母親為何就是不肯跟他們一起走，陳母說因為陳父有託夢，要她下個月記得給他撿骨，思惟火大 △ 訪談思惟。 △ insert 思惟關店門。	思惟：都要打仗了，誰還在乎撿骨啊！……果果，吃完飯記得拿聯絡簿給爸爸簽…… 思惟提到他跟爸爸之間的事，還有承接金紙行的矛盾。 導演問是不是不想要幫父親撿骨。
S2A 日 慈義宮辦公室	△ insert 訪問俊傑（一旁有張晴）	俊傑：我們從小學就同班到高中，算死忠兼換帖，當初思惟是為了替家裡金紙店省成本，才去湖南設金紙廠，但是當時法條對台商不利，台商設廠必須要有當地人合夥，但合夥人一旦學會技術，就搶走工廠，很多台商因此吃悶虧，失敗返台……
S3 夜 思惟家	△ 抓拍思惟家空鏡，陳母在祖先牌位上香，思惟跟梁欣婚紗照，思惟一家人的生活照等等。 △ 訪問思惟，思惟在上網看機票，他本來想等果果放暑假再走，但老婆卻越催越急 △ 果果房間傳出尖叫聲，思惟立刻衝出去	思惟：那邊都認為快武統了，我老婆一直催我回去，但是我媽不認為會開戰，我夾在中間很為難…… 果果 (V.O.)：有鬼！
S4 夜 果果房	△ 果果站在床邊，說看到有鬼站在角落，要找玩具寶劍殺鬼，思惟認為女兒做惡夢 △ 思惟為了安撫女兒，幫她找寶劍，卻在果果指出有鬼的地方，發現一張燒過的金紙	果果：在那裡！ 思惟：沒有東西啊 果果：寶劍呢？我要殺他 思惟：寶貝，你是不是做惡夢了 果果：我要寶劍！ 思惟：好好好
S5 夜	△ 車拍，車內拍著思惟。 △ 跟著思惟去到一家電子通訊行買寶寶監視器。	導演問思惟昨天睡得好嗎？ 導演問買監視器要幹嘛？思惟反問

episode 6　金紙

路上		妳們是不是很會架鏡頭，等下可以幫我嗎？
S5A 日 思惟家	△ 思惟把一個寶寶監視器裝在思惟房外，角度朝門外拍 △ 陳母拿那張燒過的金紙來看。 △ 母子倆又吵，陳母要思惟拿那張金紙去慈義宮問事，思惟不肯 △ 陳母在祖先牌位前擲筊	陳母：這張不是我們賣的金紙，怎麼會在果果房間⋯⋯ 思惟：一定是果果踩回來的啦，不然就是有小偷 陳母：還是，你爸回來？ 思惟：媽！不要再亂講了好嗎⋯⋯
S6 日 慈義宮	△ 思惟還是陪陳母去鎮元宮，兩人看到張貼著「今日問事取消」的公告。 △ 思惟不想理陳母，搬了張凳子坐下來休息	導演問思惟知不知道為何問事會取消，接著又問金紙的事有想要問神明是怎麼回事嗎？
S7 日 慈義宮辦公室	△ 陳母去找俊傑，俊傑桌上有一張照片，是張晴和俊傑剛認識的合照，背後布條寫著「兩岸媽祖交流協會」。陳母問乩身為什麼請假 △ 陳母示意俊傑到會議室詳談，這時鏡頭只能在外頭記錄著。 △ insert 陳母擲筊的畫面，俊傑在一旁協助。	俊傑：之前溫王爺降駕後只有指示要大家趕快製作王船，可是什麼時候要燒王船，就問不到了，不知道王爺在等什麼？現在乩身跑去山上閉關重修，大家也都在等下一步，畢竟王船都做了⋯⋯ 導演 (V.O.)：說明陳母是要問俊傑撿骨事宜，因為問他死去的老公都沒有得到聖筊，所以俊傑就希望陳母親自問神明，看神明可不可以幫她做主。
S8 日 慈義宮	△ 這時，忽然一陣騷動，有人叫俊傑來協助，鏡頭跟著俊傑，發現是思惟疑似起乩。 △ 思惟坐在座位上忽然跳起身，接著手舞足蹈跳起步伐，俊傑見狀，立刻指示一旁宮廟工作人員去拿相關物件要幫思惟繫上，接著思惟往神明方向快步奔去，俊傑跟	俊傑：請問是何神尊？

		上，遞上香灰盤擺在思惟面前。 △ 靈動的思惟立刻在香灰盤上寫字。 △ 俊傑擦拭掉香灰盤，思惟又立刻在香灰盤上寫字，每寫一段，俊傑就翻譯一段 △ 俊傑接著問國姓爺是不是可以進一步指示燒王船的日期跟地點，沒想到國姓爺卻不再指示， △ 等候多時，國姓爺便退駕，眾人趕緊上前攙扶，思惟清醒後，完全不知道自己起乩。 △ 這時宮廟主委圍住思惟，大家七嘴八舌說這樣子思惟是不是就是這次的爐主了，然後還說怎麼會是國姓爺突然降駕，思惟面對大家的討論，一頭霧水。	俊傑：是國姓爺降駕。 俊傑：想當初我鄭某來到台灣，造成生靈塗炭、血流成河，使我至今無法陞雲，悔不當初。如今兩岸烽火再起，重蹈我當年覆轍，不該啊不該 俊傑：國姓爺是不是要我們辦燒王船法會？ 俊傑：正是。如今亡者已不平靜，祂們痛恨殺戮，恨到無法投胎，怎知百年後還有人想戰爭！他們在等待戰爭，到時他們要抓交替，使兩敗俱傷，永不超生……
S9 日 車拍／金紙店	△ 車拍，鏡頭拍著思惟 △ insert 之前錄到思惟起乩的畫面。 △ 畫面帶到思惟在金紙店看著稍早錄到的畫面。	導演問思惟什麼是爐主？ 思惟解釋完後，立刻反駁說自己又不是爐主，還一直問我王船什麼時候要燒，煩死了。 導演問，你知道你剛剛起乩了嗎？他們說是國姓爺降駕。 思惟：什麼國姓爺？都嘛是我同學在那邊亂講，都什麼時候了，還在那邊迷信……
S10 日 慈義宮一角／王船製作倉庫	△ 訪問主委跟兩名宮廟幹事在泡茶區聊天，內容提到關於鄭成功從海賊變成神明護佑台灣的故事，以及王船的意涵。 △ insert 王船製作的過程	主委訪談內容
S11 夜	△ 思惟在頂樓收衣服，一邊叫果果先跟梁欣視訊，不然梁欣又要抱怨了。果果拿走思惟的手機後便	導演旁白：陳哥不願相信他被國姓爺降乩的事實，我們想問他被附身時有什麼感受，他都避而不答

262　episode 6　金紙

思惟家頂樓/2樓公媽桌前	往三樓走去。 △ 思惟拿著剛收下來的衣服來到二樓，剛好陳母在公媽桌前擲筊，問陳父哪一天能撿骨，卻都擲不到筊 △ 陳母要思惟來擲筊問陳父，思惟生氣，母子爭吵 △ 這時果果拿著手機走來。 △ 思惟在頂樓吵架，思惟對著手機比手劃腳，在和梁欣吵架（不收音）	思惟：今天是怎樣？那邊要我當爐主，這邊要我撿骨！你們都沒看到在軍演了嗎 陳母：我聽喊打已經七十年了，有真的打起來嗎？最重要的事是你爸要撿骨，我們要問出來他哪天想撿 思惟：我要帶果果回去，才不要撿什麼死人骨頭， 陳母：你再講一次，你也不想想你這幾年過得怎樣，我們家現在會變這樣，就是因為沒有早點處理的關係…… 果果：爸爸，媽媽在問你們在講什麼撿骨的事？
S12 日 延香金紙店內	△ 金紙店外觀空鏡。 △ 主委、幹事和俊傑一早就來找思惟，要他當爐主 △ 思惟拿出手機，秀出他和梁欣的對話，他們吵了一整晚，思惟已答應梁欣回中國。幹事們不滿，當爐主是多麼光榮又幸運的事，而且籤詩都這樣說了，就不怕要是有個萬一，大陸是不是就會打過來，思惟不旦拒絕，態度還很差，思惟也不爽拍桌，雙方氣氛火爆 △ 主委和俊傑各自按捺一邊，此時陳母拿出洗好的水果走到金紙店門口，還呼喚思惟來幫忙擺桌。 △ 大家不明白陳母要做什麼	
S13 日 延香金紙店內外	△ 店外擺好拜拜的摺疊桌，米杯已插香，供著幾樣餅乾水果。陳母拿筊，向天稟報 △陳母擲了三次筊，都是笑杯，但陳母仍堅持讓思惟回中國 △ 俊傑出面打圓場，提出重新選爐	陳母：天公在上，我陳林玉卿感謝眾神明疼惜我兒子陳思惟，讓他做爐主，不過他已經答應妻子要回中國團圓，請寬赦他有承諾在先。他做不了的事，我來做，年輕時我也當過爐主……

	主的建議，主委沉下臉，好一會才帶著幹事們離開。 △ 鏡頭留在思惟臉上許久，畫面 fade out。 △ 字卡：後來，陳媽媽因不明原因昏　倒送醫。為了讓陳大哥可以專心待在醫院，我們這幾天也常在陳家陪伴果果。		
S14 日 果果房	△ insert 圖畫紙特寫。 △ 凱文跟果果分別拿出萬一開戰後的各種補給品，大部分都是零食跟泡麵，凱文先介紹自己的物資箱裡的東西，介紹到泡麵的時候，果果笑凱文泡麵準備錯了，還說要 google 正確的泡麵給凱文看，接著，當果果要拿出自己準備的物資箱時，發現裡面的泡麵不見了，還問說是不是凱文拿去的，兩小開始找，卻發現果果物資箱裡有一張奇怪的金紙。 △ 鏡頭 zoom in 果果手上的金紙 △ 不久，思惟回家，呼喚果果他們下樓準備吃飯。	果果跟凱文分別解釋著圖畫紙的用途 導演 (V.O.)：我們想到之前幫思惟架設的監視器，說不定有拍到什麼……	
S15 夜 2 樓客廳 / 陳母房	△ 監視器紀錄的畫面 △ 思惟看到監視畫面裡，有個披頭散髮、膚色黝黑、只穿內褲的野人在廚房裡打開冰箱亂翻東西…… △ 訪問思惟，思惟心事重重，一邊擔心陳母身體 △ 思惟沉思後，便走去陳母的房間幫忙。	導演：這是人還是鬼？ 思惟：不知道，但不是我爸 導演問思惟接下來要怎麼辦？還有醫生怎麼說媽媽的病情。 思惟：醫生說，她太激動了，要讓她保持情緒穩定。還有，她肺部有白點，要進一步檢查，是不是癌……	
S16 日	△訪問俊傑。 △ insert 防空洞的畫面。	導演問這個漁村有沒有什麼奇怪的傳說？ 俊傑提到之前防空洞那邊有奇怪的	

episode 6　金紙

慈義宮辦公室，防空洞		傳聞，所以法會才會就近辦在防空洞旁邊，但其實這個傳聞其實最早來自思惟。1995 台海危機的時候，思惟還小，獨自去防空洞探險，看到半空浮著很多"祖先"，有穿清朝士兵服的，有穿日本兵服的，有國民兵、原住民，思惟逃出來後，連續發燒三天。 導演說也許可以問問思惟，俊傑說思惟不會講，思惟長大後都否認一切，可能是不想再想起
S17 日 法會	△ 法會現場，道士正在做另一項祈福儀式。 △ 思惟跟俊傑也在法會現場，虔誠地看著神壇。 △ 正當思惟準備要離開法會的時候，有個拿供品來的村民叫了思惟。	村民：聽說你不當爐主喔 思惟：我媽生病，還當什麼爐主，阿伯，謝謝啦，我還要去市場買菜，謝謝啦。
S17A 日 車拍路上	△ 車拍，跟拍思惟開車。 △ 車上廣播傳出談論當局時事的聲音。	來賓 (V.O.)：台灣絕對不是烏克蘭，烏克蘭它跟俄羅斯邊界有 1400 公里，俄國走路、騎腳踏車就攻進去了，那中國如果要打台灣，其實會非常非常的辛苦，兩棲登陸，那兩棲登陸中間有很多弱點，那我講台灣的重要性，第一個是依照 ICAO，就是國際民航組織統計，就是我們台北飛航情報區，一年有 170 萬架各國的客機會通過，我們就是這麼重要，就是 location、location、location，跟那個便利商店一樣，因為我們在的位置，就是這個緯度、精度都很重要，那 50 萬艘的船會經過台灣的周邊，那第二個就像剛才報告的，海空戰場為主，這裡共軍它沒辦法像韓

		△ 思惟邊開車邊問一旁的導演。 △ 思惟沒有回應，只是搖搖頭否認。	戰、越戰，就是志願軍就打過去了，它還是要排隊乖乖上船、搭飛機再過來，然後它的兩棲的正規的登陸船艦，大概預估到 2027 年只有 80 條，大概就是沒有辦法，就是有效的佔領台灣，他可以打台灣用飛彈打 OK，但是不能佔領，這對它來講就變成一個弔詭，那你打不下台灣，那你又打台灣，讓全世界跟你為敵，這就是習近平他們現在頭大的地方，那兩棲登陸很容易就把它擊敗，就是我算過，譬如你造一艘軍艦，可能要 24 個月，大概是 10 億美金，那台灣造一枚反艦飛彈，大家猜多久？…三天（這段建議可以直接請蘇紫雲幫我們錄） **思惟**：今天還要拍喔？每天跟每天跟，你們真的很累…… **導演**：聽說這附近有個防空洞，思惟哥有印象嗎？
	S17B 日 市場	△ 經過市場，魚販叫住思惟，問他是不是不當爐主，思惟以為要被責備，口氣也不太好，但魚販反而送他魚，要他帶回去給生病的母親煮魚湯 △ 思惟感激地向魚販老闆點頭致意，待思惟要走回車上的時候，雜貨店阿姨叫住思惟，要他放心去中國，她會每天去關照陳母，去中國以後要好好生活，教他們寫繁體字 △ 思惟緊繃的心情明顯放鬆	**魚販**：我知道你是為了老婆小孩才要回中國，你這樣做沒有錯，不用不好意思，是我老公不應該一直叫你當爐主
	S18 日	△ 思惟到慈義宮拜拜，求上天保佑母親恢復健康，長命百歲。才上完香，俊傑就拉思惟進去辦公室	政論

慈義宮 / 辦公室	△ 俊傑要張晴先別看電視，跟思惟講機票的事，張晴則在旁邊搭腔。 △ 俊傑要思惟記得跟他微信，保持聯絡。思惟感動。	張晴：……最近機票不好買，不過我媽他們靠關係，保留了我們的機票……但我跟老公討論後還決定不回去，機票就送給你們家，你們家人口數跟我們一樣，剛好。 思惟：為什麼決定不回去。 俊傑：因為我老婆太喜歡看台灣的政論節目，捨不得走。 張晴：沒問題的話，你把你們的資料給我，我再去櫃檯辦機票轉讓，對了，出發的時間是 5 月 2 日。
S19 夜 金紙店廚房	△ 陳家三人圍坐著吃飯。 △ 思惟跟陳母說俊傑送他機票的事，出發的日期也出來了，要陳母一起過去。陳母仍然拒絕，她年事已高，搬遷對她來說更要人命，人老了，只想落葉歸根，何況台灣有健保	
S19A 夜 頂樓	△ 思惟在頂樓跟梁欣視訊，跟梁欣回報機票處理好的事。 △ 沒多久，陳母叫思惟下樓拜拜。	
S20 夜 媽桌前	△ 思惟拜完後，陳母拿出一本存摺和印章給思惟 △ 公媽桌的小燈下，思惟跪在陳父牌位前小聲啜泣	陳母：你爸留給你的，你每個月給他的孝親費，他都存起來了，加上他的退休金，你爸其實很關心你……
S21 日 延香金紙店	△ 思惟、果果和陳母一起吃粥，準備送果果上學。思惟收碗時，順勢向陳母說出他的新決定 △ 陳母笑笑點頭	思惟：爐主的事情，我離開之前會做完，後天我休假，再帶妳去醫院做檢查。還有…… 我會去給爸撿骨
S22 日	△ 空拍小鎮。 △ 法會現場，眾人開始燒金紙。 △ 思惟願意當爐主的事在漁村傳開，	

法會，慈義宮／辦公室，王船製作現場，延香金紙店	大家興高采烈上香、添香油錢 △ insert 廟裡準備的片段（有俊傑跟張晴） △ 王船製作現場，大家加緊趕工。 △ 金紙店內，思惟正忙著出貨，將金紙搬上車，左鄰右舍也來金紙店幫忙摺元寶，陳母教果果怎麼摺，彷彿回到以前手工做金紙的時光 △ 思惟開車來到慈義宮外，俊傑跟廟裡的幹事來幫忙卸貨。 △ insert 王船細節的準備（小琉球片段）	訪問師傅：製作王船是一件很複雜的事，每個環節都要稟報神明，包括開光、剪帆、豎燈篙……會用到大量元寶，都是大家用誠心摺的，還有王船添載包，也是大家自動自發來做……
S23 日 靈骨塔	△ 靈骨塔。思惟和陳母撿骨完畢，陳母撐黑傘，思惟抱著甕，給陳父入塔	導演旁白：陳哥依約幫陳爸爸撿骨……
S24 日 慈義宮辦公室	△ 慈義宮裡，思惟已被國姓爺降乩，他閉著眼睛在香灰盤上寫著。 △ 俊傑接著問燒王船法會哪天舉行，思惟氣定神閒地又在香灰盤上寫上 △ 思惟仍閉著眼，嘴角保持微微笑	俊傑：鄭森往昔在壺陽，講武修文鍊鐵腸，此樹當年親手植，到今蟠據鬱蒼蒼…… 俊傑：本月 15 號 幹事甲：舊曆 15 號是幾號？ 幹事乙：（翻黃曆）新曆 5 月 2 號 張晴：那天思惟要回中國…… 導演旁白：不知道國姓爺為什麼要這樣安排……
S25 夜 金紙店外	△ 思惟在金紙店外跟梁欣在吵架。 △ 梁欣要思惟出去安撫女兒，思惟說他也覺得奇怪，他為什麼要回中國？他不是了不起的人，但在台灣，每個家人朋友鄰居都很挺他，可是他在中國開工廠時，那麼挺梁欣的堂弟梁辰，讓梁辰掛合夥人，結果梁辰學會技術了，	梁欣：你快去安撫她啊 思惟：要講什麼？我有什麼立場講？我自己都覺得很奇怪，我為什麼要回中國…… 思惟：他拿槍指我的頭，我還回去，這不是很荒謬嗎？

	竟拿槍指著他的頭，逼他交出工廠。 △ 夫妻倆無言以對	梁欣：難道你要讓果果在台灣躲飛彈？
S26 夜 頂樓	△ 訪問思惟，提到果果還因為這樣大鬧，說要去看燒王船，不要回去。 △ 思惟說他現在只能走一步算一步，現在連梁欣也不諒解。 △ 思惟接著說認為燒王船的日期跟他機票撞期，是國姓爺故意安排的，要讓他好好思考選哪邊、又為什麼而選 △ 訪問到一半，思惟聽到樓下媽媽大喊，思惟急忙下樓。	導演問現在家裡氣氛還好嗎？
S27 夜 2樓客廳	△ 思惟追下樓，看到陳母愣在飯廳，很害怕的樣子 △ 拖把被扔在一旁，水槽旁有吃完的泡麵碗 △ 思惟擔心果果有危險，立刻衝去果果房間	陳母：有一個人在我們家吃泡麵，還拖地，看到我就跑了
S28 夜 走道/果果房	△ 思惟打開果果房門，發現空無一人，果果沒有在房裡，思惟趕緊朝樓下喊 △ 思惟又回房間找尋線索，看到角落有張圖畫紙，是那天果果和凱文在畫的「離家出走路線圖」。思惟拿起來看，藏身處標示是防空洞。思惟立刻衝出去	思惟：媽，有看到果果嗎？她不在房間裡 陳母：沒有啊，她不是在房間睡覺嗎？
S29 夜 金紙店內	△ 跟拍思惟在金紙店內找尋手電筒。 △ 思惟跟媽媽交代他出去找一下果果，要媽媽在家等，如果果果回來再講一下。	

外 / 法會 外道路		△ 劇組小碩也在這時交代另一機留在金紙店等候 △ 跟拍思惟跑在黑夜的街道上，跑向防空洞	
S30 夜 防空洞內外		△ 思惟跑到防空洞外，打開手機燈照向洞裡，思惟有點害怕走進防空洞 △ 洞口有個東西，思惟一照，是果果的寶劍。思惟看到，即鼓起勇氣進去 △ 防空洞有些潮濕，不過還算乾淨。思惟走進去，旁邊有舊掃把，看起來有人在這裡打掃 △ 思惟走向洞的深處，有一張舊床墊，一張廢棄桌子，上面堆疊著各式泡麵、餅乾、衛生紙等民生用品，有人在這裡長住。地上有一個大行李箱，箱子蓋著沒拉上拉鍊，露出裡面一截衣角，看起來好像裝了屍體。思惟怕裡面是果果，站了好一會，才鼓起勇氣上前打開行李箱 △ 箱子打開，沒有屍體，裡面是好幾疊金紙，放在一件外套上 △洞外傳來果果大叫，思惟立刻跑出去。 △ 果果在防空洞外，指著躲在一旁的黑影 △ 思惟用手機照黑影，一位披頭散髮的野人忽然起身看向鏡頭，思惟嚇到後退，不久，野人朝遠處跑去，鏡頭持續 zoom in，看到野人衣不蔽體，像像是肢體細長的生物在跑動著。	果果：那天在我房間的，就是他！
S31 日		△ 早晨的陽光明亮，一掃昨晚的陰森。警局裡，野人在做筆錄。	導演 (V.O.)：我們後來問果果那天晚上的事，她說，她真的很想去看燒王船，所以才跑去他們的秘密基

270　　episode 6　　金紙

警局	△ insert 果果拿著圖畫紙指著防空洞。 △ 警員問野人，為什麼會從防空洞跑出來，野人比手劃腳解釋 △ 不久，所長正在接受團隊訪問。 △ insert 野人入侵金紙店的一些動線空鏡。 △ insert 監視畫面拍到野人的素材	地，但沒想到那個地方太黑了，她就不敢再往前走 所長：他叫許崑海，是瘖啞人士。去年就有店家報案，說他拿金紙去買衛生紙，還有人說他會跑到人家家裡煮泡麵，吃完也是在桌上留金紙，不然就是幫你洗碗、掃地…… 導演：他有說為什麼要住在防空洞嗎？ 所長：他比了一個飛彈，可能是怕中共打過來吧……
S32 日 頂樓	△ 訪問思惟，講到防空洞的過往 △ insert 防空洞空鏡。 △ 思惟跟媽媽在拜拜，結束後，思惟跟媽媽說要去安親班接果果。	思惟：老實說，我小時候進去防空洞那次，的確有看到鬼。我看到一群祖先飄在半空，有穿清朝衣服的，有穿日本軍服的，有國民兵，有原住民。他們在哭，一直說，台灣人交給你們了……
S32A 日 車拍	△ 車拍思惟。 △ 思惟點頭。 △ 思惟講完後露出苦笑。 △ 鏡跳，思惟在安親班外跟梁欣講電話。 △ 結束後，導演上前問結果如何。 △ 跟拍思惟到安親班等候果果下課。 △ 鏡頭帶到果果跟著安親班老師學新詞	導演問思惟是不是決定要先把燒王船的事解決。 導演接著問那怎麼跟梁欣交代。 思惟：她說等一下要跟我講。 思惟：她說我贏了，她會來台灣找我們。 果果：煙火……國土……保護……
S33 夜 慈義宮/ 道路/	△ （本場請專家確認儀式）海邊，太陽升起，沙灘上豎立一支黑旗（請王儀式） △ 慈義宮前，王船已準備出發，思惟拿二個拾元硬幣，放進王船首	

海邊	尾的二個孔洞（請舟參、裝銀儀式）。樂隊起奏高亢的曲調，道士誦經（和瘟押煞儀式）	
	△ 幹事信眾們將金紙、文房四寶、衣服餐具、元寶等等搬到貨車上。	
	△ 拉船人員穿著古裝就定位，拉起王船的前後繩索。俊傑和主委各提一桶水，打開龍頭讓水流洩在地，引領著	
	△ 王船出發（遷船繞境儀式），陳母和果果也在隊伍其中	
	△ 隊伍經過主要街道，水果攤、理髮店、菜販等等商家紛紛加入隊伍。人越來越多，大家一起走向海邊，整個過程莊重祥和，海面風平浪靜，海天一色	
S34 夜 海邊	△ 隊伍抵達海邊，信眾們把王船推到定位，在道士指引下，幹事們把金紙元寶、文房四寶、衣物等等放上船（添載儀式）	
	△ 有男乩童開始起乩，用木棒打破自己的頭，有女乩童跳起天舞	
	△ 眾人把金紙元寶等物堆在船四週，最後舖上大龍炮	
	△ 思惟雙手合十，站在道士旁邊等待降駕，卻毫無起乩動靜，俊傑問道士為什麼國姓爺還不降駕，道士沒有回答俊傑，繼續誦經	
	△ 思惟回頭看，所有人都雙手合十，誠心地望著大海，那些很照顧他的大嬸們、信眾、甚至果果，都安靜地看著海	
	△ 風吹著白雲，海風吹撫海面，思惟明白大家的心已合一	
	△ 幹事們拿瓦斯槍點燃大龍炮，炮聲隆隆，船四周的金紙被炮點燃，帶動火燒王船。火越燒越旺，形	道士：點火！ 思惟：願！

272　episode 6　金紙

成美麗奇景。思惟沒有被附身，他用自己的聲音大聲祈福

△ 一陣風起，把燃燒的金紙吹向天空，像是把祈願帶上天，信眾們感動地望著海。有人發現迷濛的海面上有一艘軍艦，思惟笑了，他相信是王船變成軍艦，在守護台灣。
△ 天空，軍機飛過

眾：願！
思惟：和平
眾：和平
思惟：自由
眾：自由
思惟：非戰
眾：非戰

episode **7**

第七集

類型：黑色幽默

海倫仙渡師

編劇　鄭心媚
從新聞編輯室到職業編劇，始終捕捉著台灣政治與文化現實的脈動。作為金鐘獎得主與前新聞記者，以擅長描繪東亞民主、媒體與身分認同的張力而聞名。主要作品有：《零日攻擊》、《商魂》、《鏡子森林》、《國際橋牌社》、《奇蹟的女兒》、《燦爛時光》等。

編劇　黃鵬仁
曾任中天新聞台主播、公視台語台《台灣新眼界》主持人，早期曾與編劇吳洛纓共同撰寫《滾石愛情故事》單元〈最後一次溫柔〉，擅長展現都會關係題材的敘事能量。

導演　洪伯豪
2010年獲得新聞局補助拍攝短片《畢業旅行》、入圍金馬獎最佳創作短片；2017年以電視電影《我親愛的父親》入選金馬影展。

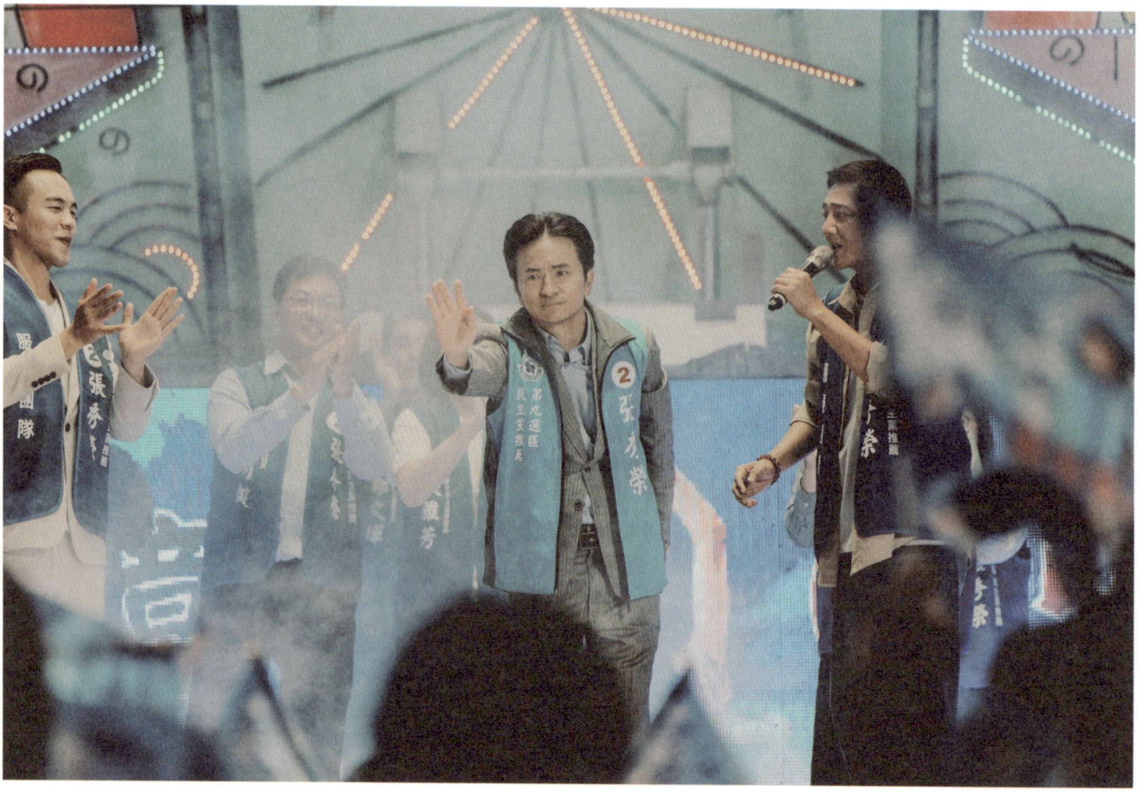
第九選區
民主黨推薦
2
張秀榮

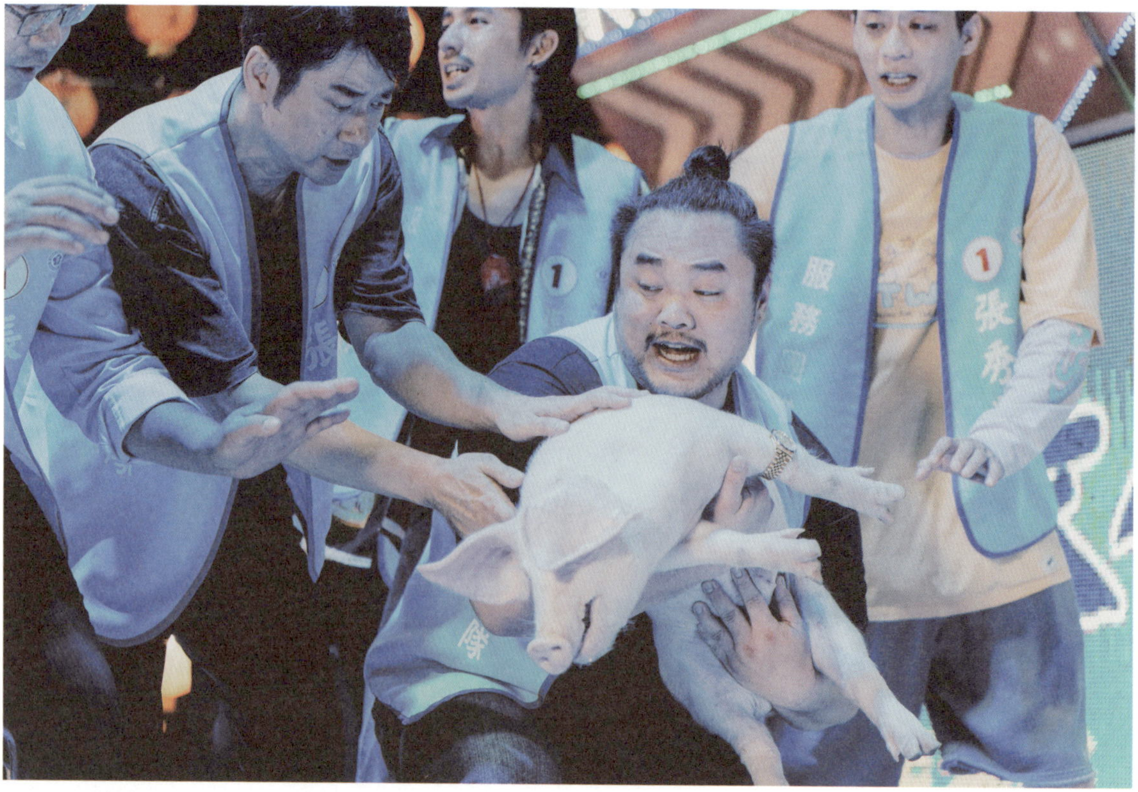
服務

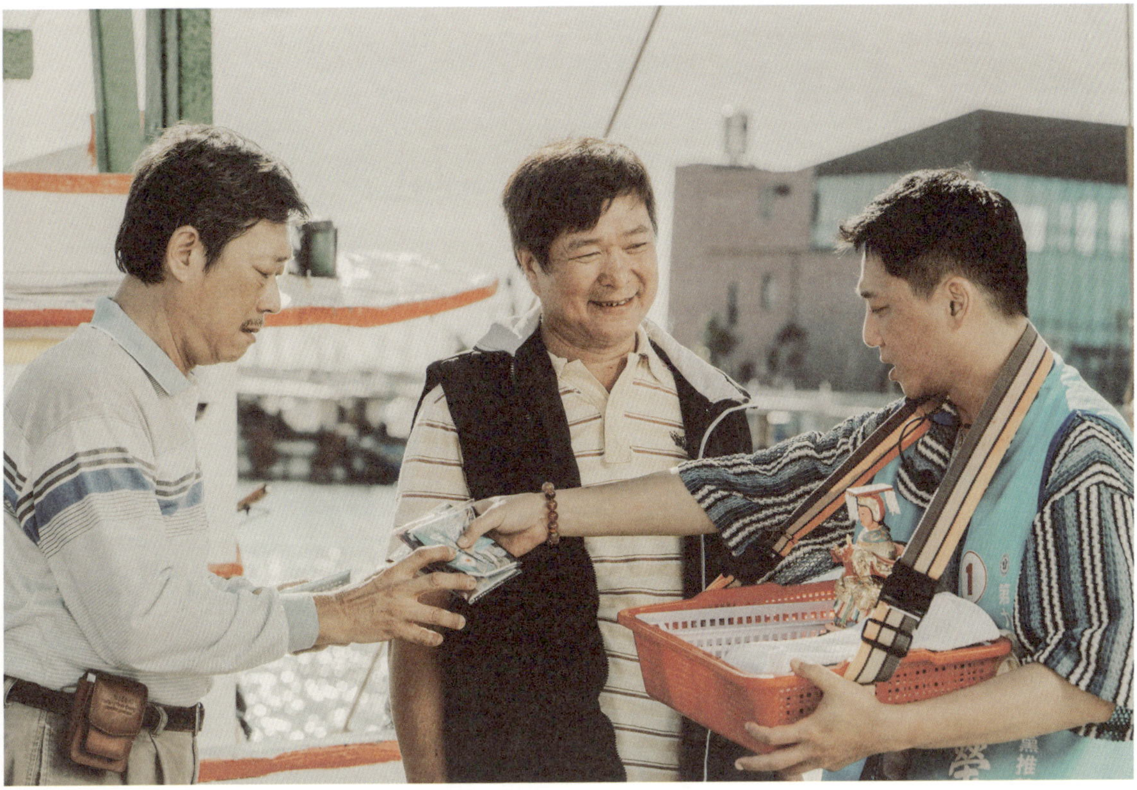

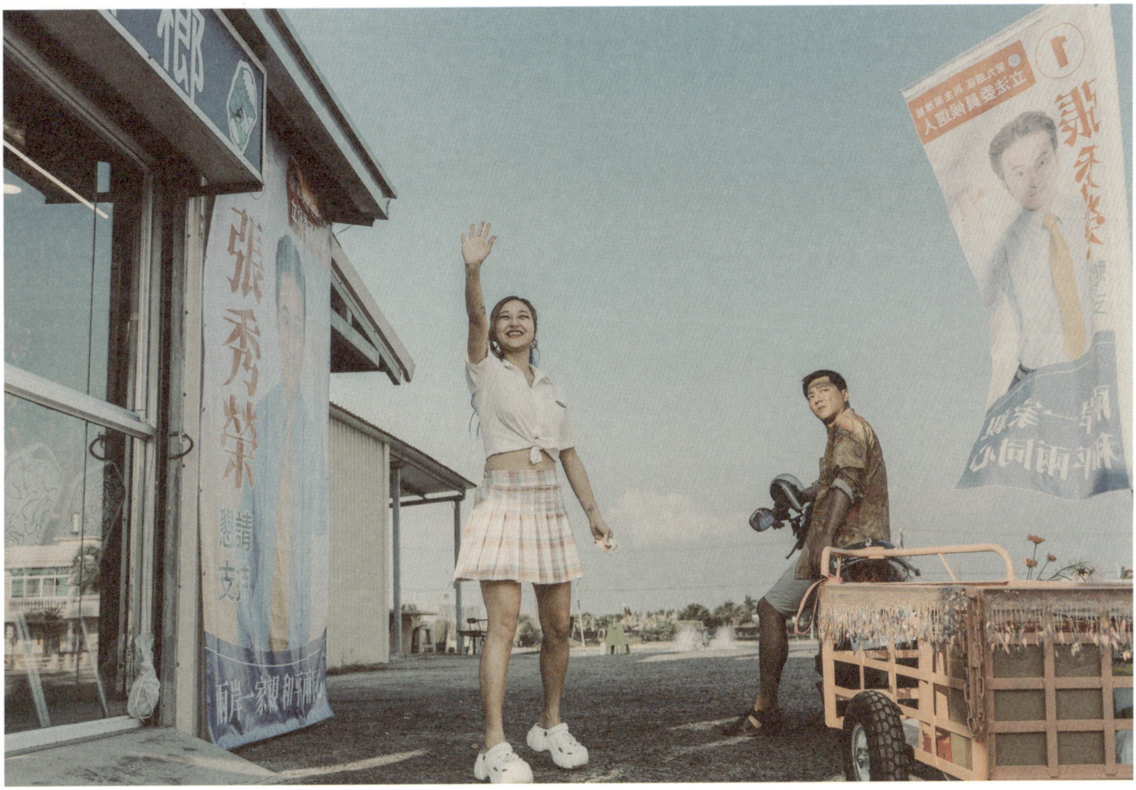
張秀榮
懇請支持
兩岸一家親 和平兩岸心
1
立法委員候選人

| S｜1　序場　　時｜夜　　　景｜造勢大會 |

△ 當選之夜，台下支持群眾看起來有近百名，但其實多數都是穿著競選背心的黑衣人小弟，以及一些被動員來領便當的歐巴桑、歐吉桑們，大家隨著台上的指揮搖旗吶喊。背景音樂澎湃激昂，阿彬聲音沙啞，帶動氣氛，現場熱鬧歡欣。

阿彬
讓我們用最熱烈的掌聲，鼓勵咱張秀榮委員再一次當選！
同時，歡迎最辛苦的牽手委員夫人張林寶貴一同！掌聲給它催下去！

△ 後台處，張秀榮跟夫人張林寶貴（約50歲上下）兩人十指緊扣站在台後等待區，從牽著的手可以看到，張林寶貴的手臂上有一塊不算小的紅色胎記。張秀榮一臉興奮驕傲，夫人則是眼眶泛淚，很是感動地模樣。兩人穿著繡有「張林寶貴」、「張秀榮委員牽手」的夾克。聽到主持人喊到兩人的名字。兩人開心地上台，兩人相視一笑，委員先踏出一步，手仍拉著後方的委員夫人。
△ 突然委員感覺到手空了，回頭一看，四處張望，太太不見了。場控人員仍然著委員向前。
△ 台前群眾沸騰大喊「張秀榮、張秀榮」，張秀榮臉上掛起職業笑容，站在台前，對台下群眾鞠躬致謝。

阿彬
張秀榮！凍蒜！張秀榮！凍蒜！感謝！感謝！鄉親父老兄弟姐妹的支持，讓我們張委員可以繼續來為我們鄉親服務。張秀榮！台灣的光榮！現在請我們張委員來跟大家說幾句話。

△ 張秀榮接過麥克風，張口正要說話時，台下起了一陣騷動，居然有一隻豬在人群裡四處鑽動，台下支持者紛紛起身，忙著抓豬。現場一片慌亂。

| S｜2　　　　時｜日　　　景｜小鎮街景 |

△ 天色將亮未亮，小鎮一片寂靜。昏暗中，一陣怪風吹起，蚵仔架迎風搖動。一陣煙霧隨之而來，顯得陰森詭異。漫天大霧裡傳出1975年越南淪陷前流行的波麗露慢板歌《午後的太陽》。
△ 一片煙霧中隱約可見似乎是一名妖嬈女子，身穿越南傳統服飾，站在魚塘中幽幽地歌聲，似乎從這名女子口中傳來。女子緩緩地轉過身來⋯⋯

△ 上片名：海倫仙渡師。

| S｜3 | 時｜日 | 景｜小鎮街景 |

△ 四年後。
△ 阿彬緩慢地騎著機車，機車後頭插著一根「票投張秀榮，兩岸大繁榮」的競選旗幟。牽著一隻粉紅豬，在小漁港邊遊蕩，太陽毒辣發威。
△ 阿彬騎著車，經過魚塭，往漁會走去，可以看見路邊插滿了「和平共存、台灣永存」、「兩岸一家親、和平兩同心」的標語飄揚。再往漁會靠近一點，張秀榮的競選看板，大大的豎立在漁會前，一旁可以看到張秀榮開心地比著讚，與民主黨總統候選人的合成照片。阿彬滿意地瞧了合照一眼，來到漁會前的廣場，幾名蹲在一旁挖蚵仔的歐巴桑一邊挖蚵仔，一邊聊天。阿彬經過時，被幾名歐巴桑調侃。

阿春（女，約六十多歲）
阿彬，你是娶不到老婆，母豬也好嗎？

阿巧（女，約六十多歲）
看阿彬顧那隻豬，顧得這麼好，當他媳婦一定很幸福，不然來我家當女婿？

阿彬
阿巧姨，你也拜託一下，你女兒都要五十歲了。

珠珠（女，約五十多歲）
怎樣？你現在是漁會理事，囂張了吼？

△ 阿彬這時留意到，歐巴桑們手邊用的面紙居然是對手自由黨候選人李柏鈞（年約 30 多歲）的，阿彬的臉頓時垮了下來。

阿彬
阿姨，你們拿這什麼？
我跟你們說，榮哥這次沒選上，以後你們這些蚵仔，就沒辦法銷大陸喔。

阿巧
這又沒什麼，拿來擦屁股而已啊。

阿彬
幫我們榮哥拉票喔！拜託了。

△ 阿彬拉著豬慢慢地騎走。他看了一下時間，感覺應該差不多了，往媽祖廟騎去，中間經過檳榔攤，阿彬又停下來買檳榔。

阿彬
阿娟，三盒，包葉仔的。

阿娟（約三十歲）
一百五。

阿彬
不是三盒一百？夭壽，漲價漲這麼兇？

阿娟
通貨膨脹啊。租金、人力、原料，通通在漲，我也沒辦法。

△ 阿娟邊說邊把檳榔拿給阿彬，順手也拿了一包自由黨立委候選人李柏鈞的面紙給阿彬。

阿娟
來，買一送一。

△ 不遠處傳來宣傳車的聲音。

ＯＳ：各位鄉親父老姊妹，咱自由黨的立委候選人李柏鈞來到這，跟大家拜託，為了咱台灣的未來，這次立委，一定要投給自由黨李柏鈞，共同守護台灣的自由。拜託，拜託。三號李柏鈞，自由的明燈。

阿彬
這啥？阿娟，你爸的鰻魚苗生意，你這檳榔攤，都榮哥在幫忙顧的，你現在幫對手宣傳？

阿娟
哎呦，整箱免錢，給客人你擦嘴而已，不要緊啦。放心，我們全家十幾票都榮哥的。凍蒜！凍蒜！

阿彬
對啦。投我們榮哥，兩岸給他通下去，錢跟人都會來，大家發財。

△ 阿彬揮揮手騎著摩托車，牽著豬，離開了。

S｜4	時｜日	景｜媽祖廟埕/榮哥住處

△ 阿彬騎著機車經過媽祖廟的廟埕，榮哥的競選旗幟插得滿滿的，隨風飛揚。可以看出來，媽祖廟就是容哥大本營。阿彬熟門熟路的把機車騎到一旁榮哥的住所處。將機車

停在榮哥住所前，一邊溫柔地叫喚豬的名字「寶寶」這裡走，一邊把豬牽進榮哥住所。
△ 阿彬先進到一處道德廳，大馬正在上香拜拜，阿彬也跟著雙手合十，狀似虔誠。然後才隨著大馬，來到榮哥的辦公室。
△ 阿彬跟大馬走進榮哥辦公室的時候，海倫正坐在榮哥的腿上，兩人狀似親暱，阿彬看了很不是滋味。豬此時似乎有些生氣，低聲吼吼吼地叫著。榮哥感覺有些怕這隻豬，趕緊推開海倫。
△ 阿彬看了一眼海倫，眼神中有著無奈不捨，但海倫低著頭，沒有看阿彬，面無表情，看不出喜樂。
△ 榮哥走過去，摸摸豬安撫，叫著寶寶，豬卻轉頭，安撫豬的情緒。一邊泡茶。此時可以看到，豬的腳上，有一個清楚的紅色胎記，對照榮哥擺放在一旁跟夫人的合照，穿著及膝套裝的夫人手臂上，也同樣有著紅色胎記。

榮哥
阿彬，坐啊，來，喝一杯。海倫，你也坐，一起喝一杯。

△ 後頭，有一尊木雕關公，底下墊著一個鼓鼓地紅包袋。
△ 阿彬坐下，順手把檳榔盒以及印有李柏鈞照片的面紙包丟在桌上，榮哥留意到瞄了一眼。大馬立即意會，大罵阿彬。

大馬
幹！這個垃圾東西，你居然也拿？

阿彬
榮哥，這次自由黨這個李柏鈞要小心哩，我們幾個鐵票區，都有拿到這個，宣傳車也四處跑，都到我們的地盤來了。我看我們被認知作戰，滲透了啦。

大馬
那還不是因為你沒有顧好！

△ 大馬生氣拍桌，起身作勢要打阿彬。榮哥伸手示意制止。

榮哥
來，阿彬，我跟你說，你看那個關公像，那邊，有沒？上面有一個紅包……。

阿彬
紅包？免啦，榮哥，我們兄弟，不用這麼客氣。

榮哥
裡面是漁會金庫的鑰匙。

<mark>阿彬</mark>
金庫的鑰匙，怎麼會在這裡？

<mark>榮哥</mark>
總幹事上次在這賭博欠錢，拿來抵押。

<mark>阿彬</mark>
這也能抵押？

<mark>榮哥</mark>
我是看他這麼愛賭，怕他把整個漁會都輸光，鑰匙放在這裡讓神明顧，金庫才會安全。

<mark>阿彬</mark>
這你放心，我現在也是漁會理事，我會幫忙顧好的。

<mark>榮哥</mark>
你看的沒錯，這次比上次還要難選，政府在這弄什麼科學園區，害我選區來一堆年輕人，不知道我們地方的辛苦。只知道投那些很會玩網路的。

<mark>阿彬</mark>
那些都沒用拉，都空氣票，空氣！

△ 榮哥見阿彬沒聽懂意思，回頭看了一眼大馬。

<mark>大馬</mark>
選舉到了，差不多要洗了，想先跟漁會借一下，你不是漁會理事？讓你去處理一下。

<mark>阿彬</mark>
榮哥，這不行，這犯法哩。

△ 榮哥瞪了一眼阿彬，沒有說話，本來想伸手摸海倫的屁股，但瞄了一眼身邊的豬，趕緊收手，換溫柔地摸摸身旁的豬，喊著寶寶。榮哥這副溫柔沉靜地模樣，反而讓阿彬有些害怕。

<mark>阿彬</mark>
榮哥，我這理事才剛選上……。

<mark>大馬</mark>
你這理幹事還不是榮哥幫你？你那越南妹店也是榮哥罩，經銷賣去大陸的鳳梨，也是榮哥幫你打通關的。有錢你賺，有代誌你閃，這樣對嗎？

榮哥
選完就補回去了，不是說都跟你說了，有神明在顧，不用擔心。

阿彬
好啦，我知道。

△ 阿彬只好點點頭，起身做了敬拜手勢，拿出金鑰匙，放回桌上。榮哥笑笑，幫阿彬斟茶，以酒帶茶，敬了阿彬。
△ 此時，粉紅豬卻突然一口氣把鑰匙給吞下。眾人傻眼。
△ 阿彬氣急敗壞要抓豬，拿長棍打豬。

阿彬
幹！你死豬仔，胃口這麼好，什麼都吃！我打到你吐出來。

△ 榮哥急急忙忙大聲喝斥。

榮哥
靠邀，不要打她，這隻是我的寶寶。你打她，我就打你。

阿彬
大ㄟ，你保護動物協會的啊？！伊不過是畜生啊！我抓去剖肚，把鑰匙拿出來？

榮哥
你才是畜生咧，你不要動她喔！她是……幹！總之你恬恬好好對她卡巴結點。

△ 阿彬驚訝又詫異的看著榮哥。

阿彬
那金庫鑰匙要怎麼辦……。

大馬
把她帶回去，讓她拉肚子排出來。好好款待她！不然讓你好看。

阿彬
蛤？

△ 阿彬一臉矇，悻悻然牽著粉紅豬回家。

| S｜5 | 時｜昏 | 景｜小鎮海港街景 |

△ 阿彬騎機車載著海倫回越南妹店，一邊牽著那隻豬，阿彬把海倫的手往自己腰際上放。疼惜地撫摸著。

阿彬
海倫，拍謝，等我賺大錢，就不會再讓你出場了。
奇怪，榮哥之前看到你都怕，怎麼最近選舉要到了，又開始找你？

△ 海倫沒有說話，轉頭看著夕陽，一陣妖風從後頭吹起，將海邊的沙子小小地翻飛捲起，海倫露出詭異地笑容。

| S｜6 | 時｜日 | 景｜越南妹店外 |

△ 阿彬捏著鼻子，滿臉嫌惡，蹲在一堆糊狀豬糞便旁，底下鋪著報紙，戴著手套挑揀。榮哥的寵物豬被綁在一旁，正開心地吃著一大盤用瓷盤裝的食物。
△ 阿魚開車，載了幾箱酒過來。

阿魚
大仔，你在幹嘛？臭死了，這豬還烙賽。

阿彬
別囉唆，來幫忙。找一隻鑰匙，金色的。

阿魚
才不要很噁心耶。

△ 阿魚嫌惡地搖頭，逕自把幾箱酒搬進店裡。
△ 阿彬還在豬糞堆裡翻找，阿彬翻找的太專心了，以至於沒有留意，綁在一旁的豬，掙脫繩子跑走了。等到阿彬確定在豬糞裡沒有找到，回頭想要再幫豬灌腸的時候，才發現豬不見了⋯⋯。

阿彬
糟了。

△ 阿魚走出來，看見阿彬驚嚇萬分地愣在那裡，走過去拍拍阿彬。

阿魚

284　episode 7　海倫仙渡師

大仔，你中邪了啊？杵在這幹嘛？

阿彬
豬，委員的豬，不見了⋯⋯。

| S｜7 | 時｜夜 | 景｜小鎮街景（車上） |

△ 阿魚開著車載阿彬，阿彬把頭探出車窗外找豬。

阿魚
有看到嗎？都繞幾圈了？

阿彬
庄頭就這麼小，這豬還真會跑。

△ 手機響起，顯示張委員打來，阿彬看了一眼，嚇得把手機遞給阿魚，示意要阿魚接，比手勢說自己不在，並開擴音。

阿魚
是，委員，彬哥剛好去棒賽啦。

榮哥
選舉名冊出來了嗎？今年那些條仔腳的票，要記得顧好，一票都不能少。
幾個里的鐵票區，被那個什麼鈞的，滲透得很嚴重。

阿魚
李柏鈞啦！

榮哥
這種名字，不需要記得！不要再被認知作戰了。
還有豬的事情快點處理啦！沒那些錢，怎麼有辦法固票呢？

阿魚
喔，豬⋯⋯，那隻豬⋯⋯就⋯⋯。

△ 阿彬擠眉弄眼，手勢做割頭狀。

阿魚
豬沒問題啦，都有在棒賽啦！

△ 電話突然傳來榮哥的聲音。

榮哥
金庫的鑰匙還沒找到？

△ 電話掛上。阿魚轉頭看阿彬，阿彬一臉不爽。

阿魚
那金鑰匙該不會被那隻豬當成金箔吸收消化掉了？

阿彬
完蛋了，我這下死定了。

△ 阿彬哀嘆著，沒有留意到，豬正跟在阿魚的車子後面跑……。

S｜8　　時｜夜　　景｜越南妹店

△ 晚間一群記者，深夜被榮哥招待，酒池肉林，大馬、阿彬、阿魚、里長貴，海倫跟其他越南女子都在小吃部裡，喝酒唱歌。幾名女生穿著貼著亮片的比基尼，在小舞台上唱唱跳舞。海倫則坐在榮哥身旁，其他被招待的記者們，身邊也都有越南妹陪侍。
△ 榮哥把一疊人千元民幣擺在桌上。

大馬
什麼民主票票等值，還不如人民幣跟台幣 1:1 交換啊！來啦，大家看要換多少，儘量換。

男記者李文華
榮哥！水氣啦！

榮哥
你們這些記者，錢拿了，新聞就要幫忙報吶。

李文華
榮哥交待的，那有什麼問題。榮哥！凍蒜！榮哥！凍蒜！

△ 其他人在李文華的鼓譟下，也跟著高喊凍蒜，氣氛熱絡。
△ 榮哥看著眼前這些如鯊魚搶食般搶著錢的記者跟越南妹們，感受到錢權操弄人心的滋味，得意地靜靜喝酒，露出微笑。
△ 同時，榮哥的手不安分游移磨蹭在海倫的手臂，坐在一旁喝著悶酒的阿彬，很是介意

地盯著看海倫，心裡想著：「不能牽手，不能牽手」。卻沒想到，阿彬愈是介意，榮哥的手，就愈往海倫的手游移過去，還企圖十指緊扣。
△ 阿彬很是緊張地看著，海倫似乎留意到榮哥的手慢慢地摸過來，竟在最後一刻，反手拿起酒瓶，搖晃著表示瓶子空了。然後起身，走向後面通道拿酒，阿彬鬆了一口氣，也起身，在後面跟著，在通道短暫壁咚並交代。

<u>阿彬</u>
明天早上十點我來載你。

<u>海倫</u>
嗯。

△ 阿彬開心地要上前親吻海倫，卻被海倫技巧性地閃過了，阿彬訕訕地笑了一下，海倫回頭給了阿彬一個飛吻。阿彬被海倫迷得團團轉。
△ 阿彬從通道回到大廳裡，眾人在榮哥的起哄下，開心地喝酒跳舞唱歌，氣氛熱鬧。阿彬四處張望，卻沒有看到海倫。
△ 男記者李文華醉醺醺地，往通道內走去裡頭的廁所尿尿，雖然外頭的卡拉ＯＫ歌聲很大聲。但李文華還是依稀聽到一個細細柔柔的歌聲，李文華循著歌聲，看見一個身材妖嬈地女子背影，竄進小房間裡，文華癡癡地跟了上去。門碰一聲地關上……

Ｓ｜９　　時｜昏　　景｜郊外空地

△ 一片荒煙蔓草的空地，四邊插著幾根榮哥的競選旗子。旗子上的標語寫著：「票投張秀榮，兩岸大繁榮」有隻豬在空地裡低頭，似乎在找東西吃。突然遠處傳來車聲，豬聽到了，嚇得趕緊拔腿跑走。
△ 阿彬開車載著海倫到現場，兩人下車，阿彬把揹在背上的捲筒拿出來，攤開裡頭的建築圖，比手畫腳，說得天花亂墜。

<u>阿彬</u>
海倫，這塊地我買了，過兩天就要開始整了，這是為了你買的。你看，這圖，我找人設計好了，前面我要弄個噴水池，弄個兩條魚在那裡吐水，風水師，這樣樣叫魚躍龍門啦！後面，我準備蓋一間皇宮，屋頂圓圓那款的。一定我們下港最豪華的ＫＴＶ給你當老闆娘，你看怎樣？

△ 海倫聽著笑笑，沒有回答，倒是把車上的音樂轉得很大聲，音樂傳來的竟是那首越南曲《午後的太陽》。海倫邊聽邊跳旋轉舞。黃昏的太陽漸漸西下，天色愈來愈暗。阿彬看著舞姿婀娜地海倫，感覺被海倫的美色迷惑，瞇著眼癡癡地走向前，攬起海倫的腰，拉著海倫親密地跳著慢舞，靠在海倫耳邊說著情話。

　　　　　　　　　　　　阿彬
　　　　　　你跟我，我們一起過日子，好不好？

△ 阿彬說著說著，牽起海倫的手，十指交扣。

　　　　　　　　　　　　阿彬
　　　　　　答應我，只能跟我牽手喔。

△ 海倫點頭。

S｜10	時｜日	景｜郊外

△ 阿彬跟海倫上車，發動引擎，阿彬順手轉成廣播模式。
△ 新聞報導收音機竄出：日前從台中南下採訪選情的男性記者李文華已失蹤數日，據稱最後與其宴飲的同業也表示，當他離開冰果室洗手間之後，便離奇失聯。
△ 海倫細細悠悠地哼唱《午後的太陽》音樂。
△ 阿彬把車窗搖下來，一邊聽著海倫的歌聲，一邊吹著風，輕輕地打著拍子。此時，一隻豬突然從不遠處跑了過去，阿彬緊急煞車……

S｜11	時｜日	景｜田野

△ 海倫靠在停在路邊的車上，一邊塗指甲油，一邊等候。不遠處的田裡，阿彬跟阿魚兩人拿著繩索套子，吼吼吼地叫著，賣力地追著豬。豬在田裡跑來跑去，阿彬跟阿魚兩人，撲上去想要抓，卻撲了個空。
△ 阿彬跟阿魚兩人使眼色，決定前後包夾，緩緩地靠近，好不容易才把豬抓住。抓到豬的時候，阿彬開心地直歡呼。

　　　　　　　　　　　　阿彬
　　　　　　抓到了，抓到了吼！看你往哪跑。

△ 阿彬跟阿魚費力地把豬塞進後座車子裡。
△ 阿魚坐在後座陪豬，海倫坐在駕駛座上，三個人一隻豬就這樣開車揚長而去。
△ 後頭田裡，卻還有另外一隻豬，吼吼吼地叫著……

S｜12	時｜日	景｜獸醫院

△ 阿彬牽著豬，跟阿魚兩人專心地看著獸醫電腦裡的X光片。

阿彬
鑰匙勒？

阿魚
怎麼什麼都沒有？

阿彬
幹！該不會，已經拉出來，在田裡了？

阿魚
你不要叫我幫你去田裡找豬屎喔。

△ 阿彬想想不對，仔細翻看豬。

阿彬
不是這隻啦。

阿魚
你豬養久了，有感情，都認得豬臉了喔。

阿彬
幹！什麼感情，委員那隻，腳上有紅色胎記。這隻什麼都沒有。

阿魚
整個庄頭不是只有委員養的那隻豬嗎？這隻哪裡跑來的？

阿彬
管他哪裡來的，沒找到那隻豬，我穩死的。

| S｜13 | 時｜日 | 景｜媽祖廟 |

△ 張秀榮在大殿虔誠地祭拜，大馬隨侍在側，阿彬跟阿魚兩人站在旁邊低著頭，不敢說話，在後頭跟著張秀榮拜。張秀榮口中喃喃自語，跟媽祖說話。

張秀榮
媽祖，請保佑我這次立委一定要選上，這樣你湄洲的媽祖元神，才可以出巡來台灣。湄洲那邊的媽祖廟，我已經幫你整修好了，本來那邊沒在拜媽祖的，也讓我振興起來，招了不少信徒。等選完，我們會迎來湄洲媽祖，讓你的分靈跟元神會合統一。

△ 張秀榮祭拜完，把香遞給大馬插上，自己走到阿彬身邊說話。

張秀榮
阿彬，豬有幫我照顧好嗎？

阿彬
有，有，每天都讓他吃的很澎湃，還讓她跟我店裡的越南妹一起睡⋯⋯。

張秀榮
鑰匙呢？

阿彬
鑰匙⋯⋯還在拉⋯⋯。

△ 大馬聽了過來二話不說，就往阿彬身上踹下去。

大馬
幹你娘，你是在搞什麼鬼？兩個星期就要選舉了，錢都沒有發出去，
榮哥這次是奉媽祖的聖意在選的。如果落選，不要說你生意沒了，我們大家都會有事。

阿彬
我知道，我知道，榮哥，拍謝，我馬上去辦。

張秀榮
24 小時。

阿彬
啊？

張秀榮
不能再拖了，再拖下去，選舉賭盤都要封盤了，我民調一定要趕快拉起來才可以。
24 小時把事情辦好。拜託了。

阿彬
好，好，我馬上去。

△ 張秀榮過去拍拍阿彬的肩，讓阿彬嚇得直發抖，他點頭稱是，拉著阿魚，趕緊衝了出去。

| S｜14 | 時｜夜 | 景｜越南妹店外一角 |

△ 海倫走出越南妹店，手上捧著一碗飯菜，繞過庭院，來到越南妹店外的一小角，那隻腳上有紅色胎記的豬，自動地靠了上來，海倫蹲下身來，餵食這隻豬，輕柔地撫摸著豬身，細細地哼著那首《午後的太陽》給這隻豬聽。
△ 海倫輕撫著那隻豬，一邊輕聲溫柔地說話。

海倫
夫人，你拿生命去換榮哥的委員位子，值得嗎？

| S｜15 | 時｜夜 | 景｜檳榔攤外 |

△ 阿彬跟阿魚坐在阿娟的檳榔攤外，一邊嗑著花生，一邊喝保力達B加啤酒澆愁。

阿魚
委員剛剛說，是媽祖的聖意要他出來選，沒選上就完了。
我怎麼聽不懂？媽祖保佑委員選上就好了啊？哪有沒選上，媽祖還懲罰人的。

阿彬
什麼媽祖聖意，是那邊的意思。

阿魚
那邊？

阿彬
阿共仔啦。噓，不要說出去。

阿魚
你是說，阿共仔要榮哥出來選？

阿彬
榮哥在大陸的媽祖廟，是阿共仔特許的，什麼鳳梨、虱目魚經銷，
也是阿共仔特別給他做的。

阿魚
哇，榮哥這麼有辦法，通共產黨哩。

阿彬

小聲一點啦。他拿了那邊這麼多好處,就是要進去立法院當代表。

阿魚
那榮哥不就是匪諜?

阿彬
什麼匪諜?誰當政府都一樣啦。我們小老百姓,有錢賺就好。
榮哥給我錢賺,我就支持他啊。

阿魚
可是,他現在不是要你的命嗎?有錢你也沒命花。

△ 阿娟看兩人酒沒了,遞上花生跟酒。

阿彬
那如果阿共仔打來,你打算怎麼辦?

阿魚
能怎麼辦?照過日子啊!我們小老百姓,安安靜靜,
不要管那些有的沒的,應該就沒事了吧?

阿娟
哪有這麼簡單?戰爭好恐怖,香港也很恐怖。我要趕快跑。

阿彬
你一個女孩子家,是要跑去哪裡?

阿娟
找一個阿斗仔嫁不就好了。
我在網路上已經釣上好幾個了,你們說我去嫁去紐西蘭、加拿大,還是歐洲比較好?

阿魚
那都詐騙,不要被騙了。

阿娟
你少在那裡嫉妒我。喝酒啦。

△ 阿彬看著阿娟,心裡有了盤算。

S｜16　　時｜夜　　景｜越南妹店

△ 海倫正在化妝換衣，阿彬走過來擁抱海倫。

阿彬
　海倫，嫁給我好不好？現在就嫁給我，我們不要在台灣開店了，等我找到那隻豬，弄到錢，我們就去越南。我保證開一間越南最大的卡拉ＯＫ皇宮給你，讓你當皇后。

△ 海倫轉頭看著阿彬，正要開口回答時，外頭傳來吼吼吼地豬叫聲，阿彬聽到，趕緊衝了出去。

S｜17　　時｜夜　　景｜越南妹店外

△ 阿彬衝到店外，海倫跟上，一眼就看到那頭腳上有紅色胎記的豬，乖乖地趴在越南妹店外，開心地搖著尾巴，豬屁股後的一坨屎，閃著一隻金色的鑰匙。
△ 阿彬驚喜地走過去把鑰匙拿起來。阿彬開心地抱著海倫歡呼。

阿彬
　我找得半死，結果，說豬，豬就到！海倫，你真是我的幸運女神。

△ 豬突然起身，一溜煙地跑走了。阿彬本來想要追，但想想，有鑰匙也不需要豬了，也就作罷。

S｜18　　時｜夜　　景｜漁會信用部後門

△ 阿彬跟阿魚悄悄地來到漁會信用部金庫後門，他抬頭看了一眼監視器，然後將監視器移了角度，藉著讓出的角度，再連續將其他三四個監視器搞定。接著戴上夜視鏡。
△ 漁會後門沒有上鎖，阿彬輕易打開，阿彬領著阿魚了走進去，兩人將金庫的門打開，把錢裝進一袋袋的麻布裡。

阿魚
　大仔，你真的要把這些錢袋去越南？榮哥不會放過你的，你這一去，可就回不來台灣了。

阿彬
　隨便啦，反正我無父無母，有錢去越南當王，也好過在這裡當狗。

阿魚

這樣，我們兄弟什麼時候還可以一起喝酒？

阿彬
我跟你說，榮哥那邊的消息是，選舉後，阿共仔可能真的會打來，你最好也趕快打算。

阿魚
我全家大小都在這，又不像你羅漢咖，我是能跑去哪啦？

△ 阿彬沒有回答，拼了命地把錢塞進麻布袋裡。

S｜19	時｜夜	景｜越南妹店

△ 阿彬車子後座塞滿了裝著錢的麻布袋，車子開到越南妹店前，阿彬下車，匆匆走進越南妹店，大聲喊叫。

阿彬
海倫，準備好了嗎？阿魚已經找好漁船，在等我們了，行李不用收了，
我們到那邊，全部買新的。我有錢……。

△ 阿彬走進去，卻看到張秀榮跟大馬還有小雄、阿凱等幾名小弟，好整以暇地坐在裡面，滿臉笑容地看著阿彬。海倫正在幫張秀榮倒酒，無奈地看著阿彬。

張秀榮
阿彬，這麼晚了，要去哪裡啊？

S｜20	時｜日	景｜鳳梨田

△ 毒辣的陽光，照耀在鳳梨田裡，農夫跟農婦彎著腰，一顆顆地採收鳳梨，鐮刀正要砍下去時，農婦嚇得尖叫，倒退三步跌跤在鳳梨田裡。農夫趕來查看，才發現是阿彬被種在鳳梨田裡，一顆頭露在外頭，嘴上像豬公一樣被塞了一顆紅蘋果。

S｜21	時｜日	景｜媽祖廟一角

△ 一袋袋的小帆布袋堆在媽祖廟一角的陳舊辦公桌上，阿魚跟里長貴把現金一疊疊拿出來，各掏出兩張一千元，塞進印有「民主黨立委候選人 張秀榮 懇請支持」的面紙包裡。幾名黑衣少年小雄、阿凱等八＋九排隊領著阿彬負責發放的，這一箱箱塞好賄款的面

紙包。阿彬一邊發放，一邊在選舉名冊上註記，同時叮囑著小雄、阿凱等八＋九們。

阿彬
這中正里 1~4 鄰那區，加起來，至少要有……一百五十票要開出來，你發的時候，要跟鄰長們交代，這些鐵票，一個都不能漏勾。……下一個是，福山里 5 鄰到 7 鄰，這比較多至少要有 220 張票，應該都可以開出來吧？這樣的話……。

△ 阿彬搔搔腦袋，就著選舉名冊，不停地按著計算機，愈算愈覺得心慌。

阿彬
阿魚，這樣怎麼對？
再怎麼算，這些錢就算都發出去，委員的鐵票還不到兩成，其他都空氣票勒。

里長貴
阿彬，你不知道，現在少年郎都說，阿共仔打來，要跟他拚。不要讓台灣變成香港哩。

阿彬
大家頭殼壞掉喔，現在情勢看無辨喔（看不懂喔）！跟他拚？是打得贏嗎？
（隨口問一個八＋九）你勒？你要跟阿共仔打嗎？不怕死喔？

小雄
打啊！台灣我們的家耶，哪有任人欺負的？現在說我們打他們的漁船，就在演習，還要我們不能選宋崇仁。幹！要投誰我的自由啦，輪不到阿共仔來指指點點啦！

阿凱
對，阿共仔，滾出去！阿共仔，滾出去！

△ 不說這還好，一說，大家起了內鬨，沒大沒小起來。
△ 阿彬看這些年輕人激動的態勢，心裡滿滿不安。

S｜22　　時｜日　　景｜市場

△ 漁市裡人聲鼎沸，此起彼落地拍賣叫喊聲，非常熱鬧。阿彬帶著榮哥的人形立牌，身上穿著民主黨立委候選人 2 號 張秀榮的背心。在阿魚大聲公的介紹下，一一地跟市場的魚販、顧客們握手拜票。

阿魚
各位鄉親父老，今天咱張委員……他的神主牌……。

阿彬
（搶過大聲公）他的精神象徵。

阿魚
拍謝，張委員的精神，來到咱魚市跟大家拜票，拜託大家，立委要蓋給咱民主黨的代表，二號，張秀榮。二號張秀榮。票投張秀榮、兩岸大繁榮！票投張秀榮 相偕大發財。

阿彬
拜託，拜託。票投張秀榮喔。 拜託喔！二號，二號。阿福伯拜託喔（順手遞上面紙包）一定要讓我們榮哥凍蒜喔！

阿福伯
安啦，從我阿公開始，就受榮哥他丈人照顧，當初要不是他丈人，我們鳳梨爛在田裡，都沒人要哩。

阿彬
好，好，一張票，幾世情，要記得喔！

里長貴
二號！張秀榮！二號！張秀榮！

阿彬
里長貴，來，這面紙給你。拜託，拜託。

里長貴太太
這幾包怎麼夠？我們這里有幾百個人哩。

阿彬
知道啦，回頭，再送幾箱去里辦公室，票要開出來喔。

里長貴
放心啦，我鐵條仔哩。

阿彬
福伯，你不要忘記，你兒子的養殖蝦生意，是榮哥幫忙牽線去大陸的喔。

福伯
沒問題啦！我們全家大小、阿伯、阿嬤，快二十票，都榮哥的啦！

阿發仔

對啦，我們家十多票，也是榮哥的！

△ 眾人起哄歡呼，嚷著榮哥凍蒜！榮哥凍蒜！

阿魚
大ㄟ，感覺穩了耶。

阿彬
雜頭！這本來都鐵票，現在榮哥危險的是少年郎啦！

阿魚
那怎麼辦？

阿彬
我也不知道，能多一票是一票了。

S｜23　　時｜昏　　景｜越南店

△ 越南店裡，穿著清涼地越南妹們，有的坐在這些人旁邊倒酒撒嬌，有的則在台前跳舞，海倫則拿著麥克風高聲唱歌。這些人樂得合不攏嘴。

△ 榮哥坐在越南店裡跟鄉民們喝酒吃飯，氣氛熱絡，就像是一家人一般，但大馬兇惡地站在一旁，讓前來找榮哥的幾個村民，都顯得唯唯諾諾。

榮哥
小雄，當初是你阿公說，你們家的田是祖傳的，我才幫忙處理，不要被畫進科學園區的耶。這怎麼能怪我？⋯⋯好啦，好啦，我知道啦，我選上，再幫你處理。⋯⋯

△ 拜完票的阿魚跟阿彬，兩人手上還拿著榮哥的立牌跟大聲公，走過來，阿彬一把坐下，把榮哥的立牌隨手放在旁邊，一個沒擺好，立牌掉在地上，阿彬緊張地趕緊要撿起來，卻不小心，一腳踩在立牌的榮哥臉上。
△ 榮哥一改溫文的形象，突然拍桌發怒，起身給了阿彬狠狠地一拳。

榮哥
幹！恁爸的臉都敢踩，你活太久了是不是！

阿彬
榮哥，拍謝，拍謝，我就不小心⋯⋯。

> 榮哥
> 不小心！要你助選，也這麼不小心。現在民調多少，你知不知道？

> 阿彬
> 還輸那個李柏鈞，五個百分點……。

△ 榮哥聽完，抽起大馬身上的刀子，就狠狠地往阿彬兩股之間插進去。嚇得阿彬雙腳發抖。榮哥靠在阿彬耳邊低語。

> 榮哥
> 這個名字，你記得這麼清楚，是被滲透了嗎？
> 我很久沒殺人了，票沒開出來，我剛好沒事，可以磨磨刀子。

S｜24	時｜夜	景｜越南妹店海倫房

△ 阿彬跟海倫雲雨之中，十指交扣，海倫坐在阿彬的身上，瀕臨臨界吊上白眼，呻吟地聲音，似乎在哼唱著絲絲細微地歌聲。阿彬張開眼，吃驚地看著海倫的臉。在海倫的頭上，綻放出金色的光芒。阿彬靈機一動，趕緊起身穿衣。海倫被推到一邊，這時，我們才看到，海倫頭上的金色光芒，是剛好背後有一張佛祖的大海報，剛剛佛祖像被海倫擋住，以至於只看到在佛像身後的金色光芒，恰巧映照在海倫的身後。

> 阿彬
> 海倫，我要拜託你幫一個忙。

S｜25	時｜昏	景｜鄉間小路

△ 里長貴的摩托車上載著一大箱面紙包，搖搖晃晃地騎在黃昏的鄉間小路上。路路邊的蔓草中隱約有隻豬在竄動。
△ 天色漸漸地暗下來，遠方隱約傳來女子細細地哼唱《午後太陽》的歌聲。
△ 里長貴的摩托車突然滑進進一旁的蔓草裡，倒了下來。
△ 漸漸地，竟變成了齁、齁、齁地豬叫聲……。
△ 里長貴不見人影。
△ 鄉間小路上，一隻腳上有著紅色胎記的豬，開心地奔跑著，最後沒入夜色中。

S｜26	時｜日	景｜樂透彩卷行

△ 鞭炮聲響起，彩券行老闆發仔把紅紙貼在大門口，寫著『狂賀開獎！本店開出二獎十

萬元。』村民們福伯、阿巧跟阿春、珠珠、阿娟以及幾個八＋九小雄、阿凱等人，接過發仔遞上的糖果，滿臉好奇。

阿巧

發仔？是誰中獎？

發仔

就越南店那個阿彬啊！

阿春

阿彬？他那個衰相，也會中獎？

發仔

聽說是他越南妹店那個海倫，有神力，會報號碼哩，他那天帶海倫來，隨手指一指，就說十萬。我還想說，真的假的？結果，真的開出十萬耶！

阿凱

這麼神？

阿巧

那個越南妹，是神？

發仔

阿彬說，海倫突然起乩……說可以拿你寶貝的東西去換願望，小東西換小獎，大東西換大獎。看你想要什麼？就拿去換。

阿春

什麼都可以換？

阿發仔

聽他在臭彈？哪有這款代誌？

△ 眾人半信半疑，看著大大的中獎紅單。

S｜27	時｜日	景｜越南妹店外面空地

△ 越南妹店外空地擺了一張張地塑膠椅，鄉親們阿福伯、阿發仔、阿春、珠珠、阿巧、阿娟、小雄、阿凱，都坐在塑膠椅上等候。冰果室門口大大的著紅紙，歪歪斜斜的毛筆字寫著「海倫仙渡師法說會」。

△ 阿彬跟魚仔在門口招呼大家。

魚仔
排隊喔！大家慢慢來，不要急喔。

阿彬
來，來，「相信就會看見」。要發更大的財，就要拿寶貴的東西來換。不準免錢啦！福伯、珠珠，你們都來了喔！有準齣？

珠珠
大人啊拍謝，我不是吐槽，是真正不知道拿什麼來換大錢誒？

阿彬
不是選舉要到了，不如就你們手上的票啊？
反正哪個候選人當選又沒差，日子還不都是這樣過。

阿巧
有道理ㄟ，好好好來來來，要安怎用？

阿彬
啊你進去，跟我們海倫師求，接下來，手機交互阿魚，伊會幫你用。
安啦！又不會減一塊肉。來來來換你了，進去。來，下一個。

里長貴的太太
我我我沒想要錢，我只想要我失蹤的牽手回來，我牽手領去領抵發的沙拉油了後，
遂當天晚上在田岸邊無去，剩下一雙鞋一罐沙拉油……
嗚嗚嗚嗚，我用我的農保退休金來換……。

阿彬
里長嬸，你這免 你這免 我跟海倫仙問看看齣……你保重喔……。

△ 阿彬說著，把里長貴太太推到一邊，繼續招呼眾人進去跟海倫許願。

S｜28	時｜日	景｜越南妹店

△ 越南妹店的卡拉ＯＫ舞台上貼著金光四閃的海報，海倫就盤坐在海報前，遠看就像整個人都散發著金光，海倫全身素白，頭髮挽起，看起來確實就像天仙般肅穆。
△ 阿彬煞有介事地誠心祭拜，請求海倫仙降駕。

阿彬
請海倫師降駕，普渡眾生，請海倫師降駕普渡眾生……。

△ 此時，海倫頭上打下來一道白色光束，一旁阿魚趕緊播放佛經錄音，一時間，越南妹店搖身成了莊嚴地道場。
△ 一旁走進來的里長貴跟其他村民，有些看傻了眼，阿魚趕緊領頭祭拜下跪。

阿魚
海倫仙降駕囉！

△ 其他人被阿魚感染，也都跟著低頭，雙手合十祭拜。
△ 阿彬拿著紙筆，恭敬地上前靠在海倫師跟前。

阿彬
是，請海倫師指示。

△ 阿彬不停地點頭，一邊在紙筆上書寫筆記，然後轉頭，向祭拜的眾人宣示。

阿彬
台灣基業無簡單 千萬無倘冒風險 秀麗江山顧家伙 榮華富貴足額趁。

鄉親
啊媽祖這籤詩是什麼意思啊？

阿彬
齁，沒曉看喔！「秀」「榮」，大家賺大錢啊！

鄉親
好，好，投互秀榮！張秀榮！

S｜29	時｜夜	景｜張秀榮家

△ 腳上有胎記的那隻豬在張秀榮家外頭繞來繞去。
△ 張秀榮在床上，跟海倫翻雲覆雨，海倫翻過身，坐在張秀榮的身上，瀕臨臨界吊上白眼，呻吟地聲音，似乎在哼唱著絲絲細微地歌聲。張秀榮張開眼，驚訝地看著海倫這副模樣。

榮哥
喔上帝公，媽祖娘天公伯，主啊，萬能誒神，陰陽兩界好兄弟，讓我當選，我願意把我更

寶貴的寶貴換你，讓我再度順利當選……。

△ 說完，海倫突然張開眼，帶著神秘地微笑，看著張秀榮，突然口齒清晰，像是被附身一樣，開口問張秀榮。

海倫
那，你要拿什麼來換？

榮哥
你要什麼珠寶鑽石，金山銀山，我通通都可以給妳。

△ 海倫露出一抹意味深沉地微笑，看著榮哥。

S｜30	時｜昏	景｜媽祖廟一角

△ 電視新聞正在播放開票狀況。

主播夏宇珊
好的，我們可以看到，目前民主黨的王明芳跟尋求連任的自由黨宋崇仁，票數呈現拉鋸，兩人的得票差距，一直都在一萬票以內。咬得很死……。

名嘴強哥
選前各民調，王明芳領先宋崇仁至少有十個百分點，現在票開出來，差距卻很小。顯然爆炸案對王明芳的選情衝擊很大……。（此為第一集開票直播。）

△ 廟埕裡普通辦公室桌椅一字排開，每每張桌子有電話，小弟們忙著接電話計票。
△ 阿彬屁股靠在桌角，顯然坐不住，眼睛在盯著牆上電視螢幕上的開票結果，同時還有白板上面有各里的空白欄位，都標註著票數，阿凱、小雄等小弟們一直拿著手機，複誦里名跟票數，給白板前一位小姐，拿著白板筆跟板擦書寫。
△ 阿彬看到幾個自己的里還沒開出票，馬上撥電話給椿腳。

阿彬
ㄟ阿凱，你那個里是怎回事，票桶裡都還沒開出，是怎樣？

阿凱
彬大ㄟ，別擔心，我一個一個帶去投的啦，很早投，所以晚開出啦，安啦。

阿彬
你說的齁，我等著看。

阿凱
放心啦,我自己都拚了五十萬在賭盤咧!安啦彬大ㄟ。

△ 接著,後面的小雄、阿凱等十幾位小弟全頭摘下頭戴式耳機,擠到白板前,出現歡呼聲。最後張秀榮當選了,阿彬緊繃的雙手終於放鬆,心中舒了一口氣。

S｜31	時｜夜	景｜造勢晚會

△ 當選之夜阿彬聲大聲帶動現場群眾氣氛。

阿彬
張委員遭受抹黑,人格踩踏,忍受著牽手失蹤下落不明的痛苦,
只能天天抱著寵物豬,賭物思人,這種錐心之痛,讓委員化成了對我們地方的大愛,
讓我們用最熱烈的掌聲,歡迎咱張秀榮立委當選人!

△ 後台的工作人員面面相覷,到處找委員。

工作員
靠邀一直打電話都關機。

工作員
去吃火鍋喔?

工作員
咁哪一間,我們也要去……。

△ 這時候,突然有一隻豬竄上了台上,台上一片混亂,又開始抓豬。主持人匆匆收場。

主持人
↖委員無閒,現在在地方謝票,他家最忠實的夥伴,也是我們最貼心的夥伴,粉紅豬來到現場。咱今天的感恩晚會,在這結束,選阿榮,有和平,選阿榮,免戰爭。

S｜32	時｜日	景｜彩券行

△ 彩券行老闆開心地放起鞭炮,這次紅紙更加大張,寫著「賀!本彩券行開出頭獎,兩億元!!」。
△ 現場鄉民里長貴、阿發仔、阿春、珠珠、阿巧,跟其他幾個村民都在,開心得合不攏嘴,

互道恭喜。
△ 阿彬跟海倫來到彩券行，眾人湧上，簇擁著海倫，高喊著。

眾人
仙渡師！仙渡師！……。

△ 鞭炮聲持續不斷，海倫被大家抬起，有人仰頭看著海倫，眼眶泛出淚來。有人雙手合十敬拜，還有人跪下來膜拜。阿彬看著微笑望著群眾的海倫，在鞭炮的煙塵裡，一時間，自己也迷糊了，以為真的看到了神蹟。

S｜33　　時｜日　　　景｜街景

△ 阿彬在村里騎著機車閒晃，經過漁港邊，沒有見到歐巴桑們在工作，反而看到兩隻豬在港邊，接著他騎到檳榔攤，想要跟阿娟買檳榔，喊了幾聲，不見有人回應，卻跑出了一隻豬來。阿彬疑惑著，繼續往越南妹店騎去，沿路上，看見里長貴跟阿發仔，阿彬跟他們打招呼，兩人卻像失了魂一般，呆愣愣地，沒有回應。沿路上，阿彬不停地看到幾隻豬在街邊找東西吃。整個村莊，氣氛詭異。

阿彬
奇怪，到底誰養的豬，也不管好，四處黑白走。

S｜34　　時｜夜　　　景｜越南妹店

△ 越南妹店裡亂成一團，越南妹們都在收拾行李。牆上的電視新聞正在播放快報。

主播夏宇珊
為您插播一則最新消息，國防部剛剛已經宣布，升高戰時警戒到三級。
目前已經有越南、菲律賓、日本、韓國……等國家宣布撤僑。
美國則表示，支持台灣守護自由民主，目前不會有撤僑打算……。

△ 阿彬把手中的徵召令揉掉，丟進垃圾桶裡，上前幫忙海倫把行李拉出去，卻見到阿魚揹著背包前來辭行。

阿魚
大仔，我收到徵召令了。

阿彬
你要去當兵了？

　　　　　　　　　　阿魚
　　　　　　我全家大小都在這，我不能跑。

　　　　　　　　　　阿彬
　　　　　　好啦，你命要顧好，不要傻傻的，衝到最前面去當炮灰哩。
　　　　　　來，這張，海倫師的像你載在身上。

　　　　　　　　　　阿魚
　　　　　　這……這不是你騙人的？

　　　　　　　　　　阿彬
　　　　　　沒看到村里發大財，榮哥都當選了，有信有保佑啦。要保重喔！

　　　　　　　　　　阿魚
　　　　　　大仔，你也是……。我先走了。

△ 阿彬不捨地跟阿魚擁抱道別。
△ 回頭，阿彬走進裡頭房間找海倫，海倫也在收拾行李。阿彬過去，拿出戒指，扮演浪漫地白馬王子模樣，下跪跟海倫求婚。

　　　　　　　　　　阿彬
　　　　　　海倫，這次，我是認真的，嫁給我，好不好？
　　　　　　我們結婚，讓我跟你一起走，我現在真的有錢，可以好好照顧你。

　　　　　　　　　　海倫
　　　　　　嗯。

△ 海倫又露出那一抹深不可測地微笑，不置可否。

S｜35	時｜日	景｜碼頭邊

△ 阿彬、海倫還有其他越南人拿著行李，依序排隊等著進入出境小房間，讓移民官處查，港口外停著幾艘型遊艇大小的撤僑輪，等候載大家離開。
△ 阿彬微笑著對移民官秀出跟海倫的結婚戒指，對面無表情，查驗證件的移民官解釋著。

　　　　　　　　　　阿彬
　　　　　　我們剛結婚啦，談戀愛好幾年了，已經跟海倫求婚好幾次，她都不答應。
　　　　　　現在戰爭來了，海倫也捨不得我，才馬上結婚……。呵呵呵，我們真愛，真愛啦。

△ 移民官把證件還給阿彬，並不理會阿彬的解釋。

<mark>移民官</mark>
下一位。

<mark>阿彬</mark>
可以了齁，我可以上船了？

<mark>移民官</mark>
下一位。

△ 阿彬開心地拉起海倫的手，走過檢查哨，正準備來到登船的等候區。
△ 此時，阿彬突然聽到遠處有一群豬的聲音，愈來愈靠近，愈來愈大聲，齁、齁、齁的聲音，就像軍隊一般洶湧而至，阿彬轉頭看四周的人，大家如常排隊，神情鎮靜，似乎只有阿彬看到那些豬。阿彬轉頭問海倫。

<mark>阿彬</mark>
你有聽到豬叫聲嗎？

△ 海倫聳肩搖頭，似乎不知道阿彬在說什麼。
△ 阿彬回頭，隱約中，似乎看到遠處有群豬衝過來，耳邊還有聽到珠珠、阿春、阿巧、阿福伯、里長貴跟阿發仔的聲音，對阿彬喊著：彬大ㄟ，還我形體啊！還我形體啊！
△ 阿彬嚇得趕緊衝進等候區。

S│36　　時│日　　景│海關大樓陽台

△ 阿彬想平復心情，走到海關大樓的陽台處抽菸，回頭看著離岸遠處，隱隱中似乎有群豬騷動，但此刻阿彬已經安心地喘著氣。

<mark>阿彬</mark>
齁，幹，這真正是逃難咧！好加在，我有愛到海倫，可以逃過這個豬仔村！

△ 阿彬放下心來，掏出口袋裡的香菸叼在嘴上，後面有人伸出手來幫忙點煙。轉頭，正是海倫點的，她露出淺淺微笑看著阿彬，後方有個脖子上掛著粉紅色高跟鞋的女人，腳上有著一個紅色的胎記，正是失蹤多年的張委員夫人，海倫微笑著，輕輕地唱你那首《午後的太陽》，一陣煙霧隨之而來，本來清朗的天氣，顯得陰森詭異。阿彬驚訝地張眼看著海倫，整個人消失在煙霧中。等到煙霧散去，阿彬變成了一隻豬，海倫微笑著蹲下身來輕撫著豬。

海倫
阿彬,乖,帶你回越南,讓你吃好,穿好,什麼都不用想。

△ 《午後的太陽》歌聲輕輕地響著,船隻緩緩地往外海開去,陽光燦爛。

| S｜37 | 時｜日 | 景｜田野 |

△ 田野中,似乎有好幾隻豬鑽動,齁、齁、齁地聲音,愈來愈大聲。

episode 8

第八集

類型：家庭婚姻

反分裂家庭

編劇　鄭心媚
從新聞編輯室到職業編劇，始終捕捉著台灣政治與文化現實的脈動。作為金鐘獎得主與前新聞記者，以擅長描繪東亞民主、媒體與身分認同的張力而聞名。主要作品有：《零日攻擊》、《商魂》、《鏡子森林》、《國際橋牌社》、《奇蹟的女兒》、《燦爛時光》等。

導演　羅景壬
金獎廣告導演，臺北藝術大學戲劇研究所。1996 年起從事劇場、電視節目企劃、編導等工作。執導包括台灣、中國兩地的商業廣告片超過 1500 部。

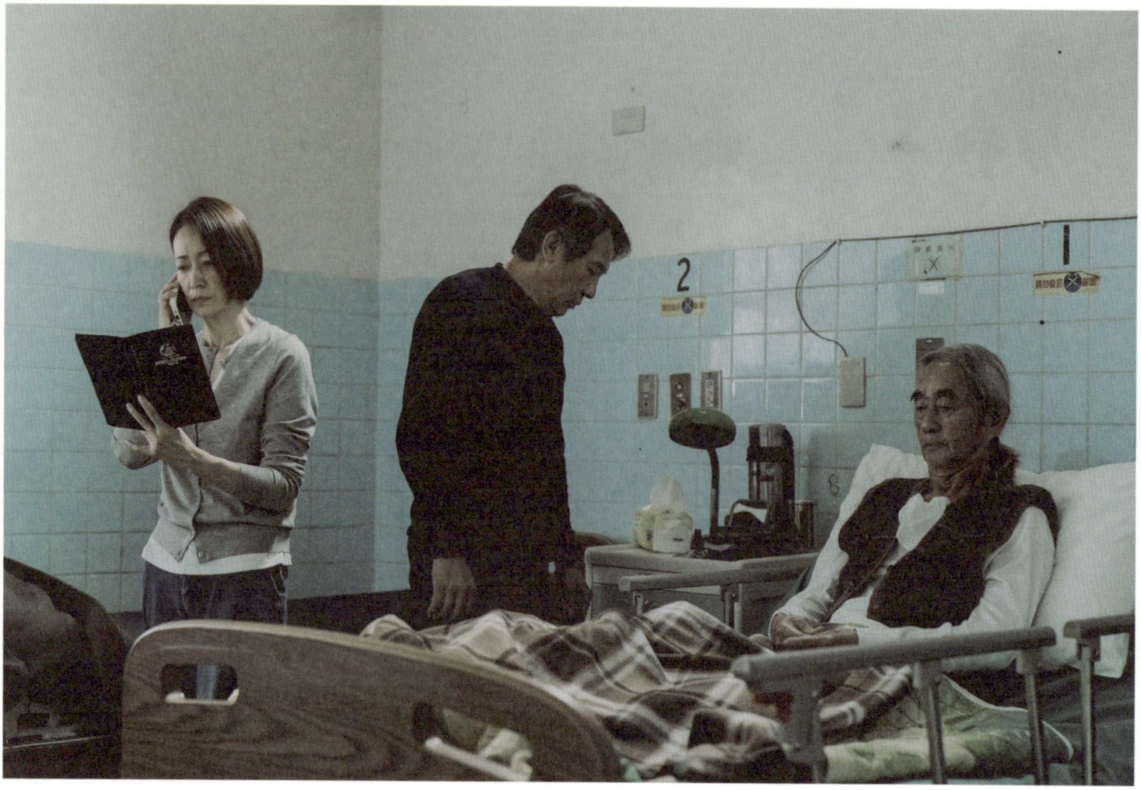
2
1

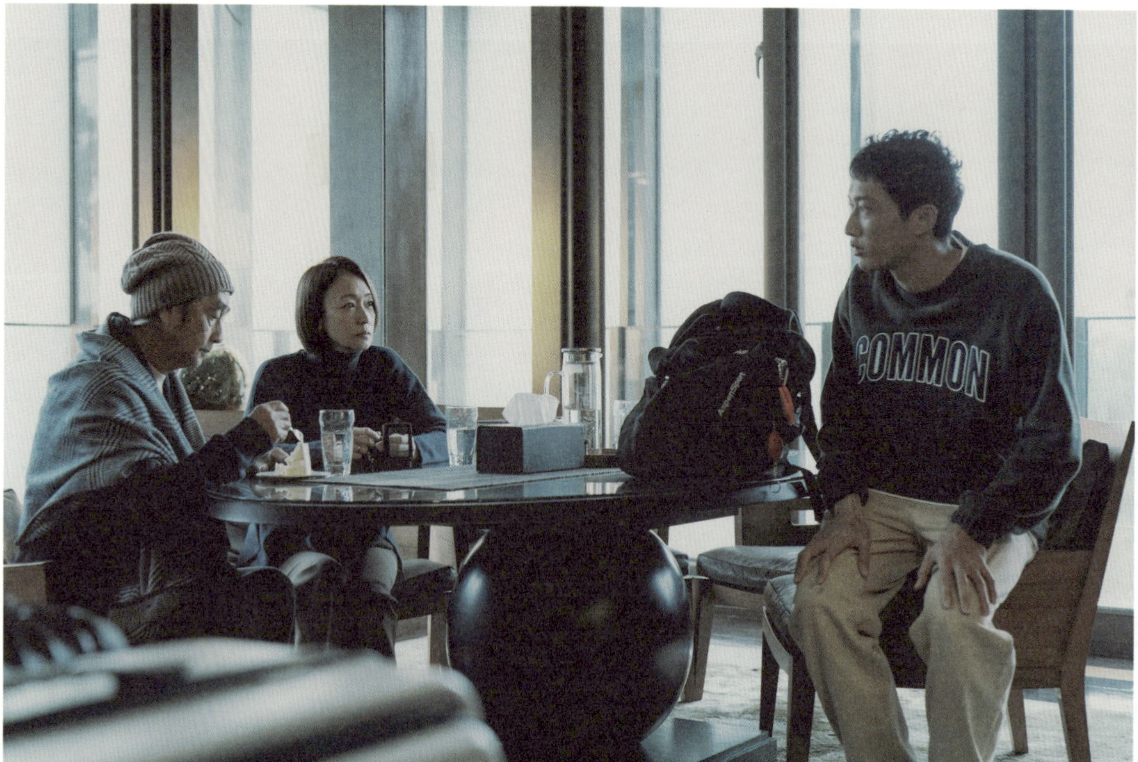
COMMON

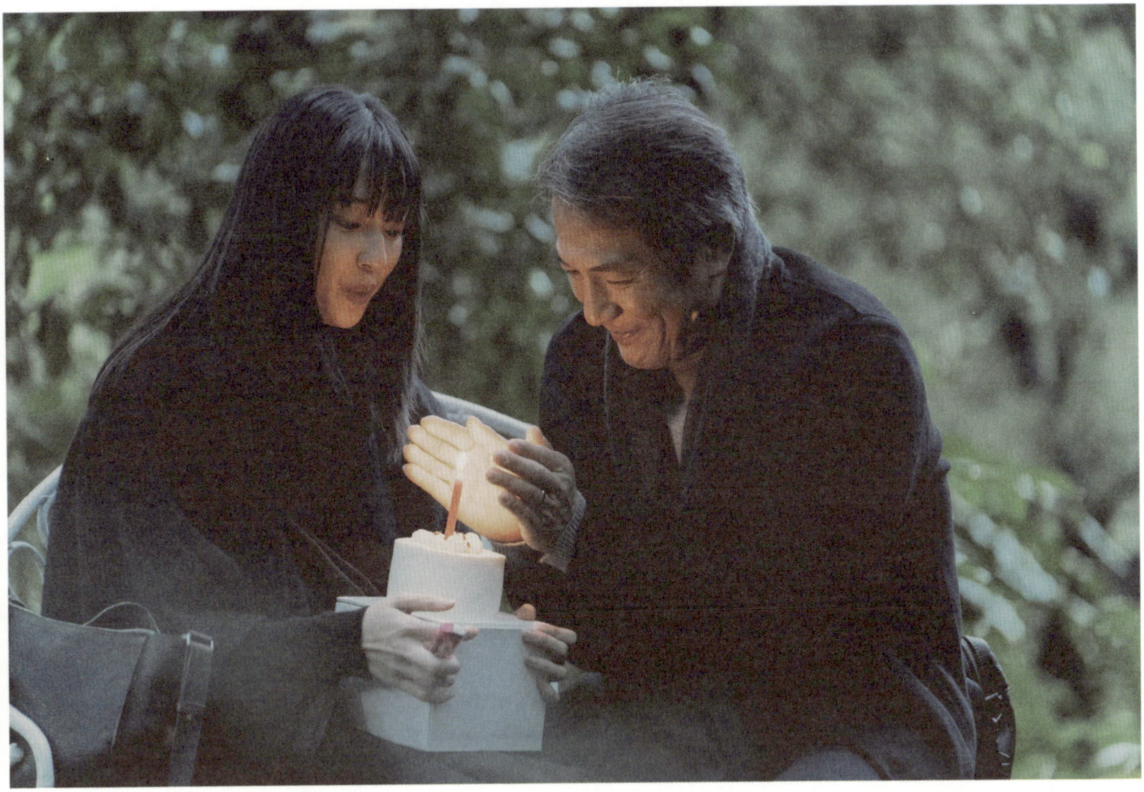

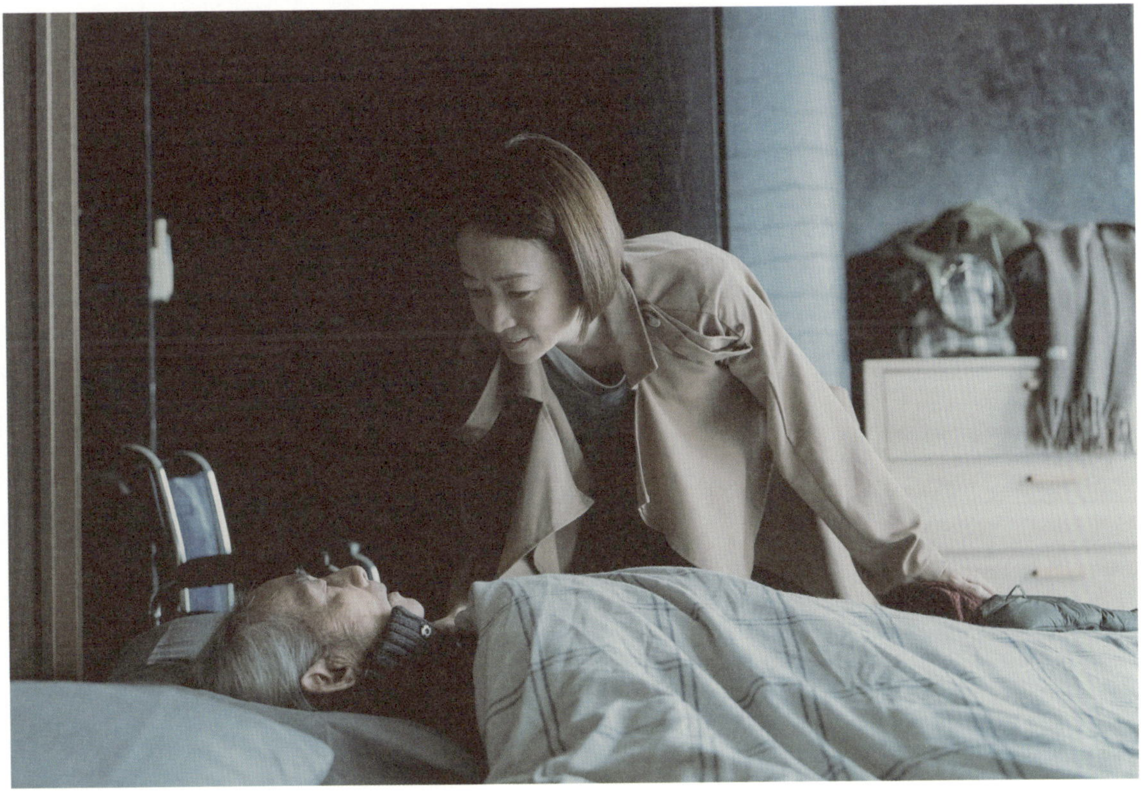

S｜1	時｜日	景｜公園

△ 陽光灑落在公園的長椅。
△ 一隻黑貓在長椅上，發現長椅下方有貓罐頭，便跳下去吃。
△ 空襲警報響起，黑貓疑惑，抬頭望向天空。
△ 兩架戰機劃過天際。

S｜2	時｜日	景｜志豪家

△ 空襲警報聲接續上場。
△ 飯廳裡，餐桌上，志豪與佳如兩人的手機同時響起警報：「國家級警報：第六次戰備演習。人車管制，疏散 30 分鐘，請勿在室外逗留。行駛中車輛，請就近停妥，直至演習結束。」
△ 志豪佳如兩人在餐桌前對坐，桌上擺了一個鮮奶油蛋糕。燒了一半的蠟燭擺在一旁。兩人原本默默無語，喝下午茶吃蛋糕。
△ 突如其來的警報，解救了兩人的靜默，佳如和志豪兩人同時要開口，彼此笑笑，要對方先說。
△ 突然，停電了，一切陷入黑暗。
△ 志豪尋找打火機，把蠟燭再度點亮，卻聽到佳如平靜的宣告。

佳如

我們離婚吧。

△ 佳如遞出自己簽過字的離婚協議書。燭光映照佳如的臉，平靜而堅定，最後甚至，一動也不動。
△ 志豪看著佳如，緩緩起身，離開飯廳，走向寬敞客廳的最深處，再回過頭來……
△ 他看見：昏暗的飯廳裡，蠟燭的光輝中，佳如與（超現實的另一個）志豪對坐。佳如再次遞出離婚協議書，遞給坐在她面前的志豪。

佳如

我們離婚吧。

△ 站在客廳的志豪，遠遠看著這一幕。

字幕

零日攻擊
反分裂家庭

S│3　　時│日　　景│志豪家

△ 客廳傳來新聞主播的播報聲，志豪和佳如的家顯然正在為遠行打包，有些箱子半開著放在地上，有些則已封起。客房裡也堆滿打包好的箱子。

主播（夏宇珊）
墜落在東部海面的中共運八偵察機殘骸已經在蘭嶼東南方 50 海里處發現，但飛行員行蹤依舊成謎。解放軍出動的搜救軍機與軍艦，仍舊包圍台灣海域與領空。為避免擦槍走火，立法院要求原定與美、日進行的聯合軍演喊停。但國防部發言人稍早已經重申，演習照常舉行……。接下來為您插播一則最新消息，據本台掌握的獨家消息，為緩解目前台海張的局勢，中共當局已經透過第三方密使，秘密抵達台灣。為兩岸和平帶來曙光……。
（與 ep5 s6 新聞播報同）

△ 佳如一邊做菜，一邊和志豪討論舉家前往中國的待辦瑣事。志豪則整理公事包、換衣服著裝，準備出門工作，其實沒有細聽佳如說話。

佳如
機票弄到沒？

志豪
……

佳如
聽說那個包機機票，正常管道根本排不到，
你那個合夥人王宇，不是什麼人大代表的兒子嗎？

志豪
我的手機呢？你有看到我手機嗎？

佳如
去浴室看看。

志豪
喔。

△ 志豪走向浴室找手機。佳如走出廚房，把電視關了，繼續一邊說話，一邊把菜端出來。今天菜色豐盛。佳如先裝了一個便當，再給她跟志豪添飯。

<mark>佳如</mark>
禮維到上海，還是要去唸國際學校吧？你要不要先安排？
你有沒有問你妹，你爸媽到加拿大還 OK 嗎？
他們很多東西還堆在客房，看要不要租個貨櫃裝起來？這樣隨時要送過去比較快。

△ 志豪從浴室裡走出來，手上拿著手機。
△ 志豪一面查看手機，一面心不在焉和佳如對話。手機畫面停留在志豪先前與王宇的微信對話：

<mark>志豪</mark>
機票搞定了嗎？

<mark>王宇</mark>
只下來二張

<mark>佳如</mark>
找到了？

<mark>志豪</mark>
你怎麼知道在浴室？

<mark>佳如</mark>
我在廁所撿過好幾次了，吃飯吧。

<mark>志豪</mark>
我要出門了。

<mark>佳如</mark>
不會吧？我休假煮了一整桌，還有你愛的滷豬腳……

<mark>志豪</mark>
我跟客戶約了。先放著，我晚上回來再吃吧。

<mark>佳如</mark>
那你順便把便當送去給禮維。

<mark>志豪</mark>
實在來不及，你送吧。（走出門）

<mark>佳如</mark>

等一下。禮維的醫生全家去日本了,新的醫生你打點了沒?

志豪
好,我會處理。

△ 志豪出門。整個家頓時靜下來。
△ 佳如聽見從隔壁傳來、音量很大的古典樂,令人難以忍受。佳如走向落地窗。

佳如
請你關小聲一點好嗎?

△ 曲式所致,古典樂音似乎暫停了一下,隨即又重重響起。
△ 佳如轉身準備去隔壁理論,但手機響起。佳如接電話。

佳如
喂,⋯⋯是,我是李佳如。⋯⋯李育誠?⋯⋯
對,可是我們已經很久沒聯絡了⋯⋯好吧,請問你們在哪裡?我拿一下紙筆⋯⋯

△ 佳如看著滿桌的飯菜。

S｜4　　時｜日　　景｜社區大廳

△ 志豪剛踏出社區大門,還聽到佳如「請你關小聲一點好嗎?」的聲音。志豪加快腳步離開。
△ 天際傳來轟轟的戰機聲,志豪抬頭張望,但什麼也沒看到。
△ 社區的幾個外傭拎著大包小包行李,看似準備撤離,回到他們自己的國家。另外也有一些鄰居攜家帶眷,把大包小包的行李塞進停在社區前的計程車。站在社區門外抽煙的管理員,上前跟志豪寒暄。

管理員
陳先生,你們家什麼時候搬去中國?

志豪
不好意思,我趕時間。

△ 志豪尷尬笑笑,匆匆離去。

管理員
幹你娘咧。

| S｜5 | 時｜日 | 景｜公車站 |

△ 志豪轉過社區街角，確認四下沒有認識的人，才放慢腳步。
△ 志豪在公車站牌前止步，開始打電話給王宇。

志豪
喂，王宇，我一定要⋯⋯，欸對，我要找王總。好。

△ 一輛公車停在志豪面前，車門打開。

公車司機
上車嗎？

△ 志豪猶豫一下，跳上公車。

| S｜6 | 時｜日 | 景｜街景（公車上） |

△ 公車裡空空蕩蕩，只有零星老人與看護。志豪掏出悠遊卡，刷卡卻沒有反應。

司機
之前大斷網，到現在悠遊卡都還不能用，只能投零錢。

志豪
網路不是通好幾天了？

司機
現在收現金比較實在。

△ 志豪翻找了一陣，好不容易找到零錢投進去。
△ 志豪找位子坐下。電話那頭，王宇接聽。

志豪
王宇，我家三個人，兩張機票等於沒機票，你能不能再試一下⋯⋯

△ 電話斷線。
△ 不遠處，一個印傭大聲跟耳背的老先生說話。

印傭

episode 8　反分裂家庭

　　　　　　　阿公，我們政府說要撤僑，要我們回去了。
　　　　　　你要不要把你兒子叫回來？阿公，你有沒有聽到？

△ 阿公似懂非懂，搖搖手，不知道是想表達聽不見，還是兒子不會回來。
△ 陽光在志豪身上移動。他想微信王宇，但王宇的訊息先進來。

　　　　　　　　　　王宇：
　　　　　　　　機票只開出兩張 我再去問下
　　　　　　　　　　別打公司電話
　　　　　　　　　　　有監聽

△ 緊接著，手機收到佳如傳來的簡訊。

　　　　　　　　　　　佳如
　　　　　　　　　　隔壁又在放音樂
　　　　　　　　　　你到底去講過沒？

　　　　　　　　　　　志豪
　　　　　　　　　　沒事不要找人吵架

　　　　　　　　　　　佳如
　　　　　　　　　　　你在乎嗎？

△ 志豪沒有回應佳如。他切換到微信，回覆王宇。

　　　　　　　　　　　志豪
　　　　　　　　　　等你電話 謝謝

△ 志豪把手機收進口袋。
△ 志豪看著窗外的街道，一切看似如常，但馬路空蕩，偶有軍卡駛過。
△ 若干街角綁著抗議布條，也零星有人舉著「要和平不要戰爭」、「堅守台灣民主自由」
　等互相對立的標語。
△ 路邊，一個身穿中國國旗 T 恤、揮舞中國國旗的人揮手想搭車，公車司機加速通過。

| S｜7 | 時｜日 | 景｜學校大門 |

△ 佳如拎著便當，站在校門口。警衛打完電話，從警衛亭裡出來。

　　　　　　　　　　　警衛

等一下,馬上來了。

佳如
謝謝。

△ 禮維從校園走出來,看到拎著便當站在門口的佳如。

禮維
幹嘛又送便當來?

佳如
不然你都吃那些垃圾食物。

禮維
你這樣同學會笑我媽寶啦。

佳如
吃媽媽做的便當有什麼好丟臉?拿著。

△ 禮維收下便當。

佳如
要吃光。下課記得去抽血。

禮維
好啦。走了。

△ 禮維說完便走進學校。佳如佇足看他離去的背影,稍後才轉身離開。
△ 禮維走進校園。阿翔和幾個同學看著他,窸窸窣窣談論他。
△ 禮維低頭,快步走過。

| S｜8 | 時｜日／夜 | 景｜校園一角／小斑視訊某處 |

△ 禮維窩在校園一角吃便當,同時滑手機,和已經到美國的女友小斑視訊。

小斑
這裡好無聊,好想回台灣。

禮維

　　　　　　　　　你英文很好，沒問題啦。

　　　　　　　　　　　<mark>小斑</mark>
　　　　　　走路要一小時到加油站，才有便利商店。

　　　　　　　　　　　<mark>禮維</mark>
　　　　　　　　太硬了吧？我也不想去中國。

　　　　　　　　　　　<mark>小斑</mark>
　　　　　　　　為什麼我們不能留在台灣？

△ 眼前的光線突然暗下來，禮維抬頭，阿翔跟其他幾個同學已經包圍上來，就站在他面前。
△ 阿翔在禮維身邊坐下。

　　　　　　　　　　　<mark>阿翔</mark>
　　　　　　　欸，你們家什麼時候要回去？

　　　　　　　　　　　<mark>禮維</mark>
　　　　　　　　　我沒有要「回去」。

　　　　　　　　　　　<mark>阿翔</mark>
　　　　所以你們高興來就來，高興走就走喔？「兩岸一家親」喔？

△ 禮維起身想離開，被阿翔拉住。

　　　　　　　　　　　<mark>阿翔</mark>
　　　　　　　我親親看，親一下就放你走。

△ 眾人訕笑。阿翔抱住禮維要親他，大家起哄，禮維奮力推開阿翔。

　　　　　　　　　　　<mark>禮維</mark>
　　　　　　　　　　我是台灣人。

△ 因為禮維推人，大家隨即把禮維包圍，不讓他離開。
△ 被推開的阿翔起身，看著禮維，走向他。
△ 禮維被其他人擋住去路，他想反抗，但不敢。
△ 阿翔回到他面前，沒有動手打人，倒是輕拍禮維制服上的塵土。

　　　　　　　　　　　<mark>阿翔</mark>

　　　　　　　你這種人就是叛徒。走吧。

△ 眾人開始推擠禮維。「去啊！」「去你媽的中國啊！」
△ 禮維的手機還在地上，小斑無法確知現場狀況，只能大喊。

　　　　　　　　　　小斑
　　　　禮維？禮維？你還好嗎？是阿翔嗎？張佑翔！

| S｜9 | 時｜日 | 景｜街景（公車上） |

△ 志豪望著窗外，公車突然停了下來。

　　　　　　　　　　公車司機
　　　　　　　　　欸，總站到了。

△ 志豪回頭看，車上已經沒人。志豪起身謝過司機，匆忙下車。

| S｜10 | 時｜日 | 景｜安養中心 |

　　　　　　　　　　護理長
　　　　　　　　李佳如小姐嗎？

　　　　　　　　　　佳如
　　　　　　　　　　嗯。

　　　　　　　　　　護理長
　　　　　　　　　這邊。

△ 安養中心的長走廊。佳如在護理長引領下，走進其中一個間房。
△ 房間裡有兩張床，另一張已經清空。一個老人（李育誠）坐在輪椅上，眼神呆滯，看著窗外。

　　　　　　　　　　護理長
　　　　李伯伯，你女兒來看你了。李伯伯……

△ 李育誠回頭看了一下，他眼神空洞，顯然認不出佳如。

　　　　　　　　　　佳如

episode 8　反分裂家庭

嗨,你好嗎?

△ 李育誠沒有反應。

護理長
他失智很嚴重,說話說不清楚。還有關節炎,腳沒運動也萎縮了,不大能走。

佳如
他住在這裡多久了?

護理長
五年。

佳如
這麼久?

護理長
李伯伯一個人來,他說醫生說他失智了,還剩五、六年,所以一次繳了十年的錢,
他也說自己沒有親人。現在外勞全都撤了,我們實在沒辦法經營。找派出所幫忙才找到你。

佳如
我是佳如,你記得我嗎?

△ 李育誠仍然沒有反應。

護理長
你可以把他帶回去嗎?

佳如
呃……

護理長
錢我們可以退給你,我們都結算過了。

佳如
我們全家要出國了,我實在沒辦法臨時帶他去。

護理長
你是他女兒……

佳如
我國中的時候他就跟我媽離婚了。我已經三十幾年沒見過他,他也不認得我。

護理長
再過兩天,這裡就要關門了。

△ 佳如怔怔看著李育誠,李育誠這時才轉過頭來對她笑。

| S｜11 | 時｜日 | 景｜小公園／會長視訊(車上) |

△ 小公園的公共廁所內。志豪坐在馬桶蓋上講電話。

會長
協會的立場就是幫助台胞。機票特別搶手,可有些人臨時不要了,有些票販子想脫手,我這兒都看得到。總之肯定有票。

志豪
會長,我還差一張。我買一張。

會長
我趕緊吩咐下去,費用陳董再補上就行。

志豪
謝謝會長。王宇辦事果然還是……

會長
找王宇幫忙啊?我想他也盡力了。陳董,我查了下,五萬。

志豪
會長,是這樣,我大陸銀行的錢在台灣動不了,今天匯率 6.4,您看我給您 32 萬台幣行不?

會長
台幣收不了,五萬是美金,方便嗎?

志豪
五萬美金,嗯。

會長

陳董，我明白，這不是小數目。票我先抓著，匯款馬上給您電子機票。

△ 志豪走出廁所，面對這座陌生而靜謐的小公園，他在一張長椅坐下（小公園裡只有這一張長椅），閉目深呼吸、深深吐氣，看起來非常疲憊。
△ 志豪再次睜開眼時，他看見一個背影：前方不遠處，一個二十多歲、長髮、穿著連身黑洋裝的年輕女生（小雪），背對他蹲在灌木叢前，餵流浪貓吃罐頭。
△ 僅僅背影，就散發青春的氣息。
△ 小雪回頭，與志豪的視線相接。她淺淺一笑。
△ 灌木叢突然有點騷動，應該是另一隻貓。小雪站起來，追上去。
△ 志豪看見小雪手裡捧著好幾個貓罐頭，手腕上有條閃亮的貓鏈子。
△ 女生跑著，再次回頭看了他一眼，一個短暫的回眸。
△ 志豪看著她離去的背影，然後發現，長椅上留有一罐還沒打開的貓罐頭。

S｜11-1	時｜昏	景｜路上

△ 禮維放學後，去過醫院、回家的路程。他表情漠然，奮力騎腳踏車，高速前進。

S｜12	時｜夜	景｜志豪家

△ 志豪、佳如、禮維一家三口在餐桌上吃飯，各有心事。
△ 隔壁的樂聲依舊悶悶地傳來。

佳如
機票呢？

志豪
我會搞定。

佳如
今天驗血怎樣？

禮維
OK.

佳如
拿藥了？

禮維

有。

△ 禮維伸手夾菜，佳如看見禮維手上的瘀傷。

佳如
你手怎麼了？

禮維
沒事。

佳如
你跟人打架？

禮維
就跟你說沒事。

佳如
陳禮維，你在學校到底發生什麼事？

禮維
我走在路上，正好有一塊招牌掉下來，我用手去擋。招牌上面有兩個大字：媽寶。

佳如
我明天去學校問老師。

志豪
男孩子有男孩子的世界，你不要插手。

佳如
好，男孩子的事，你能處理一下嗎？還有隔壁的事，你能處理一下嗎？

禮維
我吃飽了。

佳如
禮維。

△ 禮維安靜起身，關進房裡。
△ 志豪也起身，離開餐桌，走向客廳看電視。

志豪
我也吃飽了。

佳如
太好了。

△ 目睹兩人離開，佳如堅持留在餐桌，一個人繼續吃飯。

| S｜13 | 時｜夜／夜 | 景｜禮維房間／小斑視訊某處 |

△ 禮維一邊吃藥，一邊和小斑視訊。

小斑
今天第一次去學校，老師介紹我從台灣來，然後她說台灣人很勇敢，抵抗中國侵略。全班同學都鼓掌。

禮維
很好啊。

小斑
我很開心，可是我也開始覺得害怕，覺得真的要打仗了。

禮維
結果我們家要逃去中國。阿翔想揍我，連我都覺得活該。

小斑
禮維，你不要這樣，我也是逃走的人⋯⋯

| S｜14 | 時｜夜 | 景｜志豪家 |

△ 佳如在廚房洗碗。做為一種和解，志豪過來幫忙。
△ 兩人分工洗碗，仍有多年累積下來的默契。
△ 客廳電視新聞（成為本場的背景音）：抗議的人潮吵成一團，傳來現場記者 SNG 的聲音。

電視台記者 (ep5 S16)
記者現在所在的位子是半導體論壇會場，可靠消息指出，中國派來談判的密使，稍晚會到這裡參加論壇前的晚宴派對。我們可以看到這裡已經聚集了大批的抗議人潮。跟據記者掌

握到的最新消息,這位密使本名是陳毅,是美籍華人的科技廠商,這次是以參加半導體論壇的名義入境台灣。據了解,陳毅與中共領導人曾經是小學同學……。

佳如
今天倒垃圾,住對面那個律師,一路上都在瞪我。

志豪
她以為是我們家的音響嗎?

佳如
她知道我們全家要去中國。全社區都知道了。

志豪
管理員也知道了。

佳如
禮維說不定也是因為這樣被霸凌。

志豪
你不要亂猜。

佳如
有一家安養院打電話給我,結果是我爸,他失智了。
安養院說他們要關門了,沒辦法照顧他。

志豪
你爸?他不是拋棄你們?

佳如
我不知道,我一直覺得那只是我媽的說法。

志豪
你不要這種時候去攪這種事,我們已經顧不了自己了。

佳如
我沒有要去攪。我要的是禮維平安。

志豪
你不要擔心,不可能打。兩邊都吵多久了,有打起來過嗎?剛新聞不是說,都有密使來了。

佳如
那我們可以不去嗎？我跟禮維都不想去。

志豪
保險起見，我們還是要去。

佳如
所以還是會打仗。

志豪
你先搞定你爸吧。

佳如
你可不可以先跟禮維談一談？他那麼相信你，可是你什麼都逃避，鄰居吵你也逃避，兒子在學校被人欺負你也逃避。

志豪
你不要把所有事攪在一起講。小孩長大要學會放手，讓他自己去處理，不要什麼都想掌控。

佳如
陳志豪，這就是逃避。

志豪
佳如，拜託，我們不要吵架。

△ 志豪不再溝通，轉身走出廚房。他走出廚房前，佳如繼續對他說話。

佳如
你剛剛說「先『搞定』你爸」。我沒有要「搞定」誰，我們應該是要照顧誰、保護誰。

S | 15　　時 | 夜　　景 | 陽台

△ 夜深，佳如已經睡著。志豪獨自在陽台講電話。天空深處隱約傳來軍用運輸機沉悶的聲響。

志豪
把我的股份都處理掉了，是什麼意思？

王宇
是上頭的意思。公司搞建設,可現在就不讓台灣人搞建設。誰叫你是台灣人勒?

志豪
王宇,這不是坑殺我嗎?

王宇
哥,是咱倆一起被坑殺,我也損失慘重。

志豪
你先把我的錢退給我吧。我很急。

王宇
我打進你微信帳戶了。

志豪
微信?王宇,我微信帳戶在台灣根本開不了,我連看都看不到。

王宇
這我沒辦法,錢就在那,你想辦法開通開通,就能看到。

志豪
三張機票安排了嗎?

王宇
我查過了,確定只有兩張,而且指名了,就你和禮維。

志豪
為什麼?

王宇
嫂子之前參加香港的什麼雨傘運動網路連署,拉進黑名單了。你跟嫂子切割,沒準還有救。

志豪
你現在是要我離婚嗎?

王宇
哥,你得想遠點,就算不來大陸,到時候統一了,你和你兒子也肯定被牽連。

志豪

王宇，我一定要三張機票。

王宇
哥，別為難我。

志豪
雨傘運動都十年了！幾百萬人連署，多一個少一個有差嗎？
王宇，我坦白講，有沒有心而已。總之出事他們也是查我，不會查你。

王宇
行行行，我看著辦吧。

S | 16　　時 | 日　　景 | 教室

△ 下課時間，教室裡鬧哄哄，但禮維沒有參與大家，他獨自看著劃過天空的直升機發呆。
△ 阿翔和幾個同學，拿著「拒簽和平協議 維護台灣主權」、「台灣是我家 民主不能亡」等標語走進來，站上講台，拿起麥克風，向同學們喊話。

阿翔
同學！你們看一下手機，現在在直播，有一堆高中生大學生現在在凱道靜坐抗議。很多外國媒體都在那，全世界都在看台灣人會不會逃走！他們不知道，台灣人很勇敢！要打就來！同學！國家都要滅亡了，留在學校到底還有什麼屁用？我們現在要去凱道，誰要跟？

△ 阿翔的呼籲，許多同學響應。
△ 大部分同學都決定一起走，教室只剩少少幾個人。禮維是其中之一。
△ 阿翔回頭看禮維。

阿翔
（對禮維）你看，我沒有錯怪你吧？

△ 阿翔和大家一起離開。禮維靜靜看著同學們熱血的背影。

留在教室的同學 D
（對禮維）他們以為打得贏喔？洗腦洗到ㄎㄧㄤ了。我跟你是一樣的。

△ 禮維無法回應。

| S | 17　　　時 | 日　　　景 | 安養中心 |

△ 志豪和佳如一起來到安養院。佳如幫父親整理雜物，志豪試著修理病床某個故障的關節。
△ 父親依舊坐在輪椅看窗外。天際有戰鬥機飛掠的刺耳聲響，但似乎不影響父親的好心情。

李育誠
天氣真好。

△ 佳如找到一本通訊錄、一本貼滿備忘紙條的筆記本、一串鑰匙，應該是父親失智前，為了防止忘記，記錄下來的。通訊錄裡有姑姑、叔叔等親戚的聯絡方式。
△ 佳如決定一個個打電話去問。她向志豪示意，志豪也點點頭。

佳如
你好，我是李育誠的女兒，我是佳如⋯⋯

姑姑 (O.S.)
喔！佳如喔！小時候你常來我們家玩耶。你們都平安嗎？

佳如
平安，平安。是這樣，姑姑，我爸現在人在安養中心，可是我要去中國了，我在想⋯⋯

姑姑 (O.S.)
（打斷）現在戰爭，誰都顧不了誰啊，我跟我哥也很久沒聯絡了，他還活著？

佳如
人還好，就是失智了。

姑姑 (O.S.)
啊，可憐喔。女兒最辛苦，你自己要好好保重。我也很苦命啊，每個禮拜要洗腎兩次，而且我孫子志凱，你記得嗎？大禮維三歲那個，姜志凱現在在當兵，不知道緊急調去哪裡，電話都打不通，我每天都在拜拜，都在哭⋯⋯

△ 沒有交集的通話結束。
△ 佳如看著通訊錄，試著再打幾通電話。有人聽到李育誠的名字就掛電話，有人的電話已經是空號。
△ 整本通訊錄已沒人可找。父親依然望向窗外的天空，佳如遠遠凝視父親。
△ 整個過程，志豪都看著佳如，他看見她的無助。

episode 8　　反分裂家庭

△ 護理長提著午餐進來。

護理長
廚房也沒人了,這碗鹹粥我自己從家裡帶過來的。你幫忙餵一下?

佳如
好,我來。真的很謝謝你。這是我先生。

志豪
你好。謝謝你的照顧。

護理長
你好。

志豪
佳如,那我先去開會,我們回家再談。(對護理長)辛苦了,謝謝。

護理長
再見。

△ 志豪先行離開。

護理長
有辦法了嗎?

佳如
還沒有……。我爸是這裡最後一個嗎?

護理長
還有兩個,邱伯伯跟廖叔。打電話通知家人好幾次,都沒有人來。過兩天我也要回雲林了,把這些老人丟在這,等於讓他們在這裡等死。李小姐,我已經盡力了。我先去送餐給其他人。

佳如
謝謝。

△ 護理長離開。佳如開始餵父親吃粥,父親看著佳如,笑,伸手摸佳如的手。

李育誠
小姐好漂亮。

>佳如
>好吃嗎？

>李育誠
>蛋糕。

△ 李育誠指牆上的鐘。佳如不解。

>佳如
>沒有，沒有蛋糕，你先把粥吃完。

>李育誠
>鮮奶油蛋糕……

△ 李育誠把佳如遞上的粥推開，嚷著要蛋糕，佳如難以應對。

>佳如
>我們先吃粥，真的沒有蛋糕……

>李育誠
>鮮奶油蛋糕！

△ 佳如放下粥，掩面，深呼吸。
△ 她退出房間，獨自一人，站在長長的走廊。
△ 佳如開始打電話。

>佳如
>喂，媽。

S｜18　　時｜傍晚　　景｜志豪家／會長視訊某處

△ 志豪一個人在客廳，打開擴音跟王宇通話。

>志豪
>王宇，申請表怎麼還是只有兩份？

>王宇
>真沒辦法。哥，你還是趕緊跟嫂子講，這事單純就她一個人的錯，她扛下就結了。依嫂子的個性，就算來了也不會安全。你跟她好好說說，她不為你想，也該為禮維想。

---

episode 8　反分裂家庭

志豪
真的沒辦法?

王宇
哥,稅務局的人正在公司裡搜,我得去應付。

志豪
好吧,就拿兩張票吧。王宇,謝了。

王宇
這不就得了?老命保住先,老婆再找就有。

△ 志豪掛上電話,思考一陣,又撥打另一通電話。

志豪
喂,會長,我是志豪,不好意思這麼晚打擾。

會長
欸,陳董,怎麼啦?

志豪
是這樣,那個機票,有沒有可能再加一張?

會長
陳董,你上次那筆錢還沒給我吶,怎麼突然又多出個人啊?

志豪
是我丈人,失智了。留老人家一個人在台灣,我太太放心不下。

會長
哇,這個,這個太感動了,這個我非得想辦法給嫂夫人找到票。

志豪
謝謝會長,確定有的話,我立刻付款。

會長
別客氣,協會本來就應該……有了有了,我在內部網路,正好有人退票,我搶下了。

志豪

> 太好了。

> **會長**
> 可是報價翻倍了。才半天，連你上次那張也是。坑爹啊這是。

> **志豪**
> 翻倍？一張十萬美金？唉……

> **會長**
> 二十萬美金飛一個台灣海峽，離譜了。
> 我說句明白話，陳董您要三思，協會的立場只是媒合，幫你們對接。協會不經手。

> **志豪**
> 現在這個局勢，二十萬我沒辦法馬上拿出來。
> 會長，這樣，錢我來想辦法，請會長盡可能幫我留住這兩張票。

> **會長**
> 當然。不過它翻倍漲，表示搶的人多。我沒把握留得住……

> **志豪**
> 我了解，我會盡快。

> **會長**
> 向嫂夫人問好。折騰一個孝順女兒了。

> **志豪**
> 謝謝會長。

△ 志豪掛電話。手機的光，映照他空洞的雙眼。
△ 他穿過客廳，走進客房。
△ 志豪開始翻找大量已打包裝箱的物品。
△ 他找出若干金條和珠寶首飾，邊拿邊塞進口袋，像一個賊。
△ 箱子裡的珠寶首飾全都被志豪拿光，除了一條不起眼的小小手鍊。志豪撿起它，放在掌心端詳，最後又放回去。黑暗中，我們看不清楚是什麼。
△ 他非常疲倦地離開。

| S \| 19 | 時 \| 日 | 景 \| 小公園 |

△ 志豪（已處理完金飾）買了御飯糰、飲料當午餐，再度來到小公園。他在長椅上坐定，

開始匯款。
△ 手機螢幕出現「即將匯出 USD$200,000　取消　確認」按下確認後，隨即跳出「机票 2 張正在开立。您要在开立后自动下载？」
△ 志豪點選確認，畫面隨即出現「机票 2 张正在开立。下载中 请稍候」。
△ 志豪如釋重負，他做出一個無限疲憊的伸展，仰天長歎。
△ 志豪聽到貓叫聲，回頭果然看見黑貓。但我們都沒有看見。
△ 志豪把還放在公事包裡的貓罐頭拿出來，打開放在地上。
△ 根據志豪的視線，我們理解黑貓來到志豪腳邊，和志豪一起吃午餐。但我們都沒有看見。
△ 小雪拿著貓罐頭走進公園，才發現這一幕。

<small>小雪</small>
喵喵……罐罐……罐罐……啊？

<small>志豪</small>
不好意思，這是你的罐頭，你昨天掉在這裡。

<small>小雪</small>
沒關係，本來就要給喵喵吃的。

△ 小雪在長椅的另一頭坐下來，俯身下去摸摸貓（但我們都沒有看見），然後把自己的午餐也拿出來吃。

<small>志豪</small>
你在附近上班？

<small>小雪</small>
我辦公室就在對面。你也是嗎？

<small>志豪</small>
……算是吧。

<small>小雪</small>
喔。

△ 兩人各自沉默吃午餐，天際傳來轟轟作響的戰機聲。

<small>志豪</small>
你擔心戰爭嗎？

小雪
那個我又控制不了,幹嘛擔心?我只擔心我男朋友,他們全家移民,然後就沒消息了。我好像失戀了,可是沒有人通知我。連戰爭都還有空襲警報。

志豪
唉,也對。

小雪
你呢?你也失戀嗎?

志豪
啊?

小雪
只是一種感覺。

志豪
……算是吧。

小雪
我以為大人會比較清楚。今天是2月16日,是我們在一起的紀念日。

志豪
年輕的時候有好多紀念日,坐在一起都會發光。老了才知道,原來兩個人都灰頭土臉。

△ 陽光確實把兩人照得發光。

小雪
愛情不是本能嗎?
沒有理由的,就是很想跟這個人在一起,很想照顧他,看到他開心,就開心。

志豪
愛情是本能,但一起生活,那是一輩子的功課。

小雪
一起生活一輩子很浪漫。

志豪
只要一次虧心事,就夠毀掉一輩子。
現在通訊軟體這麼多,要消失很難吧?怎麼會一出國就聯絡不到?

　　　　　　　　　　　　　　小雪
　　　消失很簡單啊，手機掉了就好了，網路斷了就好了。
　　　上禮拜大斷網，我覺得連自己都消失了，好像在這個世界不存在。

△ 手機傳來國家警報：【飛彈警報】國軍特定型號飛彈將於明日上午六時至七時，進行
　 大規模試射，請民眾避免外出，沿海及離島地區民眾，應即停止各項海上活動。

　　　　　　　　　　　　　　志豪
　　　　　　　（舉起手機）收到這個，馬上就有存在感。

　　　　　　　　　　　　　　小雪
　　　其實我還蠻希望打仗的，打一仗，一邊贏一邊輸，就和平了。

△ 志豪不知如何回答，此時手機響起，收到的卻是王宇的訊息，兩個 PDF 檔：
　 登机确认：陈志豪
　 登机确认：陈礼维
△ 只有這兩個檔案。

　　　　　　　　　　　　　　小雪
　　　　　　　　　　你猜我希望哪邊贏？

| S \| 20 | 時 \| 夜 | 景 \| 志豪家 |

△ 志豪在客廳打電話給會長，電話尚未接通。
△ 新聞畫面，市長於市議會答詢：
　 「在當前兩岸關係面臨挑戰的時刻，我們更加堅信兩岸一家親的理念，因為無論我們
　 身處何地，血脈相連的事實無法改變。我們的文化、歷史和情感深深交織，讓每一位
　 市民都能感受到這份親情。

　 我們堅信，兩岸一家親，大家都是一家人。新北市政府已經準備好，隨時和大陸當局
　 協商，任何有助於兩岸和平的協議，都是市民的最大福祉。

　 透過兩岸加強交流與合作，我們可以在經濟、文化和社會等多方面實現共贏，為市民
　 創造更好的生活環境和發展機會。兩岸同胞應當共同努力，攜手打造和平繁榮的未來，
　 讓每一個家庭都能享受到安定和幸福。」

△ 電話一接通，志豪就把電視新聞關了。

　　　　　　　　　　　　志豪
　　　　　　　　喂，會長，我下午匯款了。

　　　　　　　　　　　　會長
　　　　　　　　　　　明白。

　　　　　　　　　　　　志豪
　　　　　　　　可是我還沒收到機票。

　　　　　　　　　　　　會長
　　　　　欸？我看看。你是從協會的媒合平台嗎？

　　　　　　　　　　　　志豪
　　　　　　　　　　　　對。

　　　　　　　　　　　　會長
　　　老平台特別卡頓，但沒出過問題。有了，看到匯款了，系統正在開票。

　　　　　　　　　　　　志豪
　　　　　　會長，我的兩張票……會審查身分嗎？

　　　　　　　　　　　　會長
　（笑）協會是促進兩岸和平的，怎麼會給你審查勒？不過你找王宇買的，那肯定要審查的。
　　　　　　欸，我看到了，兩張票，你等會就會收到。

　　　　　　　　　　　　志豪
　　　　　　　　　太好了，謝謝。

△ 志豪講電話的過程中，禮維放學回家。他行經客廳，聽得見志豪的對話。他逕自走進臥房。

S｜21	時｜夜	景｜禮維房

△ 志豪敲敲門便直接走進禮維房間。禮維匆忙關掉社群網站，假裝在打電動。

　　　　　　　　　　　　志豪
　　　　　你王叔叔把機票傳來了，確定下禮拜三飛。

　　　　　　　　　　　　禮維

338　episode 8　反分裂家庭

我剛聽你們說兩張票。只有你跟我?

志豪
　　媽的機票我當然也買了,只是還沒到。

禮維
　　你跟媽說了嗎?

志豪
　　我會跟她說。禮維,我希望你能了解,我做這些決定,都是為了你好⋯⋯

禮維
　　我覺得很丟臉。

志豪
　　你要學著長大。一生中,男人會遇到很多事,你可能覺得委屈、屈辱,
　　可是只要撐過去了,你就和別人不一樣了。

禮維
　　留在台灣就是這樣啊。

志豪
　　留在台灣,你有什麼能力保護自己?

禮維
　　所以就去讓敵人保護?所有人都在配合你,可是你只想到你自己。
　　如果不是媽答應跟你去,我才不會去。

△ 玄關傳來開門聲,佳如回來了。志豪做手勢要求暫停辯論,然後趕緊走出去。

志豪
　　佳如,機票的問題解決了⋯⋯

△ 佳如沒有聽見志豪的話。她捧著兩箱辦公室用品回到家裡,同時還在跟副理講電話。
　　而隔壁的音樂聲又響起了。

佳如(電話)
副理,我知道公司狀況不好,可是要裁員也不應該是我,我的業績每個月都是最高的⋯⋯
等一下,你是說我去勞工局申訴嗎?那是因為說好的業績獎金無緣無故被公司砍,你當時
不是也挺我?公司恢復獎金大家都很開心不是嗎⋯⋯(對隔壁)真的夠了,(對志豪)陳

志豪，你可以過去處理一下嗎？

△ 佳如沉默，志豪只好走出門去。

佳如（電話）
副理，你不用道歉，反正我要出國了，裁掉我也沒差。
我只是要說，有人被欺負，大家就應該團結站出來；不團結，就會有下一個人被欺負。

△ 佳如掛上電話。志豪已經回來，而隔壁的音樂聲依舊。

志豪
我已經說了。等人家一下。

佳如
等什麼？

志豪
我貼紙條，請他關小聲一點。

佳如
我貼過了，沒用。你可以敲門當面跟他講嗎？

志豪
你要不要先聽我講機票……

佳如
你不去我去。

志豪
佳如，你不要這樣，大家都是鄰居，給人家一點時間，不要當製造麻煩的人。

佳如
是他在製造麻煩，不是我。你怕衝突，結果根本只是假和平，問題還是越來越大。

志豪
這個社會不可能完美，但是很多事情明明忍一下就過去了，何必去爭？
你覺得自己有道理，你就去申訴，結果工作沒了，有比較好嗎？

佳如
他們是因為我要去中國了，才會 fire 我。

340　episode 8　反分裂家庭

志豪

那不是……正好嗎？為什麼還要跟他們講一堆大道理？

佳如

我被外面的人欺負，可是你不挺我，還會怪我。

志豪

我用我的方式在挺你，所以才會一直勸你，這個社會有它的生存法則，要懂得低頭。

佳如

其實只有你，只有你要我低頭。

志豪

不說了，再說下去又要吵架了。

佳如

我們已經在吵架了。

△ 志豪逕自進房。

佳如

好吧，沒吵架，什麼事都沒發生過。

△ 佳如不自覺流下眼淚。

S｜22	時｜夜	景｜志豪房

△ 志豪回到房裡，盯著手機螢幕裡的「机票 2 張正在开立。下载中，请稍候」，他開始感到不安。
△ 志豪再次打電話給協會會長，但電話傳出：
「您好，您拨打的电话已停机，请查证后再拨。」
△ 一瞬間，他知道自己被詐騙。志豪把手機砸向牆壁。
△ 他努力壓抑盛怒，氣喘吁吁走向手機，企圖撿起來，卻又忍不住踹了一腳，又一腳。
△ 手機連續碰撞牆壁地板，螢幕碎裂，卻仍然發著光。
△ 志豪終於將手機拾起，疲憊地癱坐在更衣室盡頭、落地窗邊的單椅上。他盯著手機，眼神空洞，在破碎的螢幕上打開社群網站，開始搜尋「和平協議」，機械般地找出每一則支持和平協議的貼文，然後逐一按讚。
△ 佳如保持冷靜，走進臥房。這裡有幾個打開的行李箱，佳如本來準備打包，但她望向

更衣室，看見志豪坐在落地窗邊的單椅上，盯著手機發愣。

<mark>佳如</mark>
是王宇嗎？

<mark>佳如</mark>
一想到快離開了，就有點感傷。

<mark>佳如</mark>
我今天打給你妹了，她說你爸媽都還好，只嫌加拿大太乾，嘴唇一直裂，很想念台灣。
後來我叫好貨櫃，又打過去告訴你妹，爸媽的東西很快就會送過去，
結果你媽好開心，跑過來講電話，一直說謝謝。

<mark>志豪</mark>
謝謝。佳如……

<mark>佳如</mark>
嗯？

△ 佳如走近志豪，輕輕倚在他的身邊。志豪伸手摟住她，兩個人一起擠在單椅上。落地窗外的路燈把他們照得發亮。

<mark>志豪</mark>
……你爸狀況怎樣？

<mark>佳如</mark>
我打過一些電話，沒人要幫他。

<mark>志豪</mark>
嗯，那個時候我還在。

<mark>佳如</mark>
後來我也打給我媽。

<mark>志豪</mark>
她怎麼說？

<mark>佳如</mark>
她沒接。

志豪
嗯。

佳如
沒有人要幫他,很合理,不能怪別人。我自己不也是嗎?

志豪
他很早就拋棄你們,你們等於是沒有關係的人。你不要太自責。

佳如
就算是這樣,我就可以拋棄他嗎?

志豪
佳如……

佳如
我很怕最後得把他留在這裡。

志豪
其實我也在想辦法,只是……

△ 志豪望著佳如,欲言又止,難以啟齒。而佳如感受到志豪的心意,摟他摟得更緊,發現他頭上有一根白頭髮。

佳如
先不煩了……。一根白頭髮。

△ 佳如發現志豪的一根白頭髮。拔掉。

| S｜23 | 時｜夜 | 景｜志豪房 |

△ 深夜,志豪熟睡,佳如睡不著,她靜靜凝視身邊這個男人。
△ 佳如索性起身,離開主臥。
△ 志豪只是假裝睡著,趁佳如不在,匆匆起身拿起她的手機,輸入密碼「0216」解鎖。
△ 志豪進入佳如的社群帳號,快速分享一則「支持和平協議,追求兩岸統一」貼文。
△ 志豪又馬上拿起自己的手機,截圖傳訊息給王宇。

志豪
我還是需要第三張票

嫂子是自己人
請務必幫幫她

| S｜23-1 | 時｜夜 | 景｜志豪家 |

△ 佳如來到客廳，倒了杯熱水，然後坐下。
△ 由於觸碰到茶几上休眠中的筆電，筆電螢幕亮起。
△ 她順手點開某個新增的陌生書籤，發現是包機資訊頁面。
△ 陳志豪、陳禮維兩人顯示「已訂位」。李佳如顯示「注銷」。
△ 她感到震驚。

| S｜24 | 時｜日 | 景｜小套房 |

△ 佳如照著筆記本上的地址，找到巷弄之間，父親的住所。
△ 她拿著那串鑰匙，打開父親居住的小套房。
△ 小套房裡陳設簡陋，只有一張單人床、一張書桌、簡單的料理台，與堆了滿地滿櫃子的書。佳如意識到，這麼多年來，父親一直獨居。
△ 她走向書桌查看。書桌上有一個別緻的時鐘，下面的透明軟墊塞了許多單據、字條，而時鐘正下方，是一張照片：佳如國中一年級時，父親幫佳如慶生的照片。照片裡，父親摟著穿制服的佳如（制服上繡有「李佳如」），父女倆面前有一個插著蠟燭的鮮奶油蛋糕。
△ 佳如緩緩掀開透明軟墊，發現時鐘下方還藏著更多她的照片、小時候寫給父親的卡片紙條。
△ 佳如細細看照片與卡片，眼眶泛淚。

（本場背景音：前幾天佳如與母親講電話的內容。顯然母親有接聽電話。）

佳如
媽，你再不出聲，我只好掛電話了。

母親
……放下吧。

佳如
什麼意思？

母親
我早就不記得他了，我已經把他放下了。

佳如
這不是在講什麼佛家思想，媽，他現在就在我面前，是一條人命。

母親
說不定他十年前就死了、二十年前就死了，他到底是誰？這麼多年，你有把他放在心上嗎？他有把你放在心上嗎？他就是一個陌生人，把他放下吧。

佳如
對不起，我要掛電話了。

S | 25　　　時 | 日　　　景 | 小公園

△ 志豪又來到小公園。他坐在長椅上，不時查看時間。
△ 只要聽到貓叫聲，志豪就會四處張望，但始終沒有看見。
△ 下午一點。志豪有點失望，正準備起身離開，就看到小雪走來。
△ 志豪露出笑容。

S | 26　　　時 | 日　　　景 | 學校教室

△ 教室裡，老師宣布臨時課程。禮維收到小斑的訊息，所以分神在桌子底下回訊。

老師（背景音）
雖然你們不滿十八歲，不過已經有能力照顧自己，不要成為別人的負擔，而且只要有專業知識，你們也有能力，去幫助需要被照顧的人。今天學校加開民防課，希望大家學習怎樣幫助傷患，如果有人受重傷，醫護人員到達之前，你可以為他做什麼，挽救一條寶貴的生命。上這堂課，老師感觸很深，因為這是我教書這麼多年，第一次覺得，這是人生中最重要的一堂課……

小斑
今天班上來一個新同學　中國人

禮維
還好嗎

小斑
下課有同學去問他
是你們中國侵略台灣

　　　　　　　你為什麼還要逃
　　　　　　　　他沒回答

　　　　　　　　<mark>禮維</mark>
　　　　　　　　笑死
　　　　　　　　也知道怕

　　　　　　　　<mark>小斑</mark>
　　　　　　　　可是
　　　　　　　我想到你要去中國
　　　　　　　　我擔心你

△ 阿翔打斷老師，舉手說話。

　　　　　　　　<mark>阿翔</mark>
　　　　老師，陳禮維身體很虛，不能上民防課啦。

S｜27	時｜日	景｜小公園

△ 志豪和小雪兩人坐在長椅上，一面餵貓，一面吃午餐。由於鏡位等各種原因，我們始終沒看見貓。

　　　　　　　　<mark>小雪</mark>
　　　　你是做什麼的啊？你不像上班族。

　　　　　　　　<mark>志豪</mark>
　　　　　　　那像什麼？

　　　　　　　　<mark>小雪</mark>
　　　　　氣場很強，像，老闆。

　　　　　　　　<mark>志豪</mark>
　　　　是嗎？我老婆嫌我軟弱。

　　　　　　　　<mark>小雪</mark>
　　　　　表示你很溫柔。

　　　　　　　　<mark>志豪</mark>
　我是一個老闆沒錯，我的公司在大陸，但是現在沒有了。

episode 8　　反分裂家庭

我不敢跟我太太講，每天假裝出來談生意。她到現在還以為我會帶全家去大陸。

小雪
為什麼不敢講？

志豪
我在大陸很久，很習慣在那的生活。我賺了蠻多錢，在杭州有一個很漂亮的家。可是我現在什麼都不是了，而且還被詐騙，我在台灣的錢都被騙光了。

小雪
好慘。

志豪
我還少一張機票，我只能帶兒子過去。我不敢跟我太太講。

小雪
你要丟下她？

志豪
我沒有，但是我要考慮我兒子的安全，我要去把我的錢拿回來……

小雪
我記得小時候我阿公被詐騙很多錢，他很傷心，家裡所有大人都安慰他，說他是受害者。可是阿公一出門，大家就開始說他真是貪心的老頭，什麼都不缺，為什麼還要貪心呢？

志豪
你在嘲笑我。

小雪
我在安慰你。阿公幹嘛貪心？他當然是想讓全家人過更好的生活。

△ 小雪挪動身體靠近志豪。

小雪
你太太應該留下來，她的爸爸需要她。

△ 志豪愣住。小雪用食指頂住他的太陽穴。

小雪
在這裡面，你是這樣想。（發現）啊，一根白頭髮。

△ 小雪沒有徵詢同意，直接拔掉志豪的白髮，甚至親密地整理志豪的髮型。

<mark>小雪</mark>
這樣年輕多了。你今天來公園找我，我很開心。我叫小雪。

<mark>志豪</mark>
小雪……

△ 志豪怔怔感受與小雪的親密。

S | 27-1　　　時 | 日　　　景 | 志豪家

△ 佳如一個人在家。她在客房翻找大量已打包裝箱的物品，越翻越急。她想找出珠寶首飾，但找不到。
△ 最後，她只找出那條不起眼的小手鍊——那是一條貓手鍊，和小雪手上的一模一樣
△ 佳如緊握手鍊，情緒激動。

S | 28　　　時 | 日　　　景 | 學校操場

△ 禮維、阿翔和其他同學在學校操場，進行民防訓練。幾個人分組圍成小圈，使用假人安妮，練習 CPR 急救。
△ 禮維非常認真學習，他執行 CPR 熟練準確。

S | 29　　　時 | 日　　　景 | 器材室

△ 課程結束，禮維負責抱假人安妮回器材室收妥。
△ 幾步之後，阿翔和其他同學也抱著假人安妮進來。看見禮維，阿翔靠近。

<mark>阿翔</mark>
你憑什麼參加民防課？

<mark>同學A</mark>
叛徒。

△ 禮維不想理會，打算離開，但同學們圍住他，不讓他走。

阿翔
你知道嗎？台灣明明打得贏。如果台灣會輸，就是因為叛徒太多。

禮維
我不是叛徒。

阿翔
（笑）你在中國出生，當然「不是叛徒」，我懂。

△ 禮維無法回答。

阿翔
台灣到底哪裡不好？
看你們這些內奸過得爽爽的，連體育課都不用上，我不甘願，我至少要抓一個內奸。

△ 同學 A 開始伸手推禮維，同學 B 甚至上前揍他。

同學 B
（揮拳）內奸！

禮維
我不是內奸！

同學 C
那你幹嘛不快滾？（壓制禮維）

禮維
憑什麼打人？

同學 A
你再嘴秋！（揮拳）

△ 每個人都沒有打過架，所以即便出拳，也不敢使盡全力。所有人都驚恐，易怒，焦躁。
△ 禮維終究沒有能力還手。

S | 29-1　　時 | 日　　　景 | 電視新聞

△ 電視新聞（滿畫面翻拍）：

　　　　　　　　　　　　市長受訪：
　　　　「在這個重要的時刻，我們需要加強兩岸人民之間的理解與信任。
　　　　因此，我將推動新的教育政策，鼓勵學校設立兩岸文化交流課程，
　　　　讓年輕一代深入了解彼此的歷史、文化和價值觀，增進互相的認識。
　　　　我相信，教育的根本任務是培養學生的包容心和對話能力，而非強調衝突和對立。
　　　　為了展現追求和平的最大誠意，我已責成教育局，立即停止所有市立中學的民防課程。
　　　　　　　　我要重申，唯有自己人不打自己人，才有真正的和平……」

△ 抗議的學生持鞋子、雨傘、標語拋向市長，現場陷入混亂，轉播中止。

S｜29-2	時｜傍晚	景｜學校某處

△ 放學後，學校空無一人。禮維坐在草皮上吃藥。
△ 挨揍的禮維感到疼痛虛弱，他翻開制服下擺，輕撫右下腹一道很淺但很長的疤痕。

S｜30	時｜夜	景｜街景／車上

△ 佳如和志豪在計程車上，前往大學同學會。兩人各有心事，各自望向窗外。
△ 手機訊息聲。志豪掏出手機。在志豪的截圖訊息「我還是需要第三張票　嫂子是自己人　請務必幫幫她」下方，王宇回訊：「哥　現在愛國　已經來不及了」
△ 佳如神情淡然，劃破沉默。

　　　　　　　　　　　佳如
　　　　　　　你打算只帶禮維走，是嗎？

　　　　　　　　　　　志豪
　　　　　　　……我還在想辦法。

　　　　　　　　　　　佳如
　　　　　　我看過你的筆電，我看到只有你們兩個。

　　　　　　　　　　　志豪
　　你知道為什麼嗎？因為你去參加什麼香港雨傘運動連署，所以你已經變成黑名單，
　　　　　　　　王宇說你去大陸一定會有危險……

　　　　　　　　　　　佳如
　　　　　　是我有危險，還是你怕你有危險？

> 志豪
> 有差別嗎？你有危險，不就是禮維有危險？我們全家有危險？

> 佳如
> 陳志豪，你不必那麼兇。我只在乎禮維的安全，要不然我根本不想去，禮維更不想去。
> 請你不要再說「我們全家」這四個字了，聽起來很可笑。

> 志豪
> 就為了一個香港，「我們全家」不是一個家？操。

> 佳如
> 惱羞成怒，真可憐。我們結婚那些首飾那些金子，你拿走了對不對？
> 你憑什麼？我們結過婚嗎？這還算是一個家嗎？

> 志豪
> ……我有苦衷……

> 佳如
> 你要把我丟下來沒關係，反正我要照顧我爸。但我需要錢，我想用我自己的嫁妝，
> 可是你全部拿走了。我要怎麼把禮維交給你這種人讓你他媽的帶去中國？

△ 兩人講話的時候，計程車已經抵達餐廳門口。

> 計程車司機（香港口音）
> 到了。小姐，我支持你，台灣不能變成香港。

> 佳如
> 謝謝。

△ 佳如逕自下車，走進餐廳。

> 志豪（對計程車司機）
> 你們真是沒救了。

△ 志豪付錢下車，追趕上去。

S｜31	時｜夜	景｜餐廳

△ 志豪和佳如一起在聚會上，這是他們的大學同學歡送會，幾個同學即將移民出國。到

場僅零星七八人。大家吃吃喝喝，氣氛看似歡快，幾分醉意，卻又隱隱流露模糊的焦躁與悲傷。

小明
阿強，你英文那麼爛，去加拿大可以嗎？

阿強
沒問題啦，我都待在華人社區就好了。

小華
聽說現在移民加拿大要準備好幾千萬，原來你開補習班這麼賺？

阿強
沒有志豪那麼賺啦，他在中國搞建設，前幾年不得了。我們到加拿大只是低等移民而已。志豪，你到底攀上什麼高官，這麼發達？

志豪
國家有難，哪有什麼發達不發達？

小華
志豪，你小心一點，你講的國家是哪一國？哪一國？

小明
喔，不要講出來，打完仗就知道選哪一國了。

佳如
阿強，志豪爸媽和他妹也在加拿大，有空可以聯絡，互相照顧一下。

阿強
（對志豪）為什麼你爸媽跟你妹去加拿大，不跟你去中國？（對佳如）婆媳問題喔？

小華
欸，我們班班對，模範夫妻，你不要自己離婚了就去挑撥別人家。

小明
對啊，這麼多年了還在一起，不容易啊。

佳如
我們貌合神離，假的。

△ 志豪靠過去摟著佳如。

<mark>志豪</mark>
那我們就演好一點給大家看。

△ 眾人驚呼，佳如尷尬微笑。

<mark>小明</mark>
喔，太閃了，我要瞎了。

<mark>小華</mark>
連李佳如都貼文支持統一了，共產黨真屌……

<mark>佳如</mark>
什麼貼文？

△ 佳如震驚，眾人錯愕。
△ 對於粉飾太平的聚會，佳如突然感到厭惡。她猛然站起來，走出去。
△ 志豪追上去。

S | 32　　　時 | 夜　　　景 | 志豪家

△ 家裡很安靜，佳如與志豪沉默地走進家門。這時，隔壁又傳來巨大的樂聲。

<mark>佳如</mark>
我真的受夠了……

△ 佳如繞過志豪，逕自側身出門。
△ 志豪走進浴室洗手，他能清晰聽見佳如從隔壁傳來的敲門聲，大喊「請你安靜！我要報警了！開門！」
△ 然後，是佳如的尖叫聲。

S | 33　　　時 | 夜　　　景 | 志豪家大樓外

△ 一輛警車及一輛接體車停在志豪家大樓外，兩位接體人員協力把遺體搬上車。
△ 佳如在大廳啜泣，驚魂未定，接受警察詢問。志豪陪在她身邊。

<mark>佳如</mark>

我一推開門，就看到輪椅是翻倒的，老太太趴在地上⋯⋯。
如果我早一點去關心，就不會發生了⋯⋯

警察
李小姐，這不是你的問題。
我們最近處理過好幾件，都一樣是外傭跑掉，獨居老人死在家裡。
還好這個外傭知道不要鎖門。這段時間手機請保持暢通，等檢察官報驗我們會再聯絡你。

志豪
好。請問為什麼會有音樂？

警察
那個音響有設定鬧鐘，提醒她吃藥。

佳如
老太太走多久了？

警察
要等相驗完才能推算。看起來應該好幾天了。

佳如
啊⋯⋯

△ 佳如掩面痛哭。志豪把佳如擁入懷裡。

S｜34　　時｜夜　　景｜志豪家

△ 志豪和佳如終於返回家中。禮維獨自一人在飯廳吃晚餐，但他們還沒看見他。

佳如
如果你早一點去敲門，這件事就不會發生。

志豪
你認真？

佳如
不然呢？

志豪

人已經死了，講這些沒有意義。

佳如
真是不意外。

志豪
還是你覺得只要她沒死，你就能救活她？

佳如
不然呢？你懷疑嗎？你竟然懷疑？（看見禮維）怎麼這麼晚才回來？吃藥了嗎？

禮維
飯後吃。

佳如
你的臉怎麼了？

禮維
沒事，你不要管。

佳如
怎麼可能不管？到底發生什麼事？

禮維
先顧好你們自己吧。

△ 禮維放下飯碗，起身逕自進房。

佳如
（對志豪）你能保護他嗎？你到底能保護誰？

志豪
對你來說，我什麼都做不好，只有你的做法才是對的，
去連署支持香港也是對的，反正只有你是對的。

佳如
我現在後悔了。我只是去連署，結果害我不能陪在禮維身邊，我很後悔，我很痛苦，
但我還是搞不懂我到底做錯什麼！就因為中國，我們全家被嘲笑，禮維被欺負，
我臉書帳號被盜，我爸被拋棄，還有一個老太太就這樣死掉了！太恐怖了！

> **志豪**
> 我也在想辦法幫你爸……

> **佳如**
> 是嗎？（停頓）那我們一起留在台灣。

> **志豪**
> 佳如……

> **佳如**
> 我們不要太貪心，其實我們什麼都不缺。

> **志豪**
> 你要考慮禮維的安全。

> **佳如**
> ……讓我安靜一下吧。

△ 佳如不再溝通，志豪默默走進房間。

S｜34-1	時｜夜	景｜禮維房

△ 禮維回到他的房間，面對筆電坐下，陷入沉思。
△ 禮維神情嚴肅，而筆電桌面：他和小斑的自拍照，猶咧嘴大笑。

S｜34-2	時｜夜	景｜志豪家

△ 志豪坐在主臥廁所的馬桶上，手握手機，痛哭失聲。

手機螢幕上，王宇的訊息：
被嫂子牽連
公司財產可能被扣
速返上海

S｜35	時｜夜	景｜志豪家

△ 佳如獨自坐在陽台，感受前所未有的孤獨。

S | 35-1　　　時 | 日　　　景 | 志豪鄰居家

△ 鄰居老太太的生前景象：陽光燦爛的落地窗前，微風輕拂，窗簾搖曳。在悠揚的古典樂聲中，坐在輪椅上的老太太非常虛弱，她吃力伸手，想抓取桌上的藥罐，但沒有成功。

S | 36　　　時 | 日　　　景 | 志豪家

△ 隔日清晨，天色昏暗。禮維已經快吃完早餐，準備去上學，徹夜未眠的佳如打開一扇窗，點燃一根菸。

佳如
你表哥姜志凱現在在當兵。你知道嗎？我會忍不住一直想像他死掉的樣子。

禮維
嗯。

佳如
你不害怕嗎？

禮維
怕。

佳如
那就跟你爸去上海，好嗎？

禮維
我要留下來。

佳如
為什麼？

禮維
我也會害怕你死掉。

△ 佳如怔怔望著他。

S｜37	時｜日	景｜志豪家

△ 主臥裡，志豪被簡訊聲吵醒。
△ 志豪打開手機，臉色大變，立刻衝出臥房。
△ 佳如正在收拾早餐。禮維正在穿外套、揹書包，準備出門。志豪一走進客廳，就舉起手機大罵禮維。

志豪
陳禮維！你在搞什麼？現在是什麼時候，你寫這種東西？

禮維
我有寫錯什麼？逃走才可恥吧？

志豪
我花了多少錢多少精力在幫你們搶機票，你以為戰爭是開玩笑嗎？

禮維
戰爭還逃去敵國才是開玩笑吧？我要留在台灣，我陪媽。

△ 禮維說完話，安靜離去。
△ 佳如把志豪的手機拿來看，上面是社群網站的截圖：「我是陳禮維，我反對中國侵略，我主張台灣獨立。」

S｜38	時｜日	景｜公車上

△ 陽光燦爛，志豪坐在空盪的公車上。他有點恍惚，不知道自己應不應該再去那座公園，然而他已經在路上。
△ 零星乘客中，有一個身穿「台灣獨立」T恤的年輕人。
△ 一個老先生忍不住憤怒，衝過去對他破口大罵：「就是你們這種人在破壞和平！」老先生甚至搧他耳光。
△ 年輕人沒有還手。
△ 另外兩三個乘客看不下去，上前制止老人，「你憑什麼打人？」「是中國破壞和平吧！」「簽和平協議才會亡國吧？」

公車司機（廣播）
你給我注意一點！你敢再打人，就滾下車！

△ 公車陷入騷動，唯獨志豪一個人毫無作為。

| S｜39 | 時｜日 | 景｜安養中心門外 |

△ 佳如來到安養中心門外,她明顯感受到,這裡幾乎空無一人。陽光下樹影搖曳,美麗景色更凸顯蕭瑟氣息。佳如佇足,為自己做好心理準備。

| S｜40 | 時｜日 | 景｜小公園 |

△ 志豪繞路,刻意從公園的另一個較遠的入口進入,但遠遠就看見小雪已經坐在那裡。
△ 陽光下,她打開許多貓罐頭,在腳邊放了一整圈,畫面奇幻。
△ 志豪看著,有點出神。直到小雪發現他,揮手跟他打招呼,他才回過神來
△ 志豪走近,坐下。小雪拿出一個鮮奶油蛋糕,甜美地看著志豪。

志豪
都沒有貓來吃嗎?

小雪
但是你來啦。今天是我生日,家裡沒人記得。你陪我一起過生日好不好?

志豪
小雪,生日快樂。

小雪
謝謝。

△ 小雪點上蠟燭,把頭靠在志豪的肩膀上,閉上眼睛許願。

小雪
最後一個願望分給你。

志豪
我希望,世界和平。

小雪
對,沒有戰爭,我就不會失戀了。(笑)戰爭都還沒開始。

△ 兩人一起吹熄蠟燭,像一對忘年情人。

小雪

（在志豪耳邊，小聲）王宇被國安抓走了，現在只有你知道保險箱在哪裡。

△ 志豪感到困惑。

小雪
（幾乎以氣音）一輩子就一次虧心事。帶我去中國。

S｜41	時｜日	景｜安養中心內

△ 佳如拎著大包小包行李，推著父親，緩緩走出空盪的安養中心。

佳如
我帶你回家。

李育誠
好。

佳如
今天天氣很好。

李育誠
蛋糕。

佳如
好，走，我們去買鮮奶油蛋糕。

S｜42	時｜日	景｜蛋糕店

△ 佳如把車子臨停在蛋糕店前，佳如一個人走進蛋糕店，父親坐在車子裡等。
△ 蛋糕店生意冷清，但仍勉力維持運作。

佳如
我要一個鮮奶油蛋糕，嗯，這個。謝謝。

老闆
OK，要幾歲的蠟燭？

佳如

一根蠟燭就好，不想記得幾歲了。

老闆
（笑）好。

佳如
路上很多店都關了，我剛才還怕你們也沒開。

老闆
打不打仗日子都要過下去，可以慶祝的時候，就好好慶祝。來，你的蛋糕。生日快樂。

佳如
謝謝。

S | 43	時 | 日	景 | 志豪家

△ 生日蛋糕擺在餐桌上。
△ 佳如打掃客房，把裡面的箱子全部搬出來，分散在客廳飯廳。
△ 佳如終於清出床位，把昏昏欲睡的父親，安頓在客房的床上。

佳如
以後我們就住在這，這是你的房間。先睡一下好不好？

△ 佳如扶父親下輪椅，上床，為他蓋上棉被。
△ 大白天，陽光普照。父親滿意。

李育誠
晚安。

S | 44	時 | 日	景 | 志豪家

△ 志豪回家。
△ 他走向飯廳，佳如已經坐在餐桌前。桌上擺著生日蛋糕，蠟燭燒了一半。佳如把蠟燭取下。

佳如
今天是我生日。你忘記了吧？

△ 志豪沒有回答，在她對面坐下。

佳如
連我都差點忘記了。

志豪
生日快樂。

佳如
可以慶祝的時候，就好好慶祝。

志豪
嗯。

△ 兩人默默無語，一起喝下午茶吃蛋糕。
△ 突然間，空襲警報、簡訊警報響起，訊息內容：
　「國家級警報：第六次戰備演習。人車管制，疏散 30 分鐘，請勿在室外逗留。行駛中車輛，請就近停妥，直至演習結束。」

△ 突如其來的警報聲，解救了兩人的靜默；接著，停電了，一切陷入黑暗，一切宛如序場 2，幾乎一模一樣，卻完全相反。
△ 佳如尋找打火機，把蠟燭再度點亮，而志豪努力使自己平靜……

志豪
我們離婚吧。

△ 燭光映照下，志豪拿出一份自己簽過字的離婚協議書，緩緩遞給佳如。
△ 看著已簽字的離婚協議書，佳如說不出話。

| S｜45 | 時｜日 | 景｜校園走廊 |

△ 空襲警報接續前場。
△ 原本在走廊聚集的學生，瞬間散開。
△ 阿翔跑出教室，禮維高舉一把椅子追出來，對阿翔怒吼。

禮維
操你媽的張佑翔！

△ 面對禮維突如其來的氣勢，同學們一哄而散。

　　　　　　　　　　　阿翔
　　　　　　　　陳禮維……

　　　　　　　　　　　禮維
　　　　你只敢欺負自己人？你敢不敢一起上戰場？操你媽你敢不敢？敢不敢？

△ 戰鬥機從禮維頭上飛過，禮維高舉椅子，直挺挺站著。

| S｜46 | 時｜日 | 景｜志豪家 |

△ 接續 S 44。

　　　　　　　　　　　志豪
　　　　　　　我們離婚，這樣對我們比較好。簽字吧。

　　　　　　　　　　　佳如
　　　　　　　（苦笑）怎麼會走到這一步？

　　　　　　　　　　　志豪
　　　　　　　沒有別的辦法了，我都想過了。

　　　　　　　　　　　佳如
　　　　　　　好吧。

△ 佳如接過離婚協議書，簽上自己的名字。

　　　　　　　　　　　佳如
　　你有沒有想過，可能從一開始，我們就錯了？所以不管怎麼努力，最後都是錯的。

　　　　　　　　　　　志豪
　　　　　　　我沒有時間想對錯，我就是去做。

　　　　　　　　　　　佳如
　　　　你說「『我們』離婚，這樣對『我們』比較好」，這很奇怪不是嗎？

　　　　　　　　　　　志豪
　　不奇怪，我是為了救禮維。不過現在他不想去了，對，跟你一樣，你也不想去了，
　　　　　　　　所以剩我一個人去，把我的錢救出來。

佳如
你可以留下來陪我們。

志豪
你真的在乎對錯嗎?

佳如
什麼意思?

志豪
你還不是簽字了?

佳如
那是你要我做的。

志豪
不是這個。你簽過別的。

佳如
(停頓)閉嘴。

志豪
你只要簽個字,我就要到處去拜託去塞錢,去找一顆這麼小的腎……

佳如
你閉嘴……

志豪
我們都脫不了關係。

佳如
你閉嘴!陳志豪,你去死…

志豪
是啊,只有我看過那個小孩,他還對我笑……

佳如
拜託你不要再說了…

志豪
你只會躲起來……

佳如
我們明明講過永遠不提這件事……

志豪
要怎麼忘記呢?

佳如
你不准告訴禮維……我只是想要救兒子啊……我們都去死吧…

志豪
你現在不救他了?

佳如
我想救我們全家……

志豪
我們全家要什麼,大陸都給過我們了,我們都脫不了關係了。
你講那麼多漂亮的話,說這個家多美好多重要,結果只有你變成好人?只有我是壞人?

佳如
我知道了,我們都會下地獄。

志豪
不對,你不知道。你只要簽個字就搞定了!多輕鬆!以前幫禮維找一顆腎,我做到了!你做了什麼?現在要救他出去,還是我一個人找機票!你又做了什麼?你們對我做了什麼?你們繼續當好人吧!壞人我來當!我需要錢!我要去把我幾十年打拼的全部要回來!我知道我搞砸了,但是你難道沒搞砸嗎? 一個香港就讓你拋家棄子,香港到底干你屁事?憑什麼你只要坐在那裡,在那裡簽個字就好了?你怎麼可以那麼邪惡?那個畫面應該是這樣,應該是你拿出離婚協議書,應該是你來開口跟我說「我們離婚吧」,你來拜託我簽字,你來說「我對不起你,你趕快回上海救我們」。那個畫面應該是這樣!那個畫面!

△ 兩個人都崩潰了。

S | 47　　　時 | 昏　　　景 | 學校空橋

△ 黃昏的空橋,學校空無一人,禮維靠在牆邊,和小斑傳訊息。

△ 禮維傳出一張照片：他高舉椅子，準備扔向阿翔。

禮維：
我決定留在台灣
我揍張佑翔
同學拍到的

△ 小斑已讀，隔了一會，回傳一張自拍照：她在哭泣。
△ 禮維不斷放大小斑的照片，觸摸她的臉。
△ 他用袖子擦去鼻涕和眼淚。

S｜48　　時｜日　　景｜志豪家

△ 哭腫雙眼的佳如，努力維持家庭的運作。
△ 李育誠坐在輪椅上吃蛋糕。佳如把原先打包好、準備去中國的行李，一一取出歸位。
△ 禮維在整理緊急避難包。

禮維
有手電筒和電池嗎？

佳如
你找找看那幾箱。

禮維
家裡會有瑞士刀嗎？

佳如
有，那箱裡面我記得都是一些金屬的。

△ 禮維在一個箱子底部，發現那條精緻的貓手鍊（和小雪的一模一樣）。

禮維
媽，這是你的嗎？

佳如
嗯。

禮維
看不出來你會戴這個。

佳如
你很小的時候，我跟你爸在上海撿到一隻小黑貓，你爸很好笑，給她取名叫小雪。後來你身體不好，在上海開刀，就在開刀那天，小雪生病走了，我們都沒見到她最後一面。我很慘一直哭，你爸就把小雪的骨灰裝進這條鍊子送給我。後來你跟我就回台灣唸幼稚園了。

△ 禮維一面聽媽媽說話，一面收拾李育成吃完蛋糕的盤子，為他擦嘴。

S｜49	時｜日	景｜小公園

△ 天際有戰機飛掠，地面則有裝甲車駛過。
△ 一片蕭瑟中，志豪拖著一個登機箱，獨自往小公園走去，想見小雪一面。但公園裡沒有小雪，連那張他們一起坐過的長椅，都不存在。
△ 志豪錯愕。
△ 手機訊息響起，志豪查看。

登机取消
乘客：陈志豪
经查，李佳如涉嫌违反《反分裂国家法》，本人及配偶依法不得搭乘返沪航班。

公安部政治安全保卫局
紧急申诉链接

△ 志豪趕緊取出離婚協議書，蹲在路邊拍照上傳。

episode **9**

第九集

突圍

類型：監獄黑社會

編劇　鄭心媚
從新聞編輯室到職業編劇，始終捕捉著台灣政治與文化現實的脈動。作為金鐘獎得主與前新聞記者，以擅長描繪東亞民主、媒體與身分認同的張力而聞名。主要作品有：《零日攻擊》、《商魂》、《鏡子森林》、《國際橋牌社》、《奇蹟的女兒》、《燦爛時光》等。

導演 / 編劇　林志儒
1984年參與了柯一正執導的電影《淡水最後列車》導演組工作，自此投身於影視產業。其戲劇作品屢獲金鐘獎多項獎項肯定，也曾以電影《牆之魘》獲得印度國際影展最高榮譽金孔雀獎。其他代表作品：《有生之年》、《不能沒有你》、《肉身蛾》等。

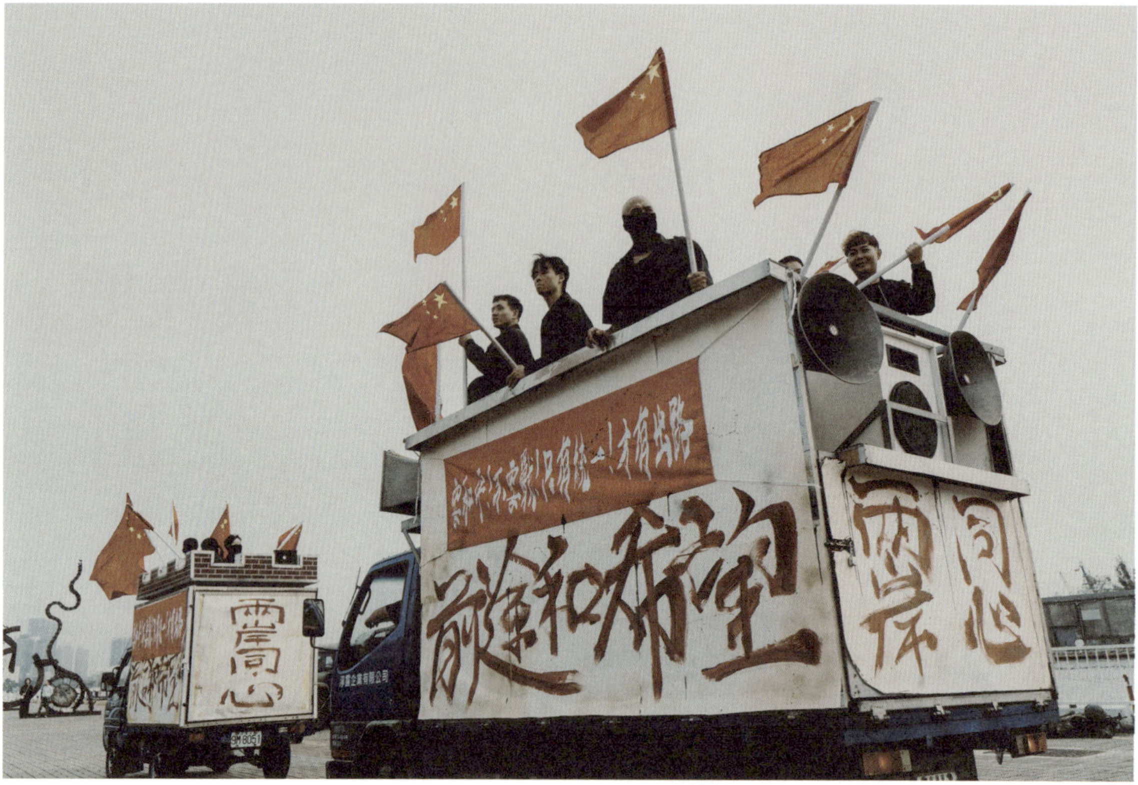
只有統一！才有出路
前途和希望
兩岸同心

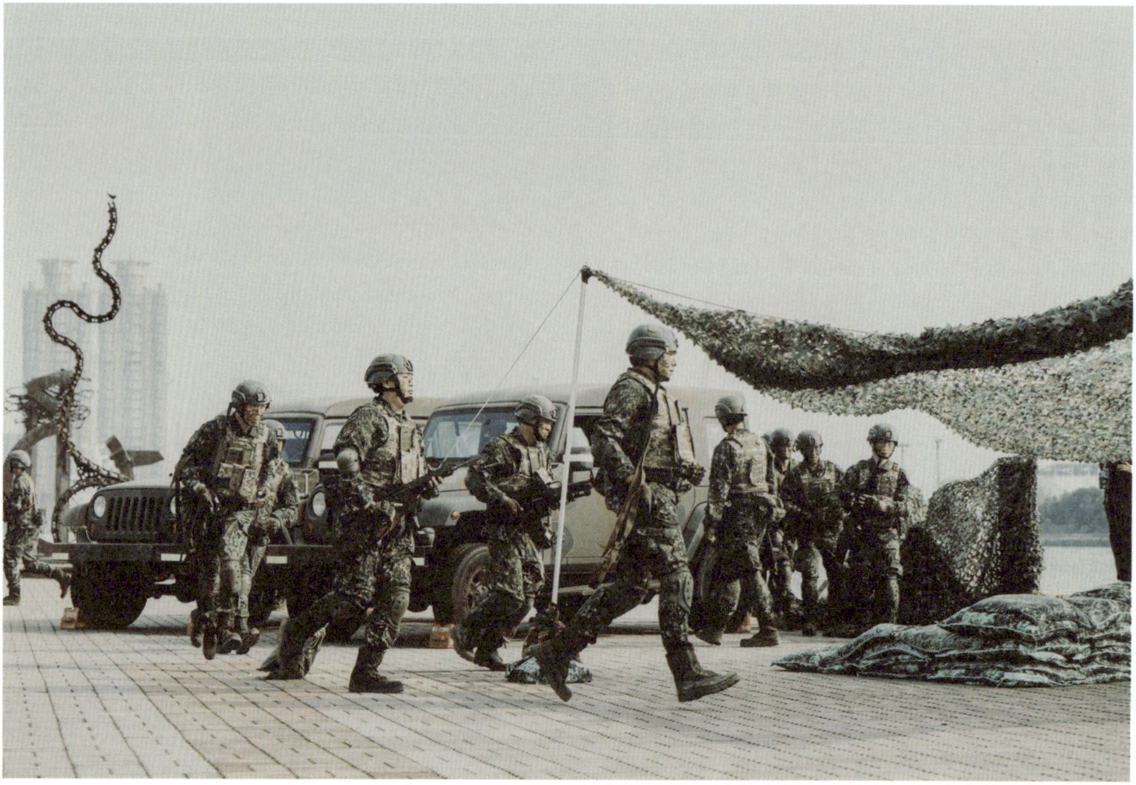

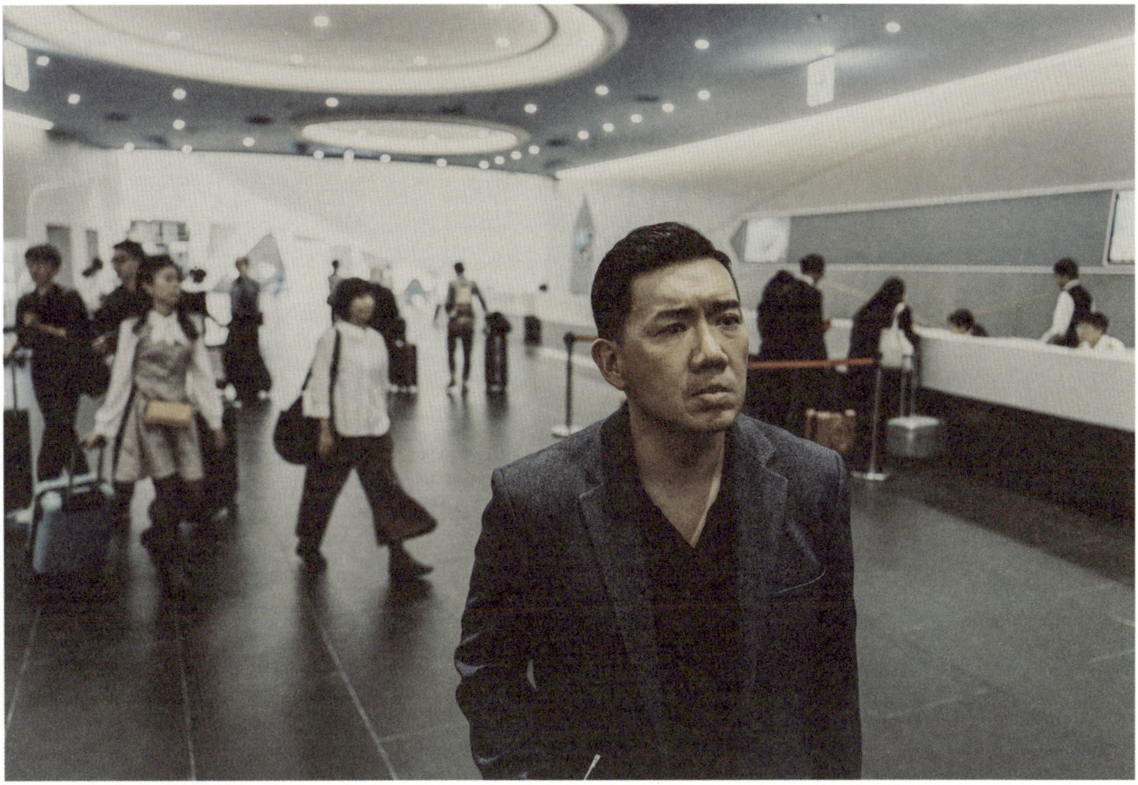

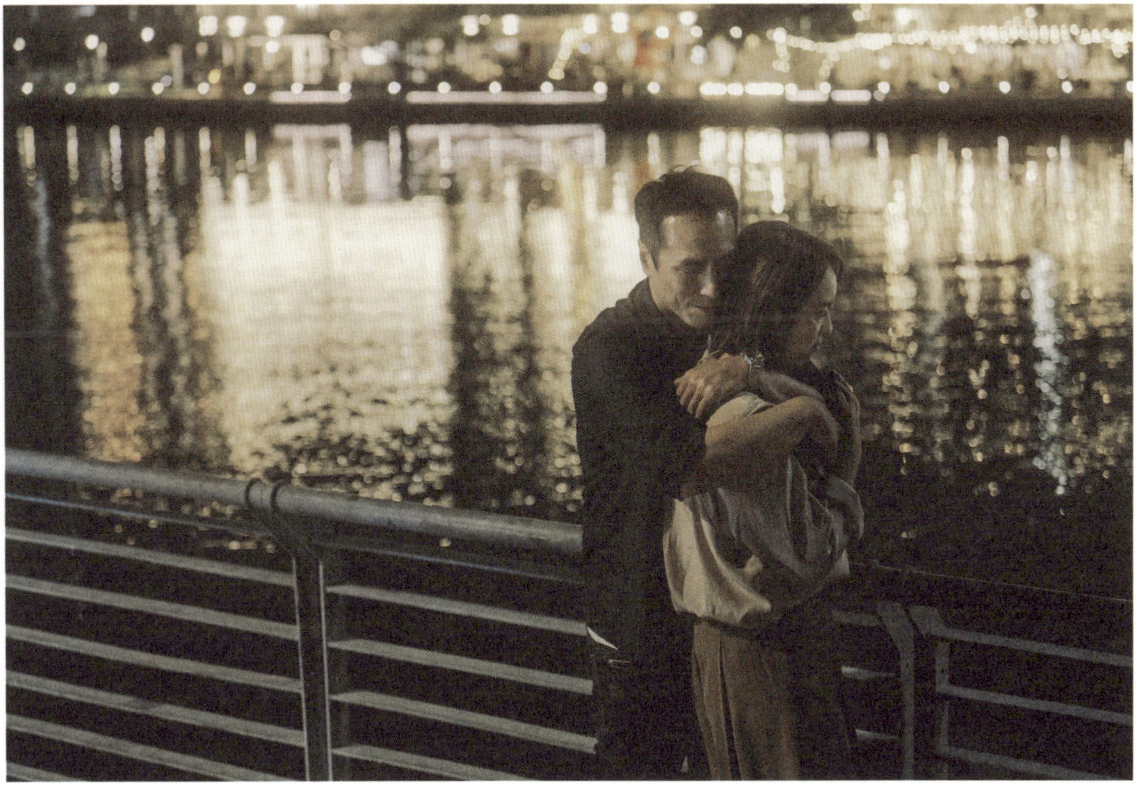

S｜序-1	時｜日	景｜高雄早晨空拍

△ 高雄港的早晨，在空中從旗后砲台往市區一路看過去寧靜安詳，海上街上沒有什麼船舶車輛，遠方市區有失火的煙霧升起，依稀聽到消防車前去的聲音……
△ 二架經國號戰機，掛滿武器，一前一後飛入鏡頭，後燃器加速產生巨大音爆聲，飛遠後拉升轉向飛進雲中……「動畫特效」

S｜序-2	時｜日	景｜高雄駁二特區空地

△ 戰機飛過，囚車上的阿森抬頭看……
△ 一輛警車與囚車停在路邊，囚車沒電，法警與警員想辦法接電發動
△ 車上兩名囚犯因囚車故障而躁動碎嘴

囚犯 A
(客)什麼爛車，司機不會開車喔

囚犯 B
(客)爛死了！

△ 阿森看著窗外的軍人演習
△ 戰士們依序下車集合至規定位置演練，指揮官在旁邊調整他們的位置與姿勢
△ 一名軍人散漫，被指揮官叫出來指正

指揮官
王大民！出列！

△ 電話訊息聲，阿森打開行李袋，拿出電話，是強哥的語音訊息

強哥語音訊息
阿森啊，今天有事要忙，沒有辦法送你過去，不好意思，讓你出來一個禮拜又要進去，今天晚上的事就麻煩了，等你回來我們一起走喔！

△ 阿森聽完，沒有表情，進入回憶……

S｜1	時｜日	景｜監獄-大門外 （回憶）

△ 阿森拿著簡單的行李袋，手上把玩著小石頭，自己一個人在馬路上走著，背景是監獄

的高牆與瞭望塔，小鐘的汽車開過來。

         阿森
        屌，現在才到……

         小鐘
        對不起，忘了……

△ 阿森上車，把小石頭向後扔……

S | 1-1   時 | 日   景 | 小鐘車內 （回憶）

△ 阿森從前座窗戶探出頭來深吸空氣

         阿森
       (客)終於出來了！

         小鐘
      森哥，帶你到飯店洗身一下……

         阿森
         洗身喔？

△ 阿森點菸，露出詭異笑容，用手比出男歡女愛姿勢

         阿森
     不用了啦！我想我家姑娘了，回去吧……

         小鐘
        走傳統一下啦……

         阿森
      公司這陣子怎樣？還可以吧？

         小鐘
   不錯啊！大嫂每天都會到公司來，強哥也都會來幫忙……

         阿森
看吧！我就說，那個強哥吼，真的是很強的哥哥！夠意思……自己的兄弟！

| S｜1-2 | 時｜夜 | 景｜阿森家外 | （回憶） |

△ 小鐘車子來到阿森家外。
△ 阿森在車裡，遠遠就看到強哥的 BMW 停在家外……阿森叫小鐘停車，等一下。
△ 阿森下車，看了一眼強哥的車。
△ 屋內的琴姐穿著裙子，一旁的碎紙機有碎到一半的資料，桌上還有一疊公司文件，帳本等等。

強哥
（粵）做生意不容易啊

△ 強哥靠近琴姐。

強哥
（粵）嫂子真是辛苦你了，其實你們兩夫妻很努力，
不過可惜了，始終都是要收掉，有時候做生意這種事很難說，都有困難。

△ 強哥說著把琴姐壓倒。

強哥
（粵）有時呢，需要人幫忙，又需要點運氣……

△ 當強哥想脫下自己的褲子時，突然感覺外面有人，抬頭一看，是阿森
△ 琴姐發現強哥分神，跟著他的視線朝外看……
△ 阿森已不在，強哥繼續……

△ 阿森回到小鐘車上，一個大臭臉，小鐘小心翼翼的拿了根菸給阿森，阿森不耐煩地把打火機跟鑰匙丟到前擋板。
△ 小鐘怯怯地問

小鐘
要去夢來嗎？小藍？還是新開的水娘娘？

阿森
幹你娘啦！閉嘴啦！開車

△ 琴姐的歌聲進來。

| S | 1-3 　　時 | 夜　　　景 | 阿森家　（回憶）|

　　　　　　　　　　　　　琴姐（唱）
有歸屬 忘掉歸途 流連家與家 不老亦老 信命數 命還是不會認眼底風霜 只想不必自掃

△ 當副歌開始時，琴姐吆喝大家一起參與唱，阿志拿著麥克風走向強哥

　　　　　　　　　　　　　　阿志
　　　　　　　　　　　　（粵）強哥強哥！

　　　　　　　　　　　　　　強哥
　　　　　　　　　　　　（粵）不要搞我！

　　　　　　　　　　　　　　阿志
　　　　　　　　　　　　（粵）你不唱我唱囉！

　　　　　　　　　　　　　眾人（唱）
誰才是 亡命之徒 誰曾想 向蒼天乞命數 我願信　就算豺狗滿路 不躲進地牢 未迷途

△ 強哥端著煲湯上桌，看著琴姐唱

　　　　　　　　　　　　　　強哥
　　　　　　　　　　　　（粵）來喔，喝湯了！

　　　　　　　　　　　　　　阿志
　　　　　　　　　　　　（粵）喝湯了！

△ 眾人陸續從沙發區過來餐桌這裡

　　　　　　　　　　　　　　SAM
　　　　　　　　　　　　（粵）哇，讚喔！

　　　　　　　　　　　　　　強哥
　　　　　　　　（粵）森哥出獄，當然要整鍋正點的給他爽一下！

　　　　　　　　　　　　　　SAM
　　　　　　　　　　　　（粵）哇，什麼好料

　　　　　　　　　　　　　　強哥

(粵）西洋菜陳腎湯

SAM
（粵）哇！可以啊！陳腎，森哥你⋯⋯

強哥
（粵）補腎啊！

琴姐
他很喜歡講髒話！

強哥
（粵）來～坐坐⋯⋯

SABRINA
（粵）西洋菜在哪裡找到？強哥？

強哥
（粵）高雄沒有西洋菜的！我特地找人從台北買過來的！

阿志
（粵）哇！眞是有心

SAM
（粵）只是聞味道，就像足了正宗香港味

SABRINA
（粵）眞的很香

琴姐
（粵）不要客氣，不要客氣、自己來

△ 琴姐幫大家開始盛碗裝湯

ALICE
（粵）台灣那些正宗傳統港菜，全部都不對味，還說自己是美食天堂，吃了都想作嘔。

SABRINA
（粵）算了吧！我們現在寄人籬下，有得吃就吃吧！不要龜毛嫌這麼多了。

阿志
（粵）哇～你別踩那麼狠，人家老公是台灣人來的

△ 阿森過來坐在餐桌的位子上，琴姐幫忙倒一碗湯給阿森

SABRINA
（粵）啊呀不好意思（國語）議員大人，不好意思啦，我都不記得了

阿森
沒事啦，其實我也算是廣東人。客人啦，客家人，祖先都一樣的啦，沒有分那麼多啦……，而且我跟我老婆也要謝謝強哥，因為他，我們才有今天，來，大家喝一杯……

強哥
（粵）你知道就好啦！

△ 大家舉杯……

SABRINA
（粵）我們常常來蹭飯實在不好意思

強哥
（粵）這鍋湯煲了三個多小時

ALICE
（粵）大家～我想問一下你們有沒有人有機票。 因為其實～ （被打斷）

SABRINA
（粵）說真的，現在這麼亂，我們都想走，但真的買不到機票。

SAM
（粵）試著上網，還好還能上網，但上網都找不到機票，唉～沒辦法了。

阿龍
（粵）你不早說，強哥可以幫忙啊，強哥對不對？

△ 強哥點點頭……

強哥
（粵）多的是

△ 幾個人叫好……

SABRINA
（粵）志哥？你呢怎麼樣？

阿龍
（粵）對啊～阿志，你呢，走不走？

阿志
（粵）我娶了老婆生了兒子，又開了店舖，我不走了

ALICE
（粵）但真的打過來了……

SABRINA
（粵）對啊，打仗啊，大哥！

阿龍
（粵）發神經～現在講打仗～還不走……

阿志
（粵）操～香港有事就跑來台灣，台灣有事又跑回去香港，跑來跑去，能跑得了幾次？

阿龍
（粵）現在有人可以弄得到機票，可以跑你不跑，現在有錢都未必買得到機票。

ALICE
（粵）而且我又不是台灣人（輕聲）……

阿志
（粵）台灣人也是人啊～操～我不吃了～

△ 阿志起身要走，琴姐連忙拉住阿志

SABRINA
（粵）你幹嘛？吃飯聊天而已嘛

強哥
（粵）現在是打過來了嗎？

琴姐
（粵）今天大家來開心的好不好，坐下吧

強哥
（粵）真的是打仗的時候，你再來決定走不走都來得及，現在先喝湯。

阿志
（粵）當然不走啊！我現在去拿槍了！

強哥
（粵）欸！槍我也有喔！當然啦！開口就可以了！

△ 氣氛頓時尷尬……強哥轉移話題聊之前買西洋菜的故事
△ 阿森看著大家，也看著強哥跟琴姐之間的互動

S | 1-4　　時 | 夜　　景 | 阿森家內　（回憶）

△ 琴姐把餐桌上疊好的碗筷拿到吧檯給阿森接手

琴姐
你放著就好，等等我洗

△ 強哥在茶桌上泡茶
△ 阿森走到琴姐旁邊，故意抱她伸手撫摸

阿森
強哥回去以後，我們在客廳幹好不好，我們很久沒有……

琴姐
好了啦……（一副顧慮強哥，試圖甩開阿森）

△ 強哥絲毫沒有往這對夫妻的方向看，琴姐對強哥說

琴姐（粵）
你要不要跟阿森講一下？

強哥（粵）
妳們兩夫妻的事，妳自己說啊！

△ 阿森好似聽得懂

> 阿森
> 什麼？你們在講什麼！

> 琴姐
> 沒有，我跟強哥有一件事想跟你說……

△ 阿森以為琴姐要說下午他看到的……

> 阿森
> 不用說啦！說什麼？我不 CARE，真的，自己家人，講什麼……沒事的……

△ 阿森邊說邊擦桌子，琴姐愣了一下，再向強哥說

> 琴姐（粵）
> 他不知道我說的是什麼，你幫我說……

△ 琴姐見強哥沒有理會，只好說對阿森說

> 琴姐
> 阿森，我跟強哥有一件事要跟你說，上個禮拜，我們把公司關掉了……

> 阿森
> 幹你娘，真的假的？

> 琴姐
> 這棟別墅也賣掉了

> 阿森
> 你瘋了是不是！

> 強哥
> 阿森，是我的主意來的，我有個很大的計畫……

△ 森哥走向泡茶的強哥

> 阿森
> 靠北，有多大的計畫要把別墅賣了，把我的公司賣了

          強哥
         來不及了⋯⋯

△ 強哥喝了一口茶
△ 阿森像是無處可發洩一般不斷繞著，強哥冷靜地看著他
△ 阿森走到窗邊用窗簾包住頭喊著

          阿森
     你說⋯⋯你到底是幹你娘多大的計畫⋯⋯你講⋯⋯

          強哥
        你過來，先喝茶

△ 阿森無動於衷，強哥放下茶杯大喊

          強哥
         你過來啊！

△ 阿森這才從窗邊走回茶桌

          強哥
          來，坐

△ 琴姐看著兩人，從吧檯倒了三杯酒

          強哥
兄弟，共產黨打來了，我們發財了！你知道我們這次可以撈多少錢嗎？我們過去賺過的錢加起來也沒那麼多，以後，你喜歡做什麼就做什麼，你不做什麼就不做什麼，好不好？

△ 阿森擦了一下眼角眼淚

          阿森
         那我要做什麼？

          強哥
     很簡單，你幫我再進去監獄⋯⋯然後幫我帶一些囚犯出來

          阿森
    強哥，那是監獄，不是學校，不是校外教學，搖旗子哇大家跟我走啊！
       叫個遊覽車，沒這麼容易耶⋯⋯

強哥
很容易，你聽清楚，照著辦，一定會成功！

△ 琴姐這時把酒拿到茶桌，把酒杯放到桌上，強哥拿起酒杯對著阿森

強哥
來！

△ 阿森強哥碰杯，阿森一口氣喝下杯中的酒

強哥
下禮拜……

阿森
下下禮拜啦……

強哥
下禮拜……

△ 琴姐在窗邊看著兩個男人……
△「要和平，不要戰爭，只有統一，才有出路」的聲音進來

S｜1-5	時｜日	景｜高雄駁二空地

△ 囚車上阿森的思緒，被聲音打斷，二輛 AGM 小貨車改的宣傳戰車開過來，車上掛滿著五星旗，播放著義勇兵進行曲，車上的人抓著麥克風大聲叫喊著

口號員
要和平，不要戰爭……只有統一，才有出路……各位同胞們，你們辛苦了！
你們的未來不是掌握在領導人的嘴裡，更不是掌握在你們長官的手裡……

△ 囚車上的兩名囚犯，聊了起來

囚 A
（客）來了！來了！和平啦！聽到沒？到底打什麼東西！

囚 B
（客）你在講什麼，你去做人家孫子，人家不爽也是會打你啊

△ 兩人一言一語爭吵了起來
△ 警察過去叫宣傳車離開
△ 指揮官叫軍人們蹲好，同時喊口號

指揮官
我們的責任是什麼？

軍人
保國衛民護家園……保國衛民護家園……

△ 車內，阿森聽著囚犯 AB 爭執，忍不住出聲

阿森
（客）好了啦，你們兩個鬥什麼？有什麼好吵的……

囚 A
（客）你是誰，大小聲……

囚 B
（客）你是不是那個……那個……議員？

阿森
（客）員你外婆啦……

△ 法警上來，叫囚 AB 坐好，車要出發了
△ 警車帶著囚車離開……演習的官兵看著他們……阿森看著……

S｜2　　時｜日　　景｜監獄某處

△ （暫）坪林道路圍牆高塔馬路，囚車往監獄駛入
△ 囚車停在監獄某處，獄警引領著囚犯 A B 從車上下來，阿森最後下車看了一眼停在一旁的大巴囚車
△ 其他人被法警一個個帶進監獄裡，只有阿森站在囚車旁，似乎在等待什麼，感覺有些詭異
△ 沒多久，獄警阿勳戒護著十二名死刑犯出來，其中瘋狗忠看到阿森，興奮……

瘋狗
森哥，你來接我們喔？

△ 阿森比噓，叫他們先不要說話，趕快上車……
△ 阿勳陸續讓他們上車。
△ 車上入口處，阿勳一一將他們的手拷解開，進入囚車……囚犯們安靜配合……
△ 就在結束阿森要上車時，一名獄警突然從監獄裡拿著名冊跑出來。

獄警
等一下，移監的不是這些死刑犯，這名單不對……

△ 阿勳下車過來跟他解釋的樣子，突然拿出電擊槍向他發射，阿勳加大電量，獄警當場倒下暈倒。阿森呆在那裡，一下不知道怎麼會有這個狀況……

阿勳
快上車吧！

△ 阿森上車，車門關起，囚車開了出去

| S｜3 | 時｜日 | 景｜監獄 - 車檢站、車外、車內 |

△ 車檢站的鐵門被打開，典獄長從旁邊的門出來，上車……
△ 典獄長進入車內，引起重刑犯的小小騷動

芭樂
（台）長仔怎麼上車了？

昆仔
（台）甘是她幫我們的啊？

芭樂
（台）跟我們一起落跑喔？

阿勳
安靜，不要吵，你們要關回去喔？

△ 大家安靜下來
△ 典獄長坐在司機後面的位置，跟阿森打了招乎後，不想理大家，在自己的世界裡……
△ 阿勳指示司機開車……
△ 車子離開車檢站，往大門走……

| S｜4 | 時｜日 | 景｜監獄高牆 - 嘹望塔外馬路 |

△ 車子出大門，延著牆邊馬路中，一個轉彎，監獄離車子越來越遠……
△ 阿勳看了一下阿森，請他宣布……
△ 阿森拿起麥克風

阿森
兄弟們，我們離開大寮飯店了……

△ 所有人大叫！歡呼！！（他們歡呼的方式是幹號連篇）

阿森
接下來我們去完成任務後，大家就自由了！
「會不會很難啊？」「不會難啦，搞定了交給他們我們就沒事了，就可以回家了！」

△ 又是一陣幹話連篇
△ 典獄長不理他們，在自己的世界裡。
△ 瘋狗忠過去隔著鐵欄看著她

瘋狗忠
（台）長仔！妳在想什麼？聽說政府要提早把我們這些死刑犯槍決，
　　　不然就是開戰要我們上戰場打戰，是真的嗎？

△ 虎爺冷言冷語

虎爺
都準備死刑的人還怕打戰喔？

瘋狗忠
（台）幹，誰說怕了，我也是一條命喔，才不要白白送死……

虎爺
怕死就說一聲嘛……

瘋狗忠
幹，想打架！來啊

△ 眾人起鬨要看好戲，阿森隔著鐵欄大叫

> **阿森**
> 好啦，不要吵了！

> **瘋狗忠**
> （台）我想問她跟著來幹什麼？監視喔？怕我們跑掉？

> **阿森**
> 典獄長跟著來，也是讓大家平安完成任務啊，別忘了，你們可以出來，也是靠她的幫忙啊！

> **瘋狗忠**
> 森哥哥，我們哪有出來？現在還是關在這裡面啊！

> **阿森**
> 好啦好啦！你們再多等一下啦。

△ 阿森過去問一下典獄長……

S｜5	時｜夜	景｜郊區路上檳榔攤

△ 阿森、阿勳下車買檳榔，順便煙跟保力達 P 也買了
△ 典獄長看了一下，打電話

> **典獄長**
> 我們 30 分後到

S｜5-1	時｜夜	景｜阿森家

△ 琴姐在吧台裡煮煲湯，聽到門鈴聲，琴姐出吧台看，門口影像，是強哥，按開關讓他進來，回吧台……
△ 強哥開門進來，正講著電話……

> **強哥**
> 汪總監，人出來了，可以上新聞了

△ 強哥講完，看到客廳沙發上的行李

> **強哥**
> （粵）東西都收好了？

386　episode 9　突圍

琴姐
							（粵）對阿

△ 強哥看到行李旁邊還有祖宗牌位，拿起來把玩

								強哥
							（粵）這什麼？

								琴姐
						（粵）阿森交待的，他說不管住哪裡都可以，
						祖宗牌位帶著走就好，他說是客家人的習慣……

								強哥
							（粵）挺有意思的！

								琴姐
				（粵）他們流浪的時候，會帶著這個，我們呢？我們可以帶什麼？

S｜6	時｜夜	景｜開發的工業區馬路上

△ 囚車在下班後的工業區道路上行駛著
△ 車上大家抽煙吃檳榔喝保力達P，整車人活了起來
△ 虎爺拿著一杯保力達P，找阿森喝一杯，阿森說不要，你們喝……
△ 阿森看著在旁邊的阿勳，抽著煙，而坐在另一頭的典獄長，心情不是很好，一直抓著手機，等電話的樣子，阿森過去坐她旁邊……
△ 典獄長看看他

								典獄長
						（客）議員，你有孩子嗎？都沒聽你講過

								阿森
						（客）還沒有，典獄長妳有嗎？

								典獄長
					（客）有啊，準備上高中了，她今天晚上要手術換肝……

△ 阿森聽著

　　　　　　　　　　　典獄長
　　　　　　　　（客）在廣州……

△ 阿森大概了解典獄長為什麼參與這個行動了

　　　　　　　　　　　阿森
　　　　　　　　（客）是強哥？

△ 典獄長點點頭……

　　　　　　　　　　　阿森
　　　　　　　（客）會順利的，不必愁。

△ 典獄長不說話了，阿森看著前方的公路……想著……

| S｜6-1 | 時｜日 | 景｜愛河邊或港邊 　（回憶） |

△ 阿森靠在欄杆上喝啤酒，琴姐坐在階梯上吃烤串
△ 阿森往前一步靠近琴姐，琴姐餵他吃一口

　　　　　　　　　　　琴姐
　所以現在是怎樣？你真的要放棄台灣的一切，然後我們就跟強哥去 SYDNEY 阿？

　　　　　　　　　　　阿森
　　　　也沒什麼不好啊！你不喜歡喔？不是啦……我……

△ 阿森走向琴姐

　　　　　　　　　　　阿森
　（客）我是客家人，客家男孩耶，（國）那本來就是全世界到處都是客家人啊！
　　　　沒關係啦！客家人四處為家，有什麼關係，我男子漢耶……

　　　　　　　　　　　琴姐
　　　　　　　　　　男子漢……

△ 琴姐苦笑放下手上的燒烤

　　　　　　　　　　　琴姐
　　　　　其實你，應該不會不知道我跟他發生什麼事吧

△ 阿森沉默片刻

阿森

我知道啊！你跟他……（做出做愛的手勢）不過，
無所謂！我跟你（做出兩顆心連在一起的手勢）就好啦！對不對……

△ 琴姐苦笑，拍手

琴姐

好棒棒喔！我老公好棒棒喔！我老公沒卵用！

△ 琴姐對著愛河大喊

琴姐

我老公知道我跟其他男人做過！他沒關係！

△ 琴姐激動地站起身，轉過來面對依舊坐著的阿森

琴姐

你可以，我不可以啊！

阿森

我不是那個意思

琴姐

那你是什麼意思？你知道，但是你當沒事耶！

阿森

我能怎麼辦？我能怎麼辦？

△ 琴姐上前抓住阿森領口，卻又氣得說不出話

阿森

不是你聽我講……

琴姐

（粵）我不想跟你講話……你沒屁用

阿森

>   你跟我講好不好

>   琴姐
>   （粵）你明明知道，我跟他做了，但你就只是站在門口？

>   阿森
>   我能怎麼辦？

>   琴姐
>   那我是不是你老婆？

>   阿森

我們有得選嗎？對，我沒有用！養大閘蟹，大閘蟹死了，開公司我又做不了帳，選議員，抓去關！我有得選嗎？你不要我，你可以走啊！

>   琴姐
>   （粵）我可以去哪裡啊？

S | INS 1　　　時 | 日　　景 | 阿森大閘蟹園 五年前 （回憶）

△ 阿森、琴姐失落的在池邊釣蝦，琴姐在一旁烤蝦，穿著三豐里背心的里長騎著破爛機車帶著強哥的黑頭車到來

>   阿森
>   都釣不到……

>   琴姐
>   里長又來了……

>   阿森
>   來幹嘛啦！回去吧你

>   里長
>   介紹你一個香港人……

△ 強哥下車，小弟幫忙撐傘，上前跟阿森握手寒暄

>   阿森
>   你好我阿森，這是我太太，也是香港人

　　　　　　　　　　強哥
　　　　　　　你好，阿強

　　　　　　　　　　琴姐
　　　　　（粵語）你好，我是薛思琴，叫我阿琴就好

　　　　　　　　　　強哥
　　　　　　　（粵語）喔～阿嫂

△ 琴姐帶強哥到一旁魚塭，阿森拉里長到一旁講話

　　　　　　　　　　阿森
　　　　　　　來幹嘛的啊？

　　　　　　　　　　里長
　　　　　　　來投資你的啊！

　　　　　　　　　　阿森
　　　　　投資我？有什麼好投資的？多少？

　　　　　　　　　　里長
　　　　　　　厲害的啦……

△ 阿森一臉狐疑看著強哥

| S｜INS 2 | 時｜日 | 景｜強森生技公司出貨處 五年前 （回憶） |

△ 琴姐拿著資料，點著成品，指揮工作人員出貨上卡車……
△ 阿森強哥在旁邊的辦公室窗戶喝著紅酒看著

　　　　　　　　　　強哥
　　　　　　　你老婆很能幹

　　　　　　　　　　阿森
　對啊，都是她在處理，她說現在貨物載不下了，下禮拜要換大一點的

　　　　　　　　　　強哥
　　　　　　　喔～她喜歡大的

△ 琴姐進來，霸氣的拿走阿森手上的飲品一飲而盡，接著拿單子要阿森簽名

　　　　　　　　　　　阿森
　　　　　ㄟ～你不要喝醉阿

　　　　　　　　　　　琴姐
　　　　　晚上記得開會阿……

| S｜INS 3 | 時｜日 | 景｜強森生技公司門口 兩年前（回憶） |

△ 一串鞭炮聲響，眾人拍手
△ 強哥幫阿森稍微整理一下衣服就退開站到一旁，記者迎上前來訪問

　　　　　　　　　　　記者
　　　　恭喜議員險勝對手，請問有什麼要說的嗎？

　　　　　　　　　　　阿森
　　　都是大家幫忙啦！謝謝大家，都是鄉親幫忙，真的很感謝……

　　　　　　　　　　　記者
　　　　有對手質疑你的選舉經費有問題，有沒有要說明的？

　　　　　　　　　　　阿森
　　　　　抹黑啦！那都是抹黑！

　　　　　　　　　　　琴姐
　　　我們裡面有準備一些點心，請大家可以到裡面享用

△ 強哥在一旁看著。

　　　　　　　　　　　阿森
雖然講到那個沒屁用的強哥很肚爛，不過想回來，也是遇到他我們才能鹹魚翻身，你想想看，那時候我們養大閘蟹，本來好好的，幹，一個颱風全部死光光，後來他出現我們才能變成今天這個樣子，還能做生意開公司，講到公司喔……（笑）

　　　　　　　　　　　琴姐
　　　　　是啊！他是幫你選議員阿！

392　episode 9　突圍

          阿森
  一個這麼正的香港妹子，這麼會經營 (撩著琴姐頭髮)……

          琴姐
  他有幫你選議員，可是你當了一下子，你就跑去坐牢耶！

          阿森
不要再講這個了啦！幹，我怎麼知道，送那個電鍋叫賄選，最好是，那叫選民服務好不好，
      早知道就送大閘蟹，死無對證！

          琴姐
    不要再講這個了，所以你現在打算怎麼樣？

          阿森
  就先聽他的話，去澳洲，等我把強哥甩掉，我們就自由了！

          琴姐
     那麼容易喔？強哥耶，你那麼相信他？

          阿森
  不是，我跟你講，我查過了，澳洲那邊客家人很多，大家都很團結，
       怕什麼，你在阿，有你，怕什麼？

          琴姐
    你當然不怕啊！一直是我幫你擦屁股……

          阿森
      你不想跟我去喔？

△ 琴姐逗弄式的捏著阿森下巴……

          琴姐
      你敢丟下我試試看！

          阿森
沒有要丟下你啦！我又不能沒有你，我想完成我的夢想，我想再開一個大閘蟹樂園……

          琴姐
       不要再開大閘蟹了！

阿森
賣龍蝦？

琴姐
不行，我要放羊！

阿森
好啊，放羊，那我白天擠羊奶，晚上我就擠……(手在琴姐面前比劃)……

阿森
我跟你講，強哥說我下禮拜就要進去了，收行李的時候什麼都可以漏掉，我跟你講，祖先的神主牌不能漏掉喔！

琴姐
不行嗎？

阿森
你不想帶長輩喔？

琴姐
不是我不想帶，不要帶在我行李，是帶在你行李……

阿森
幹你真的很不孝耶！阿婆晚上會來找你，(模仿阿婆變成鬼)我要坐頭等艙……

琴姐
好啦好啦……

△ 兩人打鬧擁抱，看著愛河

S | 7　　　時 | 夜　　　景 | 大巴車上 市區街道「郊區街道」

△ 阿森被街上警車的聲音回到現實，一輛警車開啟警笛聲從對向經過，街上有武裝警察在戒備，叫民眾快快離開，一輛救護車也經過
△ 戶外的電視牆，播出了監獄死囚集體越獄的新聞，典獄長不知去向，現在各地發現一些事件，懷疑是跟越獄的死囚有關
△ 阿森的手機也有新聞快報
△ 典獄長又開始焦躁不安了……
△ 車上的死囚也開始鼓譟，「幹，不是我們做的為什麼賴在我們頭上……」「放我出去，

絕對做得比較精彩」「我才不會幹這種沒有天良的事」
△ 阿森怕情勢失控，叫司機趕快離開市區
△ 車子上高架離開……

| S｜8 | 時｜夜 | 景｜大巴車上 郊區公路上 |

△ 車子行駛在公路上
△ 典獄長打電話給廣州的醫院

典獄長
什麼？沒有在這裡？不是要手術嗎？？你們在幹什麼？
不要騙我了，她一直在這裡的啊，我前幾天還有跟她通過電話的……

| S｜9 | 時｜夜 | 景｜阿森家／大巴車上 |

△ 另一頭，強哥家看著電視新聞
△ 新聞畫面：各地出現搶劫案，也有放火的案件，一輛車子無差別在鬧區撞人後逃逸，警方認為這些事件，是逃出的死刑犯所為，現在外面的情勢危險，主播要求大家避免外出
△ 強哥電話響，接起
△ 另一頭典獄長劈頭就問

典獄長
方先生，為什麼醫院說沒有我女兒的名字？
還有現在發生的案件為什麼說是我們做的？這到底怎麼回事？我女兒到底在哪裡？

△ 對跳另一邊的強哥

強哥
好，好……不要急，醫院那邊高層都講好了，這是個特別處理的 CASE，
一般員工不曉得的，妳要問，一定問不到的……我幫妳問一下，不要急好不好？

典獄長
不是急不急啊，現在應該要準備手術了，我這裡完全不知道狀況，我怎麼放心……

△ 阿森見典獄長有點急躁，趕緊上前去接過電話

阿森

典獄長，我來，我來跟他講……

△ 阿森接過電話
△ 典獄長在一旁看著

阿森
強哥，是我啦……到底是怎樣啦

強哥
阿森你聽我說就好，你不要回答，今天早上他女兒動手術，死了

阿森
蛤？

△ 阿森的反應，典獄長看在眼裡
△ 另一邊的強哥聽到阿森的回話，生氣罵著

強哥
你不要蛤啦！屌你！

強哥
這種事情我也沒辦法啊，如果現在跟她講，會出大事的……
等你們都出來了，我再慢慢跟她說……你先安撫她一下……

阿森
好……我知道了……

△ 還沒等阿森講完，典獄長突然失控要司機停車
△ 司機還沒反應過來，典獄長去握住方向盤
△ 整台囚車搖搖晃晃，看起來相當危險
△ 阿森這邊大喊

阿森
典獄長，你不要衝動

△ 強哥在電話另一頭聽到，趕緊問

強哥
什麼狀況？

阿森

典獄長失控了,現在怎麼辦?

△ 司機怕危險,只好先把車子停在一旁,典獄長持續鬧著
△ 囚犯們面面相覷想著現在是哪招?

強哥

殺了他!

阿森

蛤?

強哥

殺了他!殺了他!!

△ 阿森還在猶豫之時,典獄長找到了司機旁的自動門開關,典獄長往外衝,阿勳只好跟出去,在車子前方開槍……只聽見砰砰兩聲槍響,典獄長倒地……
△ 另一邊強哥聽到槍聲,著急的問

強哥

有沒有殺到?有沒有殺到?

△ 阿森呆在那裡,阿勳過來搶過手機

阿勳

強哥,我是阿勳,搞定了

強哥

確定嗎?

阿勳

確定,人死了

△ 強哥放心地掛上電話,琴姐上前問

琴姐

(粵)怎麼了?阿森沒事吧?

強哥

阿森沒事,小意外,處理好了

△ 阿森過來看草地上已死去的典獄長……
△ 阿勳過來

阿勳
森哥，我們要趕路了。

△ 阿森起身

阿森
你怎麼有帶槍？

阿勳
還好我有帶槍

△ 阿森生氣

阿森
這裡我帶頭的，沒有我的命令不要亂開槍！

△ 阿森悻悻然回車上，阿勳跟著上車……
△ 典獄長張著眼躺在地上……後方的囚車離開……

S｜9-1　　時｜夜　　　景｜舞蹈教室　　（回憶）

△ 舞蹈教室內，婷婷滿臉汗水跳舞著……
△ 典獄長在窗口外不忍的看著
△ 強哥在教室外的沙發上，講著電話

強哥
所以你的意思是下禮拜就有新的一批嗎？
好，幫我留一份，最好的，柯院長，麻煩你了……好……謝謝……

△ 強哥講完，過來到教室窗口
△ 婷婷繼續跳著

強哥
肝的部分我已經處理好了，只要你 OK，婷婷下禮拜就可以到廣州……

△ 典獄長沒看著他……

典獄長
我不能背叛國家……

強哥
所以你就可以背叛你女兒？你不要講到背叛國家這麼嚴重好不好，台灣一定輸的，你有沒有背叛，他也不能贏阿！你在考慮你所謂的國家的未來，那你女兒的未來呢？誰來幫她想？什麼媽媽來的……

△ 強哥緩了緩，看著裡面跳舞的婷婷繼續說

強哥
其實她沒有跳得很好，但是芭蕾舞，是需要時間練習的……

△ 強哥說完離開，留下典獄長
△ 上課結束，婷婷出來，看到典獄長開心迎上前，典獄長拿水給她

婷婷
我終於成功了！

典獄長
流那麼多汗……那你回去要聽話喔，走，我們回家……

S ｜ 10	時 ｜ 日	景 ｜ 城市電視牆「或手機，或森哥家電視」

△ 市景大螢幕上都是燒殺擄掠的新聞。新聞上主播夏宇珊播報：死囚逃出後，高雄各地陸續發生搶案、血案，整個城市陷入混亂……。上頭有著大大的典獄長照片，記者播報暗示幕後策動者是典獄長。
△ 主播也提到，警政署決定，各地警局全員出動到地方上巡邏，保護民眾的安全

S ｜ 11	時 ｜ 夜	景 ｜ 警局內外

△ 囚車來到警局門口廣場側路口……
△ 在旁邊巷內的 SNG 車內，車上在吃便當的駕駛發現囚車，跟旁邊在滑手機的女主播示意……好像是他們來了……
△ 囚車上的囚犯依序下車，阿勳給了駕駛一包錢，下車後囚車就離開了
△ 門口只有一名警察在值班台留守，阿勳打頭陣從大門進入……

　　　　　　　　　　　阿勳
　　　　　　　　嗨，學弟……

△ 正在唸升等考試書籍的警察才剛抬頭，阿勳就連開兩槍，警察當場倒地不動了，大家立刻進去，阿森把大門關起來……阿森瞪著阿勳。

　　　　　　　　　　　阿森
　　　　　　我不是說開槍要經過我的同意嗎？

△ 阿勳不想解釋……
△ 警局內，無線電有呼叫的聲音，「二號呼叫玉山，聽到回答」「二號呼叫玉山，聽到回答」阿勳直接把電源插頭拔掉……
△ 阿森叫虎爺處理一下警察的屍體，虎爺叫兩名手上把警察拖到後面。
△ 安靜的警察局外，一名女記者入鏡，引導攝影記者拍攝。

　　　　　　　　　　　記者 A
　　　　（小聲地）：應該不會再開槍了……好了沒，快拍。

△ 記者在廣場外面，拿著麥克風，開始報導……

　　　　　　　　　　　記者 A
明日新聞台為你插播一則現場最新消息，記者現在所在的位置是第五分局，剛才傳出了槍響，根據本台掌握的獨家消息，有仰德監獄逃亡的重刑犯們現在已經佔領派出所，他們的目的還不知道，不過，警察局內有許多武器，被囚犯拿到的話，後果更加嚴重……

△ 記者講一半，一輛警察回來，記者很快迎過去……

　　　　　　　　　　　記者 A
　　　　　　請問一下，現在是發生什麼狀況嗎？

　　　　　　　　　　　警察 A
　　　　我們也是因為呼叫總台沒有人接，才回來的……

　　　　　　　　　　　記者 A
　　　　裡面已經被逃出來的死囚犯佔領了，你們知道嗎？

　　　　　　　　　　　警察 A
　　　　　　　　　　　蛤？

>   記者 A
>   剛才裡面有傳出槍響……

△ 警察聽到傳出槍響，趕快把警察開到容易掩護的位置……

>   記者 A
>   從警察的動作，我們可以發現，警察完全無法掌握狀況，現在的社會動盪不安，
>   已經到了一個非常嚴重的地步……

| S｜11-1 | 時｜夜 | 景｜阿森家客廳／電視畫面 - 警局外 |

△ 畫面溶回阿森家的電視上，記者報導的聲音
△ 強哥看著電視裡的畫面，琴姐站在身後

>   琴姐
>   （粵）現在什麼狀況？

△ 強哥不理她，拿起電話……

>   強哥
>   該你們出動了……

| S｜12 | 時｜夜 | 景｜警局內外 |

△ 昆仔突然大喊……

>   昆仔
>   （台）賊頭來了

>   瘋狗
>   （台）真的假的，他們怎麼那麼快？

△ 瘋狗忠，阿勳，阿森到窗邊看過去……
△ 窗外的警車，警員拿著手槍警戒著……
△ 阿勳立刻帶著瘋狗忠去槍械室
△ 阿勳叫虎爺把燈都關掉……大家先遠離窗邊。
△ 槍械室裡，共有五把步槍與十多把手槍，大家在分槍枝，虎爺還發現兩顆震撼彈

虎爺
喔，這個有意思……

△ 現場一團亂……
△ 在窗口守備的噴子，有新發現

噴子
森哥，那個是不是他們？

森哥
又是誰啦……

△ 阿森到窗邊看，阿勳、虎爺、瘋狗忠也過來看……
△ 一群第五縱隊的黑衣年輕人，開著兩輛戰車「貨車」舉著五星旗與第五縱隊的旗子過來，還有幾個人騎著機車，邊拿旗子，邊呼嘯著過來
△ 帶頭的小蟲（同 AGM 車上的口號員）走到記者這邊來，記者 A 看到小蟲，立刻叫攝影師鏡頭轉過來……

記者
請問你們是？過來的目的是什麼？

△ 小蟲義憤填膺的說著

小蟲
你們看，重刑犯從監獄跑出來了，還佔領警局，現在的政府已經完全沒有用了，我們兄弟組成的義勇軍，是來幫忙台灣社會維持秩序的……

△ 講著講著，就帶領著第五縱隊大喊……

第五縱隊
政府擺爛，人民起來！政府擺爛，人民起來！

S | 12-1　　時 | 夜　　景 | 阿森家

△ 電視播放著記者報導第五縱隊喊口號的畫面，強哥滿意的看著，琴姐過來……

琴姐
（粵）這些人是來接阿森他們的嗎？

402　episode 9　突圍

強哥
（粵）沒錯……

△ 琴姐覺得越來越奇怪……

| S | 13 | 時｜夜 | 景｜警局內外 |

△ 兄弟們拿到長短槍，蹲著不敢做動作……阿森從角落過來，把手槍收起來，跟大家說

阿森
確定了，是他們，我們可以準備出去了……

△ 大家一陣歡呼，紛紛站起來

阿森
大家跟我出來……

△ 阿森一開門，第五縱隊車上的探照燈亮起，阿森有點看不清礎前方。

記者
要出來了，趕快拍……

△ 記者趕緊叫攝影師拍攝
△ 阿森從門口出來，在逆光下，看到小蟲笑笑跟他打招呼，兄弟們陸續出來……
△ 芭樂幸奮的揮手
△ 此時一輛警車的警察手持大聲公喊著……

警察
放下武器，放下武器，雙手舉起來……

△ 囚犯們愣了一下，哈哈過去，阿勳也過去

哈哈
（台）你們這幾隻小懶叫，看我們的

△ 囚犯們長短槍一起舉起來指向警察
△ 警察呆住了，不敢動作
△ 突然一個槍響，哈哈頭部中彈，當場倒地，腦漿噴在阿勳臉上，阿勳傻，回頭一看……
△ 是小蟲，拿著一把長槍，射擊後槍口還冒著煙……

△ 所有人都愣住了，小蟲一比，第五　隊的人拿起槍枝開始向囚犯這邊射擊
△ 現場大亂，幾名囚犯中彈倒地直接死亡……還有幾名囚犯受傷摀著流血的傷口……
△ 警察嚇得躲到車子後面，記者見狀一邊躲著一邊拍攝
△ 虎爺發現不對，大叫大家退回去

虎爺
退！退回去！

△ 混亂中阿勳胸部中彈，阿森趕緊扶著他退後……
△ 虎爺扔出震撼彈，第五縱隊的槍聲停止，大家退回警局內。
△ 受傷的囚犯也被拖進門內……

S丨14	時丨夜	景丨警局內外

△ 兄弟們回到門內，趕緊關門，
△ 虎爺叫大家把桌椅堆在門口擋住攻擊
△ 震撼彈煙霧散去，小蟲叫大家躲在車後繼續射擊
△ 阿森將阿勳扶到值班台後方
△ 虎爺到阿森這裡

虎爺
現在是什麼狀況？

阿森
我也不知道，計畫不是這樣走的……

△ 虎爺抓阿森的領子

虎爺
啊？你不知道？五星旗耶，媽的老共打來了你不知道，操！

△ 虎爺甩開阿森，突然站起來……

虎爺
兄弟們，老共打來了，開戰了，我們跟他們拼了……

△ 虎爺派的小弟振奮往窗戶邊移動

虎爺

阿狗,你呢?上不上?

瘋狗
幹,台灣人怎麼可能退縮?走……

△ 瘋狗領著兄弟也向窗邊移動反擊……
△ 阿森扶著阿勳到牆邊,要過去看,阿勳拉住他

阿勳
錢在強哥那裡,幫我把錢拿給我媽……

△ 阿森看著他

阿森
沒問題,你先休息一下……

△ 阿森起身,回頭看阿勳,他已斷氣……

S｜15	時｜夜	景｜警局某處

△ 小鐘在側門外,在車子旁邊等待

S｜16	時｜夜	景｜警局頂樓

△ 阿森身上沾染了阿勳的血,沿著值班台到堆滿桌椅的門口邊向外探視……不斷有人經過換彈藥,扶受傷的人經過……
△ 阿森向外看,一陣子彈在阿森旁邊飛竄,瘋狗看到,過去把阿森拉到一邊較安全的地方……

瘋狗
幹,過來一點啦,你找死喔……你看啦,都是因為你,兄弟死一堆……

△ 地上已經有一些囚犯屍體……但兄弟們還是不斷找機會往向外射擊……
△ 虎爺低著身體,過來為步槍彈匣裝子彈,瘋狗幫虎爺裝子彈……

虎爺
議員,你要不要搞清楚一下到底是怎麼回事?這樣子我們怎麼撐得住

△ 話講一半又有流彈劃過，三人急忙低頭……

<mark>瘋狗</mark>
我看這小子被人騙了都不知道……喂，你不要拉著我們兄弟陪你一起死喔……

<mark>瘋狗</mark>
幹，我就知道這個客人仔不可靠……

<mark>虎爺</mark>
好了啦，走！帶著過弟兄我們上二樓

△ 虎爺瘋狗各帶二位兄弟往二樓移動
△ 阿森看一下現場狀況，拿起電話

S｜17	時｜夜	景｜阿森家客廳／警局外

△ 電視上現場轉播的標題，民防義勇軍與歹徒激戰，警察在一邊無能為力……
△ 記者趴在地上，聲嘶力竭的報導著

<mark>記者</mark>
各位觀眾，我們在分局的槍戰的現場冒著危險為您報導，這是民間組成的義勇軍跟監獄跑出來的囚犯發生的槍戰，雙方都有重型槍械互相在開火……而警方只有四個人在旁邊看，對這個場面無法有所做為，可以看得出來，我們的政府已經完全失去作用了，反而是這些持五星旗的年輕人在幫忙政府對付逃獄的囚犯……

△ 琴姐、強哥看著電視
△ 電視畫面出現阿森，記者認出了他

<mark>記者</mark>
在這群犯人裡面，我們發現前議員鐘嘉森也在這群囚犯裡面，不知道什麼原因，他竟然會在這裡……

△ 電視裡出現被拍到停格放大的阿森。
△ 強哥跟琴姐立馬站起來

<mark>琴姐</mark>
（粵）為什麼跟原來講的不一樣？

<mark>強哥</mark>

（粵）我怎麼會知道……

琴姐
（粵）阿森怎麼會上電視！

強哥
（粵）對啊！他搞什麼！

琴姐
（粵）你說你安排好的不是嗎？

△ 強哥電話響，是阿森打來

強哥
森哥，你為什麼會上電視？

△ 對跳另一邊的阿森

阿森
強哥，現在都亂了，你安排的那些人在對我們開槍！

強哥
先別管這些，就按照計畫做，我叫你到側門，有人在那裡等你，你為什麼出鋒頭了??

阿森
操他媽的我出什麼風頭，你會把我害死了，兄弟們死一堆，我怎麼走？

強哥
大哥，你老婆在家裡等你啊！

△ 一顆流彈從阿森旁擦過，耳朵被打到流血，阿森跌倒在地，手機掉在地下……
△ 阿森罵一聲幹……嗚住耳朵，有一些血，還好，阿森拿起電話，感覺不太對……

強哥
阿森，怎麼了？阿森……阿森……

阿森
方偉強！這些都是你安排好的？對不對？

△ 森哥怒氣大爆發

阿森

我們都是替死鬼，我，典獄長，典獄長的女兒，都是替死鬼對不對!! 我屌你老母！

△ 另一邊強哥也爆炸

強哥

我到底要跟你講多少次！你聽不懂中文嗎？
側門，側門，側門，幹你娘，你不走大家都別走了！幹！

△ 強哥講完就掛斷電話
△ 阿森想再多問些什麼，但強哥已經掛電話，心想下一步該怎麼做？
△ 阿森拿起旁邊的一把槍，走近屋頂邊，試著看一下樓下第五縱隊的狀況，想找出小蟲的位置……

S | 17-1　　時 | 夜　　景 | 阿森家客廳

△ 強哥掛了電話，轉身看到琴姐已經拿著強哥的槍指著他大喊……

強哥

（粵）屌，你又想幹嘛？

琴姐

（粵）快點救我老公出來啊！

強哥

（粵）我現在怎麼救？

琴姐

（粵）我不知道，總之你取消這個行動啊！

強哥

（粵）好，我現在打給他

△ 強哥看琴姐已經失去理智，決定先安撫琴姐後再說，此時強哥拿起電話

強哥

阿森，你聽我說，我們行動取消了，對，好，你等一下

408　episode 9　突圍

△ 強哥假意把手機拿給琴姐……

強哥
（粵）他找你……

△ 琴姐接過電話後，強哥趁機想奪過琴姐手上的槍，琴姐感覺到不對，立刻把槍死死握緊，兩人拉扯，強哥佔上風，一個反手就把槍奪下，開槍朝琴姐的胸口打
△ 碰一聲槍響……琴姐倒地
△ 強哥走近又開了幾槍……
△ 琴姐躺在地上不動，血流出來……
△ 強哥趕緊拿了自己的手機跟行李離開
△ 偌大的客廳，琴姐不斷流血，一動不動……

S｜18	時｜夜	景｜警局外

△ 阿森來到二樓，到瘋狗忠的窗戶邊找小蟲，看到小蟲在一輛機車後面，拿起槍瞄準，瞄到了，扣板機，但板機卡在那裡，拿起來看，旁邊的瘋狗看到……

瘋狗
幹，槍都不會用，保險沒有開啦

△ 瘋狗幫他開保險……阿森重新拿起槍瞄準，瘋狗看他的樣子

瘋狗
好啦好啦，我幫你打，你想打誰？

△ 瘋狗拿起槍……

阿森
就那個帽子反戴，穿花襯衫的，他是帶頭的……你打得到？

瘋狗
幹，林北當兵打靶滿靶耶……

△ 瘋狗瞄準好，直接開三發，小蟲當場倒下，瘋狗喊爽
△ 阿森跟著興奮叫好
△ 第五縱隊的人看到阿森與囚犯在窗口，拿出機槍，朝窗戶打，結果阿森左肩中彈，當場倒在地上，另外兩人也中彈倒地……
△ 不止二樓，一樓也被機槍一掃，哀嚎聲四起

△ 虎爺看到這狀況，叫芭樂下去找國旗
△ 瘋狗忠叫住芭樂，低著身子跟他講話……

芭樂
哪裡有這種東西？

瘋狗
幹，警察局一定有沒收的

芭樂
好，我去找一下……

△ 瘋狗看到虎爺在看他

瘋狗
看三小，槍口一致對外啦……

△ 兩人繼續對第五縱隊射擊……
△ 第五縱隊的人在機槍的掩護下加大力道射擊

△ 警方完全無法有所作為，只能繼續聯絡，希望支援到達
△ 記者們趴在地上繼續報導

記者

槍戰繼續在進行，義勇兵繼續與歹徒槍戰中，但我們看到警察依然躲在後面，支援的警力也還沒有到來，這個政府真的完全失能了，我們需要一個更強大的力量來幫助台灣維持社會的安定……等一下，樓上有狀況……

△ 這個時候，樓頂揚起了一面青天白日滿地紅的國旗，吸引了所有人的注意
△ 虎爺拿著國旗，努力的揮舞著……眾家兄弟歡呼……
△ 樓下的所有記者，注意力被這面旗子所吸引……

記者
在大樓上面，升起了一面國旗……這個畫面，讓我們想到了四行倉庫……
等一下，導播，又有狀況……

△ 在樓頂，又立起了一面台灣國國旗，兩面旗子在大樓上大力揮舞著……
△ 瘋狗忠也不示弱，也撐起了一面台灣國國旗……兄弟們又是一陣歡呼……
△ 阿森看著也跟著大喊……
△ 大家士氣大振，加大火力……

△ 第五縱隊見狀，尋找可以上樓的地方，往對面建築物的二樓上去……
△ 第五縱隊拿出第二挺機槍開火，屋頂上的兩位老大紛紛中彈，噴子跟勇仔過去扶旗也中彈倒地……
△ 兩面旗子倒在阿森身上，阿森身上都是瘋狗虎爺的血，阿森眼睛張不開……

S｜18-1	時｜夜	景｜阿森家

△ 電視畫面—警局外
△ 阿森家，琴姐躺在血泊裡……眼睛微微動了一下
△ 電視新聞畫面播報著雙旗揮舞的畫面，在琴姐的視角中，是有人拿著反送中的旗幟揮舞著……
△ 電視畫面兩面旗子倒下……
△ 琴姐慢慢閉上眼……

△ 一陣強光照亮了阿森的眼睛。
△ 空警隊的直昇機探照燈照射過來
△ 警察的支援終於來了，二輛碩大的警用防暴車與霹靂小組，前後夾擊第五縱隊，上方有空警大隊的直昇機燈光照射監控中……
△ 阿森靜靜的躺在那裡……
△ 片尾音樂起，是琴姐唱的……江湖路上……

S｜18-2	時｜夜	景｜「魔幻場」

△ 琴姐在燈下唱著歌

琴姐【歌詞】
世間路，無路可逃，人如沙與土，只盼合抱，
我願信，自由是想去做，也可不想，何日才能做到……

△ 阿森從暗處出現，走到琴姐旁，靜靜聽著琴姐唱歌
△ 強哥出現在另一盞路燈下，拿著行李聽著

S｜18-3	時｜日	景｜旅運中心

△ 歌聲延續，換成男聲

【歌詞】

　　　　　　　誰才是，亡命之徒，誰曾想，向蒼天乞命數，
　　　　　　　我願信，就算豺狗滿路，可莊敬自強，未迷途

△ 強哥的腳步，手上拿著船票護照跟行李，瀟灑地出現在旅運中心，看著船班
△ 進強哥年輕回憶

| S｜INS 1 | 時｜日 | 景｜香港街道一角（回憶 - 十年前） |

△ 強哥穿著體面，在公園椅子上吃東西，四處張望
△ 一位穿西裝的男人，走到強哥身邊，遞了張名片給他

　　　　　　　　　西裝中國男（江峰）
　　　　　　　兄弟，我就是跟你聯絡想一起合作生意的……

△ 強哥接過名片

　　　　　　　　　　西裝中國男
　　　　　　　沒關係，你慢慢吃……吃完我們再聊……

| S｜INS 2 | 時｜夜 | 景｜香港無名長巷（回憶 - 十年前） |

△ 狼狽不堪的強哥拿著資料，跑進巷子，感覺被人追逐，其他幫派打手經過……看到有影子靠近……
△ 是中國人小趙，小趙伸手跟他要資料，強哥給他資料
△ 小趙把一袋錢丟給他，拿了資料後離開。
△ 強哥看著袋中的人民幣，欣喜之餘，聽見後面碰的一聲
△ 路人大喊「有人跳樓了」，強哥回頭看
△ 看見不遠處的地上，有個人倒地吐血……
△ 路人們漸漸圍上，香港警察來了，一邊回報總部
△ 強哥回過頭來，緊捏著手上的錢

| S｜INS 3 | 時｜夜 | 景｜香港強哥老家（回憶 - 十年前） |

△ 強哥喝水，房間裡是強哥的母親臥病著，父親看到強哥

　　　　　　　　　　　強爸
　　　　（粵）強仔，我都不知道你到底在幹嘛，下午有人來找你，跟你要你手上的資料，

他們說你不拿出來會害死你哥哥……

強哥
（粵）關我什麼事，他自己做的，我都跟他說不要搞這些，
有人找我去台灣做生意，這些錢留給你跟媽媽……我走了……

△ 強哥留下錢離去，爸爸不解的看著

S｜18-4　　時｜夜　　景｜旅運中心貴賓室

△ 歌聲結束
△ 強哥在接待人員帶領下進到 VIP 貴賓室坐下，接待員送上咖啡，強哥拿起手機安心地看著

阿森
強哥，等你很久了，塞車吧

△ 阿森從一旁的玻璃窗轉頭看強哥，手上臉上的傷包紮著
△ 強哥詫異
△ 阿森隨即坐在強哥對面

阿森
沒事，你慢慢喝……喝完我們再聊……

△ 此時特勤小組從前後兩側出現，強哥看到，臉上分不清什麼表情
△ 特勤小組的隊長出現，看到強哥，舉手敬禮
△ 強哥大笑
△ 阿森一臉震驚

S｜19　　時｜夜　　景｜阿森家（第十集 INS 片段）

△ 阿森一身是血，抱著琴姐痛哭……嘴裡呢喃喊著對不起……

episode **10**

第 十 集

破 膽 行 動

編劇 鄭心媚

從新聞編輯室到職業編劇,始終捕捉著台灣政治與文化現實的脈動。作為金鐘獎得主與前新聞記者,以擅長描繪東亞民主、媒體與身分認同的張力而聞名。主要作品有:《零日攻擊》、《商魂》、《鏡子森林》、《國際橋牌社》、《奇蹟的女兒》、《燦爛時光》等。

導演 AKIRA

參與過許多優質電影製作,更在美術、製片場景,及導演等各組別學習累積。

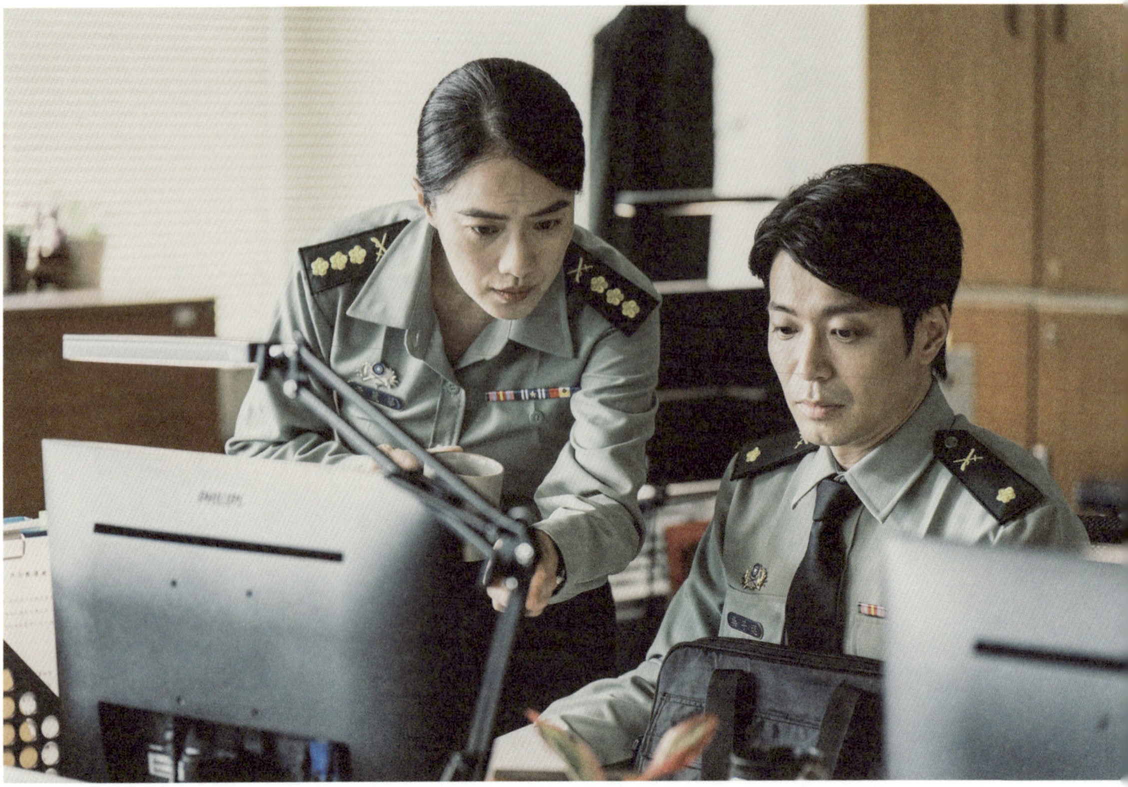

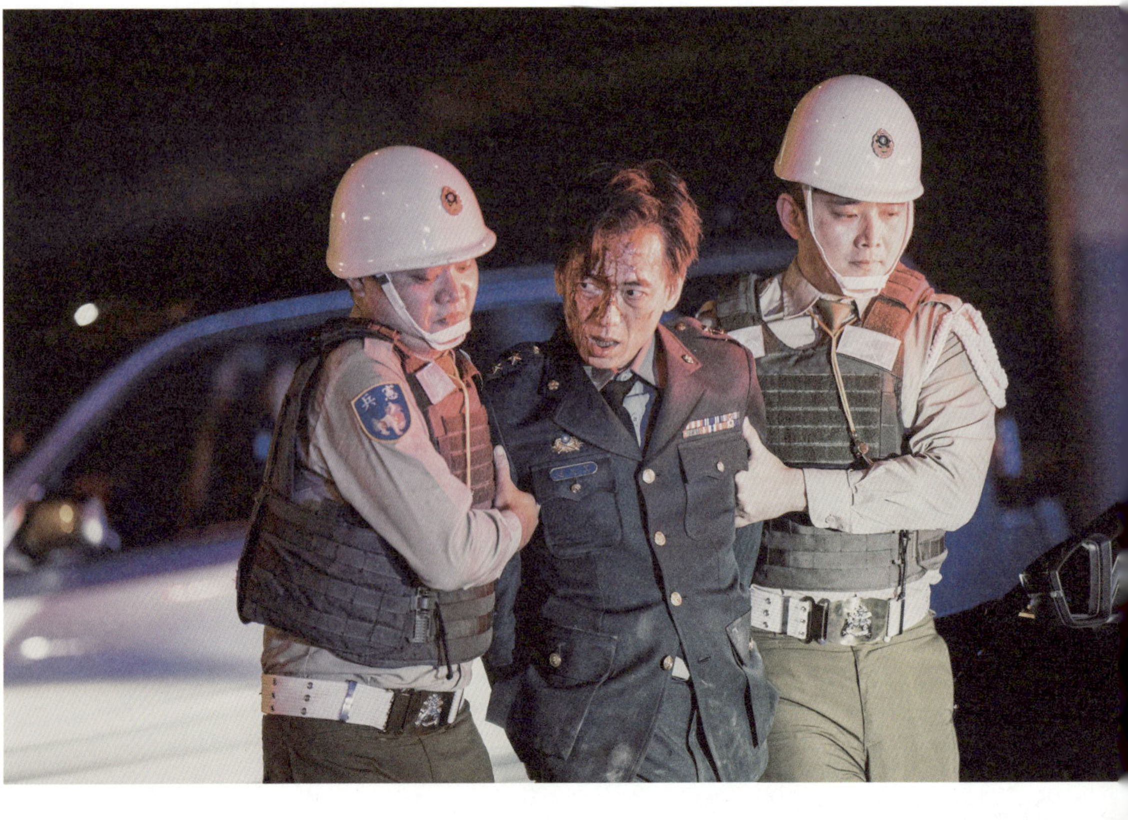

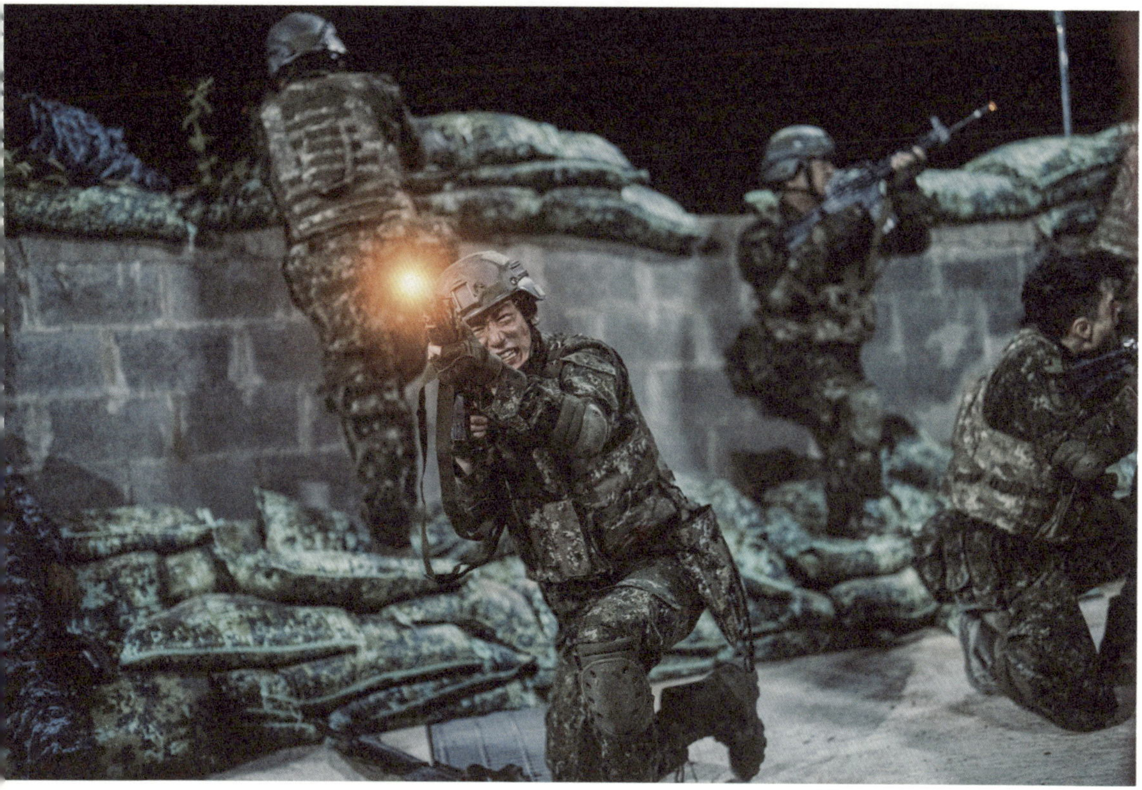

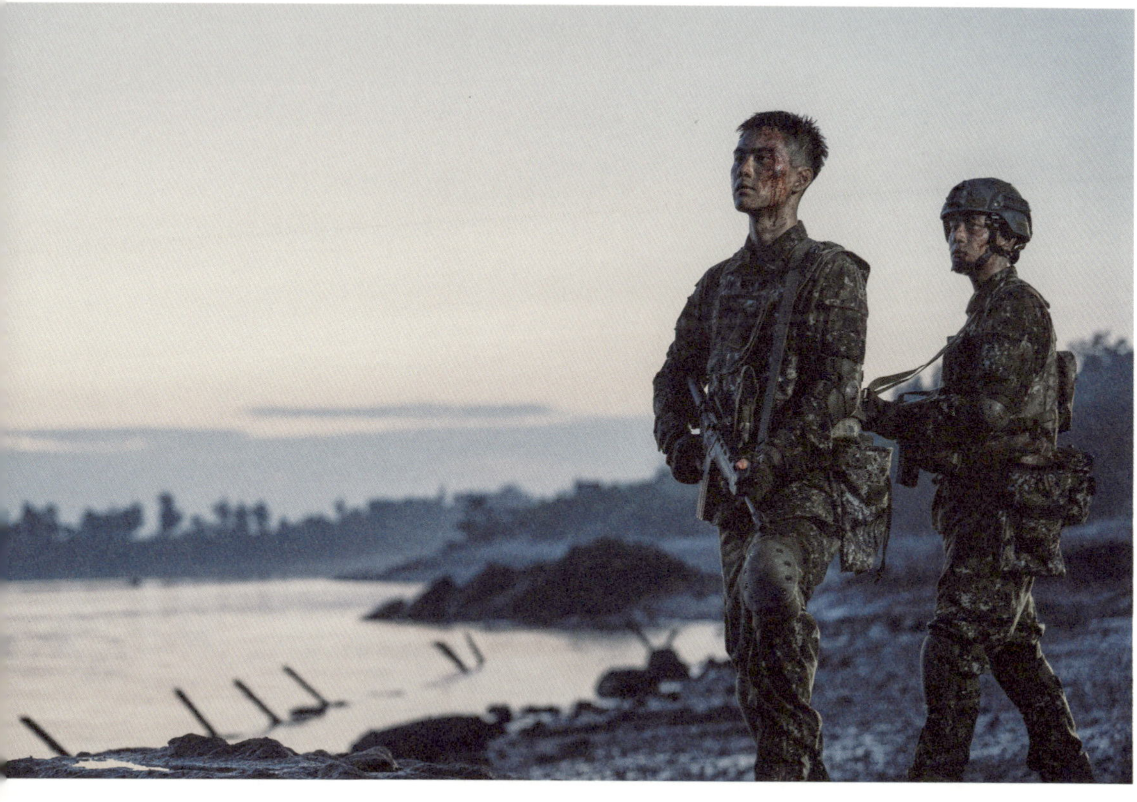

| S｜序 1 | 時｜日 | 景｜戰機上 |

△ 序：黑畫面。

戰管管制官廣播 (O.S.)
中華民國空軍廣播，位於台灣東南空域，高度 6700 公尺的中共軍機注意，
你已進入我 ADIZ，影響我飛航安全。立即迴轉脫離。

△ 簡報畫面進，我方軍機一架架從飛航基地起飛，跟解放軍機共伴飛行。以及空軍軍演畫面。畫面上是台灣防空識別區（ADIZ）的圖樣。搭配簡報解說聲音。

空軍將領 (O.S.)
中共解放軍在一月總統大選後至今，總計派出 502 架批次軍機進入 ADIZ，向台海周邊海域發射多枚彈道飛彈，其中至少有十枚越過台灣上空。目前出現的軍機的類型有 20 種，包括戰鬥機、轟炸機、預警機、反潛機等，情蒐顯示，有蘇 30 戰鬥機 35 架次、殲 16 戰鬥機 102 架次、殲 11 戰鬥機 52 架次、運 8 反潛機 32 架次……。

國安會秘書長 (O.S.)
所以，我們目前掌握了多少敵方飛行員？

| S｜序 2 | 時｜清晨 | 景｜大膽島某哨站 |

△ 黑畫面，只聽得到海潮聲，接著中共水鬼主觀浮出水面，見大膽島標語「島孤人不孤」，觀察一下又潛下水裡。
△ 添仔在勒石旁站哨，瑟縮地發抖，海潮一波波打上岸，伴隨著一陣陣吹來的海風，身後一片漆黑，氣氛顯得有些恐怖。添仔身上的無線電傳來阿明的聲音。

阿明
5101 定時安全回報……。

△ 添仔正打算拿起無線電回報時，突然有隻手從黑暗中伸過來將添仔一把抓下。添仔就這樣沒入黑暗。海潮一波波地繼續拍打著沿岸。彷彿一切都沒有發生。只剩下落在地上的無線電那頭，急迫地阿明的聲音，不停地呼喚著……。

阿明
5101……5101……請回報，7210 呼叫，聽到請回答，5101……
添仔……添仔……你還好吧？你在哪裡？添仔……。

episode 10　破膽行動

△ 上片頭。

S｜1　　　時｜晨　　　景｜小吳家

△ 天色將亮未亮，小吳正在著裝，準備出門工作。小吳家裡已經在作戰時的準備，家裡亂糟糟地堆滿了東西，有衛生紙、罐頭、泡麵等。牆上或櫥櫃上擺著阿明跟小吳以及吳媽三人出遊的幾張合照，可以看得出來，母子三人感情非常好，而且這個家，就是單親媽媽帶著兩個兒子長大。
△ 吳媽此刻才回家，身上還穿著醫院清潔工的制服，手上拎著一堆過期藥品。

吳媽
今天這麼早？

小吳
你才這麼晚？

吳媽
是不是真的要打仗了？我們醫院現在已經在管制，要醫護人員都被勒令停止休假。連我們這些清潔人員都要上戰備急救課。

小吳
你不要亂聽那些有的沒的，沒事啦。你又拿什麼東西回來囤？家裡都放不下了。

吳媽
就醫院一些要丟掉的藥啊，備著，免得之後真的打起來，買不到藥怎麼辦？

△ 小吳一看都是些止痛藥、胃藥，消毒藥水等一般常備藥。

小吳
這些都過期了耶，還能吃嗎。

吳媽
藥不會壞的啦，有總比沒有好。我實在放心不下阿明，上次跟你說，看能不能想辦法，把你弟調回來，怎麼樣？有消息了嗎？

小吳
跟你講幾次了，是阿明自己要簽志願役，我有什麼辦法？

吳媽

你在國防部耶，怎麼會沒辦法？

==小吳==
我要去上班了啦

△ 小吳說完起身出去，吳媽還在小吳身後不停叨念。

==吳媽==
再去問問啦，看要請託誰，送什麼禮，我們都來準備。就這麼一個弟弟啊！

S｜2	時｜晨	景｜小吳家外路口

△ 小吳走到路口等李次長的公務座車來接，拿起手機打訊息，對街可見兩台軍吉普、兩台坦克，以及一輛載著軍人的軍卡車正在移防，正值戰情緊繃時刻，天空畫過五架我軍戰機，小吳抬頭仰望天際，臉上滿是忐忑之情。
△ 整體社會氣氛混雜詭異，戰爭逼近的肅殺氛圍中，同時也有著平民持續日常的生活感，等公車的學生、上班族，運動完的老人，買完菜的長者等。
△ 穿著軍裝準備回部隊的軍人，經過小吳時，雖然彼此不認識，還是點頭示意。
△ 小吳一邊等車，一邊忙著傳簡訊給阿明。

==簡訊==
總統大選前就要幫你弄回來，你不要，結果現在媽媽每天都在擔心你。（發怒的貼圖）。

△ 簡訊正要傳出去時，拉著菜籃的歐巴桑突然靠過來，遞上一個飯糰要給小吳。

==歐巴桑==
肖年勒，這個給你吃。

==小吳==
謝謝，我不用。

==歐巴桑==
現在軍人最辛苦，要保護台灣，跟我兒子一樣，要吃飽啦！
這是菜市場最有名的那攤阿榮飯糰，要排隊很久耶。大家都在吃，你不用客氣。

△ 小吳道謝收下飯糰，歐巴桑很是開心。

==歐巴桑==
要吃飽才有辦法打仗。

> 小吳
> 阿嬤,不會啦,妳也不希望打仗吧?

> 歐巴桑
> 當然,可是,被欺負了,就是要打回去啊!

△ 公務車開到,小吳上車前,歐巴桑開心地跟小吳敬禮,小吳尷尬回禮後上車。

| S｜3 | 時｜晨 | 景｜李次長家外 |

△ 小吳坐在李次長的公務座車上,來到李次長家外停下。
△ 小吳在大門前按電鈴,等待時,注意到路口一側停了一輛沒見過的民車,隔著一段距離的小吳想看清楚那台車的內容。
△ 這時對講機應門了。

> 李次長太太 (O.S.)
> 喂?

> 小吳
> 師母早。

△ 大門打開,小吳進門前,那台民車開過小吳面前,小吳多看了兩眼,注意到車窗內都設有簾子,覺得怪異。

| S｜4 | 時｜日 | 景｜李次長家 |

△ 小吳走進國防部作戰及計畫參謀李次長家,手上還拎著那個飯團,次長正在跟太太一起吃早餐,吃的是精緻的清粥小菜,桌上多擺了一份餐具,小吳一進來就很如常習慣地坐下來吃,可以感受出,小吳跟李次長一家非常熟識。

> 小吳
> 次長,師母,早。

> 李次長太太
> 小吳,來,你感冒剛好,這碗雞湯先喝了。

> 小吳

謝謝師母。

李次長
怎麼還帶了個飯糰？
小吳
沒有，路上熱心民眾給的。說是給國軍加油……。

李次長
加什麼油？就不應該有戰爭，誰贏了都沒好處！

△ 李次長太太拿了一盒按照時間擺放好的藥盒，遞給小吳。

李次長太太
小吳，記得中午吃這格，三個小時後，換這格。晚餐前，先讓他吃兩顆維他命，這幾天熬夜加班，不補一下不行。飯後換這格。要看著他吃喔！

小吳
師母，你放心，這我都記得。

李次長
好了啦，小吳比你還清楚。

李次長太太
那你就老老實實給我吃完！小吳，有哪一格沒吃，我找你算帳喔。還有，醫生說，不能讓他喝咖啡，幫我盯著。

△ 三人像一家人那般吃著早餐。

| S｜5 | 時｜日 | 景｜李次長家車庫 |

△ 李次長太太送李次長和小吳上車。

李次長
走了。安德如果打電話回來，你要他晚上十點後再打。

李次長太太
知道啦，你們父子很奇怪，要視訊手機也可以啊。一定要用家裡的電腦。

△ 李次長笑笑看了一眼太太就上車，小吳向師母致意後也跟著上車，車子駛離。

| S｜6 | 時｜日 | 景｜李次長車上 |

△ 小吳坐在李次長旁邊，把文件遞給李次長，李次長一邊翻看，一邊問話。

李次長
今天對岸又有什麼動作？

小吳
清晨五點半，中共軍機從巴士海峽飛進我東南海域領空，我方軍機立即攔截，數度驅離，共機仍然不退，還步步進逼侵擾，我方差點開火……。

△ 李次長本來低頭看報告，聽到這段，忍不住皺眉。

李次長
這次飛到哪？

小吳
靠近蘭嶼了。

李次長
一次比一次近啊！出動的飛行員是哪些人？

小吳
報告上沒有寫。

李次長
都什麼時候了，這些基本程序都做不好？去問清楚。

小吳
是，我馬上去問。

李次長
還有，我們跟對方對峙的時候，有沒有拍到共軍的飛機編號跟飛行員？

小吳
這麼詳細的資料，上次空軍司令已經拒絕了。

李次長
拒絕？作計次要的資料，現在居然敢說不……到底是什麼情況？

> **小吳**
> 我馬上去問清楚。

> **李次長**
> ……等等,先私下去打聽就好。

> **小吳**
> 好,我知道。

S｜7	時｜日	景｜作計室

△ 小吳跟李次長進作計室,李次長直接走進裡頭自己的次長室裡。作計室裡有上校主任一人(黃麗華)、少校參謀官五人。小吳的位子就在最靠近次長室門口處,顯示小吳是李次長最貼身的核心幕僚。

△ 黃麗華正在手沖咖啡,要請大家喝,一邊跟大家聊天。

> **黃麗華**
> 小吳,你要喝淡一點的對吧?

> **小吳**
> 黃 sir,謝謝,不用麻煩了。

△ 黃麗華一邊分送著咖啡。

> **黃麗華**
> 大家都有……來,小吳這杯你的。

> **小吳**
> 謝謝黃 sir。

> **黃麗華**
> 大家同事,不用這麼客氣……次長怎麼臉色這麼難看?

△ 小吳一邊跟黃麗華聊天,一邊整理文件,黃麗華就這樣靠在小吳辦公桌旁說話,眼睛東瞄西看,似乎在觀察什麼。

> **小吳**
> 沒有啦,黃 sir 調來的這兩個星期,還習慣嗎?

黃麗華
說真的,整天坐辦公桌,還真有點不習慣。你跟次長很久了?

小吳
次長是我以前軍校的教育長。

黃麗華
得意門生喔～才會特別帶在身邊。

小吳
次長很照顧我。

黃麗華
你怎麼會來唸軍校當軍人?這幾年台海這麼危險,年輕人躲都來不及了。
(看桌上照片,是小吳跟弟弟阿明的合照)這你弟?也是職業軍人?

小吳
在大膽島。他是志願役。

黃麗華
哇!很勇敢耶。

小吳
一時腦熱吧!我也不知道他在想什麼。

黃麗華
你爸媽應該很擔心吧?

小吳
我媽整天都要我想辦法幫忙把他調回來。

黃麗華
現在哪有可能?不過你放心,會沒事的,每條生命,國家都很重視。

△ 黃麗華拍拍小吳,表示安慰鼓勵,這時李次長突然從辦公室衝出來,神色驚慌。

李次長
小吳,備車。

△ 辦公室的眾人驚訝地看著次長匆匆地領著小吳出去。
△ 收發室人員剛好跟匆匆出去的李次長、小吳錯身而過，他手上拿一疊寫著《密件》的公文來，本想交給李次長或小吳，但來不及給。黃麗華留意到，立即上前代為接下，收發人員離去後，黃麗華假裝整理，但其實是在留意這些密件。

S | 8　　時 | 日到昏　　景 | 軍事指揮所會議室

△ 國安會秘書長，國防部長、三軍將領跟李次長，坐在會議桌旁。小吳跟資深上校錢羽飛（約 55 歲）與其他參謀官等人坐在後排。會議氣氛凝重。大家在聽著空軍防空部暨飛彈指揮部指揮官劉彥鈞的報告。
△ 大大的投影螢幕上，秀出第一島鏈的飛航部署圖。
△ 可參考報導者：https://www.twreporter.org/a/taiwanyuji-first-island-chain-military-movement-multimedia

劉彥鈞
這是共方軍機近一個月來的侵擾軌跡圖，侵擾範圍愈來愈大，頻率愈來愈多。不只空軍，共方的海軍、潛艦，也被發現，逼近台灣海域。幾乎把台灣海域全包圍起來。現在北邊的金、馬海域防線，我們的空軍跟船艦都被阻擋在外。美方那邊，東太平洋海域的石垣、與那國的反艦、防空飛彈部署都已經完成。我方的雄三飛彈也在西部沿海完成部署，隨時……。

國防部長
通令三軍前線指揮官，不管發生什麼事，現在就是儘量驅離，
要冷靜應對，不要被共軍挑釁激怒，衝動開火。

李次長
可是，現在這狀況，我們怎麼守住金馬？

國安會秘書長
共軍現在的策略，就是在逼我們開火，好讓他們有理由開戰，攻打台灣。
我們的責任，是在守衛台海的和平，不是打仗。

△ 在部長一行說話的當口，國安會秘書長的機要匆匆進來，靠在國安會秘書長旁邊咬耳朵。秘書長聽完，眉頭緊鎖。

國安會秘書長
所有參謀官先出去。

△ 小吳跟其他幾個參謀官感到事態嚴重，眾人臉色凝重，不敢多說話，起身離去。

episode 10　破膽行動

S｜9　　時｜昏　　景｜軍事指揮所外一角

△ 小吳跟錢老相偕踏出建築物外頭，已經有幾名軍官湊在一起，在角落裡偷偷地抽菸聊天。

軍官 A 老許
剛說到一半，就叫我們出來，是出大事了吧？

錢老
看那樣子，我猜八成是外島，不是馬祖的南北竿，就是金門的大膽、二膽……。

軍官 B 漢生
我想也是，前面不是說了，現在金馬根本守不了。

錢老
上頭該不會是要棄守金馬了吧？

△ 小吳一聽到大膽島出事，很是緊張。

小吳
我去上個廁所。

△ 小吳說完轉身繞到另外一角，見四下無人，趕掏手機要聯絡阿明，今天早上的訊息仍未讀，趕緊直接打過去，可是一直不通，小吳更焦慮，索性再傳簡訊過去。

簡訊：小吳
你那邊是不是出事了？還好吧？

△ 焦急的小吳等不到已讀又再撥電話，卻聽到抽菸的軍官們起了騷動，是長官們出來了。小吳趕緊掛上電話。回頭去迎接。

S｜10　　時｜夜　　景｜李次長車上

△ 小吳陪同李次長回家，見李次長不停地查看手機，沉默嚴肅，小吳一直偷偷地觀察李次長，幾度欲言又止，還是忍不住開口探問。

小吳
次長，是不是……金馬前線出事了？

△ 李次長伸手按了一下小吳的肩膀，安撫小吳，暗示小吳不要再說下去。

| S｜11 | 時｜夜 | 景｜李次長家外路口 |

△ 李次長車靠邊停下，小吳隨李次長下車，兩人朝李次長家走著。

李次長
有聯絡聯絡上你弟嗎？

小吳
電話不通，訊息也沒有讀。次長，我知道我不該問，可我就這麼一個弟弟⋯⋯。

△ 李次長停下動作，看了看小吳，思索一下。

李次長
大膽那⋯⋯有狀況。

小吳
是真的準備開戰了嗎？

李次長
現在參謀本部直接管制大膽島的戰情，情況很危急了，這場戰爭，恐怕避不了了。唉⋯⋯到底在打什麼？這些政客，把年輕孩子送上戰場，實在太殘忍了。

小吳
那我弟⋯⋯。

△ 李次長停下腳步，語重心長叮囑小吳。

李次長
你們兄弟倆都是保衛國家安全重要的一份子，有消息我一定會馬上告訴你。這事，你任何人都不能說，連自己的媽媽也不可以。知道嗎？

小吳
是⋯⋯謝謝次長。

△ 李次長拍拍小吳的肩，示意小吳回去，便自顧離開。
△ 小吳一邊走回車子，一邊查看手機，傳給阿明的訊息還是未讀，心中一沉的同時，上

車前注意到早上那台詭異的窗簾民車。
△ 小吳關上車門，上前查看，正要用手機把車牌拍下來時，手機響起，是阿明回電，小吳趕緊接起。

小吳
阿明！你沒事吧。？

阿明
哥！你們上面會不會太扯，人都被摸走了，現在還叫我們不能開槍，你知道無人機現在一天飛來幾架嗎？幹！我就是來打仗的，還被命令不能對幹是三小！

小吳
你不要衝動，自己的性命要緊，不要傻傻跟人家衝，聽到沒有。

阿明
吳少校，你堂堂一個軍官怎麼好意思說這種話？這麼貪生怕死，當什麼軍人？我跟你說，貪生怕死一定死啦。

小吳
我當軍人還不是為了賺錢養家。
不要媽媽太辛苦，希望你能好好念書，結果你給我簽什麼志願役……。

△ 小吳說著說著，才發現那輛窗簾民車已經開走了，這時訊號開始不好，話還沒說完，電話就斷了，小吳生氣地對著已經掛斷的電話大罵。

小吳
喂？喂！你這個白癡！

S | 12   時 | 夜   景 | 大膽島指揮官室外 / 內

△ 阿明這頭發現跟小吳講的電話斷了。

阿明
幹！訊號又被干擾了。

△ 此時聽到指揮官室一陣騷動，阿明趕緊過去查看。指揮官室裡，指揮官史康哲正在跟電話那頭的李次長爭執。門外站幾名班長、軍官，每個人的臉上都露出不安的神情，阿明湊在人群裡觀看。

>**史康哲**
>李次長，如果我們反擊，我怕，戰爭就開打了。一但戰爭開始，就不知道什麼時候會結束。不到最後一刻，我們都不應該放棄和平。⋯⋯李次長，我們大膽島的弟兄們不是畏戰⋯⋯。

△ 阿明低聲詢問身邊的同袍阿生。

>**阿明**
>阿生，發生什麼事？

>**阿生**
>金防部那邊本來說原則底線是不到最後關頭，不要開砲攻擊。但剛剛國防部的作計次長打來，說情況緊急，接管作戰計畫。正在說服指揮官，共軍靠近就要反擊。指揮官不認同⋯⋯。

>**阿明**
>現在海域被包圍，我軍艦艇進不來，不反擊，不就是要我們坐在這裡等死？

△ 史康哲掛上電話，很是掙扎猶豫，眾人屏息等待，史康哲沉靜一會後，決定。

>**史康哲**
>堅守戰備！如果有中共漁船靠近，沒有我的指令，絕對不能主動開槍砲反擊！

>**副官**
>指揮官！我們駐守在大膽島的官兵才一百多人，如果什麼都不做，讓共軍上岸，弟兄們可能會死的。

△ 阿明聽了從人群裡衝出來。

>**阿明**
>報告指揮官！我們不怕死！我們弟兄們都不畏戰，最怕的是不戰而降！這樣會氣死！

>**史康哲**
>我們的責任是守護台海的和平。

>**阿明**
>我們寧願戰死，也不要坐以待斃。

>**士官兵們**
>對！我們不怕死！只怕氣死！

△ 其他幾名軍士官也都站到了門邊，跟阿明站在同一陣線，看著史康哲。史康哲看著這些軍士官，壓抑著內心地激動，無言以對，雙方就這樣對峙著……。

S | 13　　時 | 夜　　景 | 小吳家

△ 小吳在陽台上，避開吳媽，不停地嘗試打電話給阿明，卻一直不通，他內心滿是焦慮。此時吳媽突然走過來，小吳趕緊收起手機，假裝鎮定。
△ 吳媽拿了兩個護身符，交給小吳。

吳媽
媽祖廟求的護身符，一個給你帶著。另外一個，你想辦法送到大膽給阿明。

小吳
我沒事送這個過去幹嘛啦。

吳媽
這是白沙屯媽祖給的，很靈的。現在新聞整天說阿共仔要打來了，阿明在那麼危險的地方，我晚上都怕到睡不著。我剛想打給他，電話也不通……。

小吳
沒事啦，新聞都亂講。你不要亂聽啦。

吳媽
那電話怎麼一直不通？

小吳
前線管制消息，把大家的手機都收起來了。

吳媽
這樣喔？……那怎麼會突然管制消息？

小吳
就怕你們歐巴桑這種亂聽亂傳啊！

吳媽
如果阿明有事，你一定要跟媽媽說，不可以瞞著我，知道嗎？當初你爸車禍死了，全世界都瞞著我，因為我肚子裡懷著阿明，就快生了，怕我知道，會受不了。等到孩子生下來，才跟我說。我不要再當最後一個知道的人，要第一時間告訴我，知道嗎？

小吳
吼，你真的很煩耶，就跟你說沒事了，還在這裡講一堆有的沒的。整天阿明、阿明的，煩死了。我要睡覺了啦。

吳媽
這個護身符，一定要想辦法拿給阿明喔。知道嗎？

小吳
好啦，你快點去睡。

△ 小吳把吳媽趕進房睡覺，吳媽進去後，小吳摸著護身符，內心充滿了不安。

```
S | 14        時 | 日        景 | 李次長車上
```

△ 小吳把空軍報告遞給李次長，李次長翻閱的同時，小吳一邊幫李次長開藥盒。

李次長
《狼鼻計畫》？

小吳
學長說，這資料明明有送到作計室，不知道我們為什麼沒有收到，報告就直接到國安會了。

△ 幾張共軍飛行員在飛機上的照片，赫然出現在眼前，李次長察覺不對勁，趕緊把報告收起。

李次長
這麼機密的報告，照理說，應該是專人送到的，怎麼可能出錯……。這計畫你看過了嗎？

小吳
大致看了。

李次長
（瞄了一眼司機小鄭）這事，先不要讓任何人知道，包括辦公室裡的其他參謀。

小吳
次長，難道……我知道了，我會留意的……。

△ 小吳還沒說完，李次長的電話就響起，李次長一看，是大膽島的史康哲來電。

李次長
電話又通了⋯⋯。康哲，我們是老朋友了，我先前才這樣勸你，都什麼時候了，還在撐什麼？不用可是了，你不用聽金防部的，現在戰情危急，我們直接下令⋯⋯我是國防部作戰計畫次長，有什麼事，我扛！你說什麼？。喂⋯⋯喂⋯⋯。

△ 李次長話還沒說完，電話就斷了，李次長生氣地掛上電話。
△ 小吳聽到跟大膽島有關，卻跟昨天阿明說的不能開槍，完全不一樣，小吳很是疑惑，遞藥丸給李次長的同時開口詢問。

小吳
次長，大膽島那邊⋯⋯。

李次長
我提醒過你什麼，忘了嗎！

△ 李次長一怒沒接好藥丸，掉落踏墊上，李次長索性不吃了。

小吳
對⋯⋯對不起。

△ 小吳趕緊撿拾藥丸。

S｜15　　時｜日　　　景｜作計室連李次長室

△ 小吳隨撥著電話的李次長一起進辦公室，參謀官們在自己座位上忙著辦公。黃麗華的座位空著，桌上還擺著沖到一半的手沖咖啡壺。李次長邊走，邊瞄了黃麗華的位子一眼。

李次長
黃 sir 人呢⋯⋯？

參謀長 A
剛剛還在這的。

參謀長 B
可能去上廁所吧，次長找她？待會回來，我跟她說。

李次長
不用了。小吳你跟我進來。

△ 小吳跟著李次長一起進辦公室，李次長突然伸手要拿什麼，小吳頓住。

李次長
藥

小吳
啊！在車上！我馬上去拿。

△ 小吳趕緊衝出去。

| S｜16 | 時｜日 | 景｜國防部停車場 |

△ 小吳來到停車場，往李次長車走去，卻突然看見黃麗華從李次長的車旁站起身來，小吳嚇了一跳。

小吳
黃 Sir，你在這裡幹什麼？

黃麗華
沒有，就……剛才掉了東西，不知道滾到哪去，正在找。

小吳
掉了什麼？我幫你找。

黃麗華
不重要的小東西，算了。我先回去了。你辛苦了。

△ 黃麗華笑笑，拍拍小吳，若無其事地走掉。小吳覺得很是詭異，還是趕緊開車門拿藥盒。

| S｜17 | 時｜日 | 景｜大膽島坑道 |

△ 阿明在坑道一角，查看手機仍然沒有信號，決定還是留個語音訊息。

阿明
哥，等我放假再跟媽媽一起去廟裡走走，啊你記得叫她不要接那麼多工。

△ 阿明收起手機往外走，走在坑道裡呼吸急促，腳步沉重，可以感覺到，阿明內心很是緊張擔憂。來到弟兄們集合處，阿明卻故作輕鬆。

阿明
你各位確認好自己的裝備啊！不是手機、錢包、鑰匙、煙！是刺刀、步槍和頭盔啊！

△ 眾人沒什麼反應，持續整備自己的裝備，阿明見大家仍緊張，便幫幾位弟兄拉好背心，調正頭盔等等，希望給大家更多力量，對大家點點頭，準備上哨。

| S｜18 | 時｜夜 | 景｜李次長車上／李次長家外路口 |

△ 李次長車急速行駛，小吳帶著疑慮的心思陪同李次長回家。
△ 李次長車來到路口時，小吳又看到那台神秘的窗簾民車停在同一個位置。

小吳
等一下。

△ 李次長車緩緩靠邊暫停，小吳猶豫了一會，李次長疑惑不耐。

李次長
什麼情況？

小吳
次長，那台車，出現在這附近好幾天了，怪怪的。

李次長
車牌你查過了嗎？

小吳
查過了，是出租車……還有件事，我不知道該不該說……。

李次長
廢話！直接說。

小吳
我感覺黃 Sir 怪怪的，我今天早上看到她好像在查看你的座車。

李次長
黃麗華嗎？……你現在去查那台車。

△ 李次長撥打手機給黃麗華，接通。

黃麗華 (O.S.)
報告李次長，參謀上校黃麗華……。

李次長
你人現在在哪裡？

黃麗華
李次長有什麼緊急的事要交代嗎？

△ 小吳下車往窗簾民車走過去，在李次長跟黃麗華通話的當下，小吳敲了幾下，對方不搭理，前後擋玻璃及車窗都拉上窗簾，看不出端倪，小吳用力拍打著，啪！啪！啪！的聲音，居然從李次長跟黃麗華的話筒中傳了過來。
△ 三方沉默屏息，空氣凝結。

S｜19	時｜日	景｜國防部

△ 黃麗華從國防部側門出來，搭上計程車離開，小吳從後頭偷偷地跟上。

S｜20	時｜日	景｜公園

△ 黃麗華來到公園，一個人坐在長椅上，拿著咖啡杯沒喝，不時看著手錶，似乎在等待什麼。小吳躲在不遠處，偷偷地觀察著黃麗華的一舉一動。
△ 過了一會，黃麗華再度對了一下時間後，沒多久一名穿著黑色西裝的男子在長椅另外一頭坐下，兩人看似互不相識。卻在黃麗華起身離開後，黑西裝男子把黃麗華留在長椅上咖啡杯拿起來查看，接著把咖啡杯丟進垃圾桶，起身離去。
△ 小吳趁他們離開，靠近垃圾桶想撿回那個咖啡杯，覺得事有蹊蹺。

黃麗華 (O.S.)
掉了什麼，我幫你找。

△ 小吳聞聲抬頭，驚覺黃麗華和那位黑西裝男子，不知何時又站在身後。

| S｜21 | 時｜日 | 景｜國安局台北站辦公室 |

△ 小吳坐在國安局台北站的一處辦公室內，這看似是個小型的會議室，會議室裡空蕩蕩，四面灰白的牆壁，有種冷冽恐怖感。

△ 黃麗華跟張科長坐在小吳的對面，盯著小吳看，小吳震驚地翻閱著桌上一大疊資料，有李次長被監視器畫面拍到跟人碰面的模糊照片、李次長太太出門的照片，以及李次長的資金往來帳戶資料……等，可見李次長已經被調查很久了。

小吳
這是什麼意思？

張科長
李次長是共諜，我們已經監控他一陣子了。他利用在香港唸書的兒子當訊息傳遞的中繼站。每天晚上父子的線上視訊會議，就是把國軍的重要機密傳過去。

小吳
香港？你們根本查錯了，安德是在新加坡……。

△ 張科長又翻開一份上海到香港到新加波金流紀錄，還有安德香港就學證明。

張科長
這份是李次長太太在新加坡銀行開的帳戶資料，
每個月，都有從上海轉到香港銀行，再到新加坡這個帳戶的錢。

小吳
十萬美金……。

張科長
這是這幾天的。

小吳
三百萬美金？不可能……次長是我看過最愛國，最正直的軍人了。

黃麗華
那要看他愛的是哪個國，他連兒子在哪唸書都對你說謊，你還相信他？

△ 黃麗華見小吳語塞，便切入正題。

黃麗華

吳子運，接下來我要講的是機密，你聽仔細了，國家需要你的幫忙。《狼鼻計畫》是我們吸收共軍飛行員，在必要時刻策反，協助我方空軍戰鬥的計畫。這三百萬美金，就是你把《狼鼻計畫》的資料交給李次長之後入帳的。

　　　　　　　　　　　　　小吳
　　　　我不相信，這中間一定有什麼問題！次長不會這樣做的！

　　　　　　　　　　　　　黃麗華
　　你知道，你把那份計畫交給李次長後，幾個我們跟我們合作的共軍飛行員就失聯了嗎？

△ 小吳有些激動地把桌上的資料掃到旁邊。

　　　　　　　　　　　　　小吳
　　黃sir，所以那份空軍交上來的報告，是你攔截走的？難怪我們沒有收到，就送到國安會了。你把作計次室的資料擅自交出去？還跟外人勾結？你才是間諜！

　　　　　　　　　　　　　黃麗華
　　　　你有沒有搞錯，現在還在分哪個單位嗎？想要保衛台灣的，才是自己人吶！

　　　　　　　　　　　　　張科長
　　我們察覺李次長應該在計劃某件事，可能會嚴重影響台海安全，但還不清楚內情是什麼？
　　　　　　　　　你跟在李次長身邊，有聽到什麼嗎？

　　　　　　　　　　　　　小吳
　　　　我……我不知道……次長不會的……，他是我的老師，我的長官……。

　　　　　　　　　　　　　黃麗華
　　　　　吳子運！你腦袋清楚一點，你弟弟現在就在大膽島，
　　　　　台海有什麼狀況，第一個有事的，就會是你的親弟弟啊！

　　　　　　　　　　　　　張科長
　　我們需要你幫我們裡應外合，我們必須查出他背後到底跟對岸在進行什麼，現在分分秒秒
　　　　　　　都是關鍵，這攸關台灣還有你弟弟的生命安全。

△ 小吳一臉恍惚，盯著眼前地大堆資料，不知道自己該相信誰……。

| S｜22 | 時｜昏 | 景｜國安局台北辦公室外／街景 |

△ 小吳走出國安局台北站辦公室，心情很是雜亂，突然有種不知道該往哪裡走的恍惚感，

天空又有戰機畫過，情勢越發緊張。
△ 這時，手機響起，小吳一看，是李次長打來的，李次長接連打了好幾通，小吳很是掙扎，不知道該不該接。思索一下，最後做了決定。

| S ｜ 23 | 時 ｜ 昏 | 景 ｜ 次長室 |

△ 次長站在窗前背影，打著電話沒人接，掛掉後思索一下，接著撥另一通。（待機鈴聲音效轉場成漁船引擎聲）。

| S ｜ 24 | 時 ｜ 夜 | 景 ｜ 大膽島哨所 |

△ 漁船引擎聲吸引阿明和阿生以及其他三位弟兄注意，眾人提高警覺，放眼查看四周，卻是一片漆黑，但引擎聲越來越近，這時對講機報告。

阿兵哥 A(O.S.)
報告指揮官，發現有漁船靠近，船上漁民配有槍跟軍刀，
應該就是解放軍，請海軍艦艇支援驅離。

阿明
幹媽的……假扮漁民就對了。

△ 阿明等人舉槍戒備著，神情緊繃，感受到危機步步進逼。對講機一直傳來各方哨所的呼叫聲。

史康哲 (O.S.)
海巡艦艇現在進不來，全島密切觀察戒備。

阿兵哥 B(O.S.)
指揮官，他們已經逼近陸地了……。

阿兵哥 C、D、E...(O.S.)
指揮官，這裡也有漁船；漁船突然衝過來了；上……上岸了！

△ 對講機不停的響個不停，阿明望去只看到一片漆黑，但轟轟轟地漁船引擎聲愈來愈近，氣氛詭異恐怖，這時照明彈聲大作，一時間，升空的照明彈把黑壓壓的海岸照得通明，見到沙灘上有三十名喬裝漁民的解放軍已經上岸，在照明彈的光耀下，拉長了身影，舉槍靠近。阿明等人驚嚇地趕緊舉槍正要出擊，沒想到卻被對方先發制人，槍火四起。

| S | 25 | 時 | 夜 | 景 | 李次長家大門口 |

△ 門鈴響，李次長打開大門一見小吳，滿是怒氣。

李次長
搞什麼？整個晚上都不接電話！

△ 小吳看到李次長跟太太提著幾個行李，夫妻兩人似乎正準備要出遠門，小吳有些愣住，趕緊藉故阻止。

小吳
次長，我剛接到上頭的指示，要請你馬上到衡指所一趟。

李次長
這麼突然？是又出了什麼事嗎？

△ 李次長看了一眼小吳，小吳眼神堅定，但內心很是緊張。

李次長
我換個衣服。

△ 李次長回頭進房，師母憂心地看了小吳一眼也跟著進去，小吳趁機打著訊息聯絡某人。

| S | 26 | 時 | 夜 | 景 | 李次長車上 / 圍捕路段 |

△ 小吳一邊開車一邊觀察著李次長。

李次長
查出黃麗華背後跟誰接頭了嗎？

小吳
我……沒有，我不小心跟丟了。

李次長
唉，你一向很機伶，怎麼這點小事都辦不好？

小吳
次長……大膽島，到底會不會打起來？我聽到你跟史康哲指揮官說，要開槍反擊……

episode 10　破膽行動

你答應過我，有我弟弟的消息，會第一個告訴我的⋯⋯。

李次長
你知道我方的作戰計畫吧？台海如果真的開戰，
金馬的位置對我們守住台灣本島不利，戰線拉太長，支援的美軍也不贊成⋯⋯。

小吳
所以上頭要棄守？

李次長
我不贊成這麼做，當年八二三炮戰，共軍砲火猛烈，我們都堅持住了。
現在為什麼要放棄？軍人就該戰到最後一刻。

小吳
次長，你不是一直主張不要開戰？

△ 李次長稍微前傾，按著小吳的肩膀。

李次長
如果殺一個人，可以救整輛火車的人，你會怎麼做？

△ 小吳背脊發涼，他雙手顫抖，不知道該怎麼回答，車上陷入一種詭異的安靜。
△ 此時，遠方的對向車道出現了一台車，李次長馬上認出就是那台窗簾民車。

李次長
黃麗華？⋯⋯算了，直接開過去！

△ 小吳沒有聽李次長的話，反而牙一咬，加速往前衝去，然後急速煞車，把車子停在黃
　麗華車子的前面。

李次長
小吳！你在搞什麼鬼？

△ 此時後方快速駛來三台憲兵車，前後包夾李次長車，李次長見狀心中一驚。

S｜27　　時｜夜　　景｜大膽島哨所

△ 碉堡內其他十名輪班待命的弟兄，全部已加入戰局。阿明等人各自在哨所找掩護點，
　和逼近的解放軍對戰交火，雙方都有人倒下。

△ 槍聲淹沒耳際，大膽島似乎已經被全面攻佔，阿明、阿生等人很是害怕，但仍鼓起勇氣，跟敵方交戰。

阿生
一直冒出來！！

阿明
幹！來啊！沒在怕啦！

△ 雙方持續交戰，似乎壓制住敵軍前進的速度，這時突然有弟兄遭後方突襲中彈，慘叫倒地，眾人回頭一看，竟有十名解放軍從碉堡後方爬上來偷襲。
△ 阿明趕緊回頭抵禦，連同幾名弟兄與偷襲敵軍近身肉搏，阿生則和其他弟兄繼續和沙灘上的敵軍槍火交戰，戰局瞬間也在碉堡上渲染開來。

| S｜28 | 時｜夜 | 景｜圍捕路段 |

△ 包夾的憲兵車上突然衝下來了數名全副武裝的憲兵，團團圍住李次長車，而黃麗華和張科長也緩緩的從後方靠近李次長車。

黃麗華
李次長，請您下車！

△ 小吳看向後座的李次長，李次長哼笑了幾聲，絲毫沒有要下車的意思。

黃麗華

李丞鈞，我是軍事安全總隊調查官黃麗華。你長期配合共諜交付軍事機密資料、發展組織、散播假訊息，已違反國安法、反滲透法，我們已掌握你的實際犯罪行動，罪證確鑿，請你下車接受調查！

△ 小吳轉頭看著李次長，李次長突然掏出一把私槍對黃麗華等人，武裝部隊，蜂擁而上，雙方對峙。
△ 小吳很是震驚，李次長又將槍口指向小吳的後腦杓，黃麗華見狀，示意武裝部隊不要輕舉妄動。

李次長
衝出去。

△ 小吳在李次長的威脅下，熟練地打了 R 檔，快速倒車，撞開窗簾民車逃逸。
△ 黃麗華等人趕緊上車準備追捕。

| S｜29 | 時｜夜 | 景｜李次長車上 / 撞車路段 / 大膽島哨所 |

△ 本場後段與大膽島戰役交叉剪接。
△ 李次長車疾駛在馬路上，李次長的槍仍抵著小吳的頭，李次長不時回頭確認黃麗華等人沒追上。

小吳
次長，你不是一直教導我要正直、愛國，你現在到底在幹嘛？

李次長
小吳，你有看清楚，到底誰才是真正的敵人嗎？黃麗華跟上面那些人，腦袋不清楚，
都被美國利用了。美國跟中國對立，就拿台灣在第一線當炮灰，
我們跟中國，才是血濃於水的一家人啊。

小吳
一家人？可是，是中國拿著大砲要打我們的不是嗎？

△ Ins：大膽島哨所，搭配李次長聲音。
△ 照明彈已落海，阿明和弟兄們在黑暗和間歇的槍火光中，拚命拚命抵擋解放軍的攻擊，
陸續倒下的弟兄，令阿明倍感瓦解危機，見到有弟兄被兩名解放軍夾攻，趕緊要過去
支援，但一時間沒留意，被一名解放軍用軍刀刺壓倒地，解放軍壓在阿明身上，要繼
續刺殺阿明，負傷的阿明奮力阻擋。

李次長
所以，我這是要救台灣，你懂不懂？
這是讓犧牲降到最低、戰爭最快結束的方法，以戰止戰，犧牲幾百人很值得，
讓台灣人知道戰爭有多可怕，大膽島上的每一位弟兄都是推進和平止戰的烈士。

小吳
你是故意要讓大膽島發生戰爭，好讓台灣人害怕投降？

△ 畫面回李次長車上。

李次長
小吳，我也是為了整個台灣好，這是不得不的選擇……。

小吳
不對，他們現在槍口對著的，是我弟弟，
跟我一起長大的弟弟，才是我血濃於水的一家人！我要我弟活著！

△ 小吳快速將方向盤轉到底，車身瞬間甩尾，李次長重心不穩被甩到一邊，槍也掉在後座踏墊上。
△ 小吳見狀伸手要撈槍，李次長仍掙扎要搶，小吳單手方向盤持續左右轉動，讓車子左右搖晃，讓李次長東倒西歪。
△ 小吳從後照鏡看到電線桿，打 R 檔，油門用力踩到底，加速倒車衝向電線桿，即將撞上。
△ Ins：大膽島哨所，刀尖逼近阿明眼前，電光火石間刺下。（撞車巨響）。

S｜30	時｜夜	景｜小吳家

△ 在整理客廳的吳媽似乎感應到什麼，回頭看了一下陽台外，吳媽媽把一家三口的相框擦拭乾淨，憂心地看著照片裡的兩個兒子。（連續槍聲）。

S｜31	時｜夜	景｜大膽島哨所

△ 阿生開槍擊斃壓在阿明身上的解放軍，獲救的阿明，還來不及起身，阿生竟被敵軍捅了一刀，阿明見狀憤且忍痛衝上前跟對方對打，阿明的能量帶動弟兄們繼續奮戰，雖然仍是以寡敵眾，但氣勢並不輸共軍。
△ 這時鄰哨十名友軍趕來支援，陸續擊斃解放軍，情勢扭轉，我軍抵擋下來了。
△ 阿明趕緊關切阿生。

阿明
阿生！

阿生
幹……欠我一頓。

△ 阿生還有力氣開玩笑，阿明便放心了。

S｜32	時｜夜	景｜撞車路段

△ 撞爛的李次長車冒著煙，板金掉落，滿身是傷的李次長從車裡爬了出來，還想去撿槍，結果被小吳槍搶先一步撈走，李次長無力地躺著。
△ 小吳也受了傷，百感交集地舉槍對著著滿臉是血奄奄一息的李次長。
△ 這時黃麗華等人也陸續趕到，黃麗華見狀，便把小吳手上的槍拿走，憲兵上前將李次長上銬，並在李次長身上搜出一個隨身碟，示意給黃麗華和張科長看。

李次長
呵，你們已經來不及了……。

△ 小吳有些激動要再衝向李次長，黃麗華等人拉住他，張科長示意憲兵將李次長帶走。
△ 時間過程，馬路上還有警察和一些軍方人員在現場勘查。
△ 在救護車上的小吳，持續打電話給阿明，仍然不通。
△ 黃麗華和張科長在救護車旁用電腦查看隨身碟內容，螢幕赫然出現一個名為《破膽計畫》的簡報，上頭是大膽島的地形圖，標示著：引發大膽島戰役。

黃麗華
有了。

△ 小吳聽到也靠過來看，畫面顯示好幾張戰役慘烈的照片，上頭寫著：用慘敗的大膽島畫面，讓所有台灣人都嚇破膽，簽署和平協議，小吳甚是震驚。

S | 33　　時 | 晨　　景 | 大膽島哨所

△ 天光漸漸亮起，潮水已退，屍體被集中在碉堡下，沙灘上一片沉靜，阿明和弟兄們累倒在哨所，看著照亮大膽島的曙光，以及海上不遠處，海軍和海巡艦艇正在驅離還飄在海上的幾艘中共漁船。
△ 阿明的手機不停響著多通未接來電的訊息聲，阿明笑笑，回撥給小吳，接通。

小吳
阿明！你們那邊怎麼樣？你聽我說，千萬不能開火，李次長是共諜……。

阿明
哥，我們贏了……。

S | 34　　時 | 日　　景 | 總統府

△ 王明芳跟宋崇仁一起走上講台，王明芳站在台前，開始發表告台灣同胞書。

王明芳
在這個台灣特別艱難的時刻，我跟自由黨的現任總統宋崇仁，齊聚在這裡，向全體國人同胞、向全世界的民主盟友，傳遞一個明確的訊息：當台灣面臨空前考驗，台灣人民不分族群黨派，唯一的選擇，就是團結。

世世代代，台灣人一直擁有選擇。我們的祖先，有人選擇冒險，有人選擇犯難，有人選擇肥沃的土壤，有人選擇致富的商機，有人選擇逃離高壓統治，有人選擇平靜安穩生活。雖然選擇各有不同，但我們共同選擇了台灣，所以今天我們才會在一起，站在這塊土地上，成為台灣人。

當然，有些事我們難以選擇，就像我們一起經歷過三十八年漫長的戒嚴統治；我們曾經被踢出（被迫退出）聯合國；在中國壓迫下，我們只有十三個邦交國；超過七十年，我們持續受到戰爭的威脅。

但我們從來沒有放棄選擇：我們選擇我們想要的生活方式，然後守護它。我們成為亞洲最民主自由的國家，我們選擇接納世界各地的新移民、各式各樣的宗教信仰、性別認同。我們選擇成為面向世界的海洋國家，擁抱燦爛多元的各種選擇。

在海洋的懷抱中，這塊我們選擇的土地，不斷餵養我們，使我們能夠一起成長、打拚，一起挫折、成功。這塊土地，到處都是我們的回憶；在這塊土地上，我們永遠可以自由的做出選擇。

現在，就在我們的海岸線之外，有人包圍我們，恐嚇我們，企圖奪走我們的土地、我們的生活方式，剝奪我們的回憶與情感、我們「選擇的自由」——世世代代台灣人，賴以維生、引以為傲的「選擇的自由」。

親愛的國人同胞，我們面對的，不是在戰爭和屈辱之間做出選擇，而是要確保我們的生活方式，永遠不會被剝奪。

我們將在海上，在天空，在海岸，在田野，在高山，在城鎮，團結守護我們的每一寸土地，因為她承載過我們所有人的汗水和眼淚、我們的情感與記憶，成就過我們的每一個選擇。

我們永遠相信：沒有選擇，就沒有我們；沒有自由，就不是台灣。

S | 35　　時 | 日　　景 | 雜景

△ 演說聲音持續上場。
△（以下接續各集主角的最後抉擇）

△ 小吳、阿明跟媽媽一起去媽祖廟，虔誠地祭拜天公。一家三口拜完步出媽祖廟，戰機翱翔天空，小吳抬頭仰望，神情有別於以往，多了些堅定和信心。
△ 戰機飛過台北101、高雄港邊、總統府、玉山、東岸太平洋……。

國家圖書館出版品預行編目 (CIP) 資料

《零日攻擊》原創劇本書（附製作思考、專家導讀）/ 鄭心媚、蘇奕瑄、羅景壬、曾令毅、渡邊將人、阿潑、許世輝、丁啟文、鄭婉玭、黃鵬仁、林志儒作 .-- 初版 .-- 新北市：黑體文化，左岸文化事業有限公司出版：遠足文化事業股份有限公司發行，2025.09
面； 公分 .--（白盒子）

ISBN 978-626-7705-80-3（平裝）

863.54　　　　　　　　　　　　　　　　　　　　　　　　　　　114011188

黑體文化　　讀者回函

灰盒子 18

零日攻擊　原創劇本書（附製作思考、專家導讀）

作者・鄭心媚、蘇奕瑄、羅景壬、曾令毅、渡邊將人、阿潑、許世輝、丁啟文、鄭婉玭、黃鵬仁、林志儒｜照片提供・零日文創股份有限公司｜責任編輯・龍傑娣｜美術設計・林宜賢｜出版・黑體文化 / 左岸文化事業有限公司｜總編輯・龍傑娣｜發行・遠足文化事業股份有限公司（讀書共和國出版集團）｜地址・23141 新北市新店區民權路 108 之 3 號 8 樓｜電話・02-2218-1417｜傳真・02-2218-8057｜客服專線・0800-221-029｜客服信箱・service@bookrep.com.tw｜官方網站・http://www.bookrep.com.tw｜法律顧問・華洋法律事務所・蘇文生律師｜印刷・凱林彩印股份有限公司｜初版・2025 年 9 月｜定價・620 元｜ISBN・9786267705803｜EISBN・978-626-7705-75-9（PDF）・978-626-7705-74-8（EPUB）｜書號・2GWB0018｜版權所有・翻印必究｜本書如有缺頁、破損、裝訂錯誤，請寄回更換

特別聲明：有關本書中的言論內容，不代表本公司 / 出版集團的立場及意見，由作者自行承擔文責。